Lucy Foley hat in der Verlagsbranche gearbeitet, bevor sie ihren großen Traum wahr machte und sich ganz dem Schreiben widmete. Ihre Thriller *Neuschnee*, *Sommernacht* und *Abendrot* wurden zu riesigen internationalen Erfolgen und standen wochenlang auch auf der deutschen Bestsellerliste. *Mittsommer* ist ihr neuester Thriller. Sie lebt in London.

Abendrot in der Presse:
»Foley strickt aus den einzelnen Erzählsträngen einen gut aufgebauten Thriller, der zielgenau auf ein überzeugendes Ende hinsteuert. Perfekte Spannungsliteratur!«
BÜCHERmagazin

»Clever konstruierte Geschichte voller unerwarteter Wendungen über verhängnisvolle Familienbande.«
Münchner Merkur

»Lucy Foley hat bereits mit einigen Krimis ihr Händchen für packende Spannung bewiesen. ›Abendrot‹ aber toppt alle Vorgänger.«
Westdeutsche Zeitung

Außerdem von Lucy Foley lieferbar:
Neuschnee. Thriller
Sommernacht. Thriller
Mittsommer. Thriller

www.penguin-verlag.de

Lucy Foley

ABENDROT

Thriller

Aus dem Englischen
von Ivana Marinović

PENGUIN VERLAG

Die Originalausgabe erschien 2022
unter dem Titel *The Paris Apartment*
bei HarperCollins, London.

MIX
Papier | Fördert
gute Waldnutzung
FSC® C014496

Penguin Random House Verlagsgruppe FSC® N001967

1. Auflage

in der Penguin Random House Verlagsgruppe GmbH,
Neumarkter Straße 28, 81673 München
produktsicherheit@penguinrandomhouse.de
(Vorstehende Angaben sind zugleich
Pflichtinformationen nach GPSR)

Redaktion: Christine Neumann
Umschlaggestaltung: bürosüd
Umschlagabbildung: bürosüd
Satz: Uhl + Massopust, Aalen
Druck und Bindung: GGP Media GmbH, Pößneck
Printed in Germany 2025
ISBN 978-3-328-10838-2

www.penguin-verlag.de

Für Al – für alles.

PROLOG

Freitag

BEN

Seine Finger verharren über der Tastatur. Er muss alles niederschreiben. Das hier – das ist die Story, mit der er sich einen Namen machen wird. Ben zündet sich noch eine Zigarette an, eine *Gitanes*. Etwas klischeehaft, die hier zu rauchen, aber tatsächlich mag er den Geschmack. Und ja, na gut, er mag auch, wie er aussieht, wenn er sie raucht.

Er sitzt vor dem bodentiefen Appartementfenster mit Blick in den Hof. Abgesehen von dem matten grünlichen Schein, der von der einzigen Laterne ausgeht, ist alles in Finsternis getaucht. Es ist ein schönes Gebäude, doch in seinem Herzen birgt es etwas Verrottetes. Und nun, da er es entdeckt hat, kann er den fauligen Gestank überall riechen.

Bald schon sollte er seine Zelte hier abbrechen. Er hat sein Gastrecht in diesem Haus überstrapaziert. Jess hätte sich kaum einen schlimmeren Zeitpunkt aussuchen können, um zu Besuch zu kommen. Sie hat ihm praktisch keine Vorlaufzeit gelassen. Und sie hat am Telefon auch keine Einzelheiten genannt, aber da ist ganz klar was im Busch; irgendein Problem bei irgendeinem miesen Job in einer Bar, wo sie gerade arbeitet. Seine Halbschwester hat ein Talent dafür, genau dann aufzuschlagen, wenn sie nicht erwünscht ist. Sie ist wie ein wandelnder Magnet für Ärger; er scheint ihr überallhin zu folgen. Sie war eben noch nie gut darin, sich an die Regeln zu halten. Hat nie kapiert, um wie viel einfacher es das Leben macht, wenn man den Leuten gibt, was sie wollen, ihnen sagt, was sie zu hören wünschen. Zugegebenermaßen hat er ihr mal gesagt, sie könne vorbeikommen, »wann immer du willst«, aber er hat es nicht wirklich so gemeint. Ist ja klar, dass Jess ihn beim Wort nimmt.

Wann war das letzte Mal, dass er sie gesehen hat? Immer wenn er an sie denkt, fühlt er sich latent schuldig. Hätte er mehr für sie da sein sollen, auf sie achtgeben? Jess, sie ist zerbrechlich. Oder … nein, nicht unbedingt zerbrechlich, aber auf eine Art verletzlich, die den Leuten auf den ersten Blick entgeht. Ein »Armadillo« eben, ganz weich unter dem gut gepanzerten Äußeren.

Wie auch immer. Er sollte ihr die genaue Adresse durchgeben. Nachdem er ihren Kontakt angetippt hat, hinterlässt er eine Sprachnachricht: »Hey, Jess, also, es ist die Nummer zwölf, in der Rue des Amants. Alles klar? Zweite Etage.«

Sein Blick bleibt an einer huschenden Bewegung unten im Hof hängen. Jemand durchquert ihn eilig. Beinahe schon rennend. Er meint, eine Silhouette auszumachen, kann aber nicht erkennen, wer es ist. Dennoch, irgendwas an der Hast ist seltsam. Er verspürt ein winziges Aufwallen von Adrenalin.

Ihm fällt ein, dass er immer noch die Sprachnachricht aufnimmt, und löst den Blick vom Fenster. »Klingel einfach. Ich warte oben auf dich …«

Er bricht ab. Zögert, horcht.

Ein Geräusch.

Schritte im Flur ... sie nähern sich der Wohnung.

Die Schritte verstummen. Jemand ist da draußen, direkt vor der Tür. Er wartet auf ein Klopfen. Es kommt keins. Stille. Wenn auch eine aufgeladene Stille, wie ein angehaltener Atemzug.

Merkwürdig.

Dann ein anderes Geräusch. Er steht reglos da, die Ohren gespitzt, angestrengt lauschend. Da ist es schon wieder. Metall auf Metall, das Scharren eines Schlüssels. Dann das Klackern, als er in den Schließmechanismus einrastet. Er nähert sich der Tür und kann sehen, wie der Zylinder sich dreht. Jemand schließt sie von außen auf. Jemand, der einen Schlüssel, aber hier nichts verloren hat.

Die Klinke senkt sich. Die Tür geht mit ihrem vertrauten lang gezogenen Ächzen auf.

Er legt sein Handy auf dem Küchentresen ab, die Sprachnachricht vergessen. Wartet und sieht stumm zu, wie die Tür nach innen aufschwingt. Wie die Gestalt den Raum betritt.

»Was tust du denn hier?«, fragt er. Ruhig, vernünftig. Nichts zu verstecken. Keine Angst. Oder zumindest noch nicht. »Und warum ...?«

Da erst sieht er das Ding in der Hand.

Jetzt. Jetzt kommt die Angst.

Drei Stunden später

JESS

Herrgott noch mal, Ben. Jetzt geh schon an dein Handy. Ich friere mir hier draußen den Arsch ab. Mein Eurostar hatte bei der Abfahrt in London zwei Stunden Verspätung; ich hätte um halb elf ankommen sollen, aber jetzt ist schon nach Mitternacht. Und es ist kalt heute, hier in Paris noch kälter als daheim in London. Es ist erst Ende Oktober, aber mein Atem dampft in der Luft, und meine Zehen in den Chucks sind ganz taub. Verrückt, wenn man daran denkt, dass es erst vor ein paar Wochen eine Hitzewelle gab. Ich bräuchte mal eine ordentliche Jacke. Aber es gab schon immer einen Haufen Zeug, das ich brauchte und das ich nie bekommen werde.

Ich habe Ben jetzt wahrscheinlich schon zehnmal angerufen: erst als mein Eurostar einfuhr, dann auf dem halbstündigen Fußweg vom Gare du Nord hierher. Ging nicht ran. Und auch auf meine SMS hat er nicht geantwortet. Vielen Dank für nichts, großer Bruder.

Dabei hat er behauptet, er würde da sein, um mir die Tür aufzumachen. »Melde dich, wenn du da bist«, hieß es in seiner Sprachnachricht. »Klingel einfach.«

Tja, hier bin ich. Mit »hier« meine ich eine schummrig erleuchtete, kopfsteingepflasterte Sackgasse in einem richtig vornehmen Viertel. Das Wohngebäude vor mir befindet sich an ihrem Ende und steht ganz allein für sich da.

Ich werfe einen Blick hinter mich, die menschenleere Straße runter. Neben einem geparkten Wagen, etwa fünf, sechs Meter entfernt, meine ich, eine Bewegung im Schatten zu erkennen. Ich mache einen Schritt zur Seite, um besser zu sehen. Da ist doch … Ich spähe in die Dunkelheit. Ich könnte schwören, dass da jemand hinter dem Auto kauert.

Erschrocken zucke ich zusammen, als ein paar Straßen weiter eine Sirene die Stille der Nacht zerreißt. Lausche, während ihr Jaulen in der Nacht verebbt. Sie klingt anders als zu Hause – *nieh-nah, nieh-nah*, wie die Imitation eines Kindes –, trotzdem beschleunigt sie meinen Herzschlag.

Ich schaue wieder zu der dunklen Stelle hinter dem geparkten Auto. Nun kann ich keine Bewegung mehr ausmachen, noch nicht einmal die Gestalt, die ich zuvor meinte, gesehen zu haben. Vielleicht war es doch nur eine optische Täuschung.

Ich blicke wieder an dem Gebäude hoch. Die anderen Häuser in der Straße sind schon richtig schön, aber dieses hier schlägt sie um Längen. Es liegt ein Stück zurückversetzt, hinter einem großen Metalltor mit hohen Mauern zu beiden Seiten, die eine Art Garten oder Hof verbergen müssen. Erdgeschoss und vier Etagen zähle ich. Große, hohe Flügelfenster, allesamt mit schmiedeeisernen Balkonen davor. Üppig wuchernder Efeu erklimmt die Fassade; er sieht aus wie ein emporkriechender dunkler Fleck. Wenn ich den Hals verrenke, kann ich so was wie eine begrünte Dachterrasse ganz oben erkennen, die spitzen Wipfel von

Bäumen und Büschen wie schwarze Schattenrisse vor dem Nachthimmel.

Ich überprüfe noch einmal die Adresse. Rue des Amants, Nummer zwölf. Ich bin definitiv richtig. Ich kann immer noch nicht ganz glauben, dass Ben in diesem schnieken Gebäude wohnt. Er meinte, dass er die Wohnung über einen Kumpel bekommen habe, irgendein Typ, den er noch aus Studententagen kennt. Ben wusste sich immer schon zu helfen. Da ist es nur logisch, dass er es mit seinem Charme geschafft hat, sich eine Bude wie diese anzulachen. Und Charme muss es gewesen sein. Mir ist schon klar, dass Journalisten mehr verdienen als Kellnerinnen, aber *so* viel mehr nun auch wieder nicht.

Das Tor vor mir verfügt über einen Löwenkopftürklopfer aus Messing; der dicke Metallring wird von gefletschten Zähnen gehalten. Der obere Rand des Tores, so bemerke ich, ist mit Kletterschutzstacheln gespickt. Und über die gesamte Länge der Mauern zu beiden Seiten des Tores sind Glasscherben eingelassen, die einen in Stücke reißen würden, sollte man versuchen rüberzuklettern. Diese Sicherheitsvorkehrungen wollen nicht so recht zu der Eleganz des Gebäudes passen.

Ich hebe den Klopfer an, kühl und schwer in meiner Hand, und lasse ihn fallen. Sein Scheppern hallt durch die Gasse – in der Stille noch viel lauter als erwartet. Tatsächlich ist es hier so ruhig und dunkel, dass nur schwer vorstellbar ist, dass diese Straße Teil derselben Stadt sein soll, durch die ich heute Nacht vom Gare du Nord hergelaufen bin, mit all ihren grellen Lichtern und Menschenmassen, den Leuten, die in und aus den Restaurants und Bistros strömten. Ich denke an die Gegend rund um die riesige erleuchtete

Kathedrale auf dem Hügel oben – *Sacré-Cœur* –, an der ich vor keinen zwanzig Minuten vorbeigekommen bin, an die Touristentrauben, die Selfies schossen, die zwielichtigen Typen in Steppjacken, die gaunernd zwischen ihnen herumstreiften, allzeit bereit, den einen oder anderen Geldbeutel aus der Tasche zu fingern. Und an die Straßen und Boulevards mit den bunten Neonlichtern, die ich entlanggelaufen bin, die scheppernde Musik, die nächtlichen Imbisse, die Gruppen, die aus den Bars schwärmten, die Schlangen vor den Clubs. Das hier ist eine völlig andere Welt. Ich schaue erneut in die Gasse hinter mich – kein Mensch weit und breit. Das einzige Geräusch kommt vom Rascheln vertrockneter Efeublätter auf dem Kopfsteinpflaster. Ich kann das Röhren des Verkehrs in einiger Entfernung hören, das Hupen von Autos … aber selbst das scheint gedämpft, als würde es nicht wagen, in diese elegante, beinahe lautlose Welt einzudringen.

Ich dachte mir nicht viel dabei, als ich meinen Koffer vom Bahnhof durch die Stadt zog. Ich konzentrierte mich hauptsächlich darauf, nicht ausgeraubt zu werden, und darauf, dass das kaputte Rädchen meines Koffers nirgendwo stecken blieb und mich von den Füßen riss. Aber jetzt, zum ersten Mal eigentlich, kommt es bei mir an: Ich bin hier, in Paris. Eine andere Stadt, ein anderes Land. Ich habe es geschafft. Ich habe mein altes Leben hinter mir gelassen.

Ein Licht geht an in einem der Fenster über mir. Ich schaue hoch. Da steht eine dunkle Gestalt, Kopf und Schultern nur als Silhouette erkennbar. Ben? Obwohl, wenn er es wäre, würde er mir doch bestimmt zuwinken. Ich weiß, dass ich von der nahe gelegenen Straßenlaterne beleuchtet werde. Aber die Gestalt im Fenster ist so reglos wie eine

Statue. Ich kann keine Gesichtszüge ausmachen, nicht mal, ob es ein Mann oder eine Frau ist. Aber die Person beobachtet mich. Kann gar nicht anders sein. Ich schätze mal, ich muss ziemlich schäbig und fehl am Platz aussehen mit meinem alten, zerbeulten Koffer, der trotz des Spanngurts drum herum zu bersten droht. Ein schräges Gefühl, zu wissen, dass jemand mich sehen kann, ich ihn aber nicht. Ich senke den Blick.

Aha. Da rechts neben dem Tor erblicke ich ein Klingelschild mit Knöpfen für die verschiedenen Wohnungen und einer eingelassenen Kameralinse. Der große Löwenkopfklopfer hängt wohl nur zu Showzwecken da. Ich trete vor und drücke die Klingel für die zweite Etage, wo Ben wohnt. Ich warte auf das Knistern seiner Stimme in der Gegensprechanlage.

Keine Antwort.

SOPHIE

Penthouse

Jemand klopft draußen ans Tor. So laut, dass Benoit, mein Silber-Whippet, aufspringt und losbellt.

»*Arrête ça!*«, rufe ich.

Benoit winselt leise, bevor er verstummt. Er schaut zu mir auf, da ist Verwirrung in seinen dunklen Augen. Ich kann den Missklang in meiner Stimme ebenfalls wahrnehmen – zu schrill, zu laut. Und ich kann meine eigene raue, flache Atmung in der darauf folgenden Stille hören.

Niemand benutzt je den Klopfer. Und ganz gewiss niemand, der mit diesem Gebäude vertraut ist. Ich gehe zu den Fenstern, die zum Hof hinausblicken. Zwar kann ich von hier aus nicht auf die Straße sehen, aber das Eingangstor führt direkt in den Hof – wenn also jemand hereingekommen wäre, würde ich ihn entdecken. Aber niemand ist eingetreten, dabei ist das Klopfen ein paar Minuten her. Ganz offenbar handelt es sich nicht um eine Person, von der die Concierge meint, dass sie ins Haus solle. Gut. Von mir aus. Ich konnte die Frau zwar nicht immer leiden, aber zumindest was das angeht, weiß ich, dass auf sie Verlass ist.

In Paris kann man noch im luxuriösesten Appartement wohnen, doch der Abschaum der Stadt wird einem zuweilen trotzdem vor die Tür gespült. Die Drogensüchtigen, die Landstreicher. Die Huren. Pigalle, das Rotlicht-Viertel, ist nur einen Katzensprung entfernt, wo es sich an die Rockzipfel vom Montmartre klammert. Hier oben, in dieser millionenschweren Festung mit ihrem Ausblick über die Dächer der Stadt bis hin zum Eiffelturm, habe ich mich stets vergleichsweise sicher gefühlt. Ich bin durchaus in der Lage, den Dreck unter dem Goldüberzug zu ignorieren. Ich bin gut darin, mich blind zu stellen. Normalerweise. Aber heute Nacht ist es … anders.

Ich gehe in den Flur, um einen Blick in den Spiegel zu werfen. Ich achte sehr darauf, was ich darin zu sehen bekomme. Nicht übel für fünfzig. Teils liegt es daran, dass ich mir die französische Art angewöhnt habe, wenn es darum geht, auf meine *ligne* zu achten. Was mehr oder weniger gleichbedeutend ist mit ständig hungrig zu sein. Ich weiß, dass ich selbst zu dieser Uhrzeit makellos aussehen werde. Mein Lippenstift sitzt einwandfrei. Ich verlasse die Wohnung nie, ohne ihn aufzutragen. *Chanels* »La Somptueuse« – mein Markenzeichen. Ein königlicher Rotton mit einem Stich ins Blaue, der eher sagt: »Nimm dich in Acht«, als eine verführerische Einladung auszusprechen. Mein Haar ist zu einem tief glänzenden schwarzen Bob frisiert, der alle sechs Wochen von David Mallet an der Notre-Dame-des-Victoires nachgeschnitten wird. Die Kanten akkurat, jegliche Spuren von Silber penibel übertüncht. Jacques, mein Mann, hatte mal recht unmissverständlich zu verstehen gegeben, dass er Frauen verabscheue, die sich ab einem gewissen Alter erlauben, die Haare grau stehen zu lassen. Obwohl er nicht oft da war, um meine zu bewundern.

Ich trage das, was ich als meine tägliche Uniform betrachte. Meine Rüstung. Seidene *Equipment*-Bluse, tadellos geschnittene schmale Zigarettenhose. Dazu ein Tuch aus gemusterter Hermès-Seide um den Hals, was ganz hervorragend geeignet ist, um jegliche verheerenden Spuren der Zeit an der empfindlichen Haut dort zu verbergen. Es ist ein recht neues Geschenk von Jacques mit seiner Liebe zu schönen Dingen. So wie diese Wohnung hier. So wie ich – zumindest so wie ich war, bevor ich die Unverfrorenheit besaß zu altern.

Makellos. Wie eh und je. Wie erwartet. Und doch fühle ich mich schmutzig. Befleckt von dem, was ich heute Nacht habe tun müssen. Meine Augen im Glas des Spiegels glitzern. Das einzige Zeichen. Obgleich auch mein Gesicht ein wenig hager ist – wenn man denn ganz genau hinsähe. Ich bin noch dünner als sonst. In letzter Zeit musste ich nicht auf meine Ernährung achten, musste nicht gewissenhaft jedes Glas Wein und jeden Happen Croissant abzählen. Ich könnte nicht mal sagen, was ich heute Morgen zum Frühstück hatte … ob ich überhaupt daran gedacht habe, etwas zu essen. Mit jedem Tag sitzt mein Bund lockerer, treten die Knochen meines Brustbeins schärfer hervor.

Ich löse mein Halstuch. Ich kann einen Seidenschal so gekonnt knoten wie jede gebürtige Pariserin. Daran erkennt man mich als eine von ihnen, eine von diesen stilbewussten, vermögenden Frauen mit ihren kleinen Hunden und der exzellenten Erziehung.

Ich betrachte noch einmal die SMS, die ich Jacques gestern Abend geschickt habe. **Bonne nuit, mon amour. Tout est bien ici.** *Gute Nacht, Liebster. Hier ist alles gut.*

Hier ist alles gut. Dass ich nicht lache.

Ich weiß nicht, wie es zu alledem kommen konnte. Was

ich jedoch weiß, ist, dass alles damit anfing, dass er herkam. In die zweite Etage zog. Benjamin Daniels. Er hat alles ruiniert.

JESS

Ich ziehe mein Handy hervor. Das letzte Mal, als ich nachgeschaut habe, hatte Ben auf keine meiner Nachrichten geantwortet. Eine aus dem Eurostar: **Bin unterwegs!** Und dann: **Am Gare du Nord! Hast du einen Uber-Account?!!!** Nur für den Fall, dass er sich plötzlich spendabel genug fühlen sollte, mir ein Taxi vorbeizuschicken. Schien mir einen Versuch wert.

Da ist eine neue Nachricht auf meinem Handy. Nur dass sie nicht von Ben ist.

Du dumme kleine Schlampe. Denkst wohl, du kannst einfach so davonkommen?

Scheiße. Ich schlucke gegen die plötzliche Trockenheit in meiner Kehle an. Blockiere die Nummer.

Wie bereits gesagt, herzukommen war eine recht kurzfristige Aktion. Ben klang nicht begeistert, als ich ihn heute anrief und verkündete, ich sei unterwegs. Stimmt schon, ich habe ihm nicht viel Zeit gelassen, sich an den Gedanken zu gewöhnen. Andererseits hatte ich schon immer das Gefühl, dass unsere familiären Bande für mich wichtiger sind als für meinen Halbbruder. Letztes Weihnachten schlug ich vor, zusammen abzuhängen, aber er meinte, er sei eingespannt. »Ski fahren«, sagte er. Hatte ja keine Ahnung, dass er überhaupt Ski fahren kann. Manchmal kommt es mir sogar vor, als wäre ich ihm peinlich. Ich stehe für die Vergangenheit, und er wäre das alles gerne los.

Ich musste ihm also erklären, dass ich verzweifelt bin. »Hoffentlich nur für ein, zwei Monate, und ich komme auch für mich selbst auf«, versprach ich. »Sobald ich Fuß gefasst habe, suche ich mir einen Job.« Oh, ja. Einen, wo sie nicht allzu viele Fragen stellen. So landet man in den Spelunken, in denen ich auch bisher gearbeitet habe – gibt eben nicht viele Läden, die einen nehmen, wenn die Referenzen so mies sind.

Bis zu diesem Nachmittag war ich in der Copacabana-Bar in Brighton angestellt gewesen. Das eine oder andere üppige Trinkgeld machte alles wett. Meist von einem Haufen Banker-Trottel aus, sagen wir mal, London, die die anstehende Hochzeit eines Dick, Harry oder Tobias feierten und zu besoffen waren, um die Scheine richtig abzuzählen – entweder das oder aber für solche Typen ohnehin nur lästiges Kleingeld. Wie auch immer, jedenfalls bin ich seit heute arbeitslos. Wieder mal.

Ich drücke erneut den Klingelknopf. Keine Reaktion. Sämtliche Fenster im Haus sind dunkel, selbst jenes, das erleuchtet war. Herrgott noch mal. Er kann sich doch nicht aufs Ohr gehauen und mich komplett vergessen haben… oder doch?

Unter all den anderen Klingelschildchen ist eines abgesetzt: *Concierge*, steht da in geschwungener Gravur. Wie in so einem feinen Hotel – ein weiterer Beweis, dass es sich hier um ein echt exklusives Wohnhaus handelt. Ich drücke die Klingel, warte. Nichts. Aber ich kann mir nicht helfen: Ich sehe förmlich vor mir, wie jemand sich über die

Kameralinse die kleine Videoaufnahme von mir anschaut, mich abschätzt und dann beschließt, nicht aufzumachen.

Also hebe ich noch einmal den schweren Klopfer und donnere mehrmals damit gegen das Tor. Die Schläge hallen noch lauter als zuvor – jemand muss es doch hören. Ich jedenfalls höre einen Hund irgendwo im Inneren des Hauses kläffen.

Ich warte fünf Minuten. Niemand kommt.

Scheiße.

Ich kann mir kein Hotel leisten. Ich habe nicht genug für ein Rückfahrticket nach London, und selbst wenn, ist es völlig ausgeschlossen, dass ich zurückkehre. Ich gehe meine Optionen durch. Mich in eine Bar hocken, abwarten?

Da höre ich hinter mir Schritte hohl über das Kopfsteinpflaster klackern. Ben? Ich wirble herum in der Erwartung, dass er sich gleich entschuldigt, mir sagt, dass er nur kurz los ist, um Kippen zu holen oder so. Aber der Kerl, der auf mich zukommt, ist nicht mein Bruder. Er ist zu groß, zu stämmig, hat eine Kapuze mit Pelzbesatz über den Kopf gezogen. Er bewegt sich rasch, und da ist etwas Entschlossenes in seinem Gang. Ich packe den Griff meines Koffers etwas fester. Darin befindet sich buchstäblich alles, was ich besitze.

Er ist nur noch wenige Meter entfernt, so nah, dass ich im Schein der Straßenlaterne das Schimmern seiner Augen unter der Kapuze ausmachen kann. Er greift in seine Jackentasche, zieht seine Hand wieder hervor. Unwillkürlich weiche ich einen Schritt zurück. Und nun sehe ich es: etwas Metallenes, das in seiner Hand aufblitzt.

DIE CONCIERGE

Loge

Ich betrachte sie über den Bildschirm der Gegensprechanlage, die Fremde am Tor. Was mag sie hier wollen? Sie klingelt schon wieder. Sie muss sich verirrt haben. Allein ihr Anblick sagt mir, dass sie hier nichts verloren hat. Nur, dass sie selbst überzeugt scheint, dass sie hierher will, so entschlossen, wie sie ist. Jetzt blickt sie in die Kameralinse. Ich werde sie nicht reinlassen. Ich darf nicht.

Ich bin die Pförtnerin dieses Gebäudes, hier in meiner *loge* sitzend, einem winzigen Anbau in der Ecke des Hofs, der wahrscheinlich zwanzigmal in die Wohnungen über mir passen würde. Aber es ist immerhin meins. Mein privater Rückzugsraum. Mein Heim. Die meisten Menschen würden es nicht mal eines Namens wert erachten. Wenn ich auf dem Klappbett sitze, kann ich beinahe alle Ecken des Raumes berühren. Feuchtigkeit steigt vom Boden auf und kriecht von der Decke herab, die Fenster halten die Kälte nicht draußen. Aber es verfügt über vier Wände. Da ist Platz, um meine Fotografien aufzustellen, mit ihren Echos eines einst gelebten Lebens; all die kleine Relikte, die ich gesammelt habe und an denen ich mich festhalte, wenn ich mich am einsamsten fühle; die Blumen, die ich hin und wieder morgens im Hof pflücke, damit etwas Frisches und Lebendiges sich hier drin befindet. Dieser Ort vermittelt, trotz all seiner Mängel, Sicherheit. Ohne ihn habe ich gar nichts.

Wieder betrachte ich das Gesicht auf dem Monitor. Als die Laterne es in ihr Licht taucht, erkenne ich eine Ähnlichkeit: die scharfe Kontur der Nase und des Kiefers. Aber mehr noch als ihr Äußeres ist es etwas an der Art, wie sie sich bewegt, sich umschaut. Ein hungriger, gerissener Zug, der mich an jemand Bestimmtes erinnert. Erst recht ein Grund, sie nicht reinzulassen. Ich mag keine Fremden. Ich mag keine Veränderung. Veränderungen waren immer gefährlich für mich. Er selbst hat das bewiesen – indem er hierherkam mit seinen Fragen, seinem Charme. Der Mann, der in das Appartement in der zweiten Etage zog: Benjamin Daniels. Nachdem er herkam, wurde alles anders.

JESS

Er kommt direkt auf mich zu, der Typ in dem Parka. Er hebt den Arm. Das Metall der Klinge blitzt wieder auf. Scheiße. Ich will mich gerade umdrehen und losrennen, mir wenigstens ein paar Meter Vorsprung verschaffen …

Aber halt, nein, *nein* … Jetzt erst sehe ich, dass das Ding in seiner Hand kein Messer ist. Es ist ein iPhone in seinem Metallgehäuse. Ich stoße die Luft aus, die ich angehalten habe, und stütze mich, von einer plötzlichen Woge der Müdigkeit übermannt, auf meinen Koffer. Ich bin schon den ganzen Tag überspannt, kein Wunder, dass ich vor jedem Schatten erschrecke.

Ich sehe zu, als der Typ jemanden anruft, und kann eine leise blecherne Stimme am anderen Ende vernehmen – eine Frauenstimme, glaube ich. Dann beginnt er zu reden, übertönt sie, lauter und lauter, bis er in sein Headset brüllt. Ich habe keine Ahnung, was genau die Wörter bedeuten, aber ich muss nicht viel Französisch können, um zu verstehen, dass es sich nicht um höfliches Geplänkel handelt.

Nachdem er seine wutentbrannte Ansprache losgeworden ist, legt er auf und schiebt ungehalten das Handy in seine Jackentasche zurück. Dann spuckt er ein einzelnes Wort aus: »*Putain.*«

Das kenne ich nun doch. Ich habe zwar bei meiner Mittleren Reife in Französisch nur mit einem »ausreichend« abgeschnitten, aber dafür habe ich irgendwann mal sämtliche Schimpfwörter nachgeschlagen und bin gut darin, mir Zeug zu merken, das mich interessiert. *Nutte.* Das bedeutet es.

Jetzt dreht er sich um und steuert wieder in meine Richtung. Ich kapiere, dass er bloß das Eingangstor zu dem Gebäude nutzen will. Ich trete beiseite und komme mir total albern vor, weil ich so überreagiert habe. Aber es ist nur logisch – ich habe praktisch die gesamte Eurostar-Fahrt damit verbracht, über meine Schulter zu schauen. Nur für den Fall.

»*Bonsoir*«, sage ich mit meinem besten Akzent und werfe ihm mein strahlendstes Lächeln zu. Vielleicht lässt dieser Typ mich ja rein, und ich kann hoch in den zweiten Stock, um an Bens Wohnungstür zu klopfen. Vielleicht funktioniert bloß seine Klingel nicht oder so.

Der Typ antwortet nicht. Er wendet sich nur der kleinen Tastatur neben dem Tor zu und hämmert vier Zahlen ein. Endlich bedenkt er mich mit einem flüchtigen Blick über die Schulter. Es ist definitiv nicht der freundlichste Blick. Ich erhasche einen Schwall seiner Alkoholfahne, schal und säuerlich. Der gleiche Atem wie bei den meisten Gästen im Copacabana.

Ich lächle erneut. »Ähm … *Excusez-moi?* Bitte, ähm … ich brauche Hilfe, ich suche meinen Bruder, Ben. Benjamin Daniels …«

Ich wünschte, ich hätte etwas mehr von Bens Gespür,

seinem Charme. »Benjamin Silberzunge«, nannte Mum ihn ganz früher. Er hatte immer schon die Gabe, jedermann dazu zu bringen, das zu tun, was er wollte. Vielleicht ist er deswegen als Journalist in Paris gelandet, während ich in Brighton für einen Kerl mit dem liebevollen Kosenamen »der Perversling« Bier ausschenken musste, und das in einer miesen Spelunke, wo ich an den Wochenenden Junggesellenabschiede bediente und während der Woche das Gesindel aus dem Viertel.

Der Typ dreht sich langsam zu mir um. »Benjamin Daniels«, sagt er. Es ist keine Frage, nur der Name, den er wiederholt. Ich meine etwas in seiner Miene zu erkennen: Wut, oder vielleicht auch Angst. Er weiß, wen ich meine. »Benjamin Daniels ist nicht hier.«

»Wie meinen Sie das, er ist nicht hier? Das ist die Adresse, die er mir gegeben hat. Er wohnt im zweiten Stock. Ich kann ihn nicht erreichen.«

Der Mann kehrt mir den Rücken zu. Ich betrachte ihn, als er das Tor aufschiebt. Endlich dreht er sich zu mir um, ein drittes Mal, und ich denke: Vielleicht wird er mir ja *doch* noch helfen. Dann sagt er sehr langsam und sehr laut: »Verpiss dich hier, kleines Mädchen.«

Bevor ich dazu komme, etwas zu erwidern, scheppert es, und ich mache erschrocken einen Satz rückwärts. Er hat mir das Tor direkt vor der Nase zugeknallt. Als das metallene Echo verhallt, bleibe ich allein mit dem Geräusch meines schnellen, lauten Atems zurück.

Trotzdem, er hat mir geholfen – auch wenn er es nicht weiß. Ich warte noch einen Augenblick, werfe rasch einen Blick die Straße runter, dann hebe ich die Hand an die Tastatur und tippe dieselben Zahlen ein, die ich ihn erst vor wenigen Sekunden habe benutzen sehen: *7561*. Bingo – das kleine Lämpchen leuchtet grün auf, und ich höre, wie sich der Riegel des Tores mit einem Klack öffnet. Meinen Koffer hinter mir herziehend, schlüpfe ich hindurch.

MIMI

Dritte Etage

Merde.

Ich habe doch gerade seinen Namen gehört, da draußen in der Nacht. Ich hebe den Kopf, lausche. Aus irgendeinem Grund liege ich auf der Bettdecke, nicht darunter. Mein Haar ist feucht, das Kissen klamm und durchweicht. Ich fröstle.

Höre ich das wirklich? Habe ich es mir eingebildet? Sein Name… der mir überallhin folgt?

Nein – ich bin mir sicher, dass es real war. Eine Frauenstimme, die durch mein geöffnetes Schlafzimmerfenster wehte. Irgendwie habe ich sie über die drei Stockwerke hinweg vernommen. Irgendwie habe ich sie durch das tosende weiße Rauschen in meinem Kopf gehört.

Wer ist sie? Warum fragt sie nach ihm?

Ich setze mich auf, ziehe meine knochigen Knie an meine Brust und greife nach meinem Kindheits-*doudou*: Monsieur Gus, ein abgewetzter alter Plüsch-Pinguin, den ich immer noch neben meinen Kopfkissen aufbewahre. Ich drücke ihn gegen mein Gesicht, um mich mit dem Gefühl seines harten kleinen Kopfs, der weichen, sich verschiebenden Böhnchen in seinem Körper und seinem muffigen Geruch zu trösten.

Genau wie ich es tat, wenn ich als kleines Mädchen schlecht geträumt hatte. *Du bist nicht länger ein kleines Mädchen, Mimi.* Das hat er gesagt. Ben.

Der Mond scheint so hell, dass mein gesamtes Zimmer in ein kühles blaues Licht getaucht wird. Beinahe Vollmond. In der Ecke kann ich meinen Plattenspieler ausmachen, die Kiste mit den Vinylalben daneben. Ich habe die Wände in einem so dunklen, schwärzlichen Lila gestrichen, dass sie keinerlei Licht reflektieren, doch das Poster, das mir gegenüber hängt, scheint zu glühen. Es ist eine Fotografie von Cindy Sherman; ich habe mir ihre Ausstellung letztes Jahr im Centre Pompidou angeschaut. Seitdem bin ich völlig fasziniert davon, wie roh, wie abgedreht und intensiv ihre Arbeiten sind – es ist das, was auch ich mit meiner Malerei rüberzubringen versuche. Auf dem Poster – *Untitled Film Still #3* – trägt sie eine kurze schwarze Perücke und starrt einen an, als sei sie besessen oder als stünde sie davor, die Seele des Betrachters zu verschlingen. »*Putain!*«, meinte meine Mitbewohnerin Camille lachend, als sie es sah. »Was, wenn du einen Typen mit nach Hause bringst? Wird er sich diese krasse Furie anschauen müssen, während ihr es treibt? Das wird ihn bloß aus dem Rhythmus bringen.« *Schön wär's*, dachte ich damals. *Zwanzig Jahre und immer noch Jungfrau. Nein, schlimmer. Eine Jungfrau aus der Klosterschule.*

Ich betrachte Cindy, die dunklen Schatten unter ihren Augen wie Blutergüsse, das ausgefranste Haar, das meinem gar nicht so unähnlich ist, seit ich es mir mit einer Schere vorgeknöpft habe. Es ist, wie in einen Spiegel zu schauen.

Ich wende mich zum Fenster, blicke in den Hof runter. Das Licht im Kabuff der Concierge ist an. Natürlich – der neugierige alte Drachen ist sich für nichts zu schade. Ständig taucht sie aus irgendwelchen dunklen Ecken auf. Immer auf dem Beobachtungsposten, immer da, schaut sie einen an, als würde sie alle deine Geheimnisse kennen.

Das Gebäude formt ein U um den Hof. Mein Schlafzimmer befindet sich an dem einen Ende davon, sodass ich, wenn ich schräg nach unten schaue, in seine Wohnung sehen kann. Die letzten zwei Monate saß er beinahe jeden Abend dort, an seinem Schreibtisch, und arbeitete bis spät in die Nacht, alle Lichter an. Nur ganz kurz erlaube ich mir hinzusehen. Die Fensterläden sind geöffnet, doch das Licht ist aus, und der Raum hinter dem Schreibtisch wirkt mehr als nur leer – so, als verfüge die Leere über eine eigene Form von Tiefe und Gewicht. Ich schaue wieder weg.

Ich gleite von meinem Bett und gehe auf Zehenspitzen durch den Flur ins Wohnzimmer, wobei ich versuche, nicht über das ganze Zeug zu stolpern, das Camille überall herumliegen lässt, als wäre es eine Erweiterung ihres Schlafzimmers: Zeitschriften und achtlos fallen gelassene Pullover, schmutzige Kaffeetassen, Nagellackfläschchen, Spitzen-BHs. Von dem großen Fenster hier habe ich einen direkten Blick auf den Hofeingang. Ich sehe, wie das Tor sich öffnet. Eine schattenhafte Gestalt schlüpft durch den Spalt. Als sie in das Licht der Laterne tritt, erkenne ich sie besser: eine Frau, die ich noch nie hier gesehen habe. *Nein*, sage ich stumm. *Nein, nein, nein, nein, nein. Geh weg.* Das Tosen in meinem Kopf wird lauter.

»Hast du auch das Klopfen gehört?«

Ich wirble herum. *Putain*, Mist! Camille fläzt mit glimmender Zigarette in der Hand auf dem Sofa, die Stiefeletten auf der Armlehne abgelegt – falsches Schlangenleder mit

Zwölf-Zentimeter-Absätzen. Wann ist sie heimgekommen? Wie lange liegt sie schon dort im Dunkeln?

»Ich dachte, du wärst aus?«, sage ich. Normalerweise, wenn sie durch die Clubs zieht, bleibt sie bis zum Morgengrauen weg.

»*Oui.*« Sie zuckt die Achseln, nimmt einen Zug von ihrer Kippe. »Ich bin erst seit zwanzig Minuten zurück.« Selbst in dem spärlichen Licht kann ich sehen, wie ihr Blick von mir abgleitet. Normalerweise würde sie direkt zu einer Anekdote über irgendeinen neuen Club ansetzen, in dem sie war, oder einen Typen, dessen Bett sie gerade erst verlassen hat – einschließlich einer viel zu detaillierten Beschreibung seines Schwanzes beziehungsweise seiner Fähigkeiten in der Benutzung desselben. Ich habe oft das Gefühl, dass ich stellvertretend durch Camille lebe. Dankbar, dass jemand wie sie sich überhaupt dafür entschieden hatte, mit mir abzuhängen. Als wir uns an der Sorbonne kennenlernten, erzählte sie mir, dass sie gerne Menschen sammle, behauptete, dass sie mich interessant fand, weil ich diese »krasse Energie« hätte. An meinen schlechteren Tagen vermute ich jedoch, dass diese Wohnung hier mehr damit zu tun hat.

»Wo warst du denn?«, frage ich, wobei ich versuche, halbwegs normal zu klingen.

Sie zuckt die Achseln. »Hier und da.«

Ich habe den Eindruck, dass irgendwas mit ihr nicht stimmt, etwas, das sie mir nicht verraten will. Aber im Moment kann ich nicht über Camille nachdenken. Das Tosen in meinem Kopf scheint alle meine Gedanken zu übertönen.

Es gibt da nur eine Sache, die ich weiß: Alles, was hier geschehen ist, geschah wegen ihm – Benjamin Daniels.

JESS

Ich stehe in einem kleinen, dunklen Hof. Das Wohnhaus schließt es von drei Seiten regelrecht ein. Der Efeu hier wuchert wie wild und rankt sich beinahe bis zum vierten Stock hoch, wobei er sämtliche Fenster umgibt und die Regenrinnen verschluckt, sogar die zwei Satellitenschüsseln. Vor mir windet sich ein kurzer Weg zwischen mit dunklen Hecken und Bäumen bepflanzten Beeten hindurch. Ich kann den süßlichen Geruch welker Blätter riechen, frisch umgegrabene Erde. Zu meiner Rechten befindet sich eine Art Anbau, kaum größer als ein Gartenschuppen. Die zwei Fenster scheinen mit Holzläden verschlossen; auf einer Seite stiehlt sich ein winziger Lichtspalt durch eine Ritze.

In der Ecke gegenüber mache ich eine Tür aus, die ins Hauptgebäude führen muss. Die steuere ich an. Als ich losgehe, taucht in der Finsternis rechts von mir urplötzlich ein bleiches Gesicht auf. Ich bleibe wie angewurzelt stehen. Aber es ist nur die Statue einer nackten Frau, lebensgroß, ihr Leib von noch mehr schwarzem Efeu umschlungen, ihre Augen starr und leer.

Die Tür in der Ecke hat ebenfalls ein Codeschloss, aber sie lässt sich problemlos mit derselben Zahlenfolge öffnen –

Gott sei Dank. Ich schiebe sie auf und trete in einen dunklen, hallenden Raum. Eine Treppe schwingt sich in noch schwärzere Finsternis empor. Ich entdecke das orangefarbene Glimmen eines Lichtschalters an der Wand und knipse ihn an. Summend erwachen die trüben Lampen zum Leben. Dann ein Ticken – irgendeine Stromsparvorrichtung vielleicht. Jetzt kann ich den dunkelroten Teppich unter meinen Füßen sehen, der einen steinernen Fliesenboden bedeckt und sich die polierte Holztreppe hochzieht. Über mir windet sich das Geländer schneckenartig in die Höhe, und in seiner Mitte befindet sich ein Aufzugschacht – eine winzige, klapprige Kabine, die wohl so alt sein muss wie das Haus selbst. Überhaupt sieht der Lift so in die Jahre gekommen aus, dass ich mich frage, ob er noch in Betrieb ist. Kalter Zigarettengeruch hängt in der Luft. Trotzdem ist alles sehr gepflegt und sehr weit weg von der Bruchbude in Brighton, in der ich bis heute gehaust habe.

Rechts von mir scheint sich eine Erdgeschosswohnung zu befinden, links erblicke ich eine weitere Tür: *Cave* steht drauf. Einer verschlossenen Tür habe ich noch nie lang widerstehen können – ich schätze, man könnte auch sagen, dass dies das Hauptproblem in meinem Leben war und ist. Ich schiebe sie auf und erblicke ein paar Stufen, die abwärtsführen. Ein Schwall Kellerluft schlägt mir entgegen. Feucht und modrig.

Da höre ich ein Geräusch irgendwo über mir. Das Knarzen von Holz. Ich lasse die Tür zuschwingen und spähe hinauf. Ein paar Treppen über mir huscht etwas über die Wand. Ich warte, dass jemand um die Ecke biegt und in den Spalten des Geländers auftaucht. Aber der Schatten hält inne, als würde er auf etwas warten. Und dann, auf einmal, wird es dunkel – die Zeitschaltuhr muss abgelaufen sein. Ich strecke mich zum Lichtschalter und knipse ihn wieder an.

Der Schatten ist fort.

Ich steuere den Lift in seinem Metallkäfig an. Das Ding ist definitiv uralt, aber ich bin viel zu fertig, um auch nur daran zu denken, mein Gepäck die Treppe hochzuschleifen. Im Inneren ist gerade so Platz für mich und meinen Koffer. Ich ziehe die schmale Tür zu, drücke den Knopf zur zweiten Etage und stütze mich an der Wand ab. Sie gibt unter dem Druck meiner Handfläche nach. Ich ziehe sie hastig zurück. Es ruckelt ein bisschen, als der Lift sich in Bewegung setzt; ich halte die Luft an.

Und hoch geht's. Auch im ersten Stock befindet sich bloß eine, diesmal mit einer Messingnummer markierte, Wohnungstür. Ist da etwa nur ein Appartement pro Etage? Die müssen ja riesig sein. Ich stelle mir die schlafende Gegenwart der fremden Menschen hinter diesen Türen vor. Ich frage mich, wer darin lebt, wie Bens Nachbarn wohl sind. Und natürlich frage ich mich, in welcher Wohnung wohl der Arsch lebt, dem ich gerade am Tor begegnet bin.

Der Lift kommt ruckartig im zweiten Stock zum Halt. Ich trete in den Flur und zerre den Koffer hinter mir her. Da ist es ja: Bens Appartement mit seiner Messingnummer 2.

Beherzt klopfe ich zweimal.

Keine Antwort.

Ich gehe in die Hocke und besehe mir das Schloss. Es ist so ein altmodisches Ding, das sich locker knacken lässt. Was muss, das muss. Ich fummle meine Kreolen aus den Ohrläppchen und biege sie auseinander – der Vorteil von billigem Modeschmuck –, womit ich zwei lange, stabile Metalldrähte zur Verfügung habe. Ich mache mich ans Werk und probiere den Kniff aus. Tatsächlich hat Ben ihn mir als Kind beigebracht, also kann er sich kaum beschweren. Ich bin so gut darin, dass ich einen normalen Schließzylinder in unter einer Minute knacke.

Ich stochere mit dem Ohrringdraht herum, bis ein Klicken ertönt. Ja! – Die Tür geht auf. Ich halte einen Moment inne. Irgendwas daran fühlt sich nicht richtig an. Ich habe die letzten Jahre gelernt, verstärkt auf meine Instinkte zu vertrauen. Und genau an diesem Punkt hier stand ich schon mal. Die Hand um eine Türklinke geschlossen. Nicht wissend, was ich auf der anderen Seite vorfinden würde …

Tief durchatmen. Einen Moment lang fühlt es sich an, als würde die Luft sich um mich zusammenziehen. Ich erwische mich dabei, wie ich den Anhänger meiner Halskette umklammere. Der heilige Christophorus. Mum gab uns beiden einen, damit er über uns wacht – auch wenn das eigentlich ihr Job war und nicht etwas, das man an einen kleinen Metallheiligen delegiert. Ich bin nicht religiös und bin auch nicht sicher, ob Mum es war. Trotzdem kann ich mir nicht vorstellen, mich je davon zu trennen.

Mit der anderen Hand drücke ich die Klinke runter. Unwillkürlich kneife ich die Augen zusammen, als ich den Raum betrete.

Drinnen ist es stockfinster.

»Ben?«, rufe ich.

Keine Antwort.

Ich wage mich weiter hinein und taste nach einem Lichtschalter. Als es hell wird, enthüllt sich mir die Wohnung. Mein erster Gedanke ist: Jesus, ist die riesig. Größer noch, als ich erwartet hatte. Und prachtvoller. Hohe Decken. Dunkle Holzstreben über mir, polierte Parkettdielen unter mir, deckenhohe Fenster, die zum Innenhof hinausgehen.

Ich mache einen weiteren Schritt in den Raum hinein. In dem Moment landet etwas auf meiner Schulter. Ein dumpfer, schwerer Hieb. Dann das Brennen von etwas Scharfem, das durch meine Haut reißt.

DIE CONCIERGE

Loge

Ein paar Minuten nach dem Klopfen spähte ich durch die Fensterläden meiner Loge, als die erste Gestalt mit Kapuze den Hof betrat. Mit einiger Verzögerung sah ich eine zweite Gestalt folgen. Der Neuankömmling, das Mädchen. Wie sie da mit dem Rollkoffer über das Kopfsteinpflaster polterte, machte sie genug Lärm, um die Toten aufzuwecken.

Ich hatte sie über den Monitor der Gegensprechanlage beobachtet, bis es aufhörte zu klingen. Ich bin gut im Beobachten. Ich fege und wische die Flure der Bewohner; ich nehme ihre Post entgegen; ich öffne die Tür für sie. Aber ich beobachte auch. Ich sehe alles. Und es verleiht mir eine seltsame Art von Macht, auch wenn ich die Einzige bin, die sich dessen bewusst ist. Die Bewohner dieses Gebäudes vergessen, dass es mich gibt. Es kommt ihnen entgegen. Sich einzubilden, dass ich nichts weiter bin als eine Verlängerung dieses Gebäudes, nur das sich bewegende Teil einer großen Maschinerie, so wie der Aufzug, der sie zu ihren schönen Wohnungen befördert. Auf gewisse Weise bin ich Teil dieses Ortes geworden. Er hat mich in jedem Fall gezeichnet. Ich bin sicher, dass die Jahre des Lebens hier mich unmerklich haben schrumpfen lassen, gebückt und in mich zurückgezogen; wohingegen die Stunden, die ich damit zubrachte, die Flure und Stufen des Hauses zu schrubben, meine Muskelstränge herausgearbeitet haben. In einem anderen Leben wäre ich in meinem Alter vielleicht mollig und schwerfällig geworden. Aber den Luxus hatte ich nicht. Ich bin sehnig und knochig. Stärker, als ich aussehe.

Ich schätze mal, ich hätte losgehen und sie aufhalten können. Hätte es sogar sollen. Aber Konfrontationen sind nun mal nicht meine Art. Ich habe gelernt, dass Beobachten eine weitaus mächtigere Waffe ist. Und es hatte diesen Anschein von Unvermeidbarkeit, dass sie hier ist. Ich konnte ihr die Entschlossenheit ansehen. Sie hätte ihren Weg ins Haus gefunden, ganz egal, was ich getan hätte, um sie davon abzuhalten.

Dummes Mädchen. Es wäre so viel besser gewesen, wenn sie kehrtgemacht und diesen Ort verlassen hätte. Nie wieder zurückgekommen wäre. Aber nun ist es zu spät. So soll es denn sein.

JESS

Mein Herz rast, meine Muskeln krampfen.

Ich senke den Kopf, sehe eine Katze, die in einer verschwommenen Bewegung schnurrend um meine Beine streift. Geschmeidig, schwarz, mit einer weißen Fellkrause um den Hals. Ich fahre mit der Hand hinten unter meinen Jackenkragen. Als ich sie wieder hervorziehe, schimmert Blut an meinen Fingern. *Autsch.*

Die Katze muss von dem Küchentresen neben der Tür direkt auf meine Schulter gesprungen sein und sich, als ich nach vorne kippte, Halt suchend festgekrallt haben. Jetzt sieht sie durch verengte grüne Augen zu mir auf und gibt ein Maunzen von sich, wie die Frage, was zum Teufel ich hier verloren habe.

Eine Katze! Herrjemine. Ich muss lachen, höre aber gleich wieder auf, wegen des seltsamen Echos, das durch den hohen Raum hallt.

Ich hatte keine Ahnung, dass Ben eine Katze hat. Mag er Katzen überhaupt? Es erscheint mir verrückt, dass ich das nicht weiß. Aber ich nehme mal an, dass es generell nicht viel gibt, was ich über sein Leben hier weiß.

»Ben?«, rufe ich. Erneut prallt der Klang meiner Stimme zu mir zurück. Keine Antwort. Ich glaube nicht, dass ich eine erwartet habe – es ist zu still, zu leer hier drin. Und da ist ein merkwürdiger Geruch. Etwas Chemisches.

Plötzlich habe ich das dringende Bedürfnis nach einem Drink. Das Wichtigste zuerst. Ich betrete den kleinen Küchenbereich zu meiner Rechten und fange an, die Schränke zu durchforsten. Ich finde eine halbe Flasche Rotwein. Ich würde zwar etwas mit mehr Schub vorziehen, aber in der Not frisst der Teufel auch Fliegen, und überhaupt könnte der Spruch genauso gut das Motto meines ganzen verkackten Lebens sein. Ich schenke mir ein ordentliches Glas ein. Auf dem Tresen liegt auch eine Schachtel Kippen, hellblaue Verpackung: *Gitanes*. Ich hatte keine Ahnung, dass Ben noch raucht. Ist ja klar, dass er sich für eine fancy französische Marke entscheidet. Ich angle mir eine heraus, zünde sie an, inhaliere und huste wie damals beim ersten Mal, als eines der anderen Pflegekinder mich ziehen ließ. Das Zeug ist echt stark, würzig und ungefiltert. Bin mir nicht sicher, ob ich es mag. Trotzdem schiebe ich den Rest der Packung in die Tasche meiner Jeans – das ist Ben mir schuldig – und schaue mich das erste Mal richtig in der Bude um.

Ich bin … erstaunt. Und das ist gelinde ausgedrückt. Ich bin mir nicht sicher, was ich erwartet hatte, aber das hier gewiss nicht. Ben ist eher der kreative, coole Typ (nicht, dass ich ihn in seiner Gegenwart je als cool bezeichnen würde), doch ganz im Gegensatz dazu ist die gesamte Wohnung mit einer altmodischen Oma-Tapete bedeckt: silbrig, mit einem zarten Blumenmuster. Als ich die Hand an die Wand lege, merke ich, dass sie gar nicht aus Papier ist, sondern aus stark verblichener Seide. Ich entdecke hellere Stellen, wo einst Bilder gehangen haben müssen, und kleine rostfarbene Flecken im Stoff. Von der hohen Decke hängt ein Kronleuchter, dessen geschwungene Metallarme die Glühbirnen halten. Ein langer Schweif Spinnweben schwingt träge hin und her – von irgendwoher muss es ziehen. Und offenbar gab es mal Vorhänge an den Fenstern, denn ich sehe eine leere Gardinenstange über mir, an der sich noch die Messingringe befinden. Ein schlichter Schreibtisch steht an einem der Flügelfenster. Außerdem gibt es ein Regal, auf dem sich mehrere elfenbeinfarbene Taschenbücher reihen sowie ein dickes blaues Französischwörterbuch.

In der Ecke neben mir steht ein Garderobenständer mit einer alten Khakijacke dran; ich bin sicher, dass ich sie schon mal an Ben gesehen habe. Vielleicht sogar bei unserem letzten Treffen vor ungefähr einem Jahr, als er in Brighton vorbeikam und mich auf ein Mittagessen einlud, bevor er sich sang- und klanglos wieder aus meinem Leben verkrümelte. Ich greife in die Taschen und ziehe einen Schlüsselbund sowie ein braunes Lederportemonnaie hervor.

Ist es nicht ein bisschen komisch, dass Ben fort ist, aber das hiergelassen hat?

Ich öffne das Portemonnaie; im hinteren Fach steckt ein dickes Bündel Euroscheine. Ich nehme mir einen Zwanziger und dann, als kleine Zugabe, noch zwei Zehner. Wenn er hier wäre, müsste ich ihn sowieso um Geld anhauen. Ich werde es ihm zurückzahlen … irgendwann.

Vorne bei den Bankkarten steckt auch eine Visitenkarte im Fach: **Theo Mendelson. Redaktion Paris, *Guardian*.** Und in Bens Handschrift mit Kuli draufgekritzelt (manchmal denkt er nämlich dran, mir eine Geburtstagskarte zu schicken): BRAUCHT EINEN PITCH VON DER STORY.

Als Nächstes schaue ich mir die Schlüssel an. Einer von ihnen gehört zu einer Vespa, was seltsam ist, da er beim letzten Mal noch einen alten Mercedes aus den Achtzigern mit Faltverdeck fuhr. Der andere ist ein großes altmodisches Exemplar und sieht aus, als könne er zu der Wohnung gehören. Ich gehe zur Tür und probiere ihn aus – das Schloss dreht sich klickend.

Das Unbehagen in meiner Magengrube wächst. Er könnte eine extra Ausfertigung besitzen, überlege ich. Das hier könnte der Zweitschlüssel sein, den er mir geben wollte. Er hat wahrscheinlich auch einen Ersatzschlüssel für die Vespa; womöglich ist er sogar damit weggefahren. Und was sein Portemonnaie angeht, hat er wahrscheinlich noch Bargeld in der Hosentasche.

Als Nächstes entdecke ich das Badezimmer. Es gibt nicht viel zu berichten, außer die Tatsache, dass Ben keine Handtücher zu besitzen scheint, was schon ziemlich schräg ist. Ich kehre in den Wohnbereich zurück. Das Schlafzimmer muss hinter der geschlossenen Flügeltür liegen. Ich gehe darauf zu, die Katze folgt mir schattengleich. Einen Moment zögere ich.

Die Katze maunzt mich erneut an, wie um zu fragen: Worauf wartest du? Ich nehme einen großen Schluck von meinem Wein. Tief durchatmen. Tür aufschieben. Noch einmal durchatmen. Augen öffnen. Leeres Bett. Leeres Zimmer. Niemand ist hier. Ausatmen.

Okay. Ich meine, ich dachte nicht wirklich, dass ich irgendwas in der Art vorfinden würde. So ist Ben nicht. Ben ist in jeglicher Hinsicht ordentlich, aufgeräumt; ich bin hier die abgefuckte Chaotin. Aber wenn einem einmal so etwas passiert ist …

Ich leere den Rest meines Weins, bevor ich die Einbauschränke im Schlafzimmer durchgehe. Nicht viel in Sachen

Hinweise, außer dass die meisten Klamotten meines Bruders aus Läden stammen, die *Acne* (warum bitte sollte man Klamotten tragen wollen, die nach einer Hautkrankheit benannt sind?) und *A.P.C.* heißen.

Zurück im Wohnzimmer gieße ich den letzten Rest Rotwein in mein Glas und kippe ihn runter. Dann schlendere ich zum Schreibtisch vor dem bodentiefen Fenster, das zum Innenhof hinausgeht. Auf dem Tisch befindet sich bis auf einen abgegriffenen Kuli nichts. Kein Laptop. Dabei schien Ben siamesisch damit verwachsen, als er mich letztes Mal zum Mittagessen einlud; er holte ihn sogar heraus, um schnell noch was zu tippen, während wir auf unsere Bestellungen warteten. Ich schätze mal, er hat ihn bei sich, wo auch immer er gerade ist.

Auf einmal überkommt mich das eindeutige Gefühl, dass ich nicht allein bin, dass ich beobachtet werde. Wie ein Kribbeln, das mir über den Nacken läuft. Ich wirble herum. Niemand da, außer der Katze, die auf einem Stuhl hockt. Vielleicht war es nur das.

Die Katze sieht mich einige Sekunden an, bevor sie den Kopf zur Seite neigt, so als würde sie eine Frage stellen. Es ist das erste Mal, dass ich sie so still sitzen sehe. Dann hebt sie eine Pfote an ihr Mäulchen und leckt sie ab. Und da erst bemerke ich, dass sowohl die Pfote als auch die weiße Fellkrause blutverschmiert sind.

Ich greife nach der Katze, um sie mir genauer anzusehen, aber sie schlüpft flink unter meiner Hand hindurch. Vielleicht hat sie nur eine Maus gefangen oder so? Eine der Pflegefamilien, bei denen ich untergebracht war, hatte auch eine Katze: Suki. Obwohl sie klein war, konnte sie eine ganze Taube verputzen; einmal kam sie komplett blutverschmiert zurück wie so ein Wesen aus einem Horrorfilm, und meine Pflegemutter Karen fand die kopflose Leiche erst am späten Vormittag. Ich bin sicher, dass irgendwo in der Wohnung eine kleine tote Kreatur herumliegt und nur darauf wartet, dass ich drauftrete. Oder sie hat draußen im Hof etwas getötet – die Fenster stehen ein Stück weit offen, so muss sie hier ein und aus gehen können, über den wuchernden Efeu vielleicht.

Trotzdem. Ein bisschen habe ich mich schon erschrocken. Als ich sie so sah, da dachte ich einen Moment lang…

Nein. Ich bin nur müde. Ich sollte mich hinlegen und versuchen, ein bisschen zu schlafen.

Ben wird morgen früh auftauchen und erklären, wo er gesteckt hat. Ich werde ihm sagen, dass es arschig von ihm war, mich so stehen zu lassen, und dass ich praktisch bei ihm einbrechen musste. Und es wird sein wie in den alten Zeiten, den ganz alten Zeiten, bevor er zu seiner hochglanzpolierten reichen Familie zog und sich eine neue Art zu sprechen, eine neue Weltsicht angewöhnte, während ich durch das staatliche Fürsorgesystem bugsiert wurde, bis ich alt genug war, um mich allein durchzuschlagen. Ich bin sicher, ihm geht's gut. Ben stoßen keine schlimmen Dinge zu. Er ist der Glückspilz von uns beiden.

Ich schlüpfe aus meiner Jacke und werfe sie aufs Sofa. Wahrscheinlich sollte ich duschen – ich bin mir ziemlich sicher, dass ich müffle. Ein bisschen nach Körperausdünstungen, aber hauptsächlich nach Essig. Du kannst eben nicht im Copacabana arbeiten und nicht nach dem Zeug stinken; wir benutzten es nach jeder Schicht, um die Theke abzuwischen. Aber ich bin zu müde für eine Dusche. Ich glaube, Ben hat etwas von einem Klappbett erwähnt, doch ich kann keins entdecken. Also schnappe ich mir eine Decke vom Sofa und lege mich im Schlafzimmer angezogen aufs gemachte Bett. Ich klopfe die Kissen zurecht, um sie bequemer anzuordnen. Dabei rutscht etwas hervor und fällt auf den Boden.

Ein Damenslip: schwarze Seide, Spitzenbesatz, definitiv teuer. *Iiih*. Herrje, Ben. Ich will gar nicht dran denken, wie der unters Kissen gelangt ist. Ich weiß nicht mal, ob Ben eine Freundin hat. Und da verspüre ich unwillkürlich einen traurigen Stich. Ben ist alles, was ich habe, und nicht mal das weiß ich über ihn.

Ich bin zu müde, um mehr zu tun, als die Unterhose mit der Fußspitze wegzukicken, sodass ich sie wenigstens nicht sehen muss. Morgen werde ich auf dem Sofa schlafen.

JESS

Die Stimme eines Mannes. Dann eine andere Stimme, die einer Frau.

Ein Schrei reißt durch die Stille.

Ich setze mich im Bett auf und lausche angestrengt, das Herz hämmert gegen meine Rippen. Ich brauche kurz, um zu begreifen, dass die Geräusche aus dem Innenhof kommen und durch die geöffneten Fenster im Wohnzimmer hereindringen. Ich schaue auf den Wecker neben Bens Bett. Kurz vor sechs, fast schon Morgen, aber es ist immer noch dunkel.

Der Mann brüllt erneut. Es klingt lallend, als habe er getrunken.

Ich schleiche mich ins Wohnzimmer zum Fenster und gehe in die Hocke. Die Katze stupst ihr Gesicht gegen meinen Schenkel, miaut. »Schh«, ermahne ich sie, aber eigentlich mag ich das Gefühl ihres warmen, festen Körpers an meinem.

Ich spähe in den Hof. Zwei Gestalten stehen unten: eine groß gewachsen, eine viel kleiner. Der Kerl ist dunkelhaarig, sie ist blond; ihr langer Haarschweif fällt im kühlen Licht der einzigen Laterne silbern herab. Er trägt einen Parka mit pelzbesetzter Kapuze, die mir bekannt vorkommt, und mir wird klar, dass es der Kerl ist, den ich vor dem Tor »kennengelernt« habe.

Die Stimmen werden lauter – sie brüllen nun gegeneinander an. Ich bin ziemlich sicher, dass ich die Frau das Wort *police* sagen höre. Daraufhin ändert sich sein Tonfall – ich verstehe die Worte nicht, aber es liegt eine neue Härte darin, eine Drohung. Ich sehe, wie er zwei Schritte auf sie zumacht.

»*Laisse-moi!*«, schreit sie und klingt nun ebenfalls anders – eher verängstigt als wütend. Er macht noch einen Schritt auf sie zu. Mir wird bewusst, dass ich mich so nah an die Scheibe gedrückt habe, dass mein Atem das Glas beschlagen hat. Ich kann nicht nur hier sitzen, lauschen, zusehen. Er hebt eine Hand. Er ist so viel größer als sie.

Eine plötzliche Erinnerung… Mum, sie schluchzt. *Es tut mir leid, es tut mir leid.* Immer wieder, wie die Worte eines Gebets.

Ich hebe eine Hand und schlage damit gegen die Fensterscheibe. Ich will ihn für einen Moment ablenken, ihr die Zeit geben, sich zu entfernen. Ich sehe beide verwirrt aufblicken und ducke mich weg.

Als ich wieder nach draußen spähe, bekomme ich gerade noch mit, wie er etwas vom Boden aufhebt, etwas Großes, Sperriges, rechteckig. Mit einem heftigen Stoß schleudert er es in ihre Richtung… auf sie herab. Sie weicht zurück, und das Ding explodiert zu ihren Füßen. Es ist ein Koffer, aus dessen Innerem Klamotten zu allen Seiten herausfliegen.

Dann sieht er direkt zu mir hoch. Dieses Mal ist keine Zeit, mich wegzuducken. Ich verstehe, was sein Blick zu bedeuten hat: *Ich habe dich gesehen. Und ich will, dass du es weißt.*

Ja, denke ich, seinen Blick unverwandt erwidernd. *Und ich habe dich gesehen, du Arschloch. Ich kenne Typen wie dich. Mir machst du keine Angst.* Bloß, dass mir sämtliche Nackenhaare zu Berge stehen und das Blut in meinen Ohren rauscht.

Ich schaue zu, wie er zu der Statue rübergeht und sie brutal von ihrem Sockel stößt, sodass sie umkippt und krachend auf den Boden fällt. Dann steuert er die Tür an, die zurück ins Gebäude führt. Ich höre ihren Knall durchs Treppenhaus hallen.

Die Frau bleibt im Hof zurück, wo sie sich auf alle viere hinablässt, um die Sachen aufzusammeln, die aus dem Koffer geflogen sind. Noch eine Erinnerung: Mum, auf ihren Knien im Flur. Bettelnd, flehend …

Wo, bitte, sind die anderen Nachbarn? Ich kann nicht die Einzige sein, die diesen Aufruhr mit angehört hat. Es ist keine Entscheidung, runterzugehen und zu helfen – es ist etwas, das ich tun muss. Ich schnappe mir die Schlüssel und renne die Treppen runter.

Als ich in den Hof hinaustrete, blickt die Frau, immer noch auf Händen und Knien, mir entgegen. »Hey«, sage ich. »Sind Sie okay?«

Zur Antwort hält sie eine Seidenbluse hoch; sie ist mit Erde verschmiert. Dann, in gebrochenem Englisch: »Ich bin nur gekommen, um meine Sachen zu holen. Ich sage ihm, es ist aus, für immer. Und dann … tut er das hier. Er ist ein Mistkerl. Ich hätte ihn nie heiraten dürfen.«

Jesus, denke ich. Genau das ist der Grund, warum ich weiß, dass ich als Single besser dran bin. Mum hatte schon einen unfassbar miesen Männergeschmack. Und mein Vater war der Schlimmste von allen. Angeblich ein netter Typ.

Von wegen, ein echt beschissener Dreckskerl war er. Wäre besser gewesen, wenn er sich bei Nacht und Nebel verpisst hätte, so wie Bens Vater es getan hatte, bevor er zur Welt kam.

Die Frau flucht leise vor sich hin, während sie die Klamotten in den Koffer stopft. Die Wut scheint wieder die Oberhand über die Angst gewonnen zu haben. Ich eile hinüber, gehe in die Hocke und helfe ihr die Sachen aufzuklauben: High Heels mit französischen Markennamen auf der Innensohle, ein schwarzer Spitzen-BH, ein kleiner orangefarbener Pulli aus dem weichsten Stoff, der mir je unter die Finger gekommen ist. »*Merci*«, bedankt sie sich zerstreut. Dann kräuselt sie die Stirn. »Wer sind Sie? Ich habe Sie hier noch nie gesehen.«

»Ich wollte eigentlich meinen Bruder Ben besuchen.«

»*Ben*«, wiederholt sie, wobei sie seinen Namen langzieht. Sie mustert mich von oben bis unten und registriert zweifelsohne meine abgewetzte Jeans und meinen alten Pulli. »Er ist Ihr Bruder? Bevor er kam, dachte ich, alle Engländer haben immer Sonnenbrand und keinen Stil und schlimme Zähne. Ich wusste nicht, dass sie so … schön sein können, so *charmant*, so *soigné*.« Anscheinend gibt es im Englischen nicht genug Wörter, um zu beschreiben, wie wundervoll mein Bruder ist. Sie fährt damit fort, Klamotten in ihren Koffer zu stopfen, nicht ohne eine gewisse Aggressivität in ihren Bewegungen, und ich erwische sie dabei, wie sie einen finsteren Blick zur Haustür wirft. »Ist es denn so seltsam, dass ich genug hatte, zu sein mit einem dummen, idiotischen Versager, einem … *alcoolique*? Dass ich ein bisschen flirten wollte? Und ja, *d'accord*, vielleicht wollte ich Antoine eifersüchtig machen. Damit er sich um etwas anderes kümmert, nicht nur um sich selbst. Ist es so eine Überraschung, dass ich anfing, mich woanders umzusehen?« Sie schwingt den Vorhang aus seidig glänzendem Haar über ihre Schulter. Schon beeindruckend, das mit dieser Eleganz hinzukriegen, während man auf allen vieren herumkrabbelt, um seine Spitzendessous aus einem gekiesten Beet aufzuklauben.

Sie schaut wieder zum Gebäude und hebt ihre Stimme, fast so, als wolle sie, dass ihr Ehemann sie hört. »Er sagt, ich interessiere mich nur wegen seinem Geld für ihn. Natürlich interessiere ich mich nur für sein Geld. Es war das Einzige, was es – wie sagen Sie? – lohnenswert machte? Aber nun …«, sie zuckt die Achseln, »… es lohnt sich nicht mehr.«

Ich reiche ihr ein knallblaues Seidenkleid und einen babyrosa Stoffhut mit JAQUEMUS-Aufdruck vorne drauf. »Haben Sie Ben in letzter Zeit gesehen?«, frage ich.

»*Non*«, antwortet sie, eine Augenbraue gewölbt, als würde ich ihr was unterstellen. »*Pourquoi?* Warum fragen Sie?«

»Er wollte gestern Abend zu Hause auf mich warten, aber er war nicht da … und er antwortet auch nicht auf meine Nachrichten.«

Ihre Augen werden groß. Und dann, kaum hörbar, murmelt sie etwas: »*Antoine … non. C'est pas possible …*«

»Wie meinen Sie?«

»Oh … *rien*, nichts.« Doch mir entgeht nicht ihr Blick, der Richtung Gebäude zuckt – ängstlich, ja, argwöhnisch –, und ich frage mich, was das zu bedeuten hat.

Dann versucht sie, die Schnallen ihres prallen Koffers zu schließen – aus braunem Leder, über und über mit einer Art Logo bedruckt –, aber ich sehe, dass ihre Hände zittern, was ihre Bewegungen fahrig macht. »*Merde!*« Endlich rasten die Schnallen ein.

»Hey«, sage ich. »Wollen Sie reinkommen? Ein Taxi rufen?«

»Auf keinen Fall«, erwidert sie heftig. »Da gehe ich nie wieder rein. Gleich kommt mein Uber…« Wie aufs Stichwort piept ihr Handy. Sie wirft einen Blick drauf und stößt einen erleichterten Seufzer aus. »*Merci*. Er ist da. Ich muss los.« Sie dreht sich um und blickt am Gebäude hoch. »Wissen Sie, was? Scheiß auf diesen Ort. Er ist böse.« Dann wird ihre Miene sanfter, und sie sendet eine Luftkuss zu den Fenstern über uns. »Aber wenigstens eine gute Sache ist mir hier passiert.«

Sie zieht den Griff des Koffers hoch, wendet sich ab und stakst Richtung Tor davon.

Ich eile ihr hinterher. »Was meinen Sie mit ›böse‹?«

Sie bedenkt mich mit einem Blick und schüttelt dann den Kopf, tut so, als würde sie einen Reißverschluss über ihren Lippen zuziehen. »Ich will noch mein Geld bekommen, nach der Scheidung.«

Und damit ist sie draußen und steigt in den Uber. Als der Wagen in die Nacht davonfährt, wird mir bewusst, dass ich nicht dazu gekommen bin zu fragen, ob das, was sie mit meinem Bruder hatte, mehr als nur ein Flirt war.

Ich drehe mich zum Hof zurück und mache mir vor Schreck fast in die Hose. Eine alte Frau steht da und starrt mich an. Ein kaltes weißes Licht scheint von ihr auszugehen, wie von einer Erscheinung aus einer Geisterjäger-Sendung. Als ich mich wieder gefangen habe, wird mir klar, dass es daran liegt, dass sie unter der Laterne steht. Wo zur Hölle kommt die denn jetzt her?

»*Excusez-moi?*«, bringe ich hervor. »*Madame?*« Ich bin noch nicht mal sicher, was ich sie fragen will. *Wer sind Sie?*, vielleicht. *Was tun Sie hier?*

Sie antwortet nicht. Sie schüttelt nur sehr langsam den Kopf. Dann zieht sie sich zurück, verschwindet in Richtung des kleinen Häuschens im Eck. Ich schaue ihr nach, als sie im Inneren verschwindet und die Fensterläden – die, wie ich nun sehe, offen gewesen sein müssen – rasch zugezogen werden.

Samstag

NICK

Erste Etage

Ich beuge mich über die Lenkstange des Peloton-Bikes nach vorne und stelle mich für den Anstieg über dem Sattel auf. Brennender Schweiß rinnt in meine Augen. Meine Lungen fühlen sich an, als wären sie voller Säure, nicht Luft; mein Herz hämmert so heftig, dass ich mich einem Infarkt nahe fühle. Ich trete fester in die Pedale. Ich will voranpreschen, über alles hinaus, was ich bisher geschafft habe. Winzige Sterne tanzen in meinen Augenwinkeln. Die Wohnung um mich herum verschiebt sich und verschwimmt. Kurz glaube ich, dass ich ohnmächtig werde. Vielleicht bin ich das auch geworden – das Nächste, was ich mitbekomme, ist, dass ich zusammengesunken über der Lenkstange hänge, während der Mechanismus surrend ausläuft. Mich überkommt ein plötzlicher Schwall von Übelkeit. Ich zwinge ihn nieder und schnappe mit großen Schlucken nach Luft.

Das Spinning habe ich in San Francisco für mich entdeckt. Außerdem Bulletproof Coffee, Keto, Bikram… eigentlich so ziemlich jeden Trend, auf den die IT-Welt aufsprang, wenn er einem nur versprach, einen extra Vorteil, irgendeinen zusätzlichen Quell der Inspiration zu verschaffen. Normalerweise würde ich jetzt hier sitzen und einen Online-Kurs absolvieren, mir einen Ted Talk anhören. Nicht so an diesem Morgen. Heute früh wollte ich mich in exzessiver Anstrengung verlieren, zu einem Ort vordringen, wo Gedanken verstummen. Ich bin kurz nach fünf aufgewacht, aber da wusste ich schon, dass ich keinen Schlaf finden würde, vor allem wegen des Streits unten im Hof, der neueste – und schlimmste – von vielen. Mich aufs Rad zu schwingen, schien mir das einzig Sinnvolle.

Etwas wacklig klettere ich vom Sattel. Das Rad ist, neben meinem iMac und meinen Büchern, einer der wenigen Gegenstände in diesem Raum. Keine Bilder an den Wänden. Keine Teppiche auf dem Boden. Teils, weil ich auf diese minimalistische Ästhetik stehe. Teils, weil ich immer noch nicht das Gefühl habe, richtig eingezogen zu sein, und mir die Vorstellung gefällt, jederzeit aufstehen und gehen zu können.

Ich ziehe die Stöpsel aus meinen Ohren. Wie es scheint, hat sich die Situation draußen im Hof beruhigt. Ich gehe zum Fenster, wobei die Muskeln in meinen Waden heftig krampfen.

Erst kann ich nichts erkennen. Dann hängen meine Augen sich an einer Bewegung auf, und ich sehe, dass da unten eine junge Frau steht und die Haustür aufschiebt. Irgendwas an ihr, an der Art, wie sie sich bewegt, kommt mir bekannt vor. Schwierig zu sagen, aber mein Hirn tastet danach herum wie nach einem entfallenen Wort.

Kurz darauf registriere ich, dass in der zweiten Etage das Licht angeht. Die junge Frau erscheint kurz in einem der

Fenster. Dann dreht sie sich um und entfernt sich – zum Schlafzimmer, nehme ich an. Ich beobachte sie, bis sie aus meinem Blickfeld verschwunden ist. Nun weiß ich, dass sie etwas mit ihm zu tun haben muss. Mit meinem alten Kumpel und – seit Kurzem – auch Nachbarn, Benjamin Daniels. Er hatte mir einmal von einer jüngeren Schwester erzählt. Halbschwester. Ein kleiner Rabauke. Ein kleiner Problemfall. Aus seinem alten Leben, egal, wie sehr er sich von alledem lösen wollte. Was er mir definitiv nicht erzählt hat, war, dass sie vorhatte herzukommen. Andererseits wäre es auch nicht das erste Mal, dass er etwas vor mir verheimlicht hat, nicht wahr?

JESS

Mein Hals schmerzt, und ein öliger Schweißfilm klebt auf meiner Stirn. Ich blicke an die hohe Zimmerdecke über mir und versuche dahinterzukommen, wo ich bin. Jetzt fällt's mir wieder ein: Wie ich gestern Nacht hier angekommen bin ... die Szene heute früh im Hof. Draußen war es noch zappenduster, daher bin ich danach wieder ins Bett. Ich glaubte zwar nicht, dass ich noch in der Lage wäre einzuschlafen, aber ich muss eingedöst sein. Trotzdem fühle ich mich nicht ausgeruht. Mein gesamter Körper schmerzt, als hätte ich mit jemandem gekämpft. Ich glaube, ich *habe* mit jemandem gekämpft, in meinem Traum. So ein Traum, bei dem man erleichtert ist, wenn man daraus erwacht. Er kehrt in Bruchstücken zu mir zurück. Ich versuchte, in ein geschlossenes Zimmer zu gelangen, aber meine Hände, meine Finger und Daumen, waren fahrig und ungeschickt. Jemand – Ben? – schrie mich an: *Öffne nicht die Tür*! Aber ich wusste, ich muss, wusste, dass ich keine andere Wahl habe. Und dann, endlich, ging die Tür auf, und mit einem Mal wusste ich, dass er recht gehabt hatte – oh, warum nur hatte ich nicht auf ihn gehört? Denn was mich auf der anderen Seite erwartete ...

Ich setze mich im Bett auf. Ich checke mein Handy. Sieben Uhr. Keine Nachrichten. Ein neuer Tag, und immer noch keine Spur von meinem Bruder. Ich wähle seine Nummer … und lande direkt auf der Mailbox. Ich höre mir noch einmal die Sprachnachricht an, die er mir hinterlassen hat, die, in der er mir die Adresse durchgibt. »Klingel einfach. Ich warte oben auf dich …«

Und dieses Mal fällt mir etwas Merkwürdiges auf: Wie abgehackt die Nachricht am Ende klingt, als hätte ihn etwas abgelenkt, dann ein dumpfes Gemurmel im Hintergrund. Mehr kann ich nicht heraushören, obwohl ich mich bemühe.

Das mulmige Gefühl in mir wächst.

Ich gehe ins Wohnzimmer. Bei Tageslicht sieht die Wohnung noch mehr wie der Ausstellungsraum eines Museums aus. Man sieht die Staubpartikel in der Luft schweben. Und mir ist soeben etwas aufgefallen, was mir gestern Abend entgangen ist. Ein recht großer hellerer Fleck auf den Parkettdielen nur ein paar Schritte vor der Wohnungstür. Ich gehe hinüber und kauere mich hin. Und da steigt mir der Geruch – der seltsam chemische Geruch, der mir gestern Nacht schon aufgefallen ist – von der Nase direkt in die Kehle. Ein ätzender Gestank, der die Schleimhäute angreift. Bleiche. Aber das ist nicht alles. Irgendwas steckt da in der Spalte zwischen den Parkettstäben und glimmt im kühlen Morgenlicht auf. Ich versuche, es mit den Fingern herauszufriemeln, aber es sitzt fest. Ich gehe zur Küchenzeile, schnappe mir zwei Gabeln aus der Besteckschublade und benutze sie, um es zu lockern. Endlich kriege ich das Ding raus. Zuerst entspult sich eine dünne goldene Kette, dann ein runder Anhänger: das Bild eines Heiligen in einem Umhang, auf einen Hirtenstab gestützt.

Bens heiliger Christophorus. Ich hebe die Hand und betaste die identisch beschaffene Metallmünze um meinen Hals, das Gewicht des Anhängers. Ich habe meinen Halbbruder nie ohne ihn gesehen. Genau wie ich nimmt er die Kette nie ab, weil sie von unserer Mum stammt. Weil es eine der wenigen Sachen ist, die wir von ihr haben. Vielleicht ist es das schlechte Gewissen, aber ich habe den Verdacht, dass Ben, was solche Dinge angeht, fast noch sentimentaler ist als ich.

Aber hier ist er, der Anhänger. Und die Kette ist gerissen.

JESS

Ich sitze da und gebe mir Mühe, nicht in Panik zu verfallen. Versuche, mir die rationalen Erklärungen zu überlegen, die sicherlich hinter alledem stecken müssen. Sollte ich die Polizei rufen? Würde ein normaler Mensch das tun? Denn mittlerweile sind da gleich mehrere Dinge, die nicht stimmen: dass Ben nicht da war, obwohl er gesagt hat, er würde hier auf mich warten, und dass er nicht an sein Handy geht. Dann das blutverschmierte Fell der Katze. Der Bleichefleck. Die gerissene Halskette. Aber viel mehr noch ist es, wie sich die ganze Sache… anfühlt. Nämlich falsch. *Hör immer auf deine innere Stimme*, war Mums Motto. *Ignoriere nie ein Bauchgefühl.* Bei ihr selbst klappte es natürlich nicht so gut. Aber auf gewisse Art hatte sie recht. So wusste ich nämlich, dass ich mich bei den Andersons abends in meinem Zimmer verbarrikadieren musste, noch bevor ein anderes von den Pflegekids mir von Mr Anderson und seinen Vorlieben erzählte. Und früher noch, vor den Pflegefamilien, da wusste ich, dass ich nicht in das verschlossene Zimmer gehen sollte – auch wenn ich es trotzdem tat.

Aber alles in mir sträubt sich dagegen, die Polizei zu rufen. *Sie werden vielleicht Dinge über dich wissen wol-*

len, meldet sich eine leise Stimme. *Sie werden womöglich Fragen haben, die du nicht beantworten möchtest.* Die Polizei und ich, wir sind nie so gut miteinander klargekommen. Man könnte auch sagen, dass ich meine Erfahrungen gemacht habe. Und obwohl er es verdient hat – das, was ich dem Bastard angetan habe –, gehe ich mal davon aus, dass es, rein theoretisch, trotzdem unter »kriminell« läuft. Für den Moment will ich nicht, dass mich die Bullen auf dem Schirm haben, außer es lässt sich absolut nicht vermeiden.

Zudem habe ich ihnen nicht gerade viel zu erzählen, oder? Eine Katze, die wahrscheinlich nur eine Maus abgemurkst hat? Eine Halskette, die vielleicht ganz banal kaputtgegangen ist? Ein Bruder, der sich womöglich – wieder mal – einfach nur verpisst und mich meinem Schicksal überlassen hat?

Nein, das wird nicht reichen.

Ich lege den Kopf in die Hände und überlege angestrengt, was ich als Nächstes tun soll. Im selben Augenblick gibt mein Magen ein langes, lautes Knurren von sich. Mir fällt auf, dass ich mich eigentlich nicht daran erinnern kann, wann ich das letzte Mal etwas gegessen habe. Gestern Abend hatte ich mir noch ausgemalt, wie ich hier ankommen und Ben mir ein Rührei oder so was zaubern würde, oder wir uns was bestellen. Ein Teil von mir fühlt sich zu flau und aufgekratzt, um zu essen. Aber vielleicht werde ich mit etwas im Bauch klarer denken können.

Ich durchforste den Kühlschrank und die Einbauschränke, aber bis auf eine halbe Packung Butter und eine Salami geben sie nichts her. Ein Schrank ist anders als die anderen: eine Art Schacht mit etwas, das wie ein Flaschenzugsystem aussieht, aber ich komme nicht dahinter, wozu er dienen soll. In meiner Verzweiflung schneide ich mir mit einem superscharfen japanischen Messer, das ich auf Bens Tresen finde, ein Stück von der Salami ab, aber das kann man wohl kaum ein herzhaftes Frühstück nennen.

Ich stecke die Schlüssel ein, die ich in Bens Jacke gefunden habe. Ich kenne jetzt den Türcode, und ich habe die Schlüssel – ich kann jederzeit in die Wohnung zurückkehren.

Bei Tag wirkt der Hof weitaus weniger unheimlich. Ich komme an den Ruinen der nackten Frauenstatue vorbei – der Kopf vom Rest abgetrennt, das Gesicht nach oben gerichtet, die steinernen Augen in den Himmel starrend. Eines der Blumenbeete sieht aus, als sei es erst kürzlich umgegraben worden, was den Geruch nach frisch aufgeworfener Erde erklärt. Es gibt auch einen kleinen plätschernden Brunnen. Ich schaue zu dem Häuschen in der Ecke und bemerke einen dunklen Spalt zwischen den geschlossenen Lamellen der Fensterläden – perfekt, um alles auszuspähen, was sich hier draußen abspielt. Ich kann mir vorstellen, wie sie mich dadurch beobachtet hat, die alte Frau, die ich heute früh gesehen habe und die in dem Kabuff zu leben scheint.

Als ich das Hoftor hinter mir schließe, lasse ich die Andersartigkeit meiner Umgebung auf mich wirken, wie fremd alles ist. Die irre schönen Häuser um mich herum, die Autos mit ihren ungewohnten Nummernschildern. Auch die Straßen sehen im Licht des Tages anders aus und werden um einiges belebter, sobald ich die Stille der Sackgasse hinter mir lasse. Sie riechen sogar anders – nach Mopedabgasen, Zigarettenrauch und geröstetem Kaffee. In der Nacht muss es geregnet haben, die Pflastersteine sind rutschig und glänzen nass. Alle scheinen ganz genau zu wissen, wohin sie gehen. Ich biege in die nächste Straße und weiche einer Frau aus, die in ihr Handy plappernd direkt auf mich zukommt, wobei ich fast mit zwei Jugendlichen zusammenstoße, die gemeinsam auf einem E-Scooter dahinflitzen. Ich habe mich noch nie so planlos gefühlt, wie ein Fisch in der Strömung.

Ich schlendere an Läden mit heruntergelassenen Jalousien vorbei, an schmiedeeisernen Toren, die zu Innenhöfen und Gärten voll welkem Laub führen, an Apotheken mit grün blinkenden Schildern – es scheint in jeder Straße eine zu geben –, werden die Franzosen öfter krank? Ein-, zweimal biege ich ab und mache wieder kehrt. Endlich finde ich eine Bäckerei mit smaragdgrünem Schild samt goldener Aufschrift – *BOULANGERIE* – und gestreifter Markise. Die Wände und der Boden im Inneren sind mit hübsch gemusterten Fliesen ausgestattet; es riecht nach karamellisiertem Zucker und geschmolzener Butter. Das Geschäft ist knallvoll, eine lange Schlange von Kunden, die sich durch den Laden zieht und einen Knick macht. Ich warte, werde hungriger und hungriger, während ich die Glastheke anglotze, die mit allen möglichen Leckereien gefüllt ist, die viel zu perfekt aussehen, um gegessen zu werden: winzige Tartes mit glasierten Himbeeren, Eclairs mit violettem Guss, kleine Schokoküchlein mit tausend unfassbar dünnen Teigschichten und dem Hauch einer Verzierung obenauf, die ernsthaft aussieht wie Blattgold. Die Leute vor mir geben üppige Bestellungen auf: drei Laibe Brot, sechs Croissants, eine Apfeltarte. Mir läuft das Wasser im Mund zusammen. Raschelnd taste ich in meiner Jackentasche nach den Geldscheinen, die ich aus Bens Portemonnaie stibitzt habe.

Die Frau vor mir hat so perfektes Haar, dass es unecht aussieht: ein schwarz glänzender Bob, keine Strähne, die nicht an ihrem Platz wäre. Sie trägt einen geknoteten Seidenschal um ihren Hals, einen kamelfarbenen Wollmantel und eine schwarze Lederhandtasche über ihrem Arm. Sie sieht reich aus. Nicht protzig reich. Mehr die französische Variante von vornehm. Niemand hat so perfektes Haar, außer man verbringt seine Tage damit, mehr oder weniger nichts zu tun.

Ich schaue runter und sehe einen dünnen Hund mit silbrigem Fell an einer hellblauen Leine. Er blickt aus argwöhnischen dunklen Augen zu mir auf.

Die Frau hinter der Theke reicht der Dame eine pastellfarbene, mit einem Stoffband verschnürte Pappschachtel. »*Voilà, Madame Meunier.*«

»*Merci.*«

Sie dreht sich um, und ich sehe, dass sie knallroten Lippenstift trägt, so perfekt aufgetragen, dass er auch tätowiert sein könnte. Müsste ich raten, würde ich sie auf fünfzig schätzen – aber eine ziemlich gut konservierte fünfzig. Sie schiebt ihre Geldkarte in ihr Portemonnaie zurück. Dabei segelt etwas zu Boden … ein Stück Papier. Ein Geldschein?

Ich bücke mich, um es aufzuheben. Schaue genauer hin. Kein Geldschein, schade eigentlich. Jemand wie sie würde einen lausigen Zehner sicher nicht vermissen. Es ist eine handgeschriebene Notiz in großen Blockbuchstaben: ***La prochaine fois le double, salope.***

»*Donnez-moi ça!*«

Ich schaue auf. Die Frau funkelt mich mit ausgestreckter Hand erbost an. Ich glaube, ich weiß, was sie von mir will, aber sie klang so unverschämt, wie so eine Königin, die einem Bauerntölpel Befehle erteilt, dass ich so tue, als hätte ich nicht verstanden. »Entschuldigung, wie bitte?«

Sie wechselt ins Englische. »Geben Sie das her.« Und dann, endlich, mit Verzögerung: »Bitte.«

Ganz gemächlich strecke ich ihr den Zettel hin. Sie schnappt ihn mir so grob aus der Hand, dass einer ihrer langen Fingernägel über meine Haut kratzt. Ohne ein Dankeschön marschiert sie aus der Tür.

»*Excusez-moi? Mademoiselle?*«, fragt die Frau hinter der Theke, um meine Bestellung aufzunehmen.

»Ein Croissant, bitte.« Alles andere wird wohl zu teuer sein. Mein Magen rumort, als ich zusehe, wie sie das buttrige Gebäck in die Papiertüte fallen lässt. »Oder nein, lieber zwei.«

Auf dem Rückweg zur Wohnung durch die kalten, grauen Morgenstraßen verschlinge ich das erste mit großen gierigen Bissen, das zweite dann langsamer, wobei ich das Salz auf der Butter schmecke, das Knuspern der Blätterteigkruste und die weiche Konsistenz des Inneren genieße. Es ist so gut, dass ich weinen könnte, und es gibt nicht viel, was mich zum Weinen bringt.

Ich öffne das Tor mit dem Code, den ich mir gestern gemerkt habe. Als ich den Hof durchquere, erhasche ich einen Hauch von frischem Zigarettenrauch. Dem Geruch folgend blicke ich auf. Da sitzt ein Mädchen, oben auf dem Balkon im dritten Stock, die qualmende Zigarette in ihrer Hand. Blasses Gesicht, stoppeliges schwarzes Haar; vom Rollkragenpulli bis zu den Docs an ihren Füßen komplett schwarz gekleidet. Ich kann erkennen, dass sie jung ist, vielleicht neunzehn, zwanzig. Da fällt ihr Blick auf mich – ich sehe es an der Art, wie ihr gesamter Körper erstarrt. Anders kann ich ihre Reaktion nicht beschreiben.

Du. Du weißt etwas, denke ich, ihren Blick erwidernd. *Und ich werde dich dazu bringen, es mir zu sagen.*

MIMI

Dritte Etage

Sie hat mich gesehen. Die Frau, die gestern Nacht eingetroffen ist und die ich heute früh in seiner Wohnung habe herumlaufen sehen. Sie blickt mich direkt an. Ich kann mich nicht rühren.

Das rauschende Tosen in meinem Kopf schwillt an.

Endlich wendet sie sich ab. Als ich ausatme, brennt es in meiner Brust.

Auch ihn habe ich von hier aus eintreffen sehen. Das war Anfang August, nur zwei Monate her, inmitten der Hitzewelle. Camille und ich saßen auf dem Balkon, in den alten rumpeligen Liegestühlen, die sie gebraucht bei einem *brocanteur* gekauft hatte, tranken Aperol Spritz, obwohl ich Aperol Spritz eigentlich hasse. Camille schafft es meist, mich zu Dingen zu überreden, die ich ansonsten nie tun würde.

Benjamin Daniels fuhr in einem Uber vor. Graues T-Shirt, Jeans. Dunkles, halblanges Haar. Er sah irgendwie berühmt aus. Oder vielleicht nicht berühmt, aber … besonders. Falls das Sinn macht? Ich kann es nicht erklären. Doch er hatte dieses Etwas an sich, das in einem den Wunsch weckte, ihn anzuschauen. Das *Bedürfnis*, ihn anzuschauen.

Ich trug eine dunkle Sonnenbrille und betrachtete ihn aus dem Augenwinkel, damit es nicht so aussah, als würde ich ihn anglotzen. Als er den Kofferraum des Wagens öffnete, bemerkte ich die Schweißflecke unter seinen Achseln, und da, wo sein Shirt hochgerutscht war, konnte ich die Linie erkennen, wo seine Bräune über dem Hosenbund aufhörte, wo die blassere Haut begann, den Pfeil aus dunklen Härchen, der abwärts verlief. Die Muskeln seiner Arme wölbten sich, als er die Taschen aus dem Kofferraum wuchtete. Nicht wie ein aufgepumpter Fitnessstudio-Besucher. Eher elegant. Wie ein Schlagzeuger aus einer Band – Schlagzeuger haben immer gute Muskeln. Selbst von meinem Platz aus konnte ich mir vorstellen, wie sein Schweiß riechen würde – nicht schlecht, einfach nur nach Salz und Haut.

Er rief dem Fahrer zu: »Danke, Kumpel!« Ich erkannte den englischen Akzent sofort; da gibt es diese alte Fernsehserie, auf die ich abfahre: *Skins*. Über einen Haufen britischer Teenager, die ständig Mist bauen und sich verlieben.

»Mhm«, machte Camille anerkennend und hob ihre Sonnenbrille an.

»*Mais non*«, sagte ich. »Der Typ ist echt alt, Camille.«

Sie zuckte die Schultern. »Der ist doch nur Mitte dreißig oder so.«

»*Oui*, und das ist alt. Das sind … fünfzehn Jahre mehr als wir.«

»Na ja, denk nur an all die *Erfahrung*.« Sie formte ein V mit ihren Fingern und schob ihre Zunge dazwischen.

Ich musste lachen. »Igitt … du bist echt eklig.«

Sie hob eine Augenbraue. »*Pas du tout*. Und das wüsstest du auch, wenn dein lieber Herr Papa dich je in die Nähe von Jungs lassen würde …«

»Halt die Klappe.«

»Ach, Mimi ... ich mach doch nur Spaß! Aber weißt du, eines Tages wird er kapieren müssen, dass du nicht mehr sein kleines Mädchen bist.« Sie grinste und sog ihren Aperol durch den Trinkhalm. Ganz kurz wollte ich ihr eine knallen ... fast tat ich es. Ich verfüge nicht immer über die beste Impulskontrolle.

»Er ist nur etwas ... überbehütend.« Tatsächlich ging es weit darüber hinaus. Andererseits hatte ich auch nie wirklich etwas tun wollen, um Papa zu enttäuschen und sein Bild von mir als seiner kleinen Prinzessin zu beflecken.

Dennoch wünschte ich mir oft, ich könnte mehr sein wie Camille. So locker, was Sex angeht. Für sie ist es nur eine weitere Sache, die sie gerne tut – so wie Schwimmen, Radfahren oder Sonnenbaden. Ich hatte nie Sex gehabt, geschweige denn mit zwei Leuten gleichzeitig (eine ihrer Spezialitäten), oder sowohl Mädchen als auch Jungs ausprobiert. Und was das Witzige daran ist? Papa war ernsthaft einverstanden, dass sie hier mit mir einzog; er meinte, mit einem Mädchen zusammenzuwohnen könnte mich davon abhalten, »zu viele Dummheiten zu machen«.

Camille steckte in ihrem knappsten Bikini, bestehend nur aus drei pastellfarbenen gehäkelten Dreiecken, die kaum etwas verdeckten. Ihre Füße hatte sie gegen das schmiedeeiserne Balkongeländer gestemmt, die Zehennägel in einem abblätternden Barbierosa lackiert. Bis auf den Monat, den sie mit Freunden im Süden verbracht hatte, hatte sie so gut wie jeden heißen Tag hier draußen gegessen, sich dick mit La Roche-Posay eingecremt und war brauner und brauner geworden. Ihr gesamter Körper sah aus, als wäre er in Gold getaucht worden, ihr Haar war zur Farbe von Karamell ausgebleicht. Ich werde nicht braun, ich bekomme nur Sonnenbrand, also saß ich mit meinem Françoise-Sagan-Roman im Schatten verborgen wie ein Vampir und trug ein übergroßes Männerhemd.

Sie beugte sich nach vorn, immer noch den Typen beobachtend, der sein Gepäck schulterte. »Oh, mein Gott, Mimi! Er hat eine Katze! Wie *süß*. Kannst du sie sehen? Schau, in der Transportbox da. *Salut, minou!*«

Das machte sie mit Absicht, damit er zu uns hochschaute und uns sah – sie sah. Was er auch tat.

»Hey!«, rief Camille, stand auf und winkte so überschwänglich, dass die *nénés* in ihrem Bikinioberteil hüpften, als wollten sie daraus entkommen. »*Bienvenue* – willkommen! Ich bin Camille. Und das ist Merveille. Süße Muschi hast du da!«

Ich verging vor Scham. Sie wusste ganz genau, was sie da von sich gab. In Frankreich sagte man schließlich ebenfalls *chatte* dazu. Außerdem hasse ich die Tatsache, dass ich mit vollem Namen *Merveille* heiße. Niemand nennt mich so. Ich bin Mimi. Meine Maman gab mir den Namen, weil er »Wunder« bedeutet, und sie sagt, dass meine Ankunft in ihrem Leben genau das war. Aber er ist auch total peinlich.

Ich versank hinter meinem Buch, wenn auch nicht so tief, dass ich ihn nicht mehr über den Rand hätte sehen können.

Der Typ schirmte die Augen ab. »Danke!«, rief er. Er hob die andere Hand und winkte zurück. Als er es tat, sah ich wieder den Hautstreifen zwischen seinem T-Shirt und der Jeans. »Ich bin Ben … ein Freund von Nick. Ich ziehe in die zweite Etage.«

Camille wandte sich zu mir um. »Nun«, sagte sie halblaut, »ich habe das Gefühl, dass dieses Haus gerade um *einiges* aufregender geworden ist.« Sie grinste. »Vielleicht sollte ich mich noch einmal richtig bei ihm vorstellen. Ihm anbieten, auf seine Muschi aufzupassen, falls er mal wegfährt.«

Es würde mich nicht wundern, wenn sie ihn innerhalb einer Woche flachgelegt hätte, dachte ich bei mir. Es wäre zumindest keine Überraschung. Das Überraschende war, wie sehr ich diese Vorstellung hasste.

Jemand klopft an die Wohnungstür.

Ich schleiche über den Flur, schaue durch den Spion. *Merde.* Sie ist es, die Frau aus Bens Wohnung.

Ich schlucke ... oder ich versuche es. Es fühlt sich an, als wäre meine Zunge am Gaumen festgeklebt.

Ich habe Mühe nachzudenken mit diesem Tosen in meinen Ohren. Ich weiß, dass ich die Tür nicht öffnen muss. Das hier ist meine Wohnung, mein privater Bereich. Aber das *klopf, klopf, klopf* will einfach nicht aufhören und schlägt gegen meinen Schädel, bis ich das Gefühl habe, etwas in mir würde gleich explodieren.

Ich beiße die Zähne zusammen und öffne die Tür, mache einen Schritt zurück. Ihr Gesicht, so aus der Nähe, ist ein Schock. Ich erkenne ihn in ihren Zügen sofort. Aber sie ist klein, und ihre Augen sind dunkler, und sie hat etwas, ich weiß auch nicht, etwas *Hungriges* an sich, was vielleicht auch in ihm vorhanden war, aber er versteckte es besser. Es ist, als wären alle ihren Ecken und Kanten ausgeprägter, schärfer. Bei ihm war alles glatt und geschmeidig. Außerdem ist sie ungepflegt: Jeans, ein alter Pulli mit ausgefransten Ärmelsäumen, das dunkelrote, strähnige Haar auf dem Kopf hochgeknotet. Auch das ist nicht wie bei ihm. Selbst in einem T-Shirt an einem heißen Tag sah er irgendwie… aufgeräumt aus. Als würde ihm einfach alles stehen.

»Hi«, sagt sie. Sie lächelt, aber es ist kein echtes Lächeln. »Ich bin Jess. Wie heißt du?«

»M…Mimi«, bringe ich heiser hervor.

»Mein Bruder – Ben –, er wohnt im zweiten Stock. Aber, er… na ja, er ist irgendwie verschwunden. Kennst du ihn vielleicht?«

Einen verrückten Moment lang überlege ich, so zu tun, als spräche ich kein Englisch. Aber das wäre dumm.

Ich schüttle den Kopf. »Nein. Ich kannte ihn nicht… kenne ihn nicht, meine ich. Mein Englisch, sorry, das ist nicht so gut.«

Ich merke, wie sie an mir vorbeispäht, um einen Blick in meine Wohnung zu werfen. Ich mache einen Schritt zur Seite, um ihr die Sicht zu versperren. Also schaut sie stattdessen mich an, als würde sie versuchen, in *mich* hineinzusehen. Und das ist noch schlimmer.

»Das ist deine Wohnung?«, fragt sie.

»*Oui.*«

»Wow.« Sie reißt die Augen auf. »Nicht übel, wenn man es sich leisten kann. Und du wohnst hier ganz allein?«

»Mit meiner Mitbewohnerin, Camille.«

Sie versucht wieder, an meiner Schulter vorbei in die Wohnung zu spähen. »Ich habe mich gefragt, ob du ihn in letzter Zeit gesehen hast, Ben?«

»Nein, er hatte die Fensterläden zu. Ich meine…« Zu spät wird mir klar, dass das nicht ihre Frage war.

Sie hebt ihre Augenbrauen. »Okay«, erwidert sie, »aber erinnerst du dich, wann du ihn sonst mal hier im Haus gesehen hast? Das wäre wirklich sehr hilfreich.« Sie lächelt.

Ihr Lächeln ist kein bisschen wie seins. Genau genommen ist keines wie seins.

Mir wird klar, dass sie nicht gehen wird, bevor ich ihr eine Antwort gebe. Ich räuspere mich. »Ich … ich weiß nicht. Schon eine ganze Weile nicht mehr … ich schätze mal, so eine Woche?«

»*Quoi? C'est pas vrai!* Das stimmt doch nicht!« Ich drehe den Kopf und sehe Camille, die nur in Top und Höschen hinter mir in den Raum spaziert kommt. »Es war gestern Vormittag, weißt du nicht mehr, Mimi? Ich habe ihn mit dir auf der Treppe gesehen.«

Merde. Ich spüre, wie mein Gesicht knallrot anläuft. »Oh, ja. Das stimmt.« Ich wende mich wieder der Frau in der Tür zu.

»Also war er gestern da?«, fragt sie stirnrunzelnd, wobei sie von mir zu Camille und wieder zurück schaut. »Hast du ihn gesehen?«

»Mhm«, erwidere ich. »Gestern. Ich muss es vergessen haben.«

»Hat er gesagt, ob er wegfahren wollte?«

»Nein. Es war nur ganz kurz.«

Ich denke an sein Gesicht, als ich auf der Treppe an ihm vorbeikam. *Hey, Mimi? Ist was?* Dieses Lächeln. Kein Lächeln ist wie seins.

»Ich kann dir nicht helfen«, sage ich. »Tut mir leid.« Ich trete vor, um die Tür zu schließen.

»Er meinte aber, er würde mich bitten, seine Miezi zu füttern, falls er mal wegfährt«, mischt sich Camille ein, und die beinahe flirtende Art, wie sie »Miezi« sagt, erinnert mich an ihr »süße Muschi« am Tag seiner Ankunft. »Aber dieses Mal hat er mich nicht gefragt.«

»Wirklich?« Die Frau wirkt interessiert. »Das klingt, als ob…« Vielleicht hat sie gemerkt, dass ich langsam die Tür zuschiebe, denn sie macht eine Bewegung, als wolle sie in die Wohnung treten. Ohne überhaupt nachzudenken, knalle ich ihr die Tür vor der Nase zu, so heftig, dass ich das Holz unter meinen Händen vibrieren spüre.

Meine Arme zittern. Mein gesamter Körper bebt. Mir ist klar, dass Camille mich gerade anstarrt und sich wundert, was los ist. Aber im Moment ist mir egal, was sie denkt. Ich lehne meine Stirn gegen die Tür. Ich kann nicht atmen. Plötzlich habe ich das Gefühl zu ersticken. Übelkeit steigt in mir auf, und bevor ich was dagegen tun kann, übergebe ich mich mitten auf den schönen polierten Parkettboden.

SOPHIE

Penthouse

Ich komme gerade die Treppe hoch, als ich sie sehe. Eine Fremde innerhalb dieser Mauern. Es versetzt mir einen solchen Schreck, dass ich beinahe die Schachtel aus der Boulangerie fallen lasse. Eine junge Frau drückt sich vor dem Penthouse herum, dabei hat sie hier nichts verloren.

Ich betrachte sie eine Weile, bevor ich spreche. *»Bonjour«*, grüße ich kühl.

Ertappt wirbelt sie herum. Gut. Ich wollte sie überrumpeln.

Aber nun bin ich es, die überrumpelt ist. *»Sie.«* Es ist das verlotterte Mädchen aus der Bäckerei, das den Zettel aufgehoben hat, der mir runtergefallen war.

La prochaine fois le double, salope. Nächstes Mal das Doppelte, Schlampe.

»Wer sind Sie?«, will ich wissen.

»Ich bin Jess. Jess Hadley. Ich bin bei meinem Bruder Ben zu Besuch«, schiebt sie rasch hinterher. »Im zweiten Stock.«

»Wenn Sie im zweiten Stock zu Besuch sind, was machen Sie dann hier oben?« Es dürfte mich nicht wundern, nehme ich an. Dass sie hier herumschleicht, als würde ihr das Haus gehören. Ganz wie er.

»Ich habe Ben gesucht.« Ihr muss selbst dämmern, wie absurd das klingt – so, als könnte ihr Bruder sich in einem dunklen Winkel unter der Dachtraufe verstecken, denn plötzlich blickt sie verlegen drein. »Kennen Sie ihn? Benjamin Daniels?«

Dieses Lächeln – ein Fuchs, der sich ins Hühnerhaus stiehlt. Das Splittern von Glas. Ein scharlachroter Fleck auf einer gestärkten weißen Serviette.

»Nicolas' Freund. Ja. Obwohl ich ihn nur zwei-, dreimal getroffen habe.«

»Nicolas? Ist das ›Nick‹? Ich glaube, Ben hat ihn mal erwähnt. Auf welcher Etage wohnt er?«

Ich zögere. Dann antworte ich. »Auf der ersten.«

»Erinnern Sie sich noch, wann Sie ihn das letzte Mal hier gesehen haben?«, fragt sie. »Ben, meine ich? Er hätte gestern Abend zu Hause sein sollen. Ich habe versucht, eins von den Mädchen im dritten Stock zu fragen – Mimi? –, aber sie war nicht besonders hilfsbereit.«

»Ich weiß nicht mehr.« Vielleicht klingt meine Antwort zu rasch, zu bestimmt. »Er bleibt sehr für sich. Sie wissen schon. Er ist eher – wie sagt man bei Ihnen doch gleich? – reserviert.«

»Wirklich? Das klingt gar nicht nach Ben! Ich hätte eher erwartet, dass er sich bis jetzt mit jedem im Haus angefreundet hätte.«

»Nicht mit mir.« Das immerhin ist wahr. Ich zucke leicht mit den Schultern. »Wie auch immer, vielleicht ist er weggefahren und hat vergessen, Ihnen Bescheid zu sagen?«

»Nein«, entgegnet sie. »Das würde er nicht tun.«

Ob ich mich an das letzte Mal erinnern kann, als ich ihn sah? Natürlich kann ich.

Aber im Moment denke ich an das erste Mal. Vor zwei Monaten. Inmitten der Hitzewelle.

Ich konnte ihn nicht leiden. Das war mir auf Anhieb klar.

Das Lachen, das war es, was ich als Erstes hörte. Latent drohend, so wie Männergelächter es zuweilen sein kann. Die beinahe wetteifernde Essenz darin.

Ich war gerade im Hof. Ich hatte den Nachmittag damit verbracht, im Schatten Blumen zu pflanzen. Für andere mag Gärtnern eine Form des kreativen Abschaltens sei. Für mich ist es eine Methode, Kontrolle über meine Umgebung auszuüben. Als ich Jacques erzählte, dass ich mich um den kleinen Garten im Hof kümmern wolle, verstand er es nicht. »Es gibt doch Leute, die wir dafür bezahlen können«, sagte er zu mir. In der Welt meines Mannes gibt es Leute, die man für alles Mögliche bezahlen kann.

Der Tag neigte sich dem Ende, das Licht verblasste, die Hitze war immer noch drückend. Von meinem Platz hinter den Rosmarinbüschen sah ich sie den Hof betreten. Erst Nick. Dann ein Fremder, der eine Vespa schob. Er war etwa im gleichen Alter wie sein Freund, aber irgendwie wirkte er reifer. Groß und schlank. Dunkles Haar. Er hielt sich gut. Verströmte ein ganz spezielles Selbstvertrauen in der Art, wie er den Raum um sich herum beanspruchte.

Ich sah zu, als Nicks Freund einen Rosmarinzweig von einem der Büsche pflückte, wobei er beherzt daran zerrte, um ihn loszureißen, ihn dann an seine Nase drückte und inhalierte. Die Geste hatte etwas Anmaßendes, geradezu Dreistes. Ein Akt von Vandalismus.

Dann rannte Benoit zu ihnen rüber. Der Neuankömmling hob ihn hoch.

Ich richtete mich auf. »Er mag es nicht, von anderen gehalten zu werden, nur von mir.«

Benoit, der Verräter, drehte den Kopf, um dem Fremden das Gesicht abzuschlecken.

»Bonjour, Sophie«, grüßte Nicolas. »Das ist Ben. Er wohnt ab sofort hier, im Zweiten.« So stolz. Mit seinem Freund angebend wie ein kleines Kind mit einem neuen Spielzeug.

»Freut mich, Sie kennenzulernen, Madame.« Und dann lächelte er, ein träges Lächeln, genauso anmaßend wie die Art, wie er an dem Busch gerissen hatte. *Du wirst mich noch mögen*, sagte es. *Das tun alle.*

»Bitte«, gab ich zurück. »Nennen Sie mich Sophie.« Das Madame ließ mich hundert Jahre alt klingen, auch wenn es der Form entsprach.

»Sophie.«

Schon wünschte ich, ich hätte es nicht vorgeschlagen. Es war zu zwanglos, zu intim. »Bitte, ich nehme ihn wieder an mich.« Ich streckte meine Hände nach dem Hund aus. Benoit roch schwach nach Benzin, nach Männerschweiß. Ich hielt ihn ein Stück von mir weg. »Das wird der Concierge gar nicht gefallen«, fügte ich mit einem Nicken Richtung Motorroller hinzu. »Sie hasst die Dinger.«

Ich hatte meine Autorität unterstreichen wollen, aber ich klang nur wie eine Matrone, die einen kleinen Jungen tadelte.

»Alles klar«, sagte er. »Danke für den Tipp. Dann werde ich sie wohl ein bisschen bauchpinseln müssen, sie auf meine Seite ziehen.«

Ich starrte ihn an. Warum um Himmels willen sollte er das tun wollen?

»Na dann, viel Glück«, sagte Nick. »Die Frau mag niemanden.«

»Ach«, winkte er ab, »ich mag Herausforderungen. Ich werde sie schon knacken.«

»Tja, nimm dich in Acht«, entgegnete Nick. »Ich bin nicht sicher, ob du ihren Unmut wecken willst. Sie hat ein Talent, um die Ecke zu kommen, wenn du es am wenigsten erwartest.«

Die Vorstellung gefiel mir ganz und gar nicht. Diese Frau mit ihren wachsamen Augen, ihre Allgegenwart. Was könnte sie ihm wohl alles erzählen, falls es ihm gelang, sie für sich zu gewinnen?

Als Jacques heimkam, erzählte ich ihm, dass ich den neuen Mieter aus dem zweiten Stock kennengelernt hatte. Er kräuselte nur die Stirn, zeigte auf meine Wange. »Du hast da was.« Ich rieb mir über den Wangenknochen – Erde, irgendwie musste ich sie übersehen haben, als ich vorhin mein Spiegelbild überprüft hatte. Dabei dachte ich, ich wäre so sorgfältig gewesen.

»Und? Was hältst du von unserem neuen Nachbarn?«

»Ich mag ihn nicht.«

Jacques hob seine Augenbrauen. »Ich fand ja, er klang nach einem interessanten jungen Mann. Was magst du nicht an ihm?«

»Er ist zu … charmant.« Dieser Charme – er wusste ihn einzusetzen wie eine Waffe.

Jacques runzelte die Stirn; er verstand nicht. Mein Göttergatte, ein kluger Mann, aber auch arrogant. Gewohnt, dass die Dinge nach seiner Fasson liefen, gewohnt, die Macht zu haben. Ich habe mir diese Form der Arroganz nie aneignen können. Ich bin mir meiner Position nie so gewiss gewesen, um selbstgefällig zu werden. »Nun«, sagte er, »dann werden wir ihn wohl auf ein Gläschen Wein einladen müssen, ihn uns näher anschauen.«

Die Idee gefiel mir ganz und gar nicht – diesen Kerl in unser Heim einzuladen.

Die erste Nachricht traf zwei Wochen später ein.

Ich weiß, wer Sie sind, Madame Sophie Meunier. Ich weiß, wer Sie wirklich sind. Wenn Sie nicht wollen, dass es noch jemand erfährt, schlage ich vor, Sie legen 2000 € in 100-Euro-Scheinen unter die lose Stufe vor dem Tor.

Das »Madame« – ein boshafter Stachel falscher Vertrautheit. Dann der spöttische, wissende Tonfall. Keine Briefmarke; er war also persönlich eingeworfen worden. Mein Erpresser kannte dieses Gebäude gut genug, um von der losen Steinplatte im Hof zu wissen.

Ich erzählte Jacques nichts davon. Zum einen wusste ich, dass er sich weigern würde zu zahlen. Die mit dem meisten Geld sind meist die knausrigsten, wenn es darum geht, es auszuhändigen. Ich selbst hatte zu viel Angst, um nicht zu zahlen. Ich holte meine Schmuckschatulle hervor. Ich zog die gelbe Saphirbrosche in Betracht, die Jacques mir zu unserem zweiten Hochzeitstag geschenkt hatte; dann die mit Jade und Diamanten verzierte Haarspange, die er mir letztes Weihnachten gegeben hatte. Schließlich wählte ich vorsichtshalber ein Smaragdarmband aus, da er mich nie darum bat, es zu tragen. Ich brachte es zu einem Pfandleiher, einem Laden draußen in den *banlieues*, einem der Viertel außerhalb der *périphérique*, der Ringautobahn, welche die Stadt umschließt. Welten entfernt von dem Pariser Postkartenidyll, von den Touristenträumen. Ich musste irgendwo hingehen, wo mich auf keinen Fall jemand erkennen würde.

Der Mann am Tresen wusste, dass ich heillos überfordert war. Ich glaube, er konnte meine Angst riechen. Er hatte ja keine Ahnung, dass sie weniger mit dem prekären Viertel zu tun hatte als mit meinem Entsetzen, mich in einer solchen Lage wiederzufinden. Mit dem Entwürdigenden daran.

Ich kehrte mit mehr als genug Bargeld zurück, um die Forderung zu begleichen – wenn auch weniger, als ich hätte bekommen sollen. Zwanzig Zweihundert-Euro-Noten. Das Geld fühlte sich schmutzig an, von dem Schweiß anderer Hände, dem angesammelten Dreck. Ich schob das Bündel Noten in ein dickes Kuvert, wo sie gleich noch schmutziger aussahen vor dem feinen cremeweißen Papier, und klebte es zu. So, als würde es die Sache mit dem Geld weniger hässlich, weniger erniedrigend machen. Ich legte es, wie angewiesen, unter der losen Steinplatte vor dem Eingangstor ab.

Fürs Erste hatte ich meine Schulden beglichen.

»Vielleicht möchten Sie ja nun in die zweite Etage zurückkehren«, sage ich zu dem fremden verlotterten Mädchen. Seine Schwester. Schwer zu glauben. Schwer vorzustellen, dass er überhaupt eine Kindheit hatte, eine Familie. Er wirkte so eigenständig, so … für sich. Als wäre er vollständig ausgeformt in diese Welt gekommen.

»Ich habe Ihren Namen nicht ganz verstanden«, sagt sie.

Ich habe ihn nicht genannt. »Sophie Meunier«, erwidere ich dennoch. »Mein Ehemann Jacques und ich bewohnen das Penthouse-Appartement auf dieser Etage.«

»Wenn Sie das Penthouse bewohnen, was ist dann da oben?« Sie deutet auf die hölzerne Stiege.

»Der Zugang zu den *chambres de bonne* – den ehemaligen Dienstmädchenquartieren – unter dem Dach.« Ich nicke mit dem Kinn in die andere Richtung, zu der Treppe, die nach unten führt. »Aber ich bin sicher, Sie wollen nun in den zweiten Stock zurück.«

Sie versteht den Wink. Sie muss direkt an mir vorbei, um nach unten zu gehen. Ich weiche keinen Zentimeter, als sie vorbeitritt. Erst als mein Kiefer beginnt zu schmerzen, wird mir bewusst, wie sehr ich meine Zähne zusammengebissen habe.

JESS

Ich schließe die Wohnungstür hinter mir. Ich muss daran denken, wie Sophie Meunier mich gerade angeschaut hat – als wäre ich etwas, das sie am liebsten von der Schuhsohle gekratzt hätte. Sie mag Französin sein, aber Menschen ihres Schlags würde ich überall erkennen. Der glänzende schwarze Bob, der Seidenschal, die protzige Handtasche. Die Art, wie sie betont »Penthouse« sagte. Die Frau ist ein Snob. Es ist nicht unbedingt neu für mich, dass man mich anschaut, als wäre ich Abschaum. Aber ich meinte, noch etwas anderes gespürt zu haben. Eine zusätzliche Feindseligkeit, als ich Ben erwähnte.

Ich denke an ihren Einwand, dass er weggefahren sein könnte. »Es ist gerade kein guter Moment«, hatte er am Telefon gesagt. Aber er würde doch nicht einfach abhauen, ohne ein Wort zu sagen … oder? Ich bin seine Familie … seine *einzige* Familie. Egal, wie genervt er war, ich glaube nicht, dass er mich hier sitzen lassen würde.

Andererseits wäre es nicht das erste Mal, dass er sich sang- und klanglos aus meinem Leben verkrümelte. So wie damals, als er plötzlich diese schicken neuen Eltern hatte, die gewillt waren, ihn in ein magisches Leben aus Privatschulen, exotischen Urlauben und Familienlabradoren zu entführen. *Tut uns leid, aber die Daniels wollen nur ein Kind adoptieren. Tatsächlich kann es das Beste sein, Kinder aus derselben Familie zu trennen, insbesondere wenn sie ein Trauma teilen.* Wie ich schon sagte, mein Bruder war immer gut darin, Leute dazu zu bringen, ihn in ihr Herz zu schließen. Und so fuhr Ben auf dem Rücksitz der blauen Daniels'schen Familienkarosse davon, wobei er sich nur einmal umdrehte, um dann wieder nach vorne zu blicken, geradewegs in scin neues Leben.

Nein. Er hat mir eine Sprachnachricht hinterlassen und mir die Adresse durchgegeben, Herrgott noch mal. Und selbst wenn er aus irgendeinem Grund hatte fortfahren müssen, warum antwortet er dann auf keine meiner Nachrichten oder ruft zurück?

Immer wieder kommt mir seine zerrissene Halskette mit dem Sankt-Christophorus-Anhänger in den Sinn. Das Blut auf dem Fell der Katze. Dass keiner von Bens Nachbarn gewillt scheint, mir seine Zeit zu schenken – und mehr noch, dass sie richtiggehend feindselig wirken. Dass es sich einfach anfühlt, als wäre hier irgendwas ganz und gar nicht in Ordnung.

Ich durchforste Bens Social-Media-Profile. Ab einem gewissen Zeitpunkt scheint er alle seine Accounts gelöscht zu haben, bis auf sein Instagram. Warum ist mir das jetzt erst aufgefallen? Kein Facebook, kein Twitter. Sein Insta-Profilbild ist ein Foto von der Wohnungskatze, die gerade mir gegenüber auf dem Schreibtisch hockt und mich nicht aus dem Blick lässt. In seinem Grid befindet sich jedoch kein einziges Foto mehr. Es sieht Ben, dem Meister des Sich-neu-Erfindens nicht unähnlich, sich seiner Altlasten zu entledigen. Trotzdem, irgendwas am Verschwinden aller seiner

Contents ist mir nicht ganz geheuer. Beinahe so, als hätte jemand versucht, ihn auszuradieren. Ich schicke ihm trotzdem eine DM: **Ben, falls du das liest, geh an dein Handy!**

Mein Handy vibriert: **Ihr Roaming-Datenvolumen beträgt nur noch 50 MB. Um Ihr Guthaben aufzuladen, folgen Sie diesem Link …**

Scheiße. Ich komme nicht mal mit dem billigsten Plan weiter.

Ich lasse mich aufs Sofa plumpsen, dabei merke ich, dass ich auf Bens Geldbeutel sitze, den ich vorhin da hingeworfen haben muss. Ich öffne ihn und ziehe die Visitenkarte raus, die vorne drinsteckt. ***Theo Mendelson. Redaktion Paris, Guardian.*** Und Bens Notiz darunter: *BRAUCHT EINEN PITCH VON DER STORY.* Jemand, für den mein Bruder arbeitet? Vielleicht sogar jemand, mit dem er kürzlich erst in Kontakt war? Es steht auch eine Nummer da. Ich rufe an, aber niemand geht ran, also schicke ich eine kurze SMS:

Hi. Es geht um meinen Bruder, Ben Daniels. Bin auf der Suche nach ihm. Können Sie mir helfen?

Ich lege das Handy beiseite, als ein Geräusch mich aufhorchen lässt.

Ich sitze ganz still da, lausche angestrengt, während ich versuche dahinterzukommen, was das ist. Es klingt wie Schritte, die eine Treppe runterhuschen. Nur dass das Geräusch nicht aus dem Flur und dem Treppenhaus jenseits der Wohnungstür kommt. Es ist hinter meinem Kopf. Ich erhebe mich vom Sofa und mustere die Wand. Und nun, da ich genauer hinschaue, bemerke ich dort etwas. Ich fahre mit der Hand über die verblichene Seidentapete. Da ist ein Riss, ein Spalt in dem Stoff, der waagrecht über meinem Kopf verläuft und dann senkrecht hinab. Ich trete einen

Schritt zurück und betrachte die Umrisse. Es ist geschickt getarnt, und das Sofa wurde vorgeschoben, sodass es einem überhaupt nicht auffallen würde, außer man sucht gezielt danach. Aber ich glaube, es ist eine Tür.

SOPHIE

Penthouse

Zurück in der Wohnung greife ich in meine Handtasche – schwarzes Leder von Céline, unfassbar teuer, extrem dezent, ein Geschenk von Jacques –, hole mein Portemonnaie hervor und bin beinahe überrascht, dass die Notiz kein Loch in das Leder gebrannt hat. Ich kann nicht glauben, dass ich vorhin so ungeschickt war, sie fallen zu lassen. Normalerweise bin ich nie so fahrig.

Nächstes Mal das Doppelte, Schlampe.

Die kam gestern früh an. Die letzte Botschaft ihrer Art. Tja, nun hat sie keine Macht mehr über mich. Ich zerreiße den Zettel in winzige Schnipsel und streue sie in den Kamin. Ich ziehe an der in die Wand eingelassenen Quaste, und die Flammen erwachen lodernd zum Leben, verwandeln das Papier umgehend zu Asche. Dann durchquere ich rasch das Appartement, an den deckenhohen Fenstern mit ihrer Aussicht über Paris vorbei, den Flur mit seiner Sammlung abstrakter Gerhard-Richter-Zeichnungen entlang, wobei meine Absätze kurz über das Parkett klackern, um dann auf der Seide des antiken persischen Läufers zu verstummen.

In der Küche öffne ich die Schachtel aus der Boulangerie.

In ihrem Inneren befindet sich eine Quiche Lorraine, mit Speckwürfelchen gespickt, der Teig so kross, dass er unter der winzigsten Berührung zerbröseln würde. Der milchige Schwall von Crème fraîche und Eigelb lässt mich kurz würgen. Wenn Jacques nicht da ist, unterwegs auf einer seiner Geschäftsreisen, ernähre ich mich normalerweise von schwarzem Kaffee und Obst – vielleicht hier und da ein Stückchen von einer dunklen *Maison Bonnat*-Schokoladentafel.

Mir war nicht danach, außer Haus zu gehen. Mir war danach, mich hier drin vor der Welt zu verkriechen. Aber ich bin Stammkundin, und es ist wichtig, die alltägliche Routine beizubehalten.

Ein paar Sekunden später öffne ich die Wohnungstür wieder und warte einen Moment lauschend, wobei ich ins Treppenhaus hinabspähe, um sicherzugehen, dass niemand da ist. Man kann in diesem Haus nichts tun, ohne damit rechnen zu müssen, dass die Concierge in einer dunklen Ecke auftaucht, als wäre sie aus den Schatten selbst aufgestiegen. Aber zur Abwechslung ist nicht sie es, um die ich mir Sorgen mache. Es ist die Neue, die Fremde.

Als ich sicher sein kann, dass ich allein bin, überquere ich den Flur zu der hölzernen Stiege, die zu den ehemaligen *chambres de bonne* führt. Selbst der Zugang der Concierge zu den öffentlichen Räumen des Gebäudes endet hier.

Ich binde Benoit mit seiner Leine an der untersten Sprosse fest. Er trägt ein passendes Set aus blauem Leder von Hermès – wie sein Frauchen mit ihrem teuren Hermès-Halsschmuck. Er wird bellen, falls jemand kommt.

Ich ziehe den Schlüssel aus meiner Hosentasche und klettere die Stufen hoch. Als ich den Schlüssel ins Vorhängeschloss schiebe, zittert meine Hand ein wenig; ich brauche zwei Anläufe, um ihn zu drehen.

Ich schiebe die Tür auf. Kurz bevor ich eintrete, vergewissere ich mich erneut, dass man mich nicht beobachtet. Ich kann es mir nicht leisten, unvorsichtig zu sein. Vor allem nicht, da sie nun hier ist und herumschnüffelt.

Ich verbringe vielleicht zehn Minuten hier oben, unter dem Dach. Danach sperre ich das Vorhängeschloss wieder genauso sorgfältig ab und stecke den kleinen silbernen Schlüssel ein. Benoit wartet am Fuß der Stiege auf mich und schaut mit diesen dunklen Augen zu mir auf. Der Hüter meines Geheimnisses. Ich lege den Finger an die Lippen.

Psst.

JESS

Ich schiebe mein Handy in die Hosentasche, packe das Sofa, ziehe es von der Wand weg. Die Katze springt vom Schreibtisch runter und kommt herübergetapst, vielleicht in der Hoffnung, dass ich eine Maus oder Krabbelgetier enthülle. Und ja, da ist sie: eine Tür. Keine Klinke, kein Knauf, aber ich bekomme die Kante zu fassen, klemme meine Finger in den Spalt und ziehe. Die Tür schwingt auf, und ich schnappe nach Luft.

Ich weiß nicht, was ich erwartet hatte – einen geheimen Wandschrank vielleicht –, aber nicht das. Absolute Schwärze starrt mir von der anderen Seite entgegen. Die Luft ist so kalt, als hätte ich soeben einen Kühlschrank geöffnet. Ein Geruch nach feuchtem altem Muff steht in der Luft, wie in einer Kirche. Als meine Augen sich an die Finsternis gewöhnen, kann ich eine steinerne Wendeltreppe ausmachen, die sich, dunkel und eng, sowohl nach unten als auch oben windet. Sie könnte nicht gegensätzlicher sein zu dem prächtigen breiten Treppenhaus auf der anderen Seite der Wohnung. So wie sie aussieht, vermute ich, dass es sich hierbei um eine Art Dienstbotentreppe handelt, wie auch die Dienstmädchenquartiere unter dem Dach, die Sophie Meunier erwähnt hat.

Ich trete hinein und lasse die Tür hinter mir zuschwingen. Plötzlich ist es zappenduster. Aber dann bemerke ich einen Lichtstrahl, der sich etwa auf Höhe meines Kinns durch die Tür stiehlt. Ich bücke mich ein wenig und halte mein Auge ran. Ich kann in das Appartement sehen, das gesamte Wohnzimmer samt Küchenbereich. Scheint eine Art selbst gemachter Türspion. Ich nehme mal an, dass er schon immer da gewesen sein könnte, so alt wie das Gebäude selbst. Oder aber er wurde in neuerer Zeit gemacht. Jemand hätte Ben hierdurch beobachten können. Jemand hätte *mich* beobachten können.

Ich kann immer noch die Schritte hören, die sich abwärtsbewegen. Ich schalte die Taschenlampe an meinem Handy ein und folge ihnen, wobei ich mir Mühe geben muss, nicht über meine eigenen Füße zu stolpern, da die schmalen Stufen sich eng um ihre eigene Achse winden. Diese Treppe wurde in einer Zeit angelegt, in der die Leute noch kleiner waren. Ich bin zwar auch nicht die Größte, aber sie scheint mir trotzdem etwas knapp bemessen.

Eine Sekunde des Zögerns. Ich habe schließlich keine Ahnung, wohin mich diese Stufen führen. Ich bin nicht sicher, ob das hier die beste Idee ist. Kann es sein, dass ich mich womöglich direkt auf eine Gefahr zubewege?

Na ja. Ist nicht so, als hätte mich das früher von irgendwas abgehalten. Ich setze meinen Weg fort.

Ich komme an eine andere Tür. Auch hier entdecke ich ein kleines Guckloch. Rasch presse ich mein Auge dagegen und spähe hinein. Keine Spur von irgendwem. Ich bin etwas desorientiert, aber ich schätze, das muss das Appartement auf der ersten Etage sein, die Wohnung von Bens Freund Nick. Es scheint mehr oder weniger den gleichen Grundriss zu haben, aber sämtliche Wände sind weiß getüncht und kahl. Bis auf einen riesigen Computer in der Ecke, ein paar Bücher und so eine Art Fitnessgerät ist es praktisch leer; es hat ungefähr so viel Charme wie eine Zahnarztpraxis. Scheint, als wäre Nick gar nicht richtig eingezogen.

Die Schritte unter mir eilen weiter, drängen mich zu folgen. Ich gehe weiter, der Lichtkegel meines Handys hüpft vor mir her. Ich muss nun im Erdgeschoss sein. Und da ist es auch schon – das nächste Guckloch an der nächsten Tür. Ich trete vor und luge hindurch. Diese Wohnung ist ein einziges Chaos: überall Zeug, leere Chipstüten und überquellende Aschenbecher, mit Flaschen übersäte Beistelltische, eine Stehlampe daneben. Unwillkürlich weiche ich zurück, als eine Gestalt in mein Blickfeld tritt. Er trägt seinen Parka nicht, dennoch erkenne ich ihn sofort: der Typ vom Tor, von dem Streit im Hof. Antoine. Er nimmt einen Schluck aus einer Jack-Daniel's-Flasche. Er leert den Rest, dann hebt er die Flasche hoch. Jesus! Ich zucke zusammen, als er sie gegen den Sofatisch schmettert. Schwankend steht er da und schaut den zersplitterten Stumpf des Flaschenhalses an, als würde er sich fragen, was er damit tun soll. Dann dreht er sich in meine Richtung um. Einen schrecklichen Moment lang ist es, als würde er mich direkt anschauen. Aber ich spähe durch ein nur millimetergroßes Loch … Völlig ausgeschlossen, dass er mich sehen kann, oder?

Ich werde nicht hier rumstehen und warten, bis ich es herausfinde. Ich eile weiter abwärts. Ich muss mich nun unter der Erde befinden. Schließlich führen die Stufen mich an eine Tür, die in ihren Angeln hin und her schwingt – wem auch immer ich folge, derjenige muss gerade erst hier durchgegangen sein. Mein Puls beschleunigt; ich habe das

Gefühl, näher zu kommen. Ich schiebe mich durch die Tür, und obwohl es auf der anderen Seite genauso dunkel ist, habe ich den Eindruck in einen weitläufigen, hallenden Raum getreten zu sein. Stille. Keine Geräusche, keine Schritte. Wo ist die Person wohl hin? Ich muss nur Sekunden hinterher sein.

Hier unten ist es noch kälter. Es riecht nach Feuchtigkeit, nach Moder. Mein Handy wirft bloß einen schwachen Strahl in die Dunkelheit, aber ich kann das orange Glimmen eines Lichtschalters vor mir sehen. Ich drücke drauf. Ich höre die leise mechanische Zeitschaltuhr: *tick, tick, tick, tick, tick*. Ich habe nur ein, zwei Minuten, bevor es wieder dunkel wird. Ich befinde mich auf jeden Fall im Keller, einem großen, wenn auch niedrigen Raum, in den Bens Wohnzimmer gleich zweimal reinpassen würde; mehrere Türen gehen davon ab. Im Eck steht ein Ständer mit zwei Fahrrädern drauf. Und an eine Wand gelehnt ein roter Motorroller. Ich gehe hinüber. Ich hole die Schlüssel hervor, die ich in Bens Jacke gefunden habe, stecke den von der Vespa ins Zündschloss und drehe ihn. Die Scheinwerfer gehen an. Und da weiß ich: Ben kann zumindest nicht auf seiner Vespa weggefahren sein. Ich muss mich versehentlich drangelehnt haben, denn der Roller neigt sich unter mir weg. Erst jetzt bemerke ich, dass der Vorderreifen einen Platten hat und komplett zerfetzt ist. Ein Unfall? Doch irgendwas an dem Grad der Zerstörung wirkt vorsätzlich.

Ich drehe mich wieder zum Kellerraum um. Vielleicht ist, wer auch immer da war, hinter einer dieser Türen verschwunden. Versteckt er sich vor mir? Ein Schauer des Unbehagens durchrieselt mich, als mir klar wird, dass nun ich diejenige sein könnte, die beobachtet wird.

Ich öffne die erste Tür: ein paar Waschmaschinen; eine ist an, und die Klamotten darin schleudern in einem bunten Durcheinander umher.

Im nächsten Raum rieche ich die Mülltonnen, noch bevor ich sie sehe – diesen süßlich fauligen Gestank. Irgendwas raschelt leise. Ich schließe schnell die Tür.

Hinter der nächsten Tür befindet sich eine Art Putzkammer: Wischmopps, Besen, Eimer und ein Haufen schmuddeliger Lappen in der Ecke.

An der nächsten hängt ein Vorhängeschloss, aber die Tür selbst steht offen. Ich trete hinein. Der Raum ist gerammelt voll mit Weinflaschen. Und damit meine ich Regal neben Regal, vom Boden bis zur Decke. Hier drin müssen sich weit über eintausend Flaschen befinden. Ein paar von ihnen sehen echt alt aus, die Etiketten fleckig und an den Rändern abblätternd, das Glas mit einer Staubschicht bedeckt. Ich ziehe eine heraus. Ich weiß nicht viel über Wein. Ich meine, ich habe in haufenweise Bars gearbeitet, aber das waren so Läden, wo die Kunden »ein großes Glas von eurem Roten, Schätzchen« bestellen und man für ein paar Kröten extra die ganze Flasche gleich hinterher bekommt. Aber das Zeug hier, das sieht einfach nur *teuer* aus. Wer auch immer die guten Tropfen hier unten aufbewahrt, traut seinen Nachbarn offenbar. Und würde es wahrscheinlich gar nicht merken, wenn ein Fläschchen verschwindet. Auf jeden Fall wird es mir beim Nachdenken helfen. Ich werde irgendwas nehmen, das aussieht, als wäre es eine Ewigkeit hier unten gewesen, irgendwas, das sie längst vergessen haben. Auf den unteren Regalböden finde ich die staubigsten, mit Spinnweben bedeckten Flaschen, gehe die Reihen durch und ziehe eine davon ein Stückchen heraus. *1996.* Die goldgeprägte

Zeichnung eines Schlosses. *Château Blondin-Lavigne* steht auf dem Etikett. Das dürfte gehen.

Das Licht erlischt. Die Zeitschaltuhr muss abgelaufen sein. Und mein Handy hat keinen Saft mehr. Ich schaue mich nach einem Lichtschalter um. Es ist so dunkel hier, dass ich augenblicklich die Orientierung verliere. Ich mache einen Schritt nach links und streife etwas. Mist, ich muss aufpassen – ich bin mehr oder weniger von wackeligen Mauern aus Glas umzingelt.

Da. Endlich erspähe ich das orangefarbene Glimmen eines Schalters. Ich drücke drauf, das Licht geht summend an.

Ich drehe mich zur Tür um. Das ist aber merkwürdig, ich dachte, ich hätte sie offen gelassen. Sie muss hinter mir zugefallen sein. Ich trete vor und will sie öffnen. Selbst als ich daran rüttle, gibt sie nicht nach. Die Tür rührt sich nicht. Was zur Hölle? Das kann doch nicht sein. Ich versuch's noch einmal. Nichts. Und dann noch einmal, wobei ich alles aufbiete und mich mit meinem gesamten Gewicht dagegenwerfe.

Jemand hat mich eingesperrt. Das ist die einzige Erklärung.

DIE CONCIERGE

Loge

Ein Klopfen an meiner Tür. Mein erster Gedanke ist, dass er es ist, Benjamin Daniels. Der Einzige, der sich dazu herablassen würde, das zu tun. Ich denke an das erste Mal, als er bei mir klopfte und mich damit überrumpelte.

»*Bonjour, Madame*. Ich wollte mich nur vorstellen. Benjamin Daniels, aber nennen Sie mich Ben. Ich bin gerade im zweiten Stock eingezogen. Damit wären wir wohl Nachbarn!« Erst dachte ich, dass er mich verspottete, aber sein höfliches Lächeln besagte das Gegenteil. Dabei musste ihm doch klar sein, dass es keine Welt in diesem Universum gab, in der wir Nachbarn wären. Dennoch machte es Eindruck auf mich.

Wieder das Klopfen. Dieses Mal höre ich das autoritäre Gebaren heraus. Mir wird mein Fehler bewusst. Natürlich ist er es nicht … das wäre unmöglich.

Als ich öffne, steht sie vor der Tür, Sophie Meunier. Für mich: *Madame*. In all ihrer Pracht, mit dem eleganten beigefarbenen Wollmantel, der lackschwarzen Handtasche, dem lackschwarzen Haarhelm auf dem Kopf, dem Seidenknoten ihres Schals. Sie gehört zu jenen Frauen, die man hier die feinen Straßen der Stadt entlangflanieren sieht, mit Einkaufstaschen aus steifem, wertigem Papier mit goldgeprägter Aufschrift voller Designerkleidung und teurer *Objekte*. Dazu noch einen kleinen Rassehund an der Leine. Einen reichen Ehemann mit gepflegter *cinq à sept*-Affäre, eine herrschaftliche Stadtwohnung und ein weiß getünchtes, übers Jahr verriegeltes Ferienhaus auf der Île de Ré. Hier geboren, hier aufgezogen, von altem französischem Geldadel – oder zumindest möchten sie das einem gern weismachen. Bloß nichts Protziges. Bloß nichts *Neues*. Ausschließlich erlesene Schlichtheit, Qualität und Erbschaft.

»*Oui, Madame?*«, frage ich.

Sie tritt einen Schritt von der Schwelle zurück, als ertrüge sie es nicht, dem Ort zu nahe zu kommen, den ich mein Heim nenne, ganz so, als könne seine Armut sich auf sie übertragen.

»Das Mädchen«, sagt sie knapp. Mich spricht sie nicht an, meinen Namen hat sie noch nie in den Mund genommen, und ich bin nicht einmal sicher, ob sie ihn kennt. »Die junge Frau, die gestern Nacht angekommen ist … die sich auf der zweiten Etage aufhält.«

»*Oui, Madame?*«

»Ich möchte, dass Sie ein Auge auf sie haben. Ich möchte, dass Sie mir sagen, wann sie geht und wann sie kommt. Ich will wissen, ob sie Besucher hat. Das ist außerordentlich wichtig. *Comprenez-vous?*« Verstanden?

»*Oui, Madame.*«

»Gut.« Sie ist nicht viel größer als ich, aber irgendwie gelingt es ihr, wie aus großer Höhe auf mich herabzuschauen. Dann dreht sie sich um und stolziert so schnell wie möglich davon, wobei der kleine silberne Hund ihr hinterhertrottet.

Ich schaue ihr nach. Dann gehe ich zu meinem Schatzkästchen und öffne den Deckel. Schau hinein, prüfe den Inhalt.

Sie mag auf mich runterschauen, aber mein Wissen verleiht mir Macht. Und ich denke, sie weiß das. Ich glaube – auch wenn es ihr nie in den Sinn kommen würde, es zuzugeben –, dass Madame Meunier mich ein bisschen fürchtet.

Lustig nur, dass uns mehr verbindet, als man auf den ersten Blick meinen würde. Wir beide leben schon eine geraume Zeit in diesem Haus. Wir beide sind auf jeweils eigene Art und Weise unsichtbar geworden. Teil der Kulisse.

Aber ich weiß, was für eine Sorte Frau Madame Sophie Meunier wirklich ist. Und auch ganz genau, wozu sie in der Lage ist.

JESS

»Hallo?«, rufe ich. »Hört mich jemand?«

Ich spüre, wie die Wände den Schall schlucken, kapiere, wie vergeblich es ist. Ich stoße mit aller Kraft gegen die Tür in der Hoffnung, dass das Schloss unter meinem Körpergewicht bricht. Nichts. Ich könnte genauso gut gegen eine Wand ankämpfen. Ich hämmere auf das Holz ein. Doch nichts rührt sich.

Nichts. Scheiße. *Scheiße.*

»Hey!«, rufe ich jetzt verzweifelt. »HEY! HILF MIR JEMAND!«

Diese letzten Worte ... Ein plötzlicher Flashback in einen anderen Raum. Ich brülle mir die Lunge aus dem Leib, schreie, bis ich heiser bin, aber es scheint nie laut genug – niemand kommt. *Hilfe Hilfe Hilfe ... hilf mir jemand ... sie kann nicht ...*

Ich zittere am gesamten Körper.

Und dann, plötzlich, geht die Tür auf, und jemand steht vor mir. Ein Mann. Ich weiche einen Schritt zurück. Es ist Antoine, der Typ, den ich gerade erst dabei beobachtet habe, wie er einfach so eine Flasche am Sofatisch zerschmettert hat ...

Nein ... jetzt sehe ich, dass ich mich irre. Es war vielleicht die Größe, die breiten Schultern. Aber dieser Typ ist jünger, und in dem matten Licht erkenne ich, dass sein Haar heller ist, ein tiefgoldenes Blond.

»*Ça va?*«, fragt er. Dann, auf Englisch. »Bist du okay? Ich bin runter, um meine Wäsche zu holen, und da habe ich gehört …«

»Du bist Brite!«, platze ich heraus. So britisch wie die Queen höchstpersönlich – ein richtig piekfeiner, schnieker Privatschulknabenakzent. Ein bisschen so wie der, den Ben sich nach seinem Einzug bei seinen neuen Eltern zulegte. Ich merke, dass er mich anschaut, als würde er auf eine Erklärung warten. »Jemand hat mich hier eingesperrt«, sage ich. Jetzt, nachdem das Adrenalin abgeflaut ist, fühle ich mich ganz zittrig. »Jemand hat das absichtlich getan.«

Er fährt sich mit der Hand durchs Haar, runzelt die Stirn. »Das glaube ich nicht. Die Tür hat nur geklemmt, als ich sie geöffnet habe. Die scheint ziemlich verzogen.«

Ich denke daran, wie ich mich dagegengeworfen habe. Kann es wirklich sein, dass sie nur blockiert war? »Na dann, danke«, sage ich matt.

»Kein Ding.« Er tritt zurück und mustert mich. »Was tust du hier? Nicht im Weinkeller, meine ich – im Haus?«

»Kennst du Ben, aus dem Zweiten? Ich wollte ihn eigentlich besuchen …«

Er kräuselt die Stirn. »Ben hat mir gar nicht gesagt, dass jemand zu Besuch kommt.«

»Na ja, es war ziemlich auf den letzten Drücker«, erwidere ich. »Also … kennst du Ben?«

»Ja, ich kenne ihn. Er ist ein alter Freund von mir. Und du bist …?«

»Ich bin Jess«, sage ich. »Jess Hadley, seine Schwester.«

»Ich bin Nick.« Ein Schulterzucken. »Ich … na ja, ich bin es, der ihm vorgeschlagen hat, hier einzuziehen.«

NICK

Erste Etage

Ich schlug Jess vor, mit hoch zu mir zu kommen, statt uns im frösteligen Weinkeller zu unterhalten. Mittlerweile bereue ich es ein wenig; ich habe ihr angeboten, sich zu setzen, aber sie schreitet ununterbrochen durch den Raum, sieht sich mein Peloton-Rad, meine Bücher an. Ihre Jeans ist an den Knien abgewetzt, der Pullover an den Ärmeln ausgefranst, ihre Fingernägel wie zerbrochene Muschelschalen bis aufs Bett runtergenagt. Sie verströmt eine hibbelige, rastlose Energie – nichts von Bens Gemächlichkeit, seiner gelassenen Art. Und ihre Sprache ist anders – keine Privatschulerziehung für sie, nehme ich an. Aber auch Bens Akzent wechselte oft, je nachdem, mit wem er sich unterhielt. Ich brauchte eine Weile, bis ich das bemerkte.

»Hey«, sagt sie plötzlich. »Kann ich mir kurz etwas Wasser ins Gesicht klatschen? Ich bin total verschwitzt.«

»Nur zu, das Bad ist da drüben.« Was soll ich auch sonst sagen?

Zwei Minuten später kommt sie zurückgeschlendert. Ich erhasche einen Schwall von Annick Goutals *Eau de Monsieur* – entweder benutzt sie das auch (was recht unwahrscheinlich scheint), oder sie hat sich an meinem bedient, als sie gerade im Bad war.

»Besser?«, frage ich.

»Ja, viel besser, danke. Hey, deine Regendusche gefällt mir. So nennt man das Ding doch, ja?«

Ich betrachte sie weiterhin, während sie sich umschaut. Es gibt da durchaus eine Ähnlichkeit. Aus bestimmten Winkeln ist es fast schon unheimlich. Aber ihr Farbtyp ist anders als Bens; ihr Haar ein dunkles Rostrot, seins hingegen braun, ihr Körperbau zierlich und drahtig. Das und die neugierige Art, mit der sie herumstromert, den Raum auskundschaftet, lässt mich an einen kleinen Fuchs denken.

»Danke, dass du mir geholfen hast«, sagt sie. »Kurz dachte ich, ich komme da nie raus.«

»Aber was um Himmels willen hast du in der *cave* gesucht?«

»In der was?«

»La cave«, erkläre ich, »das heißt auf Französisch ›Keller‹.«

»Oh, stimmt.« Sie nagt an der Haut ihres Daumennagels. »Ich hab mich bloß ein bisschen im Haus umgeschaut.«

Ich habe die Flasche Wein in ihrer Hand gesehen. Auch wie sie sie ins Regal zurückgeschoben hat, als sie dachte, dass ich nicht hinschaue. Ich werde es nicht erwähnen. Wer diesen Weinkeller besitzt, kann den Verlust von ein, zwei Flaschen verschmerzen.

»Der Keller unten ist ja riesig«, sagt sie.

»Ja, er wurde im Krieg auch von der Gestapo genutzt«, erkläre ich ihr. »Das Hauptquartier befand sich eigentlich in der Avenue Foch, in der Nähe vom Bois de Boulogne, aber gegen Ende der Besatzung litten sie unter … Überbelegung. Sie haben den Keller genutzt, um da Gefangene festzuhalten. Mitglieder der Résistance und dergleichen.«

Sie verzieht das Gesicht. »Das passt irgendwie. Dieses Haus hat so eine Atmosphäre, weißt du? Meine Mum war an so Zeug interessiert: Energien, Aura, Schwingungen.«

War. Mir fällt ein, was Ben mir über seine Mum erzählt hatte. Eines Abends betrunken im Pub. Obwohl ich den Verdacht habe, dass er auch betrunken nie mehr von sich preisgab, als er beabsichtigte.

»Wie auch immer«, sagt sie, »ich habe nie wirklich an diesen Kram geglaubt. Aber hier kann man so etwas spüren. Ich find's gruselig.« Sie besinnt sich. »Entschuldige, das sollte nicht beleidigend klingen …«

»Nein. Ist schon gut. Ich glaub, ich weiß, was du meinst. Also, du bist Bens Schwester.« Ich möchte herausbekommen, was genau sie hier tut.

Sie nickt. »Jup. Dieselbe Mutter, verschiedene Väter.«

Mir fällt auf, dass sie nichts von Bens Adoption erwähnt. Ich weiß noch, wie schockiert ich war, als ich es erfuhr. Aber wie ich so darüber nachdenke, ergibt es Sinn. Allein die Tatsache, dass man ihn nicht einordnen konnte, so wie die anderen Kommilitonen in unserem Semester – die spießigen Rudersportler, die fleißigen Einserstudenten, die lockeren Partytiere. Ja, er hatte diesen Privatschulakzent, diese Ungezwungenheit … aber unter alledem schien es immer noch eine andere Note zu geben. Spuren von etwas Rauerem, Dunklerem. Vielleicht waren die Leute deswegen so fasziniert von ihm.

»Ich mag deine Gaggia«, sagt Jess und schlendert zur Küche rüber. »So eine Maschine hatten sie auch in dem einen

Café, in dem ich mal gejobbt habe.« Ein Lachen, reichlich freudlos. »Ich mag zwar nicht an eine schnieke Schule oder Uni gegangen sein wie mein Bruder, aber ich weiß, wie man einen spitzenmäßigen Mikroschaum hinkriegt.« Höre ich da eine Spur von Bitternis heraus?

»Willst du einen Kaffee? Ich kann dir einen machen. Obwohl ich fürchte, dass ich nur Hafermilch dahabe.«

»Hast du vielleicht auch Bier da?«, fragt sie hoffnungsfroh. »Ich weiß, dass es früh ist, aber ich könnte eins gebrauchen.«

»Klar, und bitte, setz dich doch«, sage ich und deute aufs Sofa. Ihr beim Herumstreifen zuzuschauen, macht mich ganz kirre im Kopf.

Ich gehe zum Kühlschrank und hole zwei Flaschen heraus: Bier für sie, Kombucha für mich. Ich trinke nie vor neunzehn Uhr. Bevor ich anbieten kann, es für sie zu öffnen, hat sie ein Feuerzeug aus der Hosentasche gezogen, es zwischen die Spitze ihres Zeigefingers und den Rand des Kronkorkens gestemmt und den Deckel weggeschnipst. Verblüfft und auch leicht entsetzt schaue ich ihr zu. Wer ist dieses Mädchen?

»Ich glaube nicht, dass Ben erwähnt hat, dass du kommst«, sage ich so beiläufig wie möglich. Ich will nicht, dass sie das Gefühl bekommt, ich würde ihr irgendwas unterstellen – aber er hat definitiv nichts gesagt. Natürlich haben wir die letzten zwei Wochen nicht viel miteinander gesprochen. Er war so beschäftigt.

»Na ja, es war sehr spontan.« Sie winkt vage ab. »Wann hast du ihn das letzte Mal gesehen?«, fragt sie.

»Vor zwei Tagen – glaube ich.«

»Also hast du inzwischen nichts von ihm gehört?«

»Nein. Gibt es ein Problem?«

Ich schau zu, während sie mit den Zähnen so heftig an der Haut ihres Daumennagels reißt, dass ich mich innerlich winde. Ich sehe einen kleinen Blutstropfen am Nagelbett hervorquellen. »Er war nicht da, als ich gestern Abend angekommen bin. Und ich habe seit gestern Nachmittag nichts mehr von ihm gehört. Ich weiß, dass das jetzt komisch klingen wird, aber meinst du, er könnte irgendwie in Schwierigkeiten geraten sein?«

Ich verschlucke mich hustend. »Schwierigkeiten? Was für Schwierigkeiten?«

»Es … ich habe das Gefühl, dass was nicht stimmt.« Sie fummelt an der goldenen Kette um ihren Hals herum. Ich sehe den Heiligen unter dem Kragen auftauchen; es ist der gleiche wie seiner. »Er hat mir eine Sprachnachricht geschickt, sie bricht mittendrin ab. Und jetzt geht er nicht an sein Handy. Er hat auf keine meiner SMS geantwortet. Sein Geldbeutel und seine Schlüssel sind immer noch in der Wohnung … und ich weiß, dass er seine Vespa nicht genommen hat, weil ich sie im Keller gesehen habe …«

»Aber das klingt doch ganz nach Ben, oder?«, werfe ich ein. »Er ist wahrscheinlich ein paar Tage weggefahren, jagt mit ein paar Hundert Euro in der Tasche irgendeiner Story hinterher. Von hier aus kriegt man einen Zug praktisch überallhin nach Europa. Er war schon immer so, schon als wir Studenten waren. Er verschwindet, kommt ein paar Tage später zurück und erzählt, dass er in Edinburgh war, weil er eben Bock hatte, oder er wollte die Norfolk Broads sehen oder hat sich ein Zimmer in einem Hostel genommen und war in den Brecon Beacons wandern.« Während der Rest von uns, in unserer kleinen Blase, sich kaum daran erinnerte – manche wohl auch vergessen wollten –, dass es eine Welt außerhalb davon gab. Es wäre uns gar nicht eingefallen herumzustromern. Aber er verschwand, ganz allein, so, als müsse er dafür keine unsichtbare Grenze überqueren. Dieser Hunger, dieser Tatendrang in ihm.

»Ich glaube nicht«, unterbricht Jess die Erinnerungen. »Das würde er nicht tun … nicht, wenn er weiß, dass ich komme.« Aber sie klingt nicht ganz überzeugt. Eigentlich klingt sie fast so, als würde sie eine Frage stellen. »Wie auch immer, du scheinst ihn gut zu kennen, ja?«

»Wir haben uns bis vor Kurzem nicht mehr gesehen.« Das zumindest ist wahr. »Als er nach Paris kam, meldete er sich bei mir. Und als wir uns wiedertrafen … da war es, als wäre überhaupt gar keine Zeit vergangen.«

Unwillkürlich schweife ich zu dem ersten Wiedersehen vor zwei Monaten zurück. Wie überrascht – nein, schockiert – ich war, als ich nach so langer Zeit, nach allem, was passiert war, die E-Mail von ihm bekam. Eine Sportbar in Saint-Germain. Klebriger Boden, klebrige Theke, signierte französische Rugby-Trikots an den Wänden, gammelig aussehende Wurst zum Bier und diverse französische Rugby-Clubs, die auf fünfzehn verschiedenen Bildschirmen spielten. Aber es fühlte sich irgendwie nostalgisch an; fast wie einer der Läden, in die wir als Studenten gegangen waren, um an unserem Bier zu nippen und auf echte Kerle zu machen.

Wir tauschten uns über das verpasste Jahrzehnt aus – meine Zeit in Palo Alto, seine journalistischen Erfahrungen. Er holte sein Handy hervor, um mir seine Arbeiten zu zeigen. »Es ist nicht unbedingt … knallhartes Investigativ-Zeug«, sagte er achselzuckend. »Nicht das, was ich vorhatte. Ehrlich gesagt ist es Schwachsinn. Aber momentan ist es eben schwierig. Ich hätte den IT-Weg einschlagen sollen, so wie du.«

Ich hustete verlegen. »Ist ja nicht so, als hätte ich die IT-Welt erobert.« Das war milde ausgedrückt. Aber ich war fast schon enttäuschter von seinem mangelnden Erfolg als von meinem. Ich hatte erwartet, dass er bis dato seinen ersten preisgekrönten Roman geschrieben hätte. Wir hatten uns bei einer Studentenzeitung kennengelernt, aber die Belletristik schien ihm immer mehr gelegen zu haben als die Fakten und die Sorgfältigkeit des Journalismus. Und wenn es jemand schaffen konnte, da war ich mir so sicher gewesen, dann Benjamin Daniels. Wenn er es nicht schaffte, welche Hoffnung bliebe dann für den Rest von uns?

»Ich habe das Gefühl, nur Krumen aufzupicken«, fuhr er fort. »Klar, ich komme dazu, in netten Restaurants zu essen, habe hin und wieder einen gratis Ausgehabend, aber es ist nicht unbedingt das, was ich dachte, dass ich eines Tages tun würde. Man braucht schon eine große Story, um den Fuß in die Tür zu kriegen, um sich einen Namen zu machen. Einen richtigen Coup. Ich habe die Schnauze gestrichen voll von London und der spießigen Altherrenriege dort. Dachte, ich versuche mein Glück hier.«

Nun, wir hatten beide große Pläne geschmiedet, damals, als wir uns das letzte Mal gesehen hatten. Selbst wenn meiner nicht viel mehr beinhaltete, als von meinem alten Herrn fortzukommen und so weit wie nur möglich von zu Hause wegzuziehen.

Ein Klappern reißt mich ins Zimmer zurück. Jess ist wieder auf Wanderschaft und hat ein Foto vom Regal gefegt, eins der wenigen, das ich dort stehen habe. Sie hebt es auf.

»Entschuldige. Aber das ist echt ein cooles Boot. Da auf dem Foto.«

»Ist die Jacht meines Vaters.«

»Und das bist du, mit ihm?«

»Ja.« Ich bin etwa fünfzehn auf dem Foto. Seine Hand auf meiner Schulter, beide in die Kamera lächelnd. Tatsächlich hatte ich es an jenem Tag geschafft, ihn zu beeindrucken, indem ich für eine Weile das Steuerruder übernahm. Es mag das einzige Mal gewesen sein, dass ich überhaupt seinen Stolz auf mich gespürt habe.

Ein lautes Glucksen. »Und das da sieht aus wie bei Harry Potter«, kichert sie. »Diese schwarzen Umhänge. Ist das ...?«

»Ja, Cambridge.« Eine Gruppe von uns nach einem offiziellen Dinner im Jesus Green, am Ufer des Flusses Cam im Abendlicht; alle in unsere Umhänge gehüllt und halb leere Weinflaschen in den Händen haltend. Wie ich es betrachte, kann ich beinahe jenen unfassbar grünen Duft nach frisch gemähtem Gras riechen, die Essenz des englischen Sommers.

»Und da hast du Ben kennengelernt?«

»Jup, wir haben zusammen für die *Varsity* gearbeitet; er in der Redaktion, ich an der Webseite. Und wir gingen beide an die Jesus.«

Sie schnaubt. »Was für Namen sie diesen Läden immer geben.« Dann kneift sie die Augen zusammen. »Er ist aber nicht auf dem Foto hier, oder?«

»Nein. Er hat es geschossen.« Lachend, uns antreibend, uns in Pose zu werfen. Sah Ben ganz ähnlich, derjenige hinter der Kamera zu sein, nicht davor – die Geschichte lieber zu erzählen, als Teil davon zu sein.

Sie geht wieder zum Bücherregal. Wippt von einem Bein aufs andere, liest die Titel. Es ist schwer vorstellbar, dass sie je stillsteht. »So viele von deinen Büchern sind auf Französisch. Das hat Ben dort auch studiert, oder nicht? Französisch … Romanistik oder so was?«

»Ja, er hat zuerst Neuere Fremdsprachen studiert. Später hat er zu Anglistik gewechselt.«

»Wirklich?« Ich bemerke einen Schatten, der sich über ihre Miene legt. »Ich … das wusste ich gar nicht. Er hat es mir nie erzählt.«

Ich rufe mir die Bruchstücke in Erinnerung, die Ben mir während unserer Reise über sie mitgeteilt hat. Wie viel schwerer sie es hatte als er. Dass sie niemanden hatte, der sich ihrer annahm. Dass sie von einer Pflegefamilie zur nächsten gestoßen wurde und nie vermittelt werden konnte.

»Dann bist du also der Freund, der ihm geholfen hat, die Bude hier zu bekommen?«, fragt sie.

»Der bin ich.«

»Das klingt ja unglaublich«, sagte er, als ich ihm bei unserem Wiedersehen den Vorschlag unterbreitete. »Und du bist dir ganz sicher wegen der Miete? Du meinst echt, dass sie so niedrig sei? Ich muss dir sagen, dass ich im Moment ziemlich knapp bei Kasse bin.«

»Lass mich noch mal nachfragen«, erwiderte ich. »Aber doch, ich bin mir ziemlich sicher. Ich meine, die Bude ist nicht im besten Zustand. Aber solange du dich nicht an etwas … antiken Details störst?«

Er grinste. »Kein bisschen. Du kennst mich doch. Ich stehe auf Orte mit Charakter. Und ich kann dir jetzt schon sagen, es ist um Längen besser, als bei Leuten auf dem Sofa zu knacken. Kann ich auch meine Katze mitbringen?«

Ich lachte. »Ich bin sicher, dass sie mitdarf.« Ich versprach ihm, dass ich mich erkundigen würde. »Aber ich denke, dass du sie praktisch schon hast, falls du sie möchtest.«

»Also... danke, Kumpel. Ich meine... ernsthaft, das klingt total großartig.«

»Kein Ding. Freut mich, wenn ich helfen kann. Das ist also ein Ja, du bist interessiert?«

»Und ob das ein Ja ist.« Er lachte. »Lass mich dir noch einen ausgeben, um zu feiern.«

Wir blieben Stunden dort sitzen und tranken noch mehr Bier. Und plötzlich war es, als säßen wir wieder in Cambridge, als wäre zwischen uns keine Zeit vergangen.

Zwei Tage später zog er ein. So schnell. Ich half ihm, seine Taschen hochzutragen. Stand mit ihm da, in der Wohnung, während er sich umschaute.

»Ich weiß, es ist ein bisschen retro«, sagte ich.

»Es hat definitiv... Charakter«, erwiderte er. »Weißt du, was? Ich glaube, ich werde es so lassen. Mir gefällt's. Irgendwie gothic.«

Und ich dachte mir, wie großartig es doch war, meinen alten Kumpel wiederzuhaben. Er grinste mich an – dieses ganz spezielle Ben-Lächeln –, und plötzlich hatte ich das Gefühl, als könnte alles gut werden. Vielleicht besser als nur gut. So, als könnte es mir dabei helfen, jenen Jungen wiederzufinden, der ich vor langer Zeit gewesen war.

»Kann ich mal deinen Computer benutzen?«

»Was?« Abrupt werde ich aus meinen Erinnerungen gerissen. Ich sehe, dass Jess zu meinem iMac geschlendert ist.

»Diese Scheiß-Roaming-Gebühren sind echt heftig. Ich dachte nur, ich könnte mir Bens Instagram noch mal anschauen, für den Fall, dass etwas mit seinem Handy ist und er auf meine DM geantwortet hat.«

»Ähm … ich könnte dir meine WLAN-Zugangsdaten geben?« Aber schon hat sie sich gesetzt und die Hand auf die Maus gelegt. Ich scheine keine Wahl zu haben.

Sie bewegt die Maus, und der Bildschirm leuchtet auf. »Warte mal …« Sie beugt sich vor und beäugt den Bildschirmschoner, dann dreht sie sich zu mir um. »Das seid doch du und Ben, oder nicht? Herrje, sieht er da jung aus. Genau wie du.«

Ich habe meinen Computer seit Tagen nicht mehr angemacht. Ich zwinge mich hinzusehen. »Ja, das waren wir wohl. Kaum mehr als Kinder.« Wie seltsam, das zu denken. Damals fühlte ich mich so erwachsen. Als hätten sich mir sämtliche Mysterien des Universums mit einem Mal eröffnet. Und doch waren wir im Grunde immer noch Kinder. Mein Blick schweift aus dem Fenster. Ich muss das Foto nicht anschauen; ich sehe es noch mit geschlossenen Augen vor mir. Die Lichtstrahlen golden und schräg; beide gegen die tief stehende Sonne anblinzelnd.

»Wo wart ihr denn da?«

»Wir haben mit ein paar Freunden Interrail gemacht, den ganzen Sommer nach den Abschlussprüfungen.«

»Was, mit dem Zug?«

»Ja. Quer durch Europa … es war genial.« Das war es wirklich. Im Grunde die beste Zeit meines Lebens. Ich schaue zu Jess. Sie ist verstummt und scheint in Gedanken versunken. »Alles in Ordnung?«

»Ja, klar.« Sie zwingt sich zu einem Lächeln, doch etwas

von ihrer Energie ist verpufft. »Und wo wurde dieses Foto aufgenommen?«

»Amsterdam, glaube ich.«

Ich glaube nicht nur – ich weiß. Wie könnte ich es auch vergessen?

Wie ich das Foto betrachte, kann ich die späte Julisonne auf meinem Gesicht spüren, den schwefeligen Gestank des warmen Kanalwassers riechen. Sie ist so klar, jene Zeit, obwohl die Erinnerungen über ein Jahrzehnt alt sind. Aber alles an diesem Trip erschien so unfassbar wichtig. Alles, was gesagt, alles, was getan wurde.

JESS

»Mir ist gerade eingefallen«, sagt Nick mit einem Blick auf seine Armbanduhr, »dass ich eigentlich losmuss. Tut mir leid, ich weiß, du wolltest den Computer benutzen.«

»Oh«, erwidere ich etwas bestürzt. »Kein Ding. Vielleicht könntest du mir dein Passwort geben? Ich schau dann, ob ich mich von oben in dein WLAN einloggen kann.«

»Klar.«

Auf einmal wirkt er sehr erpicht darauf wegzukommen; vielleicht ist er spät dran. »Wo musst du denn hin?«, frage ich. »Arbeit?«

Ich frage mich schon die ganze Zeit, womit der Typ seine Brötchen verdient. Alles an ihm deutet auf Kohle hin. Es flüstert aber eher, als dass es schreit. Als ich mich in seiner Wohnung umgeschaut habe, sind mir die ziemlich noblen Lautsprecher aufgefallen (Bang & Olufsen – werd ich später recherchieren, aber ich sehe ihnen einfach an, dass sie teuer sind), eine schicke Kamera (Leica), ein riesiger Monitor in der Ecke (Apple) und diese superprofessionelle Espressomaschine. Aber man muss schon richtig *hinschauen*, um den Wohlstand zu sehen. Nicks Habseligkeiten sind die eines Menschen, der stinkreich ist, aber nicht damit protzen will ... dem es womöglich sogar ein bisschen peinlich ist. Aber sie erzählen eine Geschichte. Genau wie die Bücher auf seinen Regalen – jedenfalls die Titel, die ich verstand. *Fast Forward Investing, The Technologized Investor, Catching Unicorns, The Science of Self-Discipline.* Und wie die Pflegeprodukte in seinem Bad. Ich habe ungefähr drei Sekunden damit zugebracht, mir kaltes Wasser ins Gesicht zu klatschen, den Rest der Zeit damit, kräftig in seinen Schränken zu stöbern. Im Badezimmer kann man viel über einen Menschen lernen. Darauf bin ich gekommen, als man mich mitnahm, um potenzielle Pflegefamilien kennenzulernen. Niemand wird einen je aufhalten, wenn man bittet, die Toilette benutzen zu dürfen. Also ging ich ins Bad und schnüffelte herum – stibitzte mal einen Lippenstift oder ein Parfumfläschchen, kundschaftete auf dem Rückweg hier und da ein Zimmer aus –, um herauszufinden, ob sie irgendwas Gruseliges oder Schräges versteckten.

In Nicks Badezimmer fand ich das ganze übliche Zeug: Mundspülung, Zahnpasta, Aftershave, Paracetamol, piekfeine Pflegeartikel mit Namen wie *Aesop* oder *Byredo* und dann – echt interessant – einen ziemlich großen Vorrat an Oxycodon. Jedem sein Gift, das kann ich schon nachvollziehen. Ich hatte früher auch so einiges ausprobiert. Damals, als es sich anfühlte, es wäre einfacher, sich keinen Kopf um gar nichts mehr zu machen, sich einfach durch die Hintertür des Lebens davonzustehlen. Für mich war es letzten Endes nichts, aber ich kann es verstehen. Und ich schätze mal, reiche Jungs spüren ebenfalls Schmerz.

»Ich ... nun, ich bin gerade dabei, mich neu zu orientieren«, sagt Nick, obwohl ich ihn gar nicht danach gefragt habe.

»Und was hast du davor gemacht?«, erkundige ich mich, wobei ich mich widerstrebend vom Schreibtisch entferne. Ich bin mir recht sicher, dass sein letzter Job kein Bierausschenken in einer Spelunke mit aufblasbaren Plastikpalmen und von den Decken baumelnden Flamingos beinhaltete.

»Ich war eine Weile in San Francisco. Palo Alto. IT-Startups. Als Angel, du weißt schon?«

»Ähm … nein?«

»Eine Art Investor.«

»Ah.« Muss schön sein, sich so entspannt nach einer neuen Arbeit umzusehen. »Umorientieren« klingt nicht so, als ob er sich Sorgen um Kohle machen müsste.

Er schiebt sich an mir vorbei Richtung Tür; ich steh ihm im Weg, und er als netter, wohlerzogener britischer Knabe ist wahrscheinlich zu höflich, um mir zu sagen, ich solle mich gefälligst rühren. Im Vorbeigehen rieche ich sein Parfum: rauchig, teuer und absolut köstlich – dasselbe, mit dem ich mich in seinem Bad eingesprüht habe. »Oh«, entschuldige ich mich. »Sorry. Ich halte dich auf.«

»Ist schon gut.«

Aber ich habe den Eindruck, dass er nicht so entspannt ist, wie er klingt – vielleicht ist es was an seiner Haltung, oder der krampfige Zug um seinen Kiefer.

»Also gut. Danke für deine Hilfe.«

»Hör mal«, erwidert er. »Ich bin sicher, dass kein Grund zur Sorge besteht. Aber ich helfe trotzdem gerne. Falls ich was tun kann, dir irgendeine Frage beantworten kann, werde ich es versuchen.«

»Da wäre eine Sache«, fällt mir als Erstes ein. »Weißt du, ob Ben was mit jemandem laufen hat?«

Er kräuselt die Stirn. »Was laufen?«

»Ja, eine Freundin oder auch was Lockeres.«

»Warum fragst du?«

»Nur so eine Ahnung.« Es ist nicht so, dass ich prüde wäre, aber irgendwie widerstrebt es mir, das Höschen zu erwähnen, das ich in Bens Bett gefunden habe.

»Hmm…« Er hebt die Hand an den Kopf und fährt sich mit den Fingern durchs Haar, wodurch seine dunkelblonden Locken nur noch wirrer abstehen. Er ist echt schön. Ja, klar, mein Augenmerk liegt darauf, Ben zu finden, aber blind bin ich trotzdem nicht. Und ich hatte schon immer diese dumme Schwäche für höfliche, vornehme Jungs; worauf ich nicht unbedingt stolz bin. »Nicht dass ich wüsste«, sagt er schließlich. »Ich *glaube* nicht, dass er eine Freundin hat. Aber ich schätze mal, ich weiß auch nicht alles über sein Privatleben hier in Paris. Ich meine, wir hatten den Kontakt verloren, bevor er herkam.«

»Ja, klar.« Ich weiß, wie das ist.

Klingt ganz nach Ben, hat Nick erst vorhin gesagt. *Er war schon immer so, schon als wir Studenten waren.* Und alles, was ich denken konnte, war: Ach ja, *ist* er? *War* er? Und wenn er, als er in Cambridge war, immer spontan wegfuhr, warum hat er dann nicht öfter die Zeit gefunden, mich zu besuchen? Mir erzählte er immer, dass er »mit der Uni so viel um die Ohren« hatte oder »kein Seminar verpassen« dürfe. »Du weißt ja, wie es ist.« Aber das wusste ich natürlich nicht. Und das war ihm klar. Mit das einzige Mal, dass er mich besuchen kam – ich wohnte zu der Zeit bei einer Pflegefamilie in Milton Keynes –, war, als ich vorschlug, nach Cambridge zu fahren. Ich hatte so eine Ahnung, dass die Drohung seiner Asi-Halbschwester, aufzutauchen und sein Image zu ruinieren, funktionieren könnte. Wie ich so daran zurückdenke, verspüre ich etwas, von dem ich nur hoffen kann, dass es Wut ist, keine Kränkung. Der Schmerz einer Kränkung ist der schlimmste.

»Tut mir leid, dass ich dir nicht mehr helfen kann«, sagt Nick, »aber falls du mich brauchst, ich bin hier. Nur ein Stockwerk tiefer.«

Unsere Blicke begegnen sich. Seine Augen sind extrem dunkel, nicht braun, wie ich vorhin zuerst angenommen hatte, sondern ein tiefes Blau. Ich versuche, über den kleinen Anflug von Anziehungskraft hinwegzusehen. Kann ich diesem Typen trauen? Er ist Bens Kumpel. Er sagt, er wäre mir gern behilflich. Das Problem: Ich bin nicht gut darin, Menschen zu vertrauen. Ich war es zu lange gewohnt, mich allein durchzuschlagen. Aber Nick könnte von Nutzen sein. Er kennt Ben – in mancherlei Hinsicht anscheinend besser als ich. Er spricht offenbar Französisch. Er scheint ein anständiger Kerl zu sein. Ich denke an dieses schräge, schreckhafte Mädchen aus dem Dritten, Mimi, und die unterkühlte Sophie Meunier – eigentlich ist die Vorstellung nett, dass jemand in diesem Haus tatsächlich ein Verbündeter sein könnte.

Er geht zur Tür und hält sie mir auf. »Es war nett, dich kennenzulernen, Jess«, sagt er mit einem kleinen Lächeln. Er sieht aus wie das Bildnis eines Engels. Ich weiß nicht, woher dieser Vergleich mir kommt – vielleicht, weil er sich gerade selbst als »Angel« bezeichnet hat –, aber ich weiß, dass er richtig ist, perfekt sogar. Ein gefallener Engel. Es sind diese warmen goldenen Locken, diese violett getönten Schatten unter den tiefblauen Augen. Mum hatte es auch mit Engeln; sie erzählte mir und Ben immer, dass wir alle einen hätten, der über uns wacht. Schade nur, dass ihr eigener seinem Job nicht gewachsen schien. »Und schau«, sagt Nick, »ich bin sicher, dass Ben schon bald auftauchen wird.«

»Danke, das denke ich auch.« Ich versuche zumindest, daran zu glauben.

»Hier, lass mich dir meine Nummer geben.«

»Das wäre super.« Ich hole mein Handy hervor, öffne meine Kontakte. »Kannst du mir deinen Nachnamen sagen?«

»Klar. Der ist Miller. Nick Miller.«

Ich gebe die Zahlen ein, die er mir nennt. »Danke.«

Zurück in Bens Wohnung stelle ich erleichtert fest, dass ich mich mit dem Passwort, das er mir gegeben hat, in sein WLAN einloggen kann. Ich gehe direkt auf Bens Instagram und suche in der Follower-Liste nach »Nick Miller«, kann ihn aber nicht finden. Ich versuche es mit einer breiteren Suche und bekomme Nick Millers von rund um die Welt: USA, Kanada, Australien. Ich gehe sie durch, bis meine Augen wehtun. Aber sie sind alle zu jung, zu alt, zu glatzköpfig, aus dem falschen Land. Auch Google erweist sich als nutzlos. Es gibt einen erfundenen Typen namens Nick Miller aus einer Fernsehserie, der sämtliche Google-Resultate füllt. Ich gebe auf. Gerade als ich es in meine Tasche zurückschieben will, vibriert mein Handy. Eine SMS. Und kurz denke ich: *Ben.* Sie ist von Ben! Wie herrlich das wäre, nach diesem ganzen …

Sie ist von einer unbekannten Nummer.

Habe Ihre Nachricht bezüglich Ben bekommen. Habe nichts mehr von ihm gehört. Aber er hat mir ein, zwei Arbeitsproben und einen Pitch versprochen. Ich arbeite gerade im Café Belle Epoque am Jardin du Luxembourg. Sie können mich dort antreffen. T.

Kurz bin ich verwirrt, dann scrolle ich zu meiner SMS darüber und kapiere, dass es der Typ ist, dem ich vorhin geschrieben habe. Ich hole Bens Portemonnaie aus der Küche, um mich an seinen vollen Namen zu erinnern. *Theo Mendelson, Redaktion Paris, Guardian.*

Ich komme gleich vorbei, antworte ich.

Bevor ich die Visitenkarte ins Portemonnaie zurückschiebe, bemerke ich eine andere, die dahinter steckt. Sie fällt mir ins Auge, weil sie so schlicht und doch so ungewöhnlich ist. Aus Metall gemacht, in einem dunklen Mitternachtsblau mit einem goldgeprägten Logo, das an ein explodierendes Feuerwerk erinnert. Kein Text, keine Nummern, kein gar nichts. Es ist keine Kreditkarte. Und eine Visitenkarte bestimmt auch nicht. Aber was dann? Ich zögere, spüre das überraschende Gewicht in meiner Handfläche, dann stecke ich sie ein.

Als ich die Tür zum Hof öffne, bemerke ich, dass es allmählich schon dunkel wird; der Himmel hat die Farbe eines verblassenden Blutergusses. Wann ist denn das passiert? Ich habe gar nicht gemerkt, wie die Stunden vergehen. Dieser Ort verschluckt die Zeit wie ein verwunschenes Märchenhaus.

Während ich den Hof durchquere, höre ich ein Geräusch in der Nähe, eine Art Feilen: *skritsch, skritsch, skratsch.* Ich drehe mich um und stutze, als ich eine kleine, gebückte Gestalt nur zwei Meter rechts von mir erblicke. Es ist die alte Frau, die ich heute früh gesehen habe. Sie trägt ein Tuch, das sie sich um das graue Haar geknotet hat, dazu eine formlose Strickjacke über einer Kittelschürze. Ihr Gesicht besteht praktisch nur aus Nase, Kinn und tief liegenden Augenhöhlen. Sie könnte genauso gut siebzig wie neunzig sein. Sie hält einen Besen in den Händen, mit dem sie das trockene Laub zu einem Haufen kehrt. Ihre Augen sind auf mich gerichtet.

»*Bonsoir*«, grüße ich. »Ähm. Haben Sie vielleicht Ben gesehen? Aus dem zweiten Stock?« Ich deute zu den Wohnungsfenstern hoch. Aber sie fegt einfach weiter: *skritsch, skritsch, skratsch*, wobei sie mich weiter im Blick behält.

Dann tritt sie noch näher. Ihre Augen die ganze Zeit auf mich gerichtet, ohne auch nur zu blinzeln. Nur einmal schaut sie, ganz kurz, am Wohnhaus hoch, also würde sie was überprüfen. Dann öffnet sie den Mund zu einem leisen Zischen, das dem Scharren des welken Laubs nicht unähnlich ist. »Hier gibt es nichts für Sie.«

Ich starre sie verdutzt an. »Wie meinen Sie das?«

Sie schüttelt den Kopf. Dann dreht sie sich um und geht davon, wendet sich wieder dem Kehren zu. Es ist so schnell passiert, dass ich beinahe glauben könnte, dass ich mir die ganze Szene nur eingebildet habe. Beinahe.

Ich blicke ihrer gebeugten, sich zurückziehenden Gestalt nach. Herrgott noch mal, es kommt mir vor, als würden alle, die ich hier treffe, in Rätseln sprechen – außer Nick vielleicht. Ich verspüre diesen plötzlichen, beinahe aggressiven Drang, zu ihr hinzurennen und, weiß auch nicht, sie zu schütteln oder so … sie zu zwingen, mir zu sagen, was sie meint. Ich schlucke meinen Frust runter.

Während ich das Tor aufziehe, meine ich ihren bohrenden Blick zu spüren, der sich an meinen Schulterblättern festhakt. Und als ich auf die Straße trete, komme ich nicht umhin, mich zu fragen: War das eine Warnung oder eine Drohung?

DIE CONCIERGE

Loge

Das Tor fällt scheppernd hinter dem Mädchen zu. Sie denkt, dass sie hier in einem normalen Wohnhaus zu Besuch ist. Einem Ort, der gewöhnlichen Regeln folgt. Sie hat ja keine Ahnung, wo sie sich hineinbegeben hat.

Ich denke an Madame Meuniers Anweisung. Ich weiß, dass ich keine andere Option habe, als Folge zu leisten. Für mich steht zu viel auf dem Spiel, als dass ich nicht kooperieren würde. Ich werde ihr sagen, dass das Mädchen soeben gegangen ist, so wie sie es verlangt hat. Ich werde ihr auch Bescheid sagen, wenn sie zurückkommt. Ganz die gehorsame Hausangestellte, die ich bin. Ich mag Madame Meunier nicht, so viel habe ich bereits zu verstehen gegeben. Aber wir wurden durch die Ankunft dieses Mädchens in ein unangenehmes Bündnis hineingezwungen. Sie hat herumgeschnüffelt. Den Bewohnern des Hauses Fragen gestellt. Genau wie er. Ich kann es mir nicht leisten, dass sie Aufmerksamkeit auf dieses Haus zieht. Er wollte das ebenfalls tun.

Man muss eins verstehen: Ich habe hier etwas, das ich unter allen Umständen beschützen muss. Etwas, das bedeutet, dass ich diese Stelle niemals aufgeben kann. Und bis vor Kurzem habe ich mich hier sicher gefühlt. Denn dies hier sind Menschen mit Geheimnissen. Und ich bin zu tief in diese Geheimnisse vorgedrungen. Ich weiß zu viel. Sie können mich nicht loswerden. Und ich, ich werde sie auch nie mehr los.

Es ist nur so, dass er überaus freundlich war. Das war alles. Er hat mich wahrgenommen. Mich jedes Mal gegrüßt, wenn er im Hof oder Treppenhaus vorbeikam. Hat sich erkundigt, wie es mir ging. Bemerkungen zum Wetter gemacht. Das klingt nicht nach viel, nicht wahr? Aber es schien eine Ewigkeit her, seit jemand mir Aufmerksamkeit geschenkt, geschweige denn mir Freundlichkeit entgegengebracht hatte. Es war so eine lange Zeit her gewesen, seit ich auch nur als menschliches Wesen wahrgenommen wurde. Und bald darauf, da fing er an, diese Fragen zu stellen.

»Wie lange arbeiten Sie denn schon hier?«, erkundigte er sich, als ich die Steinfliesen unten im Treppenhaus wischte.

»Eine lange Zeit, Monsieur.« Ich wrang meinen Mopp im Eimer aus.

»Und wie kamen Sie zu der Stelle? Moment… lassen Sie mich das machen.« Er trug den schweren Wassereimer für mich über den Flur.

»Meine Tochter zog zuerst nach Paris. Ich bin ihr hierher gefolgt.«

»Weswegen ist sie denn nach Paris gezogen?«

»Das ist alles sehr lange her, Monsieur.«

»Mich interessiert es trotzdem.«

Und da sah ich ihn mir genauer an. Plötzlich hatte ich das Gefühl, ihm genug erzählt zu haben. Diesem Fremden. War er *zu* freundlich, *zu* interessiert? Was wollte er von mir?

Ich war sehr vorsichtig, was meine Antwort betraf. »Es ist keine sonderlich interessante Geschichte, Monsieur. Ich muss mit der Arbeit weitermachen. Aber vielen Dank für Ihre Hilfe.«

»Aber natürlich. Lassen Sie sich von mir nicht aufhalten.«

So viele Jahre lang waren meine Bedeutungslosigkeit und Unsichtbarkeit eine Maske gewesen, hinter der ich mich verstecken konnte. Und in ihrem Verlauf habe ich es vermieden, die Vergangenheit aufzuwühlen. Die Scham wieder aufleben zu lassen. Wie schon gesagt, diese Arbeit hier mag ihre kleinen Verluste von Würde mit sich bringen. Aber es liegt keine Schande darin.

Sein Interesse, seine Fragen – zum ersten Mal seit Langem fühlte ich mich gesehen. Und wie eine Närrin fiel ich darauf rein.

Dieses Mädchen. Man muss sie darin bestärken abzureisen, bevor sie dahinterkommen kann, dass die Dinge hier nicht das sind, was sie scheinen.

Vielleicht kann ich sie ja überzeugen zu gehen.

JESS

Es ist seltsam, wieder unter Menschen zu sein, in dem Verkehr, dem Lärm nach der gedämpften Stille des Hauses. Auch verwirrend, da ich immer noch nicht wirklich weiß, wo ich bin, wie sich die Straßen hier miteinander verbinden. Ich wage nur einen ganz kurzen Blick auf die Karte auf meinem Handy, um nicht noch mehr Daten aufzubrauchen. Das Café, in dem ich mich mit diesem Theo treffe, befindet sich offenbar quer durch die Stadt auf der anderen Flussseite, also beschließe ich die Metro zu nehmen, auch wenn ich dafür noch einen der Scheine anbrechen muss, die ich von Ben stibitzt habe.

Je weiter ich mich von der Wohnung entferne, desto leichter fällt mir das Atmen. Es ist, als habe ein Teil von mir den Duft der Freiheit geschnuppert und wolle nie wieder in dieses Gebäude zurückkehren, auch wenn ich weiß, dass ich das muss.

Ich spaziere kopfsteingepflasterte Straßen entlang, an überfüllten Cafés und Bürgersteigen vorbei, wo die Leute auf Flechtstühlen bei Wein und Zigarette miteinander plaudern. Ich passiere eine alte Windmühle, die sich hinter einer Hecke erhebt, und frage mich, was um alles in der Welt sie da mitten in der Großstadt, in jemandes Vorgarten verloren hat. Als ich eine lange Steintreppe hinabeile, muss ich einen Bogen um einen Typen machen, der dort in einer Festung aus durchweichten Pappkartons schläft; ich lasse ihm zwei Euro da. Ein Stück weiter komme ich über zwei gepflegte kleinen Plätze, die beinahe identisch aussehen, nur dass in der Mitte des einen ein paar ältere Herren Boule spielen, während auf dem anderen ein buntes Karussell mit gestreiftem Dach steht, unter dem sich Kinder an Zirkuspferden und hüpfenden Fischen festklammern.

Als ich mich den geschäftigeren Straßen rund um den Metroeingang nähere, ist da diese komische angespannte Atmosphäre, so, als würde gleich etwas passieren. Es ist wie ein Duft in der Luft … und ich habe einen guten Riecher für Ärger. Und siehe da, schon entdecke ich drei Kastenwagen der Polizei, die in einer Seitenstraße parken. Ich sehe sie mit Helmen und Stichschutzwesten im Inneren sitzen. Instinktiv senke ich den Kopf.

Ich folge dem unterirdischen Menschenstrom. Ich bleibe am Drehkreuz hängen, weil ich vergesse, das kleine Papierticket hervorzukramen; als der Zug eintrifft, kapiere ich nicht, wie sich die Türen am Waggon entriegeln lassen, also muss mir ein Mann helfen, damit er nicht ohne mich losfährt. Das Ganze gibt mir das Gefühl, ein ahnungsloser Tourist zu sein, was mir ganz und gar nicht gefällt – ahnungslos ist gefährlich, es macht einen angreifbar.

Wie ich so in dem überfüllten, müffelnden, viel zu warmen Gedränge menschlicher Körper stehe, überkommt mich das Gefühl, beobachtet zu werden. Ich schaue mich um: ein Grüppchen Teenager, die sich baumelnd an den

Griffen festhalten und aussehen, als wären sie direkt aus einem 90er-Jahre-Skatepark herausspaziert; eine junge Frau in Lederjacke; ein paar ältere Damen mit kleinen Hündchen und Einkaufstrolleys; ein Trupp extrem seltsam gekleideter Leute mit Skibrillen auf dem Kopf und Bandanas um den Hals, einer von ihnen mit einem selbst gemalten Schild. Aber nichts, was offenkundig verdächtig wäre, und als wir die nächste Haltestelle erreichen, steigt ein Akkordeonspieler ein und versperrt die Sicht auf die Hälfte des Waggons.

Nachdem ich aus der Metro raus und wieder oben bin, scheint der schnellste Weg durch den Park, den Jardin du Luxembourg, zu führen. Im Inneren der Grünanlage herrscht ein violett dämmerndes Abendlicht; es ist noch nicht ganz dunkel. Auf dem gekiesten Pfad knistert unter meinen Sohlen das Laub, das bisher nicht zu den riesigen orange leuchtenden Pyramiden zusammengekehrt wurde. Die Zweige der Bäume sind beinahe kahl. Vor mir sehe ich einen leeren Musikpavillon, ein verriegeltes Café, gestapelte Metallstühle. Wieder habe ich das Gefühl, beobachtet, verfolgt zu werden, so, als könne ich den Druck eines fremden Blickes in meinem Nacken spüren. Doch jedes Mal, wenn ich mich umdrehe, sticht keine der Gestalten hervor.

Dann sehe ich ihn. Ben. Er läuft, an der Seite eines anderen Typen joggend, direkt an mir vorbei. Was zur Hölle? Er muss mich gesehen haben – warum ist er nicht stehen geblieben? »Ben!«, rufe ich, meine Schritte beschleunigend, »Ben!« Aber er schaut nicht zurück. Ich fange an zu rennen, kann ihn gerade noch so im Zwielicht verschwinden sehen. Scheiße. Ich bin ja vieles, aber keine begabte Läuferin.

»Hey, Ben! Scheiße noch mal!« Er dreht sich nicht um; nur einige der anderen Läufer werfen mir befremdete Blicke zu, als sie an mir vorbeikommen. Endlich bin ich direkt hinter ihm. Heftig keuchend strecke ich den Arm aus, tippe ihn an. Er dreht sich um.

Unwillkürlich mache ich einen Schritt zurück. Es ist nicht Ben. Sein Gesicht passt überhaupt nicht: Die Augen stehen zu nah beieinander, ein fliehendes Kinn. In Gedanken kann ich Bens belustigte Miene förmlich vor mir sehen, als stünde er vor mir. *Echt jetzt, mit* dem *Typen hast du mich verwechselt?*

»*Qu'est-ce que tu veux?*«, fragt der Fremde verärgert. *Was willst du?*

Ich bekomme keine Antwort heraus, teils, weil ich nicht gleichzeitig atmen und reden kann, aber hauptsächlich, weil ich so verwirrt bin. Er zeigt seinem Kumpel einen Vogel, als sie weiterjoggen.

Natürlich war es nicht Ben. Als ich dem Kerl hinterherschaue, sehe ich, dass gar nichts an ihm passt – er läuft ungelenk, seine Arme bewegen sich schlaff und plump. Nichts an Ben war je ungelenk. Ich bleibe mit dem gleichen verstörenden Gefühl zurück, das ich hatte, als er an mir vorbeilief. Es war, wie einen Geist zu sehen.

Das Café Belle Epoque verströmt eine fast schon weihnachtliche Stimmung, ganz in schimmerndes Rot und Gold getaucht, wirft es sein warmes Licht auf den Bürgersteig. Die Außentische sind voller plaudernder und lachender Menschen, die Fenster beschlagen vom Dunst der um die Tische gedrängten Körper im Inneren. Ums Eck, da wo sie die Heizstrahler nicht eingeschaltet haben, sitzt ein Typ ganz allein über seinen Laptop gebeugt. Irgendwie weiß ich einfach, dass er es ist.

»Theo?« Ich komme mir vor wie bei einem Tinder-Date – wenn ich mir denn noch die Mühe machen würde, auf solche Dates zu gehen, und wenn es sich nicht ausschließlich um miese Aufreißer und Arschlöcher handeln würde.

Er blickt mit finsterer Miene auf. Struppiger Bart und langes dunkles Haar, das dringend mal zum Friseur müsste. Er sieht aus wie ein Pirat, der beschlossen hat, sich normale Klamotten anzuziehen: ein am Halsausschnitt ausgefranster Wollpullover unter einer weiten Jacke.

»Theo?«, frage ich erneut. »Wir haben geschrieben, wegen Benjamin Daniels? Ich bin Jess.«

Er nickt knapp. Ich ziehe den kleinen Metallstuhl gegenüber von ihm hervor. Vor Kälte bleibt er an meiner Hand kleben.

»Stört's dich, wenn ich rauche?« Die Frage ist wohl rhetorisch gemeint, denn er zieht bereits eine zerknautschte Packung rote Marlboro heraus. Alles an ihm ist zerknautscht.

»Klar, ich nehme auch eine, danke.« Ich kann mir Rauchen als Hobby eigentlich nicht leisten, aber ich bin so aufgekratzt, dass ich gut eine Kippe gebrauchen kann. Auch wenn er sie mir nicht wirklich angeboten hat.

Die nächsten dreißig Sekunden müht er sich damit ab, seine Zigarette mit einem ramponierten Feuerzeug anzumachen, wobei er in einem fort vor sich hin flucht: *Verfickt noch mal* und *Komm schon, du Scheißding*. Ich meine dabei, einen leichten Akzent herauszuhören.

»Ach, du bist aus East London?«, frage ich. Vielleicht wird er ja hilfsbereiter sein, wenn ich mich ein bisschen bei ihm einschleime. »Woher genau?«

Er hebt eine seiner dunklen Augenbrauen, antwortet nicht. Endlich klappt es mit dem Feuerzeug, und die Kippen glimmen auf. Er zieht an seiner wie ein Asthmatiker an einem Inhalator, dann lehnt er sich zurück und schaut mich an. Er ist groß und scheint unbehaglich auf dem kleinen Bistrostuhl zu sitzen, den einen Knöchel über das andere Knie gelegt. Eigentlich ist er irgendwie heiß, wenn man auf rauere, ungeschliffene Typen steht. Aber ich bin nicht sicher, ob ich das tue – und bin etwas schockiert über mich, dass ich unter diesen Umständen überhaupt an so was denke.

»Also«, sagt er und blickt mich aus zusammengekniffenen Augen durch den Rauch an. »Ben?« Etwas an der Art, wie er den Namen meines Bruders sagt, lässt vermuten, dass er nicht viel für ihn übrig hat. Womöglich habe ich ja gerade den *einen* Menschen gefunden, der immun gegenüber dem Charme meines Bruders ist.

Bevor ich antworten kann, kommt ein Kellner herbei; er wirkt genervt, dass er unsere Bestellung aufnehmen muss, obwohl es sein Job ist. Theo, der genauso genervt scheint, dass er mit ihm reden muss und ein Französisch mit betont britischem Akzent spricht, bestellt einen doppelten Espresso und irgendwas namens »Ricard«. »Wird spät heute, hab eine Deadline«, erklärt er etwas defensiv.

Um mich aufzuwärmen, bestelle ich eine *chocolat chaud*. Sechs Euro. Ich kann nur hoffen, dass dieser Theo bezahlt. »Und dieses andere Zeug nehme ich auch«, sage ich zum Kellner.

»Un Ricard?«

Ich nicke. Der Kellner latscht davon. »Ich glaube nicht, dass wir im Copacabana so was ausgeschenkt haben«, bemerke ich.

»Im was?«

»Die Bar, in der ich gearbeitet habe. Bis gestern eigentlich.«

Er zieht eine dunkle Augenbraue hoch. »Klingt nach einem Nobelschuppen.«

»Eine üble Spelunke.« Aber der Tag, an dem der Perversling beschloss, mir seinen ekligen kleinen Pimmel zu zeigen, war der Tag, an dem ich endgültig genug hatte. Es war auch der Tag, an dem ich beschloss, dass ich es dem Widerling heimzahlen würde, und zwar für all die Male, die er sich zu lange hinter mir herumgedrückt, mir seinen warmen, feuchten Atem in den Nacken geblasen oder mich, die Hände an meinen Hüften, »aus dem Weg geschoben« hatte. Und auch für all die Kommentare, die er über mein Aussehen und meine Klamotten machte – all diese Dinge, die eigentlich »nichts« waren, außer *dass* sie was waren und mir das Gefühl gaben, ein bisschen weniger ich selbst zu sein. Ein anderes Mädchen wäre da womöglich gegangen und nie wiedergekommen. Ein anderes hätte womöglich die Polizei gerufen. Aber ich bin nicht dieses Mädchen.

»Okay«, sagt Theo, der offenbar keine Zeit mehr für Geplänkel hat. »Warum bist du hier?«

»Ben … arbeitet er für dich?«

»Nee. Niemand arbeitet heutzutage noch für irgendwen, nicht in diesem Metier. Da draußen herrscht ein Krieg jeder gegen jeden, alle kämpfen für sich selbst. Aber ja, manchmal habe ich eine Rezension oder einen Reisebericht bei ihm in Auftrag gegeben. Er wollte in den investigativen Bereich rein. Aber ich schätze, das weißt du.« Ich schüttle den Kopf. »Tatsächlich sollte er einen Artikel zu den Krawallen liefern.«

»Krawalle?«

»Ja.« Er beäugt mich, als könne er nicht glauben, dass ich es nicht weiß. »Die Leute hier sind echt angepisst wegen einer Steuer- und Benzinpreiserhöhung. Es wurde ziemlich hässlich … Tränengas, Wasserwerfer, so Zeug. Es kommt in allen Nachrichten. Du musst es doch gesehen haben?«

»Ich bin erst gestern Nacht angekommen.« Aber dann dämmert es mir. »Ich habe Polizeiwagen an der Metrohaltestelle Pigalle gesehen.« Mir fällt die Truppe mit den Skibrillen im Zug ein. »Und vielleicht auch ein paar Demonstranten.«

»Ja, wahrscheinlich. Überall in der Stadt kommt es zu Ausschreitungen. Und Ben sollte mir einen Artikel dazu liefern. Aber er wollte mir auch etwas über einen echten Knüller erzählen, den er für mich hätte – und zwar heute früh. Er tat sehr geheimnisvoll deswegen. Aber ich habe nichts mehr von ihm gehört.«

Eine neue Möglichkeit. Könnte es das sein? Dass Ben zu tief in einer Sache herumgegraben hat? Jemand Gefährliches verärgert? Und nun musste er – ja, was eigentlich? Die Biege machen? Abtauchen? Oder er … An die anderen Möglichkeiten will ich gar nicht denken.

Unsere Getränke kommen. Meine heiße Schokolade, dick, dunkel und glänzend in einem Porzellankännchen samt Tasse. Ich gieße mir ein, nehme einen Schluck und schließe die Augen, denn von mir aus sind es sechs Euro, aber es ist verdammt noch mal die beste heiße Schokolade meines Lebens.

Theo kippt fünf Päckchen braunen Zucker in seinen Kaffee, rührt um. Dann nimmt er einen großen Schluck von seinem Ricard. Ich nippe an meinem … Er schmeckt nach Lakritz und erinnert mich an all die klebrigen Sambuca-Shots, die ich mir hinter der Bar genehmigt habe, meist von Gästen spendiert oder aber an einem ruhigeren Abend direkt aus der Flasche abgezweigt. Ich kippe den Rest runter. Theo hebt eine Augenbraue.

Ich wische mir über den Mund. »Sorry. Das habe ich gebraucht. Die letzten vierundzwanzig Stunden waren total beschissen. Ben ist nämlich verschwunden. Ich weiß, dass du nichts von ihm gehört hast, aber du hast nicht zufällig eine Ahnung, wo er stecken könnte, oder?«

Theo zuckt mit den Schultern. »Tut mir leid.« Ich spüre, wie das kleine bisschen Hoffnung, an das ich mich geklammert habe, zerbröselt und verpufft. »Wie meinst du verschwunden?«

»Er war gestern Nacht nicht in seiner Wohnung, obwohl er gesagt hat, dass er dort auf mich warten würde. Er geht nicht ans Handy und liest auch seine Nachrichten nicht. Und dann ist da der ganze Rest …« Ich schlucke und erzähle ihm von dem Blut auf dem Fell der Katze, dem Bleichefleck, den fiesen Nachbarn. Und während ich das tue, kommt der Moment, in dem ich mich frage: Wie konnte es dazu kommen? Dass ich hier mit einem Fremden in einer fremden Stadt sitze und versuche, meinen verschollenen Bruder zu finden?

Theo zieht währenddessen schweigend an seiner Kippe und betrachtet mich durch die Rauchschwaden, wobei seine Miene sich kein bisschen ändert. Der Typ hat ein echt gutes Pokerface.

»Das andere, was komisch ist«, fahre ich fort, »ist, dass er in dieser großen, superschnieken Bude wohnt. Ich kann mir nicht vorstellen, dass Ben mit seiner Schreiberei so viel verdient.« In Anbetracht von Theos Outfit vermute ich, eher nicht.

»Nein. Diesen Job ergreift man nicht wegen des Geldes.«

Dann fällt mir noch was ein. Dieses merkwürdige Metallkärtchen, das ich in Bens Portemonnaie gefunden habe. Ich ziehe es hinten aus meiner Jeanstasche.

»Das hier habe ich gefunden. Sagt es dir irgendwas?«

Stirnrunzelnd mustert er das Feuerwerksmotiv. »Bin mir nicht sicher. Das Symbol habe ich definitiv schon mal gesehen. Aber ich kann es im Moment nicht einordnen. Dürfte ich es mitnehmen? Ich melde mich bei dir.« Ich reiche ihm die Karte etwas widerwillig, weil sie eine der wenigen Sachen ist, die mir wie eine Art Hinweis erscheinen. Und da ist etwas in der Art, wie er danach schnappt, das mir nicht gefällt. Plötzlich wirkt er etwas übereifrig, dafür, dass er meinte, dass er Ben gar nicht so gut kennt, und nicht allzu sehr um sein Wohlergehen besorgt scheint. Er verströmt nicht gerade den Eindruck eines barmherzigen Samariters. Ich bin mir nicht hundertpro sicher, was diesen Kerl angeht. Dennoch, Not kennt kein Gebot, wie es so schön heißt.

»Da ist noch etwas«, sage ich, als es mir einfällt. »Ben hat mir gestern Nacht, als ich im Zug saß, eine Sprachnachricht hinterlassen.«

Theo nimmt mein Handy. Er spielt die Aufnahme ab, und Bens Stimme ertönt. »Hey, Jess…«

Es ist seltsam, sie noch einmal so zu hören. Es klingt anders als beim letzten Mal, irgendwie nicht ganz wie Ben, so, als ob er weiter weg wäre.

Theo hört sie sich vollständig an. »Es klingt, als sagt er

noch was am Ende. Hast du das schon herausfinden können?«

»Nein … ich kann's nicht verstehen.«

Er hebt einen Finger. *Warte mal.*

Er greift in den Rucksack neben seinem Stuhl – so zerknautscht wie alles andere an ihm – und zieht ein verknotetes Paar Kopfhörer heraus. »Also gut. Die Dinger haben Rauschunterdrückung und können richtig laut. Willst du auch einen.« Er hält mir einen Stöpsel hin.

Ich schiebe ihn in mein Ohr.

Er stellt die Lautstärke auf Maximum und lässt die Sprachnachricht erneut abspielen.

Wir lauschen dem bekannten Teil der Aufnahme. Bens Stimme, die mir erklärt, wo genau ich hinmuss und so weiter und so fort. Seine Stimme bricht mitten im Satz ab, wie bei den Malen zuvor. Aber nun kann ich es hören. Das, was in der Sprachnachricht wie ein Knistern klingt, ist eigentlich ein Quietschen. Ich kenne doch dieses Quietschen. Das sind die Angeln der Wohnungstür.

Und dann höre ich Bens Stimme aus einiger Entfernung, wenn auch viel deutlicher als zuvor, als es nur wie ein Murmeln klang. »Was tust du denn hier?« Und danach: »Was zur Hölle?«

Dann ertönt ein dumpfer Laut. Selbst bei dieser Lautstärke ist schwer zu sagen, ob es ein Stöhnen ist oder doch etwas anderes … eine ächzende Bodendiele? Dann … Stille.

Mir ist auf einmal noch kälter als ohnehin schon. Ich erwische mich dabei, wie ich nach dem Anhänger meiner Kette greife, ihn fest umklammere.

Theo spielt die Aufnahme erneut ab. Und schließlich ein drittes Mal. Da ist es. Das ist der Beweis. Jemand war dort, in der Wohnung mit Ben, gestern Nacht, als er mir die Sprachnachricht hinterließ.

Wir ziehen beide den Stöpsel aus dem Ohr. Schauen einander an.

»Ja, doch«, sagt Theo, »ich würde sagen, dass das verdammt schräg ist.«

MIMI

Dritte Etage

Sie ist momentan nicht in der Wohnung. Ich habe es von meinem Schlafzimmerfenster aus beobachtet. Alle Lichter in der zweiten Etage sind aus, die Räume sind dunkel. Einen Augenblick lang meine ich ihn sogar zu sehen, in den Schatten auftauchen. Dann blinzle ich, und natürlich ist da unten niemand.

Doch es sähe ihm ähnlich. Er hatte diese Angewohnheit, unvermutet aufzutauchen. Genau wie bei unserer zweiten Begegnung.

Ich hatte auf dem Rückweg von der Sorbonne einen Zwischenstopp in diesem alten Plattenladen, dem *Pêle-Mêle*, eingelegt. Es war so heiß. Wir haben diesen Ausdruck im Französischen: *soleil de plombe* – für die Tage, an denen die Sonne schwer wie Blei über einem hängt. Denn so war es an jenem Tag. Heute, nur sechs Wochen später, ist es so kalt draußen, dass es kaum vorzustellen ist. Die Straßen waren widerlich: Auspuffgase und verschwitzte, sonnenverbrannte Touristen, die sich auf den Bürgersteigen drängten. Die Touristen hasse ich eigentlich immer, aber am meisten hasse ich sie im Sommer. Wenn sie sich überhitzt und übellaunig durch die Gegend schieben, sauer, weil sie in die Großstadt gefahren sind statt an den Strand.

Aber im Laden war es dunkel und kühl. Keine Touristen, da er von außen so düster und deprimierend aussieht, was genau der Grund ist, warum ich ihn mag.

»Hey.«

Ich drehte mich um.

Da stand er. Der Typ, der neulich im zweiten Stock eingezogen war. Ich sah ihn fast jeden Tag, wenn er seine Vespa durch den Hof rollte, oder manchmal, wenn er in seiner Wohnung herumging – er ließ immer die Fensterläden offen. Aber so, aus der Nähe, war es anders. Ich konnte die Bartstoppeln auf seinem Kinn sehen, die kupferroten Härchen auf seinen Armen. Ich konnte sehen, dass er eine Kette um den Hals trug, die unter dem Kragen seines T-Shirts verschwand. Irgendwie hätte ich das nicht erwartet; er schien zu vornehm dafür. So nah konnte ich auch seinen Schweiß riechen, was eklig klingt, aber es war ein sauberer, pfeffriger Geruch, nicht der Gestank nach frittierten Zwiebeln, den man in der Metro abbekommt. Er war etwas älter, wie ich schon zu Camille gesagt hatte. Aber er war auch irgendwie schön. Tatsächlich raubte er mir den Atem.

»Mimi, das war der Name, stimmt's?«

Beinahe rutschte mir die Schallplatte aus den Händen. Er kannte meinen Namen. Er hatte ihn sich gemerkt. Ich nickte, denn ich hatte das Gefühl, kein Wort rauszubekommen. Mein Mund schmeckte nach Metall; vielleicht hatte ich mir auf die Zunge gebissen. Ich stellte mir vor, wie das Blut mir zwischen den Zähnen hervorquoll. In der Stille konnte ich den Deckenventilator hören – *wump, wump, wump* – wie das Schlagen eines Herzens.

»Ich bin Ben.« Sein britischer Akzent, diese direkte Art. »Wir sind Nachbarn. Ich bin vor ein paar Tagen in die Wohnung im Zweiten gezogen.«

»*Je sais*«, erwiderte ich. Es kam als Flüstern heraus. *Ich weiß*. Es erschien mir verrückt, dass er glauben könnte, dass ich es nicht wüsste.

»Es ist so ein cooles Gebäude. Du musst es lieben, da zu leben.« Ich zuckte die Schultern. »Seine Geschichte. All die tollen Besonderheiten: der Keller, der alte Lift …«

»Es gibt sogar einen Speiseaufzug«, platzte es aus mir heraus. Der gehörte zu meinen liebsten Spielereien in dem Haus. Ich wusste nicht, warum, aber plötzlich wollte ich es mit ihm teilen.

Er beugte sich vor. »Ein Speiseaufzug?« Er wirkte so begeistert, und ich verspürte ein warm glühendes Gefühl in mir, weil ich der Auslöser dafür war. »Wirklich?«

»Ja. Aus den Zeiten, als das Gebäude noch ein richtiges *hôtel particulier* war – es gehörte einer *comtesse*, und unten in der *cave* gab es eine Küche. Man schickte die Speisen darin hoch, dafür kam das schmutzige Geschirr runter.«

»Das ist ja genial! So etwas habe ich noch nie in echt gesehen. Wo denn? Nein, warte … sag es mir nicht. Ich werde versuchen, es selbst herauszufinden.« Er grinste. Ich merkte, dass ich zurücklächelte.

Er zupfte am Kragen seines T-Shirts. »Jesus, ist es heiß heute.«

Ich erblickte den kleinen Anhänger, der am Ende der Kette baumelte. »Du trägst einen heiligen Christophorus?« Wieder war es einfach aus mir rausgeplatzt. Ich glaube, es war die Überraschung, ihn zu sehen, den kleinen goldenen Heiligen zu erkennen.

»Oh.« Er schaute auf den Anhänger runter. »Ja. Der ist von meiner Mum. Sie gab ihn mir, als ich noch klein war. Ich nehme ihn nie ab … und vergesse irgendwie, dass er da ist.« Ich versuchte, ihn mir als Kind vorzustellen – es gelang mir nicht. Ich konnte ihn nur groß gewachsen, mit breiten Schultern und gebräuntem Gesicht vor mir sehen. Er hatte Fältchen, ja, aber ich fand, dass sie ihn gar nicht alt machten. Sie ließen ihn nur interessanter aussehen als die Jungs, die ich kannte. So, als wäre er herumgekommen, hätte was vom Leben gesehen, Dinge unternommen. Er grinste. »Ich bin beeindruckt, dass du ihn erkannt hast. Bist du katholisch?«

Meine Wangen glühten auf. »Meine Eltern haben mich auf eine katholische Schule geschickt.« Eine katholische Mädchenschule. *Dein Papa hat echt gehofft, dass du da zur Nonne wirst*, witzelt Camille oft. *Das Nächstbeste, was er nach einem Keuschheitsgürtel für seine Tochter finden konnte.* Die meisten Leute in meinem Alter, die ich kenne, so wie Camille, gingen auf ein großes Lycée, wo sie ihre eigenen Klamotten trugen und Zigaretten rauchten und in den Mittagspausen auf den Straßen wie wild miteinander rumknutschten. Auf eine Lehranstalt wie die *Sœurs Servantes du Sacré Cœur* zu gehen macht einen zum totalen Freak. Wie aus diesem Kinderbuch *Madeline* entsprungen. Was es eigentlich bedeutet, ist, dass du in deiner Schuluniform in der Metro von einer gewissen Sorte widerlicher alter Säcke angeglotzt und vom Rest der Typen ignoriert wirst. Sie macht es einem unmöglich, wie ein normales Mädchen mit ihnen zu reden. Was wahrscheinlich genau der Grund war, warum Papa die Schule für mich ausgesucht hatte.

Natürlich blieb ich nicht die gesamte Zeit an der SSSC. Es gab Probleme mit einem Lehrer dort, einem jungen Mann, und meine Eltern fanden, es sei das Beste, wenn ich abgehe. Und so hatte ich die letzten zwei Jahre eine Hauslehrerin, was noch schlimmer war.

Benjamin Daniels' Blick senkte sich auf die Schallplatte, die ich in den Händen hielt. »Velvet Underground«, bemerkte er. »Die liebe ich.« Das Coverdesign auf der Vorderseite der Hülle – von Andy Warhol – bestand aus einer Serie von Bildern, die ein Paar feuchter roter Lippen dabei zeigten, wie sie sich öffneten, um an einem Trinkhalm zu saugen. Plötzlich schien es irgendwie anzüglich, und ich spürte, wie mir erneut die Hitze in die Wangen stieg.

»Ich nehme die hier mit«, sagte er und hielt seine Platte hoch. »Die Yeah Yeah Yeahs. Magst du die?«

Ich zuckte die Achseln. *»Je sais pas.«* Ich hatte nie von ihnen gehört. Tatsächlich hatte ich mir auch noch nie Velvet Underground angehört. Aber mir gefiel das Design; ich fragte mich, ob ich es vielleicht schaffen könnte, es in mein Skizzenbuch zu übertragen, wenn ich heimkam. Ich studiere an der Sorbonne, doch was ich wirklich gerne tun würde (wenn es nach mir ginge, nicht nach meinen Eltern), ist Kunst. Manchmal, wenn ich ein Stück Kohle oder einen Pinsel in meiner Hand halte, scheint es die einzige Zeit, in der ich vollkommen ich bin. Es ist die einzige Art, wie ich richtig sprechen kann.

»Tja ... ich muss mich sputen.« Er verzog das Gesicht. »Habe eine Deadline anstehen.« Selbst das klang cool – eine Deadline zu haben. Er war Journalist; ich hatte ihm schon dabei zugeschaut, wenn er bis spät in die Nacht an seinem Laptop tippte. »Aber ihr Mädels wohnt im dritten

Stock, nicht wahr? In der Wohnung über mir? Du und deine Mitbewohnerin? Wie hieß sie noch …?«

»Camille.« Niemand vergisst Camille. Sie ist die Heiße, sie ist die Amüsante. Aber er hatte ihren Namen vergessen. Er hatte sich an meinen erinnert.

Zwei Tage später schob jemand eine Notiz unter der Wohnungstür hindurch.

Ich hab's gefunden!

Erst kam ich nicht dahinter, was damit gemeint war. Wer hatte was gefunden? Es ergab keinen Sinn. Es musste irgendwas für Camille sein. Und da fiel mir das Gespräch im Plattenladen ein. Könnte es sein? Ich ging zu dem Küchenschrank, der den Speiseaufzug beherbergte, zog die verborgene Kurbel heraus und drehte sie, um die kleine Kabine hochzuziehen. Und da sah ich, dass etwas drin lag: Die Yeah Yeah Yeahs-Platte, die er im Laden gekauft hatte. Ein Notizzettel klebte daran.

Hey Mimi. Dachte mir, du würdest gern reinhören. Lass mich wissen, was du davon hältst. B x

»Von wem ist das denn?« Camille kam rüber und las die Notiz über meine Schulter. »Er hat sie dir ausgeliehen? Ben?« Ich konnte die Überraschung in ihrer Stimme hören. »Ich habe ihn gestern im Flur getroffen«, erzählte sie. »Er meinte, er fände es super, wenn ich seine Katze füttern könnte, falls er mal wegfahren sollte. Er hat mir seinen Zweitschlüssel gegeben.« Sie schwang ihr karamellfarbenes Haar hinter ein Ohr. Ich verspürte einen kleinen Stich der Eifersucht, bis ich mir in Erinnerung rief, dass er *ihr* keine Notiz hinterlassen hatte. Dass er *ihr* keine Platte geschickt hatte.

Da gibt es diesen Ausdruck im Französischen: *être bien dans sa peau* – sich in seiner Haut wohlfühlen. So fühle ich mich nicht oft. Aber als ich die Platte in meinen Händen hielt, da tat ich es. Als hätte ich endlich etwas, das nur meins war.

Nun schaue ich den Küchenschrank an, in dem sich der Speiseaufzug verbirgt. Unwillkürlich gehe ich hinüber. Ich öffne den Schrank, um an der Kurbel des Flaschenzugs zu drehen, so, wie ich es an jenem Tag vor sechs Wochen getan hatte, warte darauf, dass die kleine Kabine auftaucht.

Was?

Ich starre hinein. Da liegt etwas drin. Genau wie damals, als er mir die Platte schickte. Aber das hier ist keine Schallplatte. Es ist kleiner, in ein Tuch gewickelt. Ich greife hinein, um es rauszuholen, und als ich die Hand darum schließe, spüre ich einen Stich. Ich hebe die Hand vor mein Gesicht und sehe Blut hervorperlen. *Merde.* Was auch immer da drin ist, hat meine Haut durchbohrt und den Stoff durchschnitten. Erschrocken lasse ich es fallen. Der Inhalt entrollt sich aus dem Tuch und landet auf dem Boden.

Ich mache einen Schritt zurück. Schaue die Klinge an, die mit etwas verkrustet ist, das aussieht wie Rost oder Schmutz … etwas, das auch über das gesamte Tuch verschmiert ist, in das es gewickelt war.

Und ich schreie los.

JESS

Ich muss in einem fort daran denken, wie Ben am Ende der Nachricht klang. Die Furcht in seiner Stimme. »Was tust *du* denn hier?« Die Betonung auf dem Du. Wer auch immer in der Wohnung war, es klang, als würde er die Person kennen. Und dann das: »Was zur Hölle?« Von meinem Bruder, der doch immer jede Situation unter Kontrolle hat. So habe ich ihn noch nie gehört. Es klang gar nicht nach Ben.

Ich habe ein zunehmend mulmiges Gefühl in der Magengrube. Es war im Grunde schon die ganze Zeit da, aber nun kann ich es nicht länger ignorieren. Ich glaube, dass meinem Bruder etwas zugestoßen ist, gestern Abend, bevor ich eintraf. Etwas Schlimmes.

»Fährst du in diese Wohnung zurück?«, fragt Theo. »Nachdem du das gehört hast?«

Ich bin fast schon gerührt von seiner Sorge, zumal er nicht der sensible Typ scheint. »Ja«, erwidere ich. »Ich muss dort sein.« Und außerdem – das sage ich nicht laut – habe ich keinen anderen Ort, an den ich könnte.

Ich beschließe, zu Fuß zurückzukehren, statt die Metro zu nehmen – es ist eine lange Strecke, aber ich muss jetzt an der Luft sein, muss versuchen, einen klaren Gedanken zu fassen. Ich entsperre mein Handy, um mir die Route anzusehen. Es vibriert:

Ihr Roaming-Datenvolumen ist beinahe aufgebraucht! Um Ihr Guthaben aufzuladen, folgen Sie diesem Link …

Scheiße. Ich schiebe es in meine Hosentasche zurück.

Ich komme an kleinen herausgeputzten Lädchen vorbei, deren Fassaden in Rot, Smaragdgrün, Marineblau gestrichen sind; ihre hell erleuchteten Schaufenster präsentieren bedruckte Kleider, Kerzen, Sofas, Schmuck, Schokolade und sogar krasse kleine Baiserhäubchen in Babyblau und Rosa. Hier gibt es wohl für jeden was zu kaufen – wenn man denn das Geld dafür hat. Auf der Brücke schiebe ich mich an Touristen vorbei, die Selfies vor dem Fluss schießen, sich küssen, lächeln, quatschen und lachen. Es ist, als würden sie in einem anderen Universum leben. Und nun, wie ich mir das Ganze anschaue, erscheint mir die Stadt wie ein Haufen bunt geschmückter Verpackungen, die etwas Böses im Inneren verbergen. Ich kann das Verrottende unter dem süßen, zuckrigen Duft der Bäckereien und Chocolaterien riechen; die ausgelegten Fische und Meeresfrüchte vor einer Fischhandlung, deren Eisschmelze sich in stinkenden Pfützen auf dem Bürgersteig sammelt; den Gestank von festgetretener Hundescheiße; den betäubenden Mief verstopfter Kanalrohre. Das mulmige Gefühl in meiner Magengrube wandelt sich zu Übelkeit.

Es gab schon Zeiten in meinem Leben, als ich ziemlich verzweifelt war. Ratlos, wie ich die Miete für den Monat zusammenkratzen sollte. Zeiten, in denen ich Gott dankte, einen Halbbruder mit einem etwas dickeren Portemonnaie zu haben. Ja, ich mag Ben in der Vergangenheit gegrollt haben, dafür, dass er mehr hatte, als mir je möglich war. Aber er hat mir auch schon aus so mancher Klemme geholfen.

Einmal kam er sogar in dem Golf, den seine neuen Eltern ihm gekauft hatten, den ganzen Weg gefahren, um mich aus einer schlimmen Pflegefamilie zu holen, obwohl es mitten in der Prüfungszeit war.

»Wir müssen zusammenhalten, wir Waisenkinder. Nein – schlimmer als Waisen. Denn unsere Väter wollen uns nicht. Sie sind irgendwo da draußen, aber sie wollen uns nicht.«

»Du bist nicht wie ich. Du hast eine Familie. Die Daniels. Schau dich doch an. Hör doch, wie du sprichst. Schau dir dieses krasse Auto an. Du hast so viel.«

Ein Schulterzucken. »Ich habe nur eine kleine Schwester.«

Und jetzt bin ich an der Reihe, ihm zu helfen. Auch wenn sich alles in mir sträubt, mit der Polizei zu sprechen – ich muss.

Ich ziehe mein Handy erneut hervor, wähle die 112.

Ich komme nicht sofort durch und warte, lausche dem Tuten, wobei ich an meinem heiligen Christophorus herumfummle. Endlich geht jemand ran. »*Comment puis-je vous aider?*« Eine Frauenstimme.

»Ähm … *parlez-vous anglais?*«

»*Non.*«

»Kann ich mit jemandem sprechen, der es tut?«

Ein Seufzen. »*Une minute.*«

Nach einer längeren Pause eine andere Stimme – diesmal die eines Mannes. »Ja?«

Ich lege los. Laut ausgesprochen kann selbst ich hören, wie schwach sich die ganze Geschichte anhört.

»Entschuldigen Sie. Ich verstehe nicht. Ihr Bruder hat Ihnen eine Sprachnachricht hinterlassen. Aus seiner Wohnung? Und Sie machen sich Sorgen?«

»Er klang verängstigt.«

»Aber es gab kein Anzeichen für einen Einbruch?«

»Nein, ich denke, es war jemand, den er kannte …«

»Ihr Bruder ist … ein Kind?«

»Nein, er ist Anfang dreißig. Aber er ist verschwunden.«

»Und Sie sind sicher, dass er nicht … ein paar Tage verreist ist? Denn das scheint die wahrscheinlichste Erklärung, *non?*«

Mich überkommt ein wachsendes Gefühl von Hilflosigkeit. Ich habe nicht den Eindruck, dass das hier zu irgendwas führt. »Ich bin mir ziemlich sicher, ja. Es ist alles verdammt schräg – Entschuldigung –, und er geht nicht an sein Handy. Sein Portemonnaie und seine Schlüssel sind auch noch da.«

Eine längere Pause. »Okay, *Mademoiselle.* Geben Sie mir Ihren Namen und Ihre Adresse. Ich werde Ihre Daten offiziell aufnehmen, und wir melden uns bei Ihnen.«

»Ich …« Ich möchte nicht offiziell irgendwo aufgenommen sein, und zwar nirgends. Was, wenn sie die Daten mit den britischen Behörden abgleichen, meinen Namen durchgeben? Und die Art, wie er »offiziell aufnehmen« sagte, mit dieser gelangweilten, trägen Stimme, klingt mehr so nach: *Ja klar, wir schauen uns die Sache in zwei Jahren mal an, nachdem wir das wirklich wichtige Zeug erledigt haben, und vielleicht auch das weniger wichtige.*

»*Mademoiselle?*«, hakt er nach.

Ich lege auf.

Das war absolute Zeitverschwendung. Aber hab ich

ernsthaft was anderes erwartet? Auch die britische Polizei hat mir früher nie geholfen. Warum dachte ich, dass ihre französischen Kollegen anders sein würden?

Als ich von meinem Handy aufschaue, merke ich, dass ich die Orientierung verloren habe. Ich muss ziellos herumgewandert sein, während ich am Telefon hing. Ich klicke die Mappe auf meinem Handy an, aber sie lädt nicht. Als ich versuche, sie aufzurufen, vibriert mein Handy, und eine Benachrichtigung ploppt auf:

Ihr Roaming-Datenvolumen ist aufgebraucht. Um Ihr Guthaben aufzuladen, folgen Sie dem Link …

Mist, verdammte Scheiße … Es wird immer dunkler, und irgendwie fühle ich mich dadurch nur noch verlorener in der Stadt.

Okay. Reiß dich zusammen, Jess. Ich kann das schaffen. Ich muss nur eine belebtere Straße finden, von dort aus kann ich eine Metrohaltestelle suchen und einen Stadtplan.

Aber die Straßen werden immer ruhiger, bis ich nur noch die Schritte einer weiteren Person ein Stück hinter mir hören kann.

Zu meiner Rechten befindet sich eine hohe Mauer, und als ich ein kleines Schild daran lese, wird mir klar, dass ich an einem Friedhof entlanggehe. Über der Mauer kann ich gerade so die größeren Grabmale ausmachen, die Flügelspitzen und das gebeugte Haupt eines Engels. Mittlerweile ist es beinahe vollkommen finster. Ich bleibe stehen.

Die Schritte hinter mir bleiben ebenfalls stehen.

Ich gehe schneller. Die Schritte beschleunigen.

Jemand folgt mir. Ich wusste es. Ich biege an der Mauer ums Eck, sodass ich ein paar Sekunden außer Sicht bin. Dann, statt weiterzugehen, bleibe ich stehen und presse mich mit dem Rücken gegen die Mauer auf der anderen Seite. Mein Herz schlägt heftig gegen meine Rippen. Das ist wahrscheinlich echt bescheuert von mir. Ich sollte lieber losrennen, schnell eine geschäftigere Straße finden, mich unter die Menschen mischen. Aber ich will es jetzt wissen.

Ich warte, bis eine Gestalt auftaucht. Groß, schlank. Meine Brust brennt – mir wird bewusst, dass ich den Atem angehalten habe. Die Gestalt dreht sich langsam … schaut sich um. Hält nach mir Ausschau. Sie trägt eine Kapuze, und ich kann das Gesicht darunter nicht ausmachen.

Da weicht die Gestalt einen Schritt zurück, und ich weiß, dass sie mich entdeckt hat. Die Kapuze fällt nach hinten. Nun kann ich das Gesicht im Licht der Straßenlaterne sehen. Es ist eine Frau – sehr jung und so schön, dass sie ein Model sein könnte. Tiefbraunes Haar mit einem schnurgeraden Pony, ein dunkles, akzentuiertes Muttermal auf einem der hohen Wangenknochen. Sie trägt einen Kapuzenpulli unter einer Lederjacke und starrt mich überrascht an.

»Hallo«, sage ich. Ich mache einen zögerlichen Schritt auf sie zu, während der Schreck abflaut, zumal ich nun sehen kann, dass sie nicht der bedrohliche Verfolger ist, den ich mir ausgemalt habe. »Warum folgst du mir?« Sie weicht weiter zurück. Ich habe das Gefühl, nun die Oberhand zu haben. »Was willst du?«, frage ich.

»Ich … ich suche Ben.« Ein starker Akzent, kein Französisch. Osteuropäisch vielleicht. »Er geht nicht ans Telefon. Er hat mir gesagt, dass ich zur Wohnung kommen soll … aber nur, wenn es sehr wichtig ist. Ich habe gehört, wie du nach ihm gefragt hast, gestern Nacht, vor dem Haus.«

Das muss gewesen sein, als ich gerade eingetroffen war und einen Moment lang glaubte, eine Gestalt hinter dem parkenden Auto zu sehen. »Warst du das? Hinter dem Wagen?«

Sie sagt nichts darauf, was wohl die eindeutigste Antwort ist, die ich von ihr bekommen werde. Ich mache einen weiteren Schritt auf sie zu. Sie macht einen Schritt zurück. »Warum?«, frage ich. »Warum suchst du nach Ben? Was ist so wichtig?«

»Wo ist Ben?«, ist alles, was sie sagt. »Ich muss mit ihm reden.«

»Das ist genau das, was ich versuche herauszufinden. Ich glaube, etwas ist passiert. Er ist verschwunden.«

Es passiert so schnell. Ihr Gesicht wird leichenblass. Sie sieht auf einmal so verängstigt aus, dass ich mich erschrecke. Dann flucht sie in einer anderen Sprache … Es klingt wie *»kurwah«*.

»Was ist?«, will ich wissen. »Warum hast du solche Angst?«

Sie schüttelt den Kopf, macht ein paar weitere Schritte rückwärts, wobei sie beinahe über ihre eigenen Füße stolpert. Dann dreht sie sich um und geht rasch in die entgegengesetzte Richtung davon.

»Warte«, sage ich. Und dann, als sie sich weiter entfernt, rufe ich: »Warte!« Aber sie beginnt zu rennen. Ich hetze hinterher. Verdammt, sie ist so schnell mit diesen langen Beinen. Ich bin zwar schlank, aber bestimmt nicht fit. »Bleib stehen … bitte!«, schreie ich nun. Ich verfolge sie eine Einkaufsstraße entlang – die Leute drehen sich schon nach uns um. In letzter Minute biegt sie scharf nach links ab und eilt klackernd die Stufen einer Metrostation runter.

Ein Pärchen, das Arm in Arm die Treppe hochkommt, löst sich erschrocken, um sie durchzulassen.

»Bitte!«, rufe ich, die Stufen hinter ihr herrennend, wobei ich nach Luft schnappen muss und das Gefühl habe, mich in Zeitlupe fortzubewegen. »Warte!«

Aber da ist sie schon durch die Absperrung. Glücklicherweise ist einer der Durchgänge außer Betrieb und steht offen. Ich stürme hindurch, ihr nach, die weiß gekachelten, unterirdischen Gänge entlang. Aber als ich an eine Gabelung komme, an der die rechte Abzweigung zu den Zügen Richtung Osten, die linke zu denen nach Westen führt, habe ich keine Ahnung, wo sie hin ist. Die Chance liegt wohl bei fünfzig Prozent. Ich wähle rechts. Keuchend schaffe ich es auf den Bahnsteig, nur um sie auf der anderen Seite der Gleise stehen zu sehen. Scheiße. Sie starrt mich mit blassem Gesicht an.

»Bitte!«, rufe ich um Atem ringend, »bitte, ich will nur mit dir reden …«

Die Leute drehen sich glotzend zu mir um, aber es ist mir egal.

»Warte da!«, brülle ich. Schon dringt ein warmer Schwall Luft, das Donnern eines sich nähernden Zuges aus dem Tunnel. Ich sprinte die Stufen wieder hoch, über die Brücke rüber, die zum anderen Bahnsteig führt. Ich spüre das Rattern des Zuges, der unter mir durchrollt.

Ich flitze die andere Seite runter. Ich kann sie nicht sehen. Die Leute drängen in den Zug. Ich versuche ebenfalls reinzukommen, aber der Waggon ist zu voll, und die Leute treten wieder zurück, um auf den nächsten Zug zu warten. Als die Türen sich schließen, sehe ich ihr Gesicht, bleich und verängstigt. Dann fährt der Zug los und verschwindet rumpelnd im Tunnel. Ich blicke zu der Tafel, die seine Strecke anzeigt: Fünfzehn Stationen bis zur Endhaltestelle.

Eine Verbindung zu Ben, ein Hinweis – endlich. Und doch besteht keinerlei Chance herauszufinden, wo sie hinfährt, wo sie aussteigen könnte. Und wahrscheinlich auch nicht, sie je wiederzusehen.

JESS

Die Wohnung ist so hell, wie es nur geht. Ich habe jede einzelne Lampe eingeschaltet. Ich habe sogar eine Schallplatte auf Bens noblem Plattenspieler aufgelegt. Ich gebe mir Mühe, keine Panik zu schieben, und da schien es mir eine gute Idee, so viel Lärm und Licht wie möglich zu machen. Es war so still, als ich eben das Haus betrat. Zu still irgendwie. Als befände sich keine Menschenseele hinter den Türen, an denen ich vorbeikam. Als würde das Haus selbst lauschen, auf etwas warten.

Mit einem Mal ist es ganz anders, hier zu sein. Davor war es nur ein Gefühl, das ich nicht so recht fassen konnte. Aber nun habe ich das Ende der Sprachnachricht gehört. Nun weiß ich, dass Ben, das letzte Mal, als ich von ihm hörte, Angst hatte. Dass er hier in der Wohnung und dass jemand bei ihm war.

Ich muss an das Mädchen denken. Den Ausdruck auf ihrem Gesicht, als ich ihr sagte, dass Ben womöglich etwas zugestoßen sei. Sie hatte Angst, aber es wirkte auch, als habe sie es beinahe erwartet.

Plötzlich wird mir siedend heiß bewusst, dass mich, von der richtigen Position aus, jeder aus den anderen Wohnungen hier sitzen sehen kann, ausgeleuchtet wie auf einer

Bühne. Ich gehe zu den Fenstern und ziehe nacheinander alle Fensterläden zu. Schon besser. Hier gab es definitiv mal Vorhänge; ich bemerke, dass die Ringe an der Stange kaputt sind, als seien die Stoffbahnen irgendwann runtergerissen worden.

Ich kann nicht bloß hier rumsitzen und Gedanken in meinem Kopf wälzen. Da muss es etwas geben, was mir bisher entgangen ist. Etwas, das mir einen Hinweis darauf geben wird, was vorgefallen sein könnte.

Ich gehe in die Hocke, um einen Blick unters Bett zu werfen. Ich reiße Bens Hemden an den Kleiderbügeln beiseite. Ich wühle mich durch die Küchenschränke. Ich zerre den Schreibtisch von der Wand weg. Bingo! Etwas fällt runter. Etwas, das zwischen die Wand und die Rückseite des Schreibtischs geklemmt war. Ich hebe es auf. Ein Notizbuch. So ein schickes Ding aus Leder. Genau so ein Modell, wie Ben es verwenden würde.

Ich klappe es auf und blättere darin. Da stehen ein paar Notizen, die aussehen, als ginge es um Restaurantbewertungen und dergleichen. Dann, auf einer Seite weiter hinten, lese ich:

LA PETITE MORT

Sophie M weiß davon.

Mimi: Wie passt sie da rein?

Die Concierge?

La Petite Mort. Selbst ich kann das übersetzen: Der kleine Tod.

Sophie M, überlege ich – das muss Sophie Meunier sein, die Frau, die im Penthouse-Appartement wohnt. *Sophie M weiß davon.* Was weiß sie? Mimi, das ist das Mädchen aus dem Stockwerk über mir, das aussah, als würde sie gleich ihr Frühstück wieder von sich geben, als ich sie nach Ben fragte. Ja, wie *passt* Mimi da hinein? Worin *besteht* die Verbindung der Concierge? Warum hat Ben diese Leute in seinem Notizbuch vermerkt, warum vom »kleinen Tod« geschrieben?

Ich blättere den Rest des Notizbuchs durch in der Hoffnung, mehr zu entdecken, nur um festzustellen, dass sämtliche Seiten danach leer sind. Aber etwas verrät mir das hier doch: Es geht etwas Seltsames vor sich mit den Bewohnern dieses Hauses. Ben hat sich nicht umsonst Notizen über sie gemacht.

Ich plündere erneut Bens Rotweinvorräte, warte darauf, dass er meine Nerven etwas beruhigt, aber der Alkohol scheint nicht zu helfen. Ich fühle mich nur beduselt. Ich stelle das Weinglas beiseite, weil ich das dringende Bedürfnis verspüre, klar im Kopf zu bleiben, wachsam zu sein, weiter nachzudenken. Ich will hier nicht einschlafen. Auf einmal fühlt sich die Wohnung nicht sicher an.

Als meine Augen anfangen, sich eigenmächtig zu schließen, spüre ich, dass ich keine Wahl habe. Ich muss schlafen, damit ich die Energie habe weiterzumachen. Ich schleppe mich ins Schlafzimmer und lasse mich aufs Bett fallen. Mir ist klar, dass ich heute nichts mehr tun kann, nicht, solange ich so kaputt bin. Und als ich das Licht ausschalte, wird mir bewusst, dass nun schon ein ganzer Tag ohne Nachricht von meinem Bruder vergangen ist, und das drohende Gefühl wächst.

Meine Augenlider klappen auf. Ich habe das Gefühl, dass gar keine Zeit vergangen ist, aber die Neonziffern auf Bens Wecker zeigen: 3:00 Uhr. Etwas hat mich geweckt. Ich weiß es, auch wenn ich nicht sicher bin, was. Könnte es die Katze gewesen sein, die etwas umgeworfen hat? Aber nein, sie liegt am Bettende; ich kann ihr Gewicht an meinen Beinen spüren, und als meine Augen sich an die Dunkelheit gewöhnen, kann ich auch ihren Umriss im grünen Schein des Weckers ausmachen. Sie sitzt wachsam da, die Ohren gespitzt, zuckend, wie Antennen, die versuchen, ein Signal aufzufangen. Sie horcht auf irgendwas.

Und da höre ich es. Ein Knarzen, das Geräusch einer Bodendiele, die unter einem Fuß nachgibt. Jemand ist hier, in der Wohnung, bei mir, direkt auf der anderen Seite der Flügeltür.

Ich will schon laut rufen – könnte das Ben sein? Aber ich zögere. Erinnere mich an die Sprachnachricht. Unter der Flügeltür ist kein Lichtspalt zu sehen – wer auch immer es ist, bewegt sich im Dunkeln durch die Wohnung. Ben hätte mittlerweile das Licht eingeschaltet.

Plötzlich bin ich hellwach. Mehr als nur wach… auf Hochspannung. Mein eigener Atem klingt zu laut in der Stille. Ich versuche, ihn zu beruhigen, so leise wie möglich zu dämpfen. Ich schließe die Augen und stelle mich schlafend, liege still und reglos da. Ist jemand eingebrochen? Hätte ich dann nicht Glas klirren hören, die Holztür splittern?

Ich warte, lausche auf jedes noch so winzige Ächzen der Schritte, die sich durchs Wohnzimmer bewegen. Es scheint nicht so, als ob der Eindringling es besonders eilig hätte. Ich ziehe die Decke so hoch, dass ich beinahe vollständig bedeckt bin. Und dann, über das Wummern meines eigenen Herzens hinweg, höre ich, wie die Tür zum Schlafzimmer langsam aufgeht.

Meine Brust ist so zugeschnürt, dass ich Mühe habe zu atmen. Mein Herz springt gegen meine Rippen. Ich tue immer noch so, als würde ich schlafen. Gleichzeitig denke ich an die Leselampe neben dem Bett, ihren massiven Metallfuß und -ständer, die beide schön schwer sind. Ich müsste nur den Arm ausstrecken …

Ich warte, den Hinterkopf ins Kissen gepresst, während ich versuche zu entscheiden, ob ich mir die Lampe jetzt schnappen soll oder …

Aber da höre ich das leise Tappen der Schritte zurückweichen. Ich höre, wie die Flügeltür langsam zugezogen wird. Und dann, ein paar Sekunden später, weiter weg, das Quietschen der Wohnungstür, die sich öffnet und wieder schließt.

Wer auch immer es war, ist fort.

Einen Augenblick liege ich reglos da; mein Atem entweicht in rauen Stößen. Dann springe ich auf und stürme durch die Flügeltür ins Wohnzimmer. Wenn ich mich beeile, erwische ich ihn noch. Aber erst … Ich reiße die Küchenschränke auf und ziehe eine schwere Bratpfanne hervor – nur für den Fall –, bevor ich die Wohnungstür öffne. Im Treppenhaus herrschen Dunkelheit und Stille. Ich schließe die Tür wieder, gehe stattdessen zum Fenster, spähe durch die Lamellen der Fensterläden. Vielleicht erwische ich denjenigen draußen. Aber der Hof ist ein einziger dunkler Abgrund, da sind nur die schwarzen Silhouetten von Bäumen und Büschen, ohne den Hauch einer Bewegung. Wo ist die Person hin?

Ich schalte das Licht an. Die Wohnung wirkt vollkommen unberührt. Kein zerbrochenes Glas, die Wohnungstür intakt. Als wäre der Eindringling direkt reinspaziert.

Beinahe könnte ich glauben, dass ich geträumt habe.

Aber jemand war da, da bin ich mir sicher. Ich habe es gehört. Die Katze hat es gehört. Auch wenn sie nicht entspannter aussehen könnte, wie sie sich da gerade auf dem Sofa rekelt und sich gewissenhaft zwischen den gespreizten Zehen putzt.

Ich schaue auf Bens Schreibtisch, und da sehe ich, dass das Notizbuch fort ist. Ich schaue in den Schubladen nach, in der Lücke hinter dem Schreibtisch, wo es vorhin gesteckt hatte. Scheiße. Ich bin so dumm. Warum habe ich es da gut sichtbar hingelegt? Warum habe ich es nicht irgendwo versteckt?

Klar, nachdem ich die Sprachnachricht nun vollständig gehört habe, hätte ich Vorsichtsmaßnahmen ergreifen müssen. Ich hätte etwas vor die Tür schieben müssen. Hätte wissen müssen, dass jemand hier reinkommen und rumschnüffeln könnte. Derjenige müsste nicht einmal einbrechen. Wenn es dieselbe Person war, die Ben in der Aufzeichnung ansprach, dann hat sie bereits einen Schlüssel.

Dreißig Stunden zuvor

BEN

Alles wird schwarz. Nur für einen Moment. Dann wird alles erschreckend klar. Es wird hier geschehen, jetzt, in dieser Wohnung. Genau hier, auf diesem harmlosen Fleck Parkettboden, direkt vor der Tür, da wird er sterben.

Er versteht, was passiert sein muss. Nick. Wer noch? Aber alle anderen in diesem Haus könnten auch beteiligt sein … denn sie sind alle miteinander verbunden …

»Bitte«, bringt er heraus, »ich kann es erklären.« Er war immer gut, sich aus jeder Lage rauszureden. *Benjamin Silberzunge*, hat sie ihn genannt. Wenn es ihm nur gelingt, die Worte zu finden. Aber das Sprechen scheint auf einmal so schwierig …

Die nächste Attacke erfolgt mit erstaunlicher Wucht. Seine eigene Stimme flehend, hoch, wie die eines Kindes. »Nein, nein … bitte, bitte … nicht …« Die Worte purzeln stammelnd aus ihm hervor – er, der er immer so sicher, so gefasst war. Er bettelt. Bettelt um Gnade. Aber da ist keine in den Augen, die auf ihn herabblicken.

Er sieht das Blut auf seine Jeans spritzen, aber er versteht nicht sofort, was es ist. Er sieht zu, als die Flecken dunklen

Rots auf das Holz tropfen. Erst langsam, dann schneller, immer schneller. Es sieht einfach nicht real aus – so ein glänzendes, intensives Rot, und dann gleich so viel, alles auf einmal. Wie kann all das von ihm stammen? So viel davon … jede Sekunde mehr. Es muss ja förmlich aus ihm rausströmen.

Und dann geschieht es erneut, die nächste Attacke, und er stürzt, und auf seinem Weg nach unten prallt sein Schädel gegen etwas Hartes, Scharfes … die Kante des Küchentresens.

Er hätte es wissen müssen. Hätte weniger hochmütig sein dürfen, weniger nachlässig. Hätte Vorkehrungen treffen sollen. Hätte wenigstens eine Kette an der Tür anbringen lassen sollen. Und doch hielt er sich für unbesiegbar, glaubte, er wäre derjenige, der alles unter Kontrolle hätte. Er ist ja so dumm gewesen, so arrogant.

Er liegt auf dem Boden und kann sich nicht vorstellen, je wieder in der Lage zu sein zu stehen. Er versucht, seine Hände zu heben, stumm zu flehen, sich zu wehren, aber auch seine Hände wollen ihm nicht gehorchen. Sein Körper unterliegt nicht länger seiner Kontrolle. Mit dieser Erkenntnis kommt ein neues Grauen: Er ist vollkommen hilflos.

Die Fensterläden … die Läden stehen offen. Draußen ist es dunkel – das heißt doch, dass die ganze Szene für die Außenwelt erleuchtet sein muss. Wenn ihn jemand sehen könnte … wenn jemand ihm zu Hilfe eilen würde …

Mit enormer Anstrengung öffnet er die Augen, dreht sich um und beginnt Richtung Fenster zu kriechen. Es ist so schwer. Jedes Mal, wenn er eine Hand aufsetzt, rutscht sie unter ihm weg. Er braucht einen Moment, bis er begreift, dass es daran liegt, dass der Boden glitschig ist von seinem eigenen Blut. Endlich erreicht er das Fenster. Er stemmt sich ein kleines Stück über das niedrige Sims, streckt eine Hand aus und hinterlässt einen grausigen Abdruck auf der Scheibe. Ist da draußen wer? Ein ihm zugewandtes Gesicht, eingefangen von dem Lichtschein, der aus dem Fenster dringt, dort draußen im Dunkel? Seine Sicht verschwimmt erneut. Er versucht, mit seiner Handfläche gegen das Glas zu schlagen, das Wort *HILFE* zu formen.

Und da durchdringt ihn der Schmerz. Er ist gewaltig, überwältigender als alles, was er in seinem Leben erfahren hat. Er kann das doch unmöglich ertragen? Es muss zu viel sein. Hier endet die Geschichte.

Und sein letzter klarer Gedanke ist: Jess. Jess wird heute Abend kommen, und niemand wird da sein, um sie zu empfangen. Von dem Augenblick an, da sie eintrifft, wird auch sie in Gefahr sein.

Sonntag

NICK

Erste Etage

Am Morgen. Ich betrete das Treppenhaus. Ich bin stundenlang gerannt. Tatsächlich habe ich keine Ahnung, wie lang oder wie weit ich weg war. Kilometer wahrscheinlich. Normalerweise hätte ich die exakte Statistik, würde wie verrückt meine Garmin checken, die Ergebnisse auf Strava hochladen, kaum dass ich daheim wäre. An diesem Morgen mache ich mir nicht mal die Mühe nachzuschauen. Ich musste einfach nur meinen Kopf frei kriegen. Ich hielt nur an, weil das heftige Brennen in meiner Wade anfing durch alles andere hindurchzuschneiden – obwohl ich es eine Weile beinahe genoss, unter dem Schmerz zu rennen. Eine alte Sportverletzung; ich beschwatzte einen Silicon-Valley-Quacksalber, mir Oxycodon dafür zu verschreiben. Das zugleich dabei half, den Stachel des Versagens zu mildern, als meine Investments den Bach runtergingen.

Ich beginne die Stufen hochzusteigen; meine Augen brennen vom Schweiß. Ich hebe den Saum meines durchfeuchteten T-Shirts, um das Gesicht abzuwischen, dann setze ich meinen Weg fort.

Ich habe fast mein Stockwerk erreicht, als jemand um die Biegung gestürmt kommt – sie ist es, Bens Schwester.

»Oh … hi«, sage ich und fahre mir mit der Hand durchs Haar.

»'tschuldigung«, sagt sie. »Hab nicht hingeschaut. Gehst du gerade hoch?«

»Ja, aber eigentlich bin ich froh, dir zu begegnen. Ich wollte mich entschuldigen, dass ich gestern bei unserem Gespräch so abrupt aufgebrochen bin. Hattest du schon Glück bei deiner Suche nach Ben?« Ich betrachte sie eingehend. Ihr Gesicht ist blass. Nicht mehr der kleine listige Fuchs von gestern; heute ist sie ein Kaninchen im Scheinwerferlicht. »Jess«, frage ich, »alles in Ordnung?«

Sie öffnet den Mund, aber eine Weile kommt kein Laut hervor. Ich habe den Eindruck, als würde sie eine Art inneren Kampf ausfechten. »Jemand war heute Nacht in der Wohnung, heute früh um drei. Es muss noch jemand anderes einen Schlüssel haben.«

»Einen Schlüssel?«

»Ja, irgendwer ist reingekommen und herumgeschlichen.« Fort ist das Kaninchen im Scheinwerferlicht – die taffe Fassade steht wieder.

»Was? In die Wohnung? Ist etwas weggekommen?«

Sie zuckt die Achseln, zögert. »Nein.«

»Hör mal, Jess«, sage ich. »Für mich klingt das, als solltest du mit der Polizei sprechen.

Sie verzieht das Gesicht. »Die habe ich gestern angerufen. Sie waren kein bisschen hilfreich.«

»Was haben sie gesagt?«

»Dass sie meine Daten aufnehmen«, erwidert sie augenrollend. »Ich weiß auch nicht, warum ich mir die Mühe gemacht habe. Ich meine, ich bin hier die bescheuerte Idiotin, die allein nach Paris kommt, kaum in der Lage, die Sprache zu sprechen. Warum dachte ich nur, sie würden mich ernst nehmen …?«

»Wie viel Französisch kannst du denn?«, will ich von ihr wissen.

Sie zuckt die Achseln. »So gut wie nichts. Ich kann vielleicht ein Bier bestellen, aber damit hat sich's. Nicht besonders nützlich, was?«

»Und wenn ich mit dir aufs Kommissariat gehe? Ich bin sicher, dass sie hilfsbereiter sein werden, wenn ich mich auf Französisch mit ihnen unterhalte.«

Ihre Augenbrauen schnellen in die Höhe. »Das wäre … na ja, das wäre echt toll! Danke schön. Ich … also, ich bin dir wirklich dankbar.« Wieder ein Schulterzucken. »Ich bin nicht gut darin, um Gefallen zu bitten.«

»Du hast nicht gebeten – ich hab's angeboten. Ich habe dir gestern schon gesagt, dass ich helfen möchte. Und das meine ich auch so.«

»Na dann, danke.« Sie zupft an ihrer Halskette. »Können wir bald los? Ich muss raus aus diesem Haus.«

JESS

Wir sind draußen und gehen schweigend die Straße entlang. Meine Gedanken überschlagen sich. Bens Sprachnachricht legt nahe, dass ich niemandem in diesem Haus trauen sollte – auch nicht seinem alten Studienfreund, so nett er auch scheinen mag. Andererseits war Nick derjenige, der vorgeschlagen hat, zur Polizei zu gehen. Das würde er doch bestimmt nicht machen, wenn er irgendwas mit Bens Verschwinden zu tun hätte?

»Da lang.« Nick umfasst meinen Ellbogen – mein Arm kribbelt leicht bei seiner Berührung – und steuert mich in eine Gasse … nein, eher so was wie einen Tunnel zwischen zwei Gebäuden. »Eine Abkürzung«, erklärt er.

Im Gegensatz zu den überfüllten Straßen ist plötzlich kein Mensch zu sehen, und es ist auch viel dunkler; unsere Schritte hallen wider. Es gefällt mir nicht, dass ich den Himmel nicht sehen kann.

Ich fühle mich erleichtert, als wir am anderen Ende heraustreten. Doch als wir in die Straße biegen, sehe ich, dass sie in einer Polizeibarrikade endet. Da stehen mehrere Beamte mit Helmen und Schutzwesten, ihre Schlagstöcke fest gepackt; Funkgeräte rauschen durcheinander.

»Verdammt«, stoße ich mit klopfendem Herzen hervor.

»*Merde*«, sagt Nick gleichzeitig.

Er geht rüber und spricht mit einem von ihnen. Ich bleibe, wo ich bin. Sie wirken nicht freundlich. Ich spüre, wie sie uns taxieren.

»Es sind die Krawalle«, erklärt Nick, als er zurückkommt. »Sie erwarten wohl Ausschreitungen.« Er betrachtet mich aufmerksam. »Bist du okay?«

»Ja, alles gut.« Ich rufe mir in Erinnerung, dass wir definitiv auf dem Weg zur Polizei sind, um mit ihnen zu reden. Sie werden womöglich helfen können. Deshalb muss ich noch etwas anderes loswerden »Hey... Nick?«, beginne ich, als wir uns wieder in Bewegung setzen.

»Jup?«

»Gestern, als ich bei der Polizei anrief, da meinte der Typ, dass sie meinen Namen und Adresse für die Akten oder so bräuchten. Ich, äh... ich würde ihnen diese Infos lieber nicht geben.«

Nick sieht mich stirnrunzelnd an. »Warum denn nicht?«

»Es... ist nicht der Rede wert.« Aber weil er mich immer noch so komisch anschaut und ich nicht möchte, dass er mich für eine abgebrühte Kriminelle hält, füge ich hinzu: »Ich hatte ein bisschen Ärger bei der Arbeit, bevor ich herkam.«

Mehr als nur ein bisschen Ärger. Vor zwei Tagen, da kam ich ins Copacabana spaziert, mit einem Lächeln im Gesicht, als hätte mir mein Chef am Vortag nicht seinen Pimmel gezeigt. Oh, ich kann mitspielen, wenn es darauf ankommt. Und ich brauchte diesen verfluchten Job. Und dann, in der Mittagspause, als der Perversling gerade kacken war (er nahm eine Schmuddelzeitschrift mit aufs Klo, daher wusste ich, dass ich ein Weilchen hatte), holte ich mir den kleinen Schlüssel für sein Büro, öffnete die Kasse und packte alles ein, was drin war. Es war nicht viel – dafür war er zu gerissen, er leerte sie jeden Tag –, aber es reichte, um hierherzukommen, reichte, um mit dem ersten Eurostar, für den ich ein Ticket bekam, zu verschwinden. Ach ja, und sicherheitshalber stapelte ich zwei volle Bierfässer vor die Klotür, sodass das obere direkt unter der Klinke saß und er sie nicht runterdrücken konnte. Er wird wohl ein Weilchen gebraucht haben, um da rauszukommen.

Also bin ich nicht scharf drauf, in den offiziellen Akten von egal was aufzutauchen. Es ist zwar nicht so, als ob die Interpol hinter mir her wäre, aber mir gefällt die Vorstellung nicht, dass mein Name in irgendeinem System gespeichert wird und die Pariser Polizei ihre Angaben mit den Kollegen aus England abgleicht. Ich bin hergekommen, um einen Neuanfang zu wagen.

»Keine große Sache«, sage ich. »Es ist nur etwas … delikat.«

»Ähm, klar«, erwidert Nick. »Was hältst du davon, wenn ich ihnen meine Kontaktdaten gebe. Ginge das?«

»Ja«, seufze ich und lasse vor Erleichterung die Schultern sacken. »Danke, Nick, ehrlich.«

»Also«, sagt er, als wir an einer Ampel warten, »ich überlege gerade, was ich der Polizei sagen soll. Ich werde ihnen natürlich berichten, dass du denkst, dass gestern Nacht jemand in der Wohnung war …«

»Ich *denke* nicht, dass da jemand war«, werfe ich ein. »Ich weiß es.«

»Klar.« Er nickt, als es grün wird und wir weitergehen. »Und gibt es da noch etwas, was ich sagen soll?«

Ich zögere. »Na ja … ich habe mich mit Bens Redakteur unterhalten.«

Nick dreht sich zu mir um. »Ach ja?«

»Ja. So ein Typ von der *Guardian*. Ich weiß nicht, ob es was zu bedeuten hat, aber es klang so, als habe Ben eine heiße Idee für einen Artikel gehabt, wegen der er ganz aus dem Häuschen war.«

»Worüber denn?«

»Ich weiß nicht. Irgendeine große investigative Story. Aber falls er da in etwas hineingeraten ist …«

Nick verlangsamt sein Tempo etwas. »Weiß sein Redakteur, worum es in dem Artikel ging?«

»Nein.«

»Oh. Das ist schade.«

»Und ich habe ein Notizbuch gefunden. Das war das Einzige, was heute früh gefehlt hat. Da standen diese Notizen drin … über einige Bewohner des Hauses. Sophie Meunier – du weißt schon, die Dame von ganz oben? Mimi aus dem Dritten? Die Concierge. Und drüber hatte er geschrieben: *La Petite Mort.* Ich glaube, das bedeutet ›der kleine Tod‹ …«

Ich sehe, wie sich etwas in Nicks Miene verschiebt.

»Was ist? Was bedeutet das?«

Nick hüstelt. Er wirkt peinlich berührt. »Na ja, es ist außerdem ein Euphemismus für den Orgasmus.«

»Oh.« Ich lasse mich zwar nicht leicht in Verlegenheit bringen, aber gerade spüre ich, wie mir die Hitze in die Wangen steigt. Es folgt ein längeres unangenehmes Schweigen. »Jedenfalls«, sage ich schließlich, »hat die Person, die heute früh in der Wohnung herumgeschlichen ist, das Notizbuch mitgenommen. Also muss es irgendeine Bedeutung haben.«

Wir gehen eine Seitenstraße entlang. Ich erblicke zwei zerfledderte Plakate an einem Bauzaun. Wir bleiben einen Moment davor stehen. Geisterhafte Gesichter in Schwarz-Weiß blicken mir entgegen. Ich muss kein Französisch verstehen, um zu wissen, was – wer – diese Menschen sind: vermisste Personen.

»Hör zu«, sagt Nick, der meinem Blick gefolgt ist. »Es wird wahrscheinlich nicht einfach. Jedes Jahr verschwinden haufenweise Leute. Zudem pflegen sie hier gewisse … kulturelle Vorbehalte. Man vertritt die Meinung, dass, wenn jemand verschwindet, er das womöglich aus guten Gründen tut. Dass derjenige das Recht hat zu verschwinden.«

»Ja gut, aber sicher werden sie nicht denken, dass das bei Ben der Fall ist. Weil es da noch mehr …« Ich zögere, beschließe dann aber, es zu riskieren und Nick von der Sprachnachricht zu erzählen.

Es folgt eine lange, nachdenkliche Pause. »Diese andere Person«, fragt er, »konnte man ihre Stimme hören?«

»Nein, ich glaube nicht, dass sie irgendwas gesagt hat. Es war nur Ben, der gesprochen hat.« Ich denke an sein *Was zur Hölle?* »Er hatte eindeutig Angst. Ich habe ihn nie so gehört. Das sollten wir der Polizei auch erzählen, oder? Ihnen die Nachricht vorspielen.«

»Ja, auf jeden Fall.«

Schweigend gehen wir so ein paar Minuten weiter, wobei Nick seine Schritte beschleunigt. Und dann, plötzlich, bleibt er vor einem Gebäude stehen: groß, modern und unfassbar hässlich, ein absoluter Kontrast zu all den schicken Wohnhäusern links und rechts davon.

»Okay, da wären wir.«

Ich schaue an dem Gebäude vor uns hoch. COMMISSA-

RIAT DE POLICE steht in großen schwarzen Lettern über dem Eingang.

Ich schlucke, dann folge ich ihm ins Innere, wo ich unmittelbar hinter der Tür stehen bleibe, während Nick sich in flüssigem Französisch mit dem Beamten am Empfang unterhält.

Ich versuche mir vorzustellen, wie es sein muss, an einem Ort wie diesem über Nicks Selbstvertrauen zu verfügen – mit dem sicheren Gefühl, das Recht zu haben, hier zu sein. Zu meiner Linken stehen drei rußverschmierte Personen in schmutziger Kleidung und Handschellen, die lautstark mit den Polizisten diskutieren, die sie grob festhalten. Auch Demonstranten? Ich habe den starken Eindruck, dass ich mit ihnen mehr gemein habe als mit dem netten reichen Knaben, der mich hergebracht hat. Dann springe ich schnell aus dem Weg, als neun oder zehn Kerle in voller Kampfmontur in den Empfangsraum gestürmt kommen und an mir vorbei auf die Straße drängen, wo sie sich in einen wartenden Kastenwagen quetschen.

Der Typ hinter dem Tresen nickt meinem Begleiter zu. Ich sehe ihn nach einem Telefon greifen.

»Ich habe darum gebeten, mit einem Vorgesetzten zu sprechen«, erklärt Nick, als er rüberkommt. »So wird man uns wenigstens zuhören. Er ruft gerade durch.«

»Oh, super«, sage ich. Gelobt sei Nick, sein fließendes Französisch und sein eloquentes Durchsetzungsvermögen. Ich weiß, wenn ich hier reinspaziert wäre, hätte man mich wieder abgewimmelt – oder, schlimmer noch, ich hätte den Mut verloren, bevor ich überhaupt mit jemandem gesprochen hätte.

Der Beamte erhebt sich und bedeutet uns mit einem Wink

einzutreten. Ich schlucke mein Unbehagen runter; es gefällt mir nicht, mich weiter in dieses Gebäude hineinzubegeben. Er führt uns einen Korridor entlang zu einer Tür, neben der ein kleines Schild angebracht ist: *Commissaire Blanchot*. In dem Büro sitzt ein Mann – Mitte fünfzig, tippe ich – hinter einem Schreibtisch. Er schaut auf. Graues Borstenhaar, großes viereckiges Gesicht, kleine dunkle Augen. Er erhebt sich und schüttelt Nick die Hand; dann dreht er sich zu mir um, taxiert mich von Kopf bis Fuß, bevor er mit dem Arm schwungvoll auf die zwei Stühle vor seinem Tisch deutet. »*Asseyez-vous.*«

Ganz offenbar hat Nick ein paar Strippen gezogen: Das Büro und Blanchots Ausstrahlung vermitteln mir, dass er ein hohes Tier sein muss. Aber der Kommissar hat etwas an sich, das mir nicht gefällt. Ich kann es nicht ganz fassen. Vielleicht ist es seine Pitbull-Visage, vielleicht liegt es nur daran, wie er mich gerade gemustert hat. Es spielt keine Rolle, rufe ich mir in Erinnerung. Ich muss ihn nicht mögen. Alles, was er tun muss, ist, seinen Job ordentlich zu machen und meinen Bruder zu finden. Außerdem ist mir durchaus klar, dass ich hier nicht unvorbelastet reingehe.

Nick fängt an, sich auf Französisch mit Blanchot zu unterhalten. Ich kann kaum ein Wort von dem verstehen, was sie sagen. Ich meine, Bens Namen aufzuschnappen, und ein paarmal schauen sie in meine Richtung.

»Entschuldige.« Nick wendet sich wieder zu mir. »Ich merke gerade, dass wir ziemlich schnell reden. Ich wollte nur alles unterbringen. Konntest du uns ein wenig folgen? Er spricht kaum Englisch, fürchte ich.«

Ich schüttle den Kopf. »Es hätte keinen großen Unterschied gemacht, wenn ihr langsam geredet hättet.«

»Keine Sorge. Ich werde dir gleich alles erklären. Ich habe ihm die Gesamtsituation geschildert. Wir sind im Grunde genau bei dem angelangt, was ich dir vorhin prophezeit habe: das ›Recht zu verschwinden‹. Aber ich bin dabei, ihn zu überzeugen, dass da mehr dahintersteckt. Dass du … dass wir uns wirklich Sorgen um Ben machen.«

»Hast du ihm von dem Notizbuch erzählt?«, frage ich. »Und was gestern Nacht passiert ist?«

Er nickt. »Ja, das sind wir alles schon durchgegangen.«

»Was ist mit der Sprachnachricht?« Ich halte mein Handy hoch. »Ich habe sie direkt hier, ich könnte sie abspielen.«

»Das ist eine gute Idee.« Nick sagt etwas zu Commissaire Blanchot, dann dreht er sich zu mir und nickt. »Er sagt, er würde es sich gerne anhören.«

Ich reiche ihm das Handy. Es gefällt mir nicht, wie der Typ es mir aus der Hand schnappt. *Er macht nur seinen Job, Jess. Reiß dich zusammen.* Er spielt die Audioaufzeichnung über eine Art Lautsprecher ab, und abermals höre ich die Stimme meines Bruders, wie ich sie nie zuvor gehört habe. *»Was zur Hölle?«* Und dann dieser Laut. Dieses merkwürdige Ächzen.

Ich schaue zu Nick. Er ist ganz blass geworden. Er scheint die gleiche Reaktion darauf zu haben wie ich – was mir sagt, dass ich mit meinem Gefühl richtiglag.

Blanchot schaltet das Gerät aus und bedenkt Nick mit einem Nicken. Da ich kein Französisch spreche oder weil ich eine Frau bin – oder beides –, scheine ich für ihn wohl nicht zu existieren.

»Jetzt muss er doch aber was unternehmen, oder?«, hake ich bei Nick nach.

Nick schluckt und muss sich sichtlich zusammennehmen.

Er stellt dem Kerl eine Frage und dreht sich dann wieder zu mir. »Ja. Ich glaube, das hat geholfen. Das gibt uns eine gute Basis.«

Aus dem Augenwinkel kann ich sehen, wie Blanchot uns mit steinerner Miene beobachtet.

Und dann, plötzlich, ist alles vorbei, sie schütteln sich erneut die Hände, und Nick sagt *»Merci, Commissaire Blanchot«*, und ich sage ebenfalls *»Merci«*, und der Kerl lächelt mich an, und ich lächle zurück. Dabei versuche ich, das Unbehagen zu ignorieren, das wahrscheinlich weniger mit dem Typen zu tun hat als mit dem, was er repräsentiert. Dann weist Blanchot uns den Weg zum Ausgang und schließt die Tür.

»Was denkst du, wie lief es?«, will ich von Nick wissen, als wir den Korridor entlanggehen. »Hat er es ernst genommen?«

»Am Ende schon. Ich denke, die Sprachnachricht war ausschlaggebend.« Er wirkt immer noch verstört von dem, was er da gerade über die Lautsprecher mit angehört hat. »Und keine Sorge – ich habe meine Kontaktdaten angegeben, nicht deine. Sobald ich etwas höre, gebe ich dir Bescheid.«

Als wir auf den Bürgersteig hinausgetreten sind, bleibt Nick einen Moment lang stocksteif stehen. Ich sehe ihm zu, als er sich die Hände über die Augen legt und einen langen, zittrigen Atemzug nimmt. Und ich denke: Hier ist also noch jemand, dem Ben nicht egal ist. Vielleicht bin ich doch nicht ganz so allein in dieser Sache, wie ich dachte.

SOPHIE

Penthouse

Ich richte das Wohnzimmer für den Apéro her. Am letzten Samstag jeden Monats laden Jacques und ich alle zu uns ins Penthouse. Wir öffnen einige der feinsten Jahrgänge aus unserem Bestand im Weinkeller. Aber heute Abend wird es anders. Wir haben eine Menge zu besprechen.

Ich gieße den Wein in den Dekanter, arrangiere die Gläser. Wir könnten uns Personal leisten, das dies erledigt, aber Jacques wollte nie Fremde in der Wohnung haben, die in seinen Privatangelegenheiten herumschnüffeln könnten. Mir war es ganz recht. Obwohl ich, wenn wir Bedienstete gehabt hätten, über die Jahre vielleicht weniger allein gewesen wäre. Als ich den Dekanter auf dem niedrigen Tisch im Sitzbereich abstelle, kann ich ihn beinahe im Sessel vor mir sehen: Benjamin Daniels, so, wie er vor einem Monat beim letzten Apéro hier saß. Den einen Knöchel leger über das andere Knie gelegt, das Glas Wein zwischen den Fingern baumelnd. So vollkommen locker und ungezwungen.

Ich beobachtete ihn. Sah ihn die Wohnung taxieren, den Reichtum darin – vielleicht auch einen Makel suchen in dem Interieur, das ich so sorgfältig ausgewählt habe wie die Kleidung, die ich trage. Darunter den Fünfzigerjahre-Sessel von Florence Knoll, den Ghom-Seidenteppich unter seinen Füßen. Alles, um Stil und Geschmack zu vermitteln, jene Art von Erziehung, die sich nicht kaufen lässt.

Da drehte er sich um und erwischte mich, wie ich ihn beobachtete. Grinste. Dieses Lächeln – wie ein Fuchs, der den Hühnerstall betritt. Kühl erwiderte ich sein Lächeln. Ich würde mich nicht auf dem falschen Fuß erwischen lassen. Ich würde die perfekte Gastgeberin sein.

Er erkundigte sich bei Jacques nach dessen antiker Gewehrsammlung.

»Ich zeige sie Ihnen.« Jacques nahm eines von der Wand – eine seltene Ehre. »Spüren Sie das Bajonett? Das könnte man mühelos durch einen Mann hindurchrammen.«

Ben sagte all die richtigen Dinge. Bemerkte den gepflegten Zustand, die kunstvollen Verzierungen auf dem Messing. Mein Mann, nur schwer zu bezirzen – doch diesmal war er es. Ich konnte ihm sein Verzücken ansehen.

»Was machen Sie beruflich?«, erkundigte er sich, während er ihm ein Glas Rotwein einschenkte. Ein schwülheißer Spätsommerabend – da wäre ein Weißer besser gewesen. Aber Jacques wollte mit dem erlesenen Jahrgang angeben.

»Ich bin Schriftsteller«, sagte Ben.

»Er ist Journalist«, sagte Nick gleichzeitig.

Ich betrachtete Jacques' Gesicht aufmerksam. »Welche Sorte Journalismus?« Seine Frage kam so leichthin daher.

Ben zuckte die Achseln. »Hauptsächlich Restaurantkritiken, Kunstausstellungen, solche Dinge.«

»Ah«, machte Jacques. Er lehnte sich in seinem Sessel zurück. Der König all derer, die seinem Blick unterstehen. »Nun, ich werde Ihnen gerne ein paar Restaurants vorschlagen, die Sie besprechen können.«

Ben lächelte, dieses ungezwungene, charismatische Lächeln. »Das wäre sehr hilfreich. Vielen Dank.«

»Sie gefallen mir, Ben«, sagte Jacques mit dem Finger auf ihn deutend. »Sie erinnern mich ein wenig an mich, als ich in Ihrem Alter war. Dieses Feuer im Bauch. Der Hunger. Auch ich hatte ihn, diesen Tatendrang. Das ist mehr, als man über viele junge Männer heutzutage sagen kann.«

In diesem Moment trafen Antoine und seine Frau Dominique aus dem Erdgeschoss ein. Antoine fehlte ein Knopf am Hemd, sodass es am Bauch aufklaffte und die schwammige Haut hervorschaute. Dominiques Erscheinung hingegen konnte man als bemüht beschreiben. Sie trug ein Kleid aus so feinem Strick, dass es sich um jede einzelne Kurve ihres Körpers schmiegte. *Mon Dieu* … man konnte ihre Nippel sehen. Sie hatte etwas von der Bardot an sich, den schmollenden Zug um den Mund, die dunklen, naiv blickenden Augen wie die eines Mondkalbs. Unwillkürlich musste ich daran denken, dass all diese prallen Kurven beizeiten erschlaffen und Fett ansetzen würden – man schaue sich nur die Bardot an, die Ärmste –, ein Gräuel für so viele französische Männer. Fett wird in diesem Land als Zeichen von Schwäche, ja, sogar von Beschränktheit betrachtet. Dieser Gedanke bescherte mir einen kleinen, gemeinen Anflug von Befriedigung.

Ich konnte sofort sehen, wie sie Ben in Augenschein nahm. Ihn von oben bis unten, *überall* musterte. Sie meinte wohl, subtil vorzugehen – auf mich wirkte sie wie eine billige Nutte, die ihre Dienste anpries. Ich sah auch, wie er ihren Blick erwiderte. Zwei attraktive Menschen, die einander registrierten. Dieser erregende *frisson*. Sie wandte sich wieder Antoine zu. Ihr Mund verzog sich zu einem

Lächeln, während sie etwas zu ihm sagte. Aber ihr Lächeln galt nicht ihrem Mann. Es galt Ben. Eine wohlkalkulierte Vorstellung.

Antoine trank wie üblich zu viel. Er leerte sein Glas und hielt es erneut hin, damit ihm nachgeschenkt wurde. Sein Atem roch selbst aus einigen Schritten Entfernung sauer. Es war einfach nur peinlich.

»Raucht irgendwer?«, fragte Ben in die Runde. »Ich gehe raus, mir eine anzünden. Eine schreckliche Gewohnheit, ich weiß. Ich dachte, ich frage, ob ich die Dachterrasse benutzen dürfte?«

»Die befindet sich dort entlang«, erwiderte ich. »An der Bücherwand vorbei und dann links durch die Tür. Sie werden die Stufen sehen.«

»Danke.« Er schenkte mir dieses charmante Lächeln.

Ich wartete darauf, dass die Außenbeleuchtung über die Bewegungsmelder anging, was das Zeichen gewesen wäre, dass er den Weg zur Dachterrasse gefunden hatte. Sie ging nicht an. Er hätte nur eine Minute brauchen müssen, um die Stufen hochzusteigen.

Während die anderen sich unterhielten, erhob ich mich, um dem nachzugehen. Draußen auf der Terrasse war er nicht zu sehen, auch nicht in der anderen Hälfte des Raumes hinter der Bücherwand. Mich überkam abermals diese fröstelnde Ahnung. Das Gefühl, dass ein Fuchs sich in das Hühnerhaus geschlichen hatte. Ich ging den dunklen Flur entlang, der zu den anderen Räumen der Wohnung führte.

Ich fand ihn in Jacques' Arbeitszimmer, bei ausgeschaltetem Licht. Er sah sich irgendwas an.

»Was tun Sie hier drin?« Meine Haut kribbelte vor Empörung. Auch vor Angst.

Er drehte sich zu mir um. »Entschuldigung«, sagte er. »Ich muss mich in der Richtung geirrt haben.«

»Die war recht eindeutig.« Es fiel mir schwer, höflich zu bleiben, den Drang zu unterdrücken, ihn schlicht rauszubeordern. »Es ging nach links«, sagte ich. »Durch die Tür. Die entgegengesetzte Richtung.«

Er verzog das Gesicht. »Mein Fehler. Vielleicht hatte ich zu viel von dem köstlichen Wein. Aber sagen Sie, wo wir schon hier sind … diese Fotografie. Ich finde sie faszinierend.« Ich wusste sofort, welche er meinte. Ein großer Schwarz-Weiß-Akt, der gegenüber vom Schreibtisch meines Mannes hing. Das Gesicht der Frau abgewandt, ihr Profil mit den Schatten verschmelzend, die Brüste entblößt, das dunkle Dreieck ihres Schamhaars zwischen den weißen Schenkeln. Ich hatte Jacques gebeten, es zu entfernen. Es war so unangemessen. So schäbig.

»Es gehört meinem Mann«, erwiderte ich knapp. »Das ist sein Arbeitszimmer.«

»Hier arbeitet also der Herr des Hauses«, sagte er. »Und Sie, arbeiten Sie auch?«

»Nein.« Das muss ihm doch klar sein, dachte ich. Frauen in meiner Position arbeiten nicht.

»Aber Sie müssen doch etwas gemacht haben, bevor Sie Ihrem Mann begegneten?«

»Ja.«

»Entschuldigung«, sagte er, nachdem die Pause so lange angehalten hatte, dass sie wie ein Fremdkörper in der Luft zwischen uns hing. »Das ist der Journalist in mir. Ich bin einfach neugierig … was Menschen angeht.« Er zuckte die Achseln. »Ich fürchte, es ist unheilbar. Bitte, verzeihen Sie.«

Ich hatte es mir schon gedacht, als ich ihm das erste Mal begegnet war: dass er seinen Charme einsetzte wie eine Waffe. Aber nun war ich mir dessen sicher. Unser neuer Nachbar war gefährlich. Ich dachte an die anonymen Nachrichten. Meinen Erpresser. Konnte es Zufall sein, dass sie beinahe zur gleichen Zeit aufgetaucht waren – dieser Mann mit seiner wissenden Aura und die Geldforderungen mit der Drohung, meine Geheimnisse zu enthüllen? Falls ja, würde ich das nicht erlauben. Ich würde nicht zulassen, dass dieser dahergelaufene Fremde alles niederriss, was ich mühsam aufgebaut hatte.

Ich fand meine Stimme wieder. »Ich werde Ihnen den Weg zur Dachterrasse zeigen.« Ich folgte ihm, bis er durch die richtige Tür gegangen war. Er drehte sich um und bedachte mich mit einem Schmunzeln, einem kurzen Nicken. Ich erwiderte das Lächeln nicht.

Ich kehrte zurück und gesellte mich zu den anderen. Ein paar Sekunden später stand Dominique auf und verkündete, dass sie ebenfalls eine Zigarette rauchen wolle. Vielleicht war es ihr zu peinlich, dass ihr Mann sich gerade auf dem Sofa in die Besinnungslosigkeit trank. Oder – ich dachte an die Art, wie sie Ben bei ihrem Eintreffen gemustert hatte – sie war einfach schamlos.

Antoines Arm schoss hervor, seine Finger packten ihr Handgelenk. Das Weinglas in ihrer Hand kippte, und ein dunkelroter Spritzer landete auf dem hellen Stoff ihres Kleides. »*Non*«, sagte er. »Das wirst du *nicht* tun.«

Da sah Dominique zu mir. Ihre Augen geweitet. Von Frau zu Frau. *Siehst du, wie er mich behandelt?*

Ich schaute weg. Du hast deine Wahl getroffen, *chérie*. Genau wie ich die meine. Ich wusste, welche Sorte Mann

Jacques war, als ich ihn heiratete; ich bin sicher, für dich gilt das Gleiche. Und wenn nicht… tja, dann bist du ein noch dämlicheres kleines Flittchen, als ich dachte.

Schließlich riss sie sich aus dem Griff ihres Ehemannes los und stakste in Richtung Dachterrasse davon. Ich stellte mir die beiden da oben vor, konnte die Szene bildlich vor mir ablaufen sehen: die Dächer von Paris vor ihnen, die beleuchteten Straßen wie gespannte Lichterketten in der Nacht… Sie beugt sich nach vorne, um ihre Zigarette an seiner zu entzünden. Ihre Lippen streifen seine Hand…

Nach einiger Zeit kamen sie wieder runter. Als er seine Frau erblickte, erhob Antoine sich schwerfällig von dem Polster, auf dem er gefläzt hatte. Er schritt großspurig zu Dominique rüber. »Wir gehen.«

Sie schüttelte den Kopf. »Nein. Ich will noch nicht gehen.«

Er beugte sich ganz nah zu ihr vor und zischte, so laut, dass wir alle es hören konnten: *»On y va, petite salope.« Wir gehen, du kleine Schlampe.* Und dann wandte er sich an Ben. »Halt dich von meiner Frau fern, du britischer Wichser. *T'as compris?* Verstanden?« Wie um es zu unterstreichen, schwang er sein volles Weinglas durch die Luft – und ich konnte nicht erkennen, ob es seine Trunkenheit war oder doch Absicht, dass das Glas ihm aus der Hand flog. Eine Explosion von Scherben. Die ganze Wand mit Wein vollgespritzt!

Niemand im Raum rührte sich.

Ben wandte sich zu Jacques um. »Es tut mir sehr leid, Monsieur Meunier, ich…«

»Bitte«, Jacques erhob sich, »entschuldigen Sie sich nicht.« Er schritt zu Antoine rüber. »Niemand benimmt sich so in meiner Wohnung. Du bist hier nicht erwünscht. Raus!«

Antoines Mund öffnete sich. Ich sah seine vom Wein gefleckten Zähne. Einen Moment lang dachte ich, er würde gleich etwas Unverzeihliches sagen. Dann drehte er sich um und sah Ben an. Ein langer Blick, der mehr sagte, als Worte es könnten.

Die Stille, die dem Abgang des Paares folgte, hallte nach wie eine Stimmgabel.

Später, als Jacques gerade einen Telefonanruf in seinem Büro entgegennahm, ging ich in mein Badezimmer, um zu duschen. Ich erwischte mich dabei, wie ich beinahe träge den Duschkopf zwischen meine Beine richtete. Das Bild, das mir in den Sinn kam, zeigte sie beide: Dominique und Ben, dort oben auf der üppig begrünten Dachterrasse. Zeigte all die Dinge, die sich zwischen den beiden ereignet haben könnten, während der Rest von uns unten Small Talk betrieb. Und als mein Ehemann Anweisungen in den Hörer brüllte – gerade so hörbar durch die Wand –, hatte ich, meine Stirn gegen die kühlen Fliesen gepresst, einen stummen Orgasmus. Den kleinen Tod, nennen sie es hier. *La petite mort.* Und vielleicht war das nur passend. Ein kleiner Teil von mir war an jenem Abend gestorben. Ein anderer Teil war zum Leben erwacht.

JESS

Es ist Abend, und ich bin zurück in der Wohnung. Ich schaue in den Hof hinaus, lasse den Blick an den erleuchteten Fenstervierecken meiner Nachbarn auf und ab wandern, versuche, eine ihrer Bewegungen zu erhaschen.

Ich habe Nick zweimal geschrieben, um zu fragen, ob er was von der Polizei gehört hat, aber ich habe noch keine Antwort von ihm. Eigentlich weiß ich, dass es zu verfrüht ist. Ich bin dankbar für seine Hilfe vorhin. Es tut gut, einen Verbündeten zu haben. Aber ich vertraue nach wie vor nicht darauf, dass die Polizei etwas unternimmt. Und ich bin auch schon wieder hibbelig. Ich kann nicht bloß hier herumhocken und auf Nachricht warten.

Ich verlasse die Wohnung und trete in den Flur; ich habe keine Ahnung, was ich tun werde, weiß aber, dass ich irgendwas tun *muss*. Während ich da stehen bleibe, um zu beschließen, was das sein soll, wird mir bewusst, dass ich irgendwo über mir erhobene Stimmen höre; ihr Klang hallt das Treppenhaus runter. Ich steige die Stufen hoch, komme an Mimis Wohnung in der dritten Etage vorbei. Die Stimmen müssen aus dem Penthouse-Appartement kommen. Ich höre einen Mann raus, der alle anderen übertönt. Aber als ich lausche, kann ich auch andere Stimmen ausmachen; sie scheinen allesamt quer durcheinanderzureden. Ich kann kein Wort verstehen. Noch eine Treppe und dann befinde ich mich im obersten Flur, die Tür zum Penthouse-Appartement vor mir, die hölzerne Stiege zum Dachboden zu meiner Linken.

Ich pirsche mich an die Wohnungstür heran, zucke bei jedem Knarzen der Bodendielen zusammen. Hoffentlich sind die Leute drinnen zu abgelenkt von ihrem eigenen Lärm, um es mitzubekommen. Ich schaffe es bis unmittelbar vor die Tür, beuge mich nach unten und lege das Ohr ans Schlüsselloch.

Der Mann setzt wieder an zu sprechen, noch lauter als zuvor. Mist… natürlich alles auf Französisch. Ich meine Bens Namen zu hören und spitze unwillkürlich die Ohren. Aber ansonsten kann ich kein einziges…

»*Elle est dangereuse.*«

Moment mal. Selbst ich kapiere, was das bedeutet. *Sie ist gefährlich.* Ich presse den Kopf fester ans Schlüsselloch, lausche angestrengt nach weiteren Bruchstücken.

Da ertönt ein Kläffen direkt unter meinem Ohr. Ich stolpere rückwärts, falle halb auf meinen Hintern und versuche, mich wieder aufzurappeln. Scheiße, ich muss hier weg. Sie dürfen nicht sehen…

»*Sie* sind das.«

Zu spät. Ich drehe mich wieder um. Die Frau steht in der Tür, Sophie Meunier. Sie trägt eine cremefarbene Seidenbluse, eine schwarze Stoffhose und hat krass glitzernde Diamanten an den Ohrläppchen hängen – ihre Miene ist so frostig, dass es auch kleine Eiszapfen sein könnten, die da aus ihr hervorsprießen. Sie hat wieder den kleinen grauen Hund zu ihren Füßen – ein Whippet vielleicht? –, der mich aus schwarz glänzenden Augen anschaut.

»Was tun Sie hier?«

»Ich habe Stimmen gehört, ich …« Ich verstumme, denn Stimmen hinter fremden Wohnungstüren zur hören, ist nicht unbedingt ein guter Grund, loszuziehen und zu lauschen. Ben, die Silberzunge, wäre womöglich in der Lage, sich da rauszureden, aber mir fällt nichts ein.

Sophie Meunier wirkt, als würde sie innerlich darum ringen, was sie mit mir anstellen soll. Schließlich ergreift sie das Wort. »Nun. Wo Sie schon hier sind, wollen Sie vielleicht eintreten und uns bei einem Gläschen Wein Gesellschaft leisten?«

»Äh …«

Sie beobachtet mich, wartet auf eine Antwort. Alle meine Instinkte raten mir, bloß von hier wegzukommen.

»Klar«, sage ich. »Danke.« Ich schaue an mir runter – Chucks, schäbige Strickjacke, Jeans mit Riss am Knie. »Ist es okay, wie ich angezogen bin?«

Ihre Miene verrät mir, dass nichts an meiner Erscheinung auch nur annähernd okay ist. Aber sie sagt: »Es ist völlig in Ordnung, so wie Sie sind. Bitte, treten Sie ein.«

Ich folge ihr ins Appartement. Ich kann ihr Parfum riechen, schwer und blumig – obwohl es eigentlich vor allem nach Geld riecht.

Im Inneren kann ich vor Staunen nur glotzen. Ein hell erleuchteter, offener Wohnraum, der lediglich durch ein gewaltiges Bücherregal unterteilt wird. Deckenhohe Fenster, die den Blick auf die Dächer und Straßen von Paris eröffnen. In der nächtlichen Schwärze fügen sich die leuchtenden Fenster der Häuser um uns herum zu einem einzigen Lichterteppich.

Wie viel ein Appartement wie dieses wohl kostet? Richtig

viel, tippe ich. Millionen? Wahrscheinlich. Feine Teppiche auf dem Boden, riesige moderne Kunstwerke an den Wänden, allesamt mit kräftigen Klecksen und bunten Pinselstrichen, großen gewagten Formen. Direkt neben mir hängt ein kleines Gemälde von einer Frau vor einem Fenster, die eine Art Krug in den Händen hält. Ich entziffere die Unterschrift in der Ecke unten rechts. *Matisse* – ach du heilige Scheiße. Ich weiß ja nicht viel über Kunst, aber selbst mir ist der Name Matisse begegnet. Und überall auf kleinen Beistelltischen stehen kleine Figürchen und zerbrechliche Glasvasen. Ich wette, selbst die kleinste davon würde mir mehr Kohle einbringen als das, was ich im Copacabana in einem ganzen Jahr verdient habe. Es wäre so einfach, mir eine …

Plötzlich habe ich das Gefühl, beobachtet zu werden. Ich blicke auf und begegne einem Augenpaar. Gemalt, nicht echt. Ein riesiges Porträt von einem Mann in einem Ohrensessel. Kräftiger Kiefer und markante Nase, graue Schläfen. Eigentlich ganz attraktiv, wenn auch mit einem grausamen Zug. Vielleicht ist es der Mund, die leicht verzogenen Mundwinkel. Das Komische ist aber, dass er mir irgendwie bekannt vorkommt. Ich habe das Gefühl, sein Gesicht schon mal gesehen zu haben, aber ich komme ums Verrecken nicht dahinter, wo. Ist es vielleicht jemand Bekanntes? Ein Politiker – so was in der Art? Obwohl ich nicht weiß, warum ich irgendeinen Politiker wiedererkennen sollte, erst recht keinen französischen. Von solchen Dingen habe ich keine Ahnung. Also muss ich ihn von irgendwo anders kennen. Aber wo um Himmels willen sollte …

»Mein Mann, Jacques«, meldet sich Madame Meunier hinter mir. »Er ist momentan geschäftlich unterwegs, aber ich bin sicher, dass er …«, ein kurzes Zögern, »… sehr erpicht sein wird, Sie kennenzulernen.«

Er sieht mächtig aus. Reich. Selbstverständlich reich – man muss sich doch nur diese krasse Bude ansehen. »Was arbeitet er denn?«

»Er ist im Weinhandel tätig.«

Das erklärt dann wohl auch die Tausende von Flaschen unten im Keller. Die *cave* muss ihr und ihrem Mann gehören.

Als Nächstes schweift mein Blick zu einem seltsamen Glaskasten an der Wand gegenüber. Erst denke ich, es ist eine Art abstrakte Kunstinstallation. Aber auf den zweiten Blick sehe ich, dass es eine Vitrine mit alten Gewehren ist. Jedes mit einem scharfen, messerähnlichen Aufsatz vorne am Lauf.

Sophie Meunier folgt meinem Blick. »Aus dem Ersten Weltkrieg. Jacques sammelt mit Vorliebe Antiquitäten.«

»Ein Gewehr fehlt«, bemerke ich.

»Ja. Es ist gerade in Reparatur. Die Stücke erfordern mehr Pflege, als man meinen könnte. *Bon*«, sagt sie knapp. »Kommen Sie doch und lernen Sie die anderen kennen.«

Wir gehen auf die Bücherwand zu. Erst jetzt werde ich mir der Anwesenheit der anderen bewusst. Als wir um das massive Regal herumtreten, sehe ich sie auf zwei cremefarbenen Sofas einander gegenübersitzen. Mimi, aus dem Dritten, und – oh, verdammt – Antoine aus dem Erdgeschoss. Er schaut mich an, als wäre er ungefähr genauso begeistert, mich zu sehen, wie ich ihn. Was tut der denn hier? Antoine ist doch bestimmt einer dieser Nachbarn, um die man lieber einen großen Bogen macht. Als ich noch einmal zu ihm schaue, starrt er mich immer noch an. Es fühlt sich an, als krabbelt mir gerade etwas Fieses übers Rückgrat.

Es scheint mir eine recht wahllose Zusammenkunft von Menschen, die nichts miteinander gemein haben, außer dass sie in einem Haus leben: die seltsam stille Mimi, die keine neunzehn oder zwanzig sein kann; Antoine aus dem Erdgeschoss, ein kaputter Mann mittleren Alters; Sophie Meunier, ganz in Seide und Diamanten. Worüber haben sie wohl gerade gesprochen? Es klang nicht nach einem höflichen Nachbarschaftsplausch. Ich kann ihre Blicke auf mir spüren; sie betrachten mich wie eine unbekannte Spezies, die man in ihr Labor gebracht hat. *Elle est dangereuse.* Ich bin sicher, dass ich mich nicht verhört habe.

»Hätten Sie vielleicht gern ein Glas Wein?«, erkundigt sich Sophie Meunier.

»Oh, ja. Danke.« Sie greift nach der Flasche, und während der Wein gluckernd ins Glas fließt, sehe ich das goldgeprägte Bild des Schlosses auf dem Etikett, das mir bekannt vorkommt – es ist die gleiche Flasche wie die, die ich mir unten im Keller ausgesucht hatte.

Ich genehmige mir einen ausgiebigen Schluck von meinem Wein; das brauch ich jetzt. Ich spüre die drei bohrenden Augenpaare auf mir. Sie sind diejenigen hier im Raum, die die Macht haben, das Wissen. Es gefällt mir nicht. Ich fühle mich deutlich unterlegen, in der Falle. Und dann denk ich: Scheiß drauf. Einer von ihnen muss wissen, was Ben zugestoßen ist. Das ist meine Gelegenheit.

»Ich habe immer noch nichts von Ben gehört«, beginne ich. »Wissen Sie, langsam glaube ich wirklich, dass ihm etwas zugestoßen sein muss.« Die nächsten Worte schiebe ich probeweise gleich hinterher: »Als ich heute bei der Polizei war …«

Es passiert so schnell – zu schnell, als dass ich sehen könnte, wie es dazu kommt –, aber plötzlich gibt es einen kleinen Aufruhr, und ich kann sehen, dass das Mädchen, Mimi, ihren Wein verschüttet hat. Die blutrote Flüssigkeit ist über den teuren Teppich und die Sofabeine gespritzt.

Eine Sekunde lang rührt sich keiner. Vielleicht sind die anderen, genau wie ich, vor Schreck wie gelähmt, während sie zusehen, wie das dunkle Nass in den unbezahlbaren Stoff sickert, und einfach nur froh, dass sie es nicht waren.

Mimis Gesicht ist knallrot angelaufen. »*Merde*«, entfährt es ihr.

»Ist schon gut«, sagt Madame Meunier. »*Pas de problème.*« Aber ihre Stimme ist stählern.

MIMI

Dritte Etage

Putain. Ich möchte am liebsten auf der Stelle gehen, aber das würde nur für eine weitere Szene sorgen, also kann ich nicht. Ich muss hier sitzen bleiben und es über mich ergehen lassen, während sie mich alle anstarren. Während *sie* mich anstarrt. Das weiße Rauschen in meinem Kopf wird zu einem ohrenbetäubenden Dröhnen.

Plötzlich spüre ich die Übelkeit in mir aufsteigen. Ich muss raus aus dem Zimmer. Das ist die einzige Möglichkeit. Ich habe mich selbst nicht ganz unter Kontrolle. Das Weinglas… Ich weiß selbst nicht, ob es ein Versehen war oder ob ich es absichtlich getan habe.

Ich springe vom Sofa auf. Ich spüre immer noch, wie sie mich beobachtet. Ich schwanke den Flur entlang zum Badezimmer.

Reiß dich zusammen, Mimi. *Putain de merde.* Reiß dich verdammt noch mal am Riemen.

Ich übergebe mich in die Kloschüssel und schaue dann in den Spiegel. Meine Augen sind hellrot angelaufen von den geplatzten Blutäderchen.

Einen Moment lang meine ich tatsächlich, ihn zu sehen,

hinter mir auftauchen. Sein Lächeln … dieses Lächeln, wie ein Geheimnis, das nur wir beide teilen.

Ich konnte ihn stundenlang betrachten. In jenen heißen frühherbstlichen Nächten, während derer er, sämtliche Fenster aufgerissen, an seinem Schreibtisch arbeitete und ich auf meinem Bett lag, wobei mir der Ventilator kühle Luft in den Nacken blies. Mein Zimmerlicht ausgeschaltet, damit er mich nicht sehen konnte. Es war, als würde ich ihn auf einer Bühne betrachten. Manchmal ging er oberkörperfrei in der Wohnung umher. Einmal sogar nur mit einem um die Hüften geschlungenen Handtuch, sodass ich den Schatten seiner Brustbehaarung sehen konnte, die dunkle Haarlinie, die sich von seinem Bauch abwärts unter das Handtuch zog – ein Mann, kein Junge. Er dachte kaum je daran, die Fensterläden zu schließen. Oder vielleicht ließ er sie auch bewusst offen.

Ich holte meine Malutensilien hervor. Er war mein neues Lieblingsobjekt. Noch nie zuvor hatte ich so gut gemalt. Ich hatte auch noch nie so schnell die Leinwand gefüllt. Normalerweise musste ich innehalten, alles prüfen, meine Fehler korrigieren. Aber bei ihm musste ich das nicht. Ich stellte mir vor, dass ich ihn eines Tages, vielleicht, bitten könnte, mir Modell zu sitzen.

Manchmal konnte ich seine Musik über den Hof wehen hören. Vielleicht wollte er, dass ich sie höre. Vielleicht spielte er sie sogar für mich.

Eines Nachts sah er auf und erwischte mich beim Schauen.

Mein Herz blieb stehen. *Putain.* Ich hatte ihn so lange beobachtet, dass ich vergessen hatte, dass er mich ebenfalls sehen konnte. Es war so peinlich.

Aber dann hob er die Hand zu einem Winken. So, wie er

es am ersten Tag getan hatte, nachdem er mit dem Uber eingetroffen war. Nur dass er damals bloß »Hi« sagte und das Winken auch an Camille gerichtet war – wahrscheinlich vor allem an Camille in ihrem winzigen Bikini. Aber dieses Mal war es anders. Dieses Mal galt es nur mir.

Ich hob meine Hand ebenfalls.

Es war wie ein vertrauliches Zeichen füreinander.

Und dann lächelte er.

Ich weiß, dass ich den Hang habe, mich ein bisschen zu sehr zu fixieren. Eine kleine Besessenheit zu entwickeln. Aber ich überlegte, dass er ebenfalls obsessive Züge hatte, Ben. Immerhin saß er da und tippte bis Mitternacht, manchmal auch später. Manchmal mit einer Kippe im Mundwinkel. Manchmal rauchte ich ebenfalls eine. Fast fühlte es sich an, als würden wir zusammen rauchen.

Ich betrachtete ihn, bis meine Augen brannten.

Im Bad spritze ich mir kaltes Wasser ins Gesicht, spüle mir den säuerlichen Geschmack der Kotze aus dem Mund. Ich versuche zu atmen.

Warum habe ich nur zugesagt, heute Abend zu kommen? Ich denke an Camille, die sich vorhin ihre kleine Korbtasche über den Arm schwang und in die Stadt aufmachte, um sich mit ein paar Freunden zu treffen, völlig sorgenfrei. Nicht wie ich hier, in der Falle hockend, ohne Freunde und allein. Wie sehr ich mich danach sehnte, den Platz mit ihr zu tauschen.

Plötzlich kann ich ihn sprechen hören. So klar und deutlich, als würde er in mein Ohr flüstern, sein Atem warm an meiner Haut. »Du bist stark, Mimi. Ich weiß, dass du es bist. So viel stärker, als alle von dir denken.«

JESS

Nachdem Mimi verschwunden ist, herrscht lange Schweigen. Ich nippe an meinem Wein.

»Also«, sage ich schließlich. »Wie kommt es, dass Sie alle …«

Ich werde von einem Klopfen an der Wohnungstür unterbrochen. Es scheint endlos in der Stille nachzuhallen. Sophie Meunier steht auf, um zu öffnen. Antoine und ich bleiben einander gegenüber sitzen. Er starrt mich, ohne zu blinzeln, an. Ich muss daran denken, wie er die Flasche zerschmettert hat, mit welcher Brutalität. Ich denke auch an die Szene mit seiner Frau draußen im Hof, wie er die Statue vom Sockel gerissen hat.

Und dann, kaum hörbar, zischt er. »Was tust du hier, Mädchen? Ist die Botschaft noch nicht bei dir angekommen?«

Ich nehme einen weiteren Schluck. »Ich genieße den guten Wein hier«, erwidere ich. Es kommt nicht so locker rüber wie erhofft; meine Stimme schwankt. Ich bilde mir gerne ein, dass es nicht viel gibt, vor dem ich Angst habe. Aber ja, dieser Kerl macht mir Angst.

»*Nicolas*«, höre ich Madame Meunier in der französischen Aussprache sagen. Und dann, auf Englisch: »Willkommen. Komm doch herein – möchtest du was trinken?«

Nick! Ein Teil von mir ist erleichtert, dass er hier ist, dass ich nicht allein zwischen diesen Menschen festhänge. Gleichzeitig frage ich mich: Was tut er hier?

Ein paar Sekunden später tritt er mit einem Glas Wein in der Hand nach Sophie Meunier hinter der Bücherwand hervor. Das Leben in Paris hat ihm wohl mehr Stil eingeimpft als dem Durchschnittsengländer. Er trägt ein makelloses weißes Hemd, das seine Bräune hervorhebt – am Kragen lässig aufgeknöpft –, und eine dunkelblaue Chino. Seine dunkelgoldenen Locken hat er aus der Stirn zurückgekämmt. Er sieht aus wie so ein Typ aus einer Parfumwerbung.

»Jess«, sagt Sophie Meunier, »das ist Nicolas.«

Nick lächelt mir zu. »Hey.« Er wendet sich wieder zu Sophie. »Jess und ich kennen einander.«

Es folgt eine kurze, unangenehme Pause. Ist das hier vielleicht so etwas, was reiche Leute tun, die in Häusern wie diesen leben – gemeinsam Wein goutieren, Small Talk und dann wieder Rückzug in die Privatsphäre? Es sind keine Nachbarn, wie ich sie je hatte. Aber ich habe ja auch nicht unbedingt in sehr *nachbarschaftlichen* Ecken gelebt.

Madame Meunier bedenkt mich mit einem kühlen Lächeln. »Nicolas, vielleicht könntest du Jess den Ausblick von der Dachterrasse zeigen?«

»Klar.« Nick wendet sich zu mir. »Jess, hast du Lust mitzukommen und es dir anzuschauen?«

Ich habe das Gefühl, die Frau versucht mich loszuwerden, aber gleichzeitig ist es eine Gelegenheit, mich mit Nick zu unterhalten, ohne dass die anderen zuhören. Ich folge ihm an der Bücherwand vorbei in einen Flur und eine Treppe hoch.

Er schiebt eine Tür auf. »Nach dir.«

Ich muss an ihm vorbei, als er die Tür aufhält, so dicht, dass ich sein teures Aftershave, gemischt mit einer schwachen Note seines Schweißes, riechen kann.

Als Erstes schlägt mir ein Schwall eisiger Luft entgegen. Dann der nächtliche Himmel, die Lichter darunter. Die Stadt breitet sich unter mir aus wie eine beleuchtete Karte mit breiten Bändern aus Straßen, die sich in alle Richtungen davonschlängeln, und dem verschwommenen roten Glimmen von Heckscheinwerfern ... Ganz kurz fühlt es sich an, als sei ich in ein dunkles Nichts hinausgetreten. Nein ... nicht unbedingt ein Nichts. Aber da ist nicht viel, was mich von den Straßen ein paar Stockwerke unter mir trennt, bis auf ein nicht besonders solide wirkendes Eisengeländer.

Plötzlich gehen überall um uns herum Fluter an; sie müssen über eine Art Sensor verbunden sein. Nun kann ich Sträucher und sogar Bäume in großen Tontöpfen sehen, einen ausladenden Rosenbusch, an dem noch einzelne weiße Blüten hängen, sowie ein paar Statuen, die der im Hof zerschmetterten Figur nicht unähnlich sind.

Nick tritt hinter mich auf die Terrasse. Da ich wie angewurzelt dastehe und glotze, habe ich keinen Platz gemacht; er muss ziemlich nah hinter mir stehen. Ich kann die Wärme seines Atems in meinem Nacken spüren – welch ein Kontrast zu der eisigen Luft. Plötzlich überkommt mich der verrückte Impuls, mich mit dem Rücken an ihn zu lehnen. Wie wäre wohl seine Reaktion? Würde er zurückweichen? Aber gleichzeitig habe ich den genauso irren Drang, mich kopfüber in die Nacht zu stürzen. Es ist, als könnte ich in sie hineintauchen und darin davonschwimmen.

Wenn du so weit oben bist, verspürst du dann je den Impuls zu springen?

»Ja«, sagt Nick, und mir wird bewusst, dass ich die Frage laut ausgesprochen haben muss. Ich drehe mich zu ihm. Ich kann sein Gesicht kaum erkennen, nur seine schattenhafte Silhouette, die vor das Flutlicht hinter ihm geheftet wurde. Aber er ist groß. Wie wir so dicht voreinander stehen, wird mir der Unterschied unserer Größe erst bewusst. Er macht einen winzigen Schritt zurück.

Ich schaue an ihm vorbei und bemerke, dass sich ein weiteres Geschoss über uns erhebt, die Fenster dunkel, klein und staubig, völlig mit Efeu überwuchert wie in einem Märchen. Es würde mich nicht wundern, das Gesicht eines Geistes hinter dem Glas auftauchen zu sehen.

»Was ist da oben?«

Er folgt meinem Blick. »Oh, da werden wohl die alten *chambres de bonne* sein – wo die Dienstmädchen früher untergebracht waren.« Das muss also das Dachgeschoss sein, zu dem die Holzstiege draußen vor der Wohnung führt. Dann deutet er zurück auf die Stadt. »Ziemlich geniale Aussicht von hier oben, nicht wahr?«

»Es ist total abgefahren«, sage ich. »Was meinst du, wie viel so eine Bude kostet? Zwei Millionen? Mehr?«

»Ähm … ich habe keine Ahnung.«

Aber er muss doch eine Vorstellung haben; er muss doch wissen, was seine eigene Wohnung wert ist. Wahrscheinlich ist es ihm unangenehm. Ich schätze mal, er ist zu wohlerzogen, um sich über Geld zu unterhalten. »Hast du schon was gehört?«, wechsle ich das Thema. »Von dem Typen auf dem Polizeirevier?«

»Leider nein.« Es ist seltsam, seinen Ausdruck nicht

sehen zu können. »Ich weiß, dass es frustrierend ist. Aber es ist nur wenige Stunden her. Lass uns der Sache Zeit geben.«

Mich überfällt ein Anflug von Resignation. Natürlich hat er recht, natürlich ist es zu früh. Aber ich komme nicht umhin, Panik zu verspüren, weil ich bei meiner Suche nach Ben keinen Schritt weiter bin. Und auch keinen Schritt weiter dabei, die Leute hier einzuschätzen. »Ihr scheint hier im Haus sehr freundschaftlich miteinander«, bemerke ich möglichst ungezwungen, während ich mich zu ihm umdrehe.

Nick stößt ein kurzes Lachen aus. »So würde ich es nicht nennen.«

»Aber ihr trefft euch wohl öfter mal? Ich habe mit meinen Nachbarn jedenfalls noch nie was getrunken.«

Er zuckt die Achseln. »Nein ... nicht oft. Hin und wieder. Hey, möchtest du eine Zigarette?«

»Oh, ja, klar. Danke.«

Ich höre das Klicken seines Feuerzeugs, und als die Flamme emporzüngelt, wird sein Gesicht von unten erleuchtet. Seine Augen sind schwarze Höhlen, leer wie die der Statue unten im Hof. Er reicht mir meine Zigarette, und ich spüre die kurze, warme Berührung seiner Finger, dann seinen Atem auf meinem Gesicht, als ich mich vorbeuge, damit er sie anzünden kann ... eine Art Schauer in der Luft zwischen uns.

Ich nehme einen Zug. »Ich glaube nicht, dass Sophie Meunier mich besonders mag.«

»Sie mag niemanden sonderlich.«

»Und Jacques? Ihr Ehemann? Der auf dem riesigen Porträt? Wie ist der so?«

Er verzieht das Gesicht. »Ein ziemlicher Wichser. Und sie ist definitiv nur wegen des Geldes mit ihm zusammen.«

Beinahe verschlucke ich mich an meinem Zigarettenrauch. So beiläufig, wie er das gesagt hat. Aber mit Nachdruck auf dem »Wichser«. Ich frage mich, was er gegen das Ehepaar hat. Und wenn er offenbar kein Fan ist, warum um Himmels willen kommt er dann in ihr Penthouse, um mit ihnen Wein zu trinken?

»Und was ist mit dem Kerl aus der Wohnung ganz unten? Antoine?«, frage ich. »Ich kann nicht glauben, dass sie ihn eingeladen hat. Ich bin überrascht, dass sie ihn überhaupt auf ihrem Sofa sitzen lässt. Die passen doch gar nicht zusammen. Und neulich«, erzähle ich, »draußen vor dem Tor, da meinte er, ich solle mich verpissen – richtig feindselig.«

Nick winkt ab. »Na ja … es ist zwar keine Entschuldigung, aber seine Frau hat ihn sitzen lassen.«

»Ach ja?«, erwidere ich. »Wenn du mich fragst, ist sie gerade noch mal davongekommen.«

»Schau mal«, sagt er, hinter mich deutend, »da drüben kannst du Sacré-Cœur sehen.« Offenbar will er nicht weiter über seine Nachbarn reden. Wir blicken gemeinsam zu der erleuchteten Kathedrale, die auf ihrem Hügel über der Stadt zu schweben scheint wie ein großer weißer Geist. Und in der Ferne … ja … dort, kann ich den Eiffelturm sehen. Einige Sekunden lang leuchtet er wie eine gigantische Wunderkerze auf, und Tausende von Lichtern wandernd glitzernd vom Fuß bis zur Spitze auf und ab. Plötzlich ist mir bewusst, wie riesig, wie unfassbar diese Stadt ist. Ben ist irgendwo da draußen … denke ich, hoffe ich. Erneut überkommt mich die Resignation.

Ich schüttle mich selbst innerlich. Es muss noch einen

anderen Ansatzpunkt geben. Ich drehe mich zu Nick. »Ben hat wirklich nie erwähnt, woran er gerade dran war?«, frage ich. »Diese Sache, an der er schrieb? Die investigative Story.«

»Mir gegenüber hat er nichts erwähnt«, antwortet Nick. »Soweit mir bekannt war, arbeitete er an Restaurantkritiken und dergleichen. Aber das ist doch typisch für ihn, oder nicht?« Ich meine eine Spur von Bitternis rauszuhören.

»Wie meinst du das?«

»Na ja, ich habe mich gefragt, ob überhaupt irgendwer den echten Benjamin Daniels kennt.« *Da erzählst du mir was*, denke ich bei mir. »Aber es war nicht das, was er eigentlich immer tun wollte«, fügt er hinzu, und plötzlich klingt er anders, eher wehmütig. »Investigativ-Journalismus. Das, oder einen Roman schreiben. Ich erinnere mich noch, wie er sagte, er wolle etwas schreiben, das eure Mutter stolz gemacht hätte. Auf unserem Trip sprach er in einem fort davon.«

»Du meinst, der nach eurem Studium?« Die Art, wie er »auf dem Trip« sagte, lässt mich aufhorchen. Mir fällt der Bildschirmschoner ein. Irgendwas drängt mich, da nachzuhaken. »Wie war es denn? Ihr seid quer durch Europa gereist, stimmt's?«

»Ja.« Seine Stimme klingt wieder anders... leichter, lebendiger. »Wir haben einen ganzen Sommer auf Reisen verbracht. Zu viert, Ben und ich und noch zwei Jungs. Ich meine, wir waren echt wild unterwegs. Versiffte Züge ohne Klimaanlage, kaputte Klos. Ganze Tage und Wochen, in denen wir auf harten Plastiksitzen schliefen, zähes Brot aßen, kaum je unsere Klamotten wuschen. Und dann, wenn wir es doch mal taten, mussten wir in den Waschsalon.«

Er klingt begeistert. Innerlich schüttle ich den Kopf: *Süßer, wenn du das mit »wild unterwegs« meinst, hast du keinen Plan von gar nichts.* Ich denke an sein minimalistisches Appartement, die Bang & Olufsen-Boxen, den iMac, all der gut verborgene Reichtum. Ich möchte ihn dafür hassen, aber ich kann nicht. Der Typ hat so etwas Melancholisches an sich. Mir fällt das Oxycodon ein, das ich in seinem Bad entdeckt habe.

»Wo wart ihr denn?«, frage ich.

»Eigentlich überall«, sagt er. »Den einen Tag noch in Prag, am nächsten in Wien, ein paar Tage drauf in Budapest. Manchmal verbrachten wir auch eine Woche nur damit, am Strand herumzuliegen und nachts durch die Clubs zu ziehen – in Barcelona beispielsweise. Und in Istanbul ging ein ganzes Wochenende für eine Lebensmittelvergiftung flöten.«

Ich nicke, als wüsste ich, wovon er spricht, aber ich bin mir nicht sicher, ob ich all die Orte auf der Karte finden könnte. »Das hat Ben also getrieben«, sage ich. »Klingt ganz schön weit weg von einem Leben in Haringey.«

»Wo ist Haringey?«

Ich bedenke ihn mit einem Blick. Er hat es sogar falsch ausgesprochen. Aber natürlich hat ein reiches Kind wie er nie davon gehört. »Nordlondon. Da sind wir her, Ben und ich. Schon damals konnte er es nicht erwarten, fortzukommen und zu reisen. Tatsächlich fällt mir da eine Sache ein …«

»Welche?«, hakt Nick nach.

»Meine Mum, sie ließ uns recht oft allein zurück, wenn sie außer Haus ging. Sie arbeitete in Schichten, und ab achtzehn Uhr schloss sie uns ein, damit wir keinen Ärger bekamen – es war ein ziemlich heftiges Viertel –, und wir langweilten uns zu Tode. Aber Ben hatte diesen alten Globus … du weißt schon, so einen, der von innen leuchtet? Er verbrachte Stunden damit, ihn zu drehen und auf die Orte zu zeigen, an die wir mal reisen könnten, beschrieb sie mir in allen Einzelheiten – die Gewürzmärkte, türkisfarbene Buchten, Städte auf Berggipfeln … Weiß der Himmel, woher er das alles wusste. Wahrscheinlich hat er sich alles ausgedacht.« Ich reiße mich von der Erinnerung los. Ich glaube nicht, dass ich je mit irgendwem darüber gesprochen habe. »Wie auch immer. Es klingt, als hättet ihr eine tolle Zeit gehabt. Das Foto auf deinem Bildschirm, das war in Amsterdam, richtig?«

Ich schaue zu Nick, doch der blickt starr in die Nacht hinaus. Die Frage bleibt in der klirrenden Herbstluft hängen.

DIE CONCIERGE

Loge

Ich beobachte die Dachterrasse von meinem Platz im Hof aus. Ich habe die Lichter vor einigen Sekunden angehen sehen. Nun tritt jemand dicht ans Geländer. Ich erhasche den Klang von Stimmen, einzelne Musiktöne, die herabschweben. Ein ziemlicher Kontrast zu den Geräuschen ein paar Straßen weiter, dem Heulen von Polizeisirenen. Gerade erst habe ich es im Radio gehört – die Krawalle flammen heute Abend wieder auf. Nicht dass einer von denen da oben es mitkriegen oder sich darum kümmern würde.

Tatsächlich war das Radio ein Geschenk von ihm. Und erst wenige Wochen zuvor habe ich ihn da oben auf der Dachterrasse beobachtet, wo er eine Zigarette mit der Frau des Säufers aus dem Erdgeschoss rauchte.

Als die Gestalt am Geländer sich umdreht, erkenne ich, dass sie es ist – das Mädchen, das sich in seiner Wohnung einquartiert hat. Irgendwie ist es ihr gelungen, sich Zugang zum Penthouse zu verschaffen. Ob sie eingeladen wurde? Sicher nicht. Wenn sie auch nur ein bisschen was von ihrem Bruder hat, wird sie sich selbst eingeladen haben.

Innerhalb von nur zwei Tagen hat sie sich Zutritt zu Teilen dieses Gebäudes verschafft, die ich nie betreten habe, obgleich ich schon so viele Jahre hier arbeite. Das ist nicht anders zu erwarten. Ich bin keine von ihnen, natürlich nicht. In all der Zeit, die ich hier arbeite, kann ich mich an genau zwei Male erinnern, da der große Jacques Meunier mich angeschaut hat – mit mir gesprochen hat er nur einmal. Aber für einen Mann wie ihn bin ich natürlich kaum eine Person. Ich bin weniger als unsichtbar.

Aber auch dieses Mädchen ist eine Außenseiterin. So wie ich… vielleicht sogar noch mehr. Und sie ist anscheinend getrieben, emporzuklettern, sich einzuschleichen – ganz wie ihr Bruder. Ob sie wirklich weiß, in was sie sich da hineinbegeben hat? Ich denke nicht.

Ich sehe eine andere Gestalt hinter ihr auftauchen. Es ist der junge Herr aus dem Ersten. Ich schnappe nach Luft. Sie steht so nah an dem Geländer. Ich hoffe nur, sie weiß, was sie da tut. So schnell so hoch zu klettern – das lässt einen nur tiefer fallen.

NICK

Jess davon zu erzählen, hat alles wieder aufleben lassen – die Begeisterung von damals. Den abenteuerlichen Kitzel, von einer Stadt zur anderen zu reisen, endlose Pokerrunden mit einem abgegriffenen alten Kartendeck zu spielen, warmes Dosenbier zu trinken. Scheiße reden, sich über tiefere Themen unterhalten – oft eine Mischung aus beidem. Etwas Echtes. Nur meins. Etwas, das sich mit Geld nicht kaufen ließ. Es ist auch der Grund, warum ich mich, trotz allem, so darauf gestürzt habe, wieder mit Ben anzuknüpfen. Es war nicht das erste Mal, dass ich mich danach sehnte, dorthin zurückzukehren, zu jenem Zustand der Unschuld.

Ich fasse mich wieder. Von wegen rosarote Brille. Denn es war nicht alles nur unschuldig, nicht wahr?

Nicht, als unser Kumpel Guy in einem Berliner Nachtclub beinahe eine Überdosis nahm und wir ihn in der Toilette fanden, wo er sich Wasser ins Gesicht schüttete, und ihn praktisch davor retten mussten, sich selbst zu ertränken.

Nicht, als wir einen ungarischen Schaffner bestechen mussten, weil unsere Tickets abgelaufen waren und er drohte, uns mitten im Wald aus dem Zug zu werfen.

Nicht, als eine Gang in Zagreb uns in einer finsteren Seitengasse beinahe die Kehle durchschnitt, nachdem sie uns unser letztes Geld abgeknöpft hatte.

Nicht in Amsterdam.

Ich betrachte nun Jess, die an ihrer Zigarette zieht. Ich erinnere mich, wie Ben mir in einem Prager Brauhaus von ihr erzählt hatte: »Meine Halbschwester Jess… Sie war es, die Mum fand. Sie war damals noch ein Kind. Das Schlafzimmer war abgeschlossen, aber ich hatte ihr beigebracht, wie man ein Schloss mit einem Stück Draht knackt. Eine Achtjährige sollte so etwas nicht sehen müssen. Ich… verdammt…« Ich erinnere mich noch, wie seine Stimme brach. »Es macht mich immer noch fertig, dass ich nicht bei ihr war.«

Ich frage mich, was das mit einem Menschen anstellt. Ich mustere Jess, denke daran, wie ich sie gestern gefunden habe, als sie gerade dabei war, diese Flasche Wein zu klauen. Oder wie sie heute uneingeladen hier im Penthouse aufgeschlagen ist. Sie hat etwas Waghalsiges an sich… als wäre sie imstande, alles zu tun. Unberechenbar. Und angesichts ihres kleinen Geständnisses heute früh ist klar, dass sie ein Problem mit der Polizei hat.

»Ich war noch nie außerhalb von Großbritannien«, sagt sie plötzlich. »Außer jetzt hier natürlich. Und schau, wie toll es läuft.«

Ich schaue sie fassungslos an. »Was… das ist dein erstes Mal im Ausland?«

»Ja, schon.« Sie zuckt die Achseln. »Hatte bisher keinen Grund wegzufahren. Oder die Kohle. Also… wie war Amsterdam?«

Ich denke daran zurück. Der Mief der Kanäle in der Augusthitze. Wir waren eine Gruppe Jungs, also gingen wir auf direktem Weg ins Rotlichtviertel. De Wallen, so heißt es. Ich sehe noch die neonleuchtenden Schaufenster: Orange, Pink, Rot. Mädchen in Dessous, die sich an den Scheiben rekelten und signalisierten, dass es mehr zu sehen gäbe, sofern man gewillt war zu zahlen. Und dann ein Schild: *Live-Sex-Show im Keller*.

Die anderen wollten hin, natürlich wollten sie. Wir waren Anfang zwanzig.

Es ging einen Flur entlang, eine Treppe runter. Die Lichter wurden gedimmter. Dann in einen kleinen Raum. Der Geruch nach schalem Schweiß, erkaltetem Zigarettenrauch. Das Atmen fiel schwerer, als würde die Luft dünner, als würden die Wände sich zusammenschieben. Eine Tür, die sich öffnete.

»Ich kann das nicht«, sagte ich auf einmal.

Die anderen guckten mich an, als wäre ich durchgedreht.

»Aber das macht man doch in Amsterdam«, sagte Harry. »Ist doch nur aus Spaß. Jetzt erzähl mir nicht, dass du Schiss vor ein paar Mösen hast? Außerdem ist das hier legal. Ist also nicht so, dass wir Ärger bekommen, falls es das ist, was dir Sorgen macht.«

»Ich weiß«, sagte ich. »Ich weiß, aber ich … ich kann einfach nicht. Wisst ihr was, ich … werde eine Runde drehen, und wir treffen uns danach.«

Sicher, sie hielten mich für eine Pussy, aber es war mir egal. Ich konnte das nicht. Da sah Ben mich an. Und obwohl er es nicht wissen konnte, hatte ich das Gefühl, dass er es irgendwie kapierte. Aber das war eben ganz und gar Ben. Unser faktischer Anführer. Der Erwachsene in unserer kleinen Truppe, irgendwie erfahrener und weltgewandter als der Rest von uns. Derjenige, der uns mit ein paar Worten in jeden Nachtclub reinbekam, in jedes Hostel, das behauptete, voll zu sein – und auch aus schlimmen Situationen raus. Er war es, der dem Schaffner das Schmiergeld zugesteckt hatte. Ich war neidisch darauf. Diese Art von Charme ließ sich nicht erlernen oder erkaufen. Aber ich hatte mich gefragt, ob vielleicht ein wenig von diesem Selbstvertrauen, dieser Sicherheit auf mich abfärben könnte.

»Ich komme mit dir, Kumpel«, sagte er. Enttäuschte Buhrufe der anderen. »Das wird doch schräg, wenn da nur wir zwei sind«, und: »Mann, was ist los mit euch Typen?«

Aber Ben legte bloß einen Arm um meine Schulter. »Komm, wir lassen die Loser mit ihrem billigen Spaß allein«, meinte er. »Wie wär's, wenn wir uns einen Coffeeshop suchen?«

Wir traten auf die Straße hinaus, und sofort hatte ich das Gefühl, wieder leichter Luft zu bekommen. Wir spazierten zu einem Laden ein paar Straßen weiter. Setzten uns mit unseren vorgedrehten Joints hin.

Er beugte sich vor. »Alles okay, Alter?«

»Ja … alles gut.« Ich zog an meiner Tüte, begierig drauf, in dem Grasnebel abzutauchen.

»Warum bist du denn so ausgetickt?«, fragte er kurz darauf. »In dem Schuppen da unten?«

»Weiß nicht«, erwiderte ich. »Ist nichts, worüber ich reden möchte. Wenn das okay ist.«

Wir hatten mit dem schwächeren Gras angefangen. Erst schien es gar nicht so viel zu machen. Aber als die Wirkung einsetzte, war es, als würde sich etwas verschieben. Eigentlich, wenn ich jetzt so darüber nachdenke, war es nicht so sehr das Gras. Es war Ben.

»Hör mal«, meinte er. »Ich kapier schon. Du willst nicht reden. Aber wenn du dir was von der Seele quasseln musst, du weißt schon …« Er hob seine Hände. »Ich verurteile niemanden.«

Ich dachte an den Laden, die Mädchen. Ich hatte es so lange für mich behalten, mein düsteres kleines Geheimnis. Vielleicht wäre es so eine Art innere Reinigung. Und da begann ich zu reden. Sobald ich angefangen hatte, wollte ich nicht mehr aufhören.

Ich erzählte ihm von meinem sechzehnten Geburtstag. Wie mein Dad verkündete, dass es Zeit für mich wäre, ein Mann zu werden. Sein Geschenk an mich. Nur das Beste vom Besten für seinen Sohnemann. Er wollte mir eine Erfahrung besorgen, die ich nie vergessen würde.

Ich erinnere mich an die Treppe, die nach unten führte. An die Tür, die aufging. Wie ich ihm sagte, dass ich das nicht wolle.

»Wie bitte?« Mein Dad hatte mich entgeistert angesehen. »Denkst du etwa, du bist zu gut dafür? Willst du mein Geschenk ausschlagen? Was stimmt nicht bei dir, Junge?«

Ich erzählte Ben, dass ich blieb. Weil ich musste. Und dass ich diesen Ort als anderer Mensch verließ – kaum als Mann. Wie das Ganze einen Fleck auf mir hinterließ.

Mit einem Mal quoll es nur so aus mir heraus, alle meine Geheimnisse, der ganze Scheiß, den ich nie jemandem erzählt hatte, wie so ein widerwärtiger Wasserfall. Und Ben saß nur da und lauschte im Dunkel des Coffeeshops.

»Oh, Gott«, sagte er mit riesigen Pupillen. »Das ist richtig abgefuckt.« Ich erinnere mich ganz deutlich.

»Ich habe nie jemandem davon erzählt«, sagte ich. »Erzähl … sag es nicht den anderen, ja?«

»Bei mir ist es sicher«, erwiderte Ben.

Und dann legten wir mit dem stärkeren Zeug los. Stachelten einander an. Das knallte richtig. Wir mussten einander nur anschauen und kicherten los, obwohl wir nicht wussten, warum.

Ich kehre in die Gegenwart zurück, auf die nächtliche Dachterrasse. »Wir haben nicht besonders viel von der Stadt gesehen«, sage ich zu Jess. »Ich kann mich also keinen Experten schimpfen. Aber falls du einen guten Coffeeshop suchst, könnte ich dir wahrscheinlich weiterhelfen.«

Wenn der Abend doch nur dort geendet hätte. Ohne das, was als Nächstes kam. Ohne die Dunkelheit. Das schwarze Wasser des Kanals.

JESS

»Warte mal«, hake ich nach. »Du hast mir erzählt, du und Ben, ihr hättet euch über zehn Jahre nicht gesehen, als ihr euch wieder über den Weg gelaufen seid?«

»Ja.«

»Und das war nach diesem Trip, stimmt's?«

»Ja. Seitdem hatte ich ihn nicht mehr gesehen.«

Ich lasse es eine Weile setzen, warte, dass er fortfährt, es erklärt. Schweigen.

»Ich muss das jetzt fragen – was ist damals in Amsterdam passiert?« Ich meine es als Witz, zumindest hauptsächlich. Aber mir scheint, da ist noch mehr zu holen. Es war die Art, wie seine Stimme sich änderte, als er darüber sprach.

Einen Moment lang ist Nicks Gesicht eine Maske. Dann ist es, als würde ihm wieder einfallen zu lächeln. »Ha. Jungs unter sich. Du weißt schon.«

Eine kalte Windböe schlägt uns entgegen, reißt Blätter von den Sträuchern und wirbelt sie in die Luft auf.

»Jesus!«, murmle ich und schlinge die Arme um mich.

»Du zitterst«, bemerkt Nick.

»Ja, na ja … die Jacke ist nicht unbedingt für arktische Temperaturen geschaffen. Feinstes Garn von Primarni eben.« Obwohl ich große Zweifel habe, dass Nick weiß, dass ich Primark meine und was es überhaupt ist.

Er streckt seine Hand nach mir aus, so plötzlich, dass ich einen kleinen Satz nach hinten mache.

»Entschuldige!«, sagt er. »Ich wollte dich nicht erschrecken. Da hat sich nur ein Blatt in deinem Haar verfangen. Warte kurz, ich mach es weg.«

»Da hängt wahrscheinlich so einiges drin«, versuche ich es mit einem Scherz. »Essen, Zigarettenstummel, so Kram.« Ich spüre die Wärme seines Atems auf meinem Gesicht, seine Finger in meinem Haar, als er das Blatt daraus entwirrt.

»Da …« Er zupft es heraus und zeigt es mir: ein welkes braunes Efeublatt. Sein Gesicht ist meinem immer noch sehr nah. Und auf die Art, wie man es bei solchen Dingen einfach weiß, denke ich, dass er kurz davor ist, mich zu küssen. Es ist sehr lange her, dass ich von irgendwem geküsst wurde. Ich ertappe mich, wie sich meine Lippen ganz leicht öffnen.

Dann sind wir wieder in Dunkelheit getaucht. »Mist«, flucht Nick. »Die Bewegungsmelder … wir standen zu lange still.« Er wedelt mit dem Arm, und die Beleuchtung geht wieder an. Aber was auch immer da gerade zwischen uns war, ist komplett verpufft. Ich blinzle die Lichtflecken vor meinen Augen weg. Was zur Hölle habe ich mir dabei gedacht? Ich versuche gerade, meinen verschollenen Bruder wiederzufinden. Ich habe keine Zeit für so was.

Er tritt einen Schritt zurück. »Nun denn«, sagt er, unfähig, mir in die Augen zu schauen. »Sollen wir wieder rein?«

»Hey«, sage ich, als wir die Stufen in die Wohnung hinabsteigen. »Ich glaube, ich mache einen Abstecher ins

Bad.« Ich muss mich verdammt noch mal zusammenreißen.

»Soll ich dir den Weg zeigen?«, fragt Nick. Offenbar kennt er sich in der Wohnung aus, fällt mir auf, obwohl er sagte, dass er nicht oft hier sei.

»Nein, ich schaff das schon«, erwidere ich. »Danke.«

Er kehrt zu den anderen zurück. Ich gehe den schummrig erleuchteten Flur entlang. Unter meinen Füßen ein dicker, weicher Teppich. Noch mehr Kunstwerke an den Wänden. Auf meinem Weg schiebe ich eine Tür nach der anderen auf. Ich weiß nicht, was genau ich suche, aber ich weiß, dass ich etwas finden muss, das mir mehr über diese Leute verrät, mehr darüber, was Ben mit irgendeinem von ihnen zu tun hat.

Ich finde zwei Schlafzimmer. Eines sehr maskulin und unpersönlich, ein bisschen so, wie ich mir ein Zimmer in einem noblen Businesshotel vorstellen würde; das andere eher feminin. Sieht aus, als würden Sophie und Jacques Meunier in getrennten Betten schlafen. Interessant, wenn auch nicht unbedingt überraschend. An Sophies Schlafzimmer angrenzend findet sich eine begehbare Garderobe mit reihenweise Stöckelschuhen und Stiefeln in dezenten Schwarz-, Braun- und Beigetönen. Stangenweise Kleider und Seidenblusen, teuer aussehende Wollpullover, säuberlich in Seidenpapier eingepackt. In einer Ecke steht ein schnörkelig verzierter Schminktisch mit großem Spiegel und einem zierlichen antiken Stuhl davor. Ich dachte, nur die Kardashians und Leute in Filmen hätten solche Zimmer.

Ich finde auch das Bad – groß genug, um einen Yogakurs darin abzuhalten –, mit einer riesigen in Marmor eingelassenen Badewanne und einem Doppelwaschtisch. Hinter der nächsten Tür geht's zur Toilette; wenn man reich ist, geht man wohl nicht im gleichen Raum pinkeln, in dem man in Duftölen badet. Kurz stöbere ich durch die Schränke, finde jedoch nicht viel mehr als ein paar luxuriös aussehende Seifen, die der Verpackung nach von einem Ort namens Santa Maria Novella kommen. Ich stecke zwei ein.

Das Zimmer gegenüber vom Klo scheint eine Art Büro zu sein. Es riecht nach Leder und altem Holz. Ein großer antiker Schreibtisch mit weinroter Lederoberfläche thront in der Mitte. Gegenüber davon hängt ein großes Schwarz-Weiß-Foto an der Wand. Erst denke ich, es ist ein abstraktes Motiv, aber plötzlich – wie bei einem Magic-Eye-Bild – kapiere ich, dass es eigentlich der Körper einer Frau ist: Brüste, Bauchnabel, ein Dreieck aus Schamhaar zwischen ihren Beinen. Verblüfft starre ich es an. Schon komisch, so was in sein Büro zu hängen, eher unpassend, aber ich schätze mal, wenn man von zu Hause arbeitet, kann man tun und lassen, was man will.

Ich probiere die Schubladen am Schreibtisch aus. Sie sind abgesperrt, aber diese Art von Schlössern sind kinderleicht zu knacken. Das erste habe ich in nicht mal dreißig Sekunden geöffnet. Ich finde zwei Blatt Papier. Eins muss wohl fehlen, denn diese beiden sind unten mit -2- und -3- nummeriert. Eine Art Preisliste, wie es scheint. Nein … Rechnungen. Weine, wird mir klar. Ich lese *Grand Cru* und *Premier Cru*. Die Anzahl gekaufter Kisten – nie mehr als vier, fällt mir auf. Ein Preis neben jedem einzelnen Wein. Jesus! Manche von den Kisten belaufen sich auf tausende Euro. Und dann der Name einer Person neben jedem dieser Einträge. Wer, bitte, gibt so viel Geld für Wein aus?

Ich greife weiter hinten in die Schublade, um zu sehen, ob noch etwas anderes da drin ist. Ich ertaste etwas Kleines, Ledriges, und ziehe es heraus. Es ist ein Pass. Ziemlich alt, so wie er aussieht. Vorne hat er ein goldenes rundes Wappen und ein paar fremdartige Buchstaben. Russisch vielleicht? Ich klappe ihn auf, und da ist eine Schwarz-Weiß-Fotografie einer jungen Frau. Mich überkommt das gleiche Gefühl wie vorhin, als ich das Porträt über dem Kamin angeschaut habe: dass ich diese Person von irgendwoher kenne… auch wenn ich sie nicht verorten kann. Sie hat volle Wangen und Lippen, das lange Haar wild und lockig, die Augenbrauen zu dünnen Mondsicheln gezupft. Auf einmal dämmert es mir. Irgendwas an dem Zug um die Mundwinkel, der Schwung ihres Kinns… Das ist Sophie Meunier, nur um die dreißig Jahre jünger. Ich schaue wieder auf den Deckel vorne. Also ist sie eigentlich Russin oder so was… keine Französin. Wie seltsam.

Ich schließe die Schublade. Dabei fällt etwas dumpf vom Schreibtisch auf den Boden. Scheiße. Ich hebe es rasch auf – nicht zerbrochen, Gott sei Dank. Eine Fotografie in einem silbernen Rahmen. Sehr vornehm und gestellt. Ich weiß nicht, warum sie mir vorhin nicht aufgefallen ist – ich muss so auf die Schubladen konzentriert gewesen sein. Mehrere Personen sind darauf abgebildet. Den Mann erkenne ich als Erstes: Jacques Meunier, Sophies Ehemann, der Typ vom Gemälde. Und da, neben ihm, steht Sophie Meunier, irgendwo zwischen ihrem jetzigen Alter und dem auf dem Passfoto. Sie zeigt etwas, das wohl ein Lächeln sein soll, aber mehr wie eine frostige Grimasse rüberkommt. Und vor ihnen drei Kinder. Ich runzle die Stirn, beäuge angestrengt ihre Gesichter, kippe dann das Foto zu mir, um es im schummrigen Licht besser zu sehen. Zwei Teenager – Jungs – und ein kleines Mädchen.

Der jüngere der beiden Teenager, mit seinem blonden Lockenkopf … den habe ich doch schon mal gesehen. Und dann fällt es mir ein. Ich habe ihn auf einem Foto in Nicks Wohnung gesehen, neben dem Segelboot, die Hand eines Mannes auf seiner Schulter. Der jüngere der beiden ist Nick.

Halt. Moment, das ergibt doch keinen Sinn. Nur, dass es das doch tut – ganz plötzlich, auf eine schreckliche Art und Weise. Dieser ältere Junge mit dem dunkleren Haar, fast schon ein Mann … ich glaube, das ist Antoine. Das kleine Mädchen mit dem dunklen Haar … ich besehe sie mir näher. Die mürrische Miene kommt mir doch bekannt vor. Das ist Mimi. Die Personen auf diesem Foto sind …

In diesem Moment höre ich meinen Namen rufen. Scheiße, wie lange bin ich schon hier drin? Ich stelle das Foto ab, meine Hand zittert leicht. Ich tripple rasch zur Tür, spähe in den Flur. Die Tür am anderen Ende ist geschlossen, aber noch während ich rausschaue, geht sie langsam auf. Ich husche über den Flur ins Klo gegenüber.

Ich höre Nicks Stimme: »Jess?«

Erneut öffne ich die Klotür und trete mit möglichst überraschter Miene in den Flur. Mein Herz schlägt mir bis zum Hals. »Hey!«, sage ich. »Ist was passiert?«

»Oh«, sagt er. »Ich hab nur … Sophie wollte, dass ich mich vergewissere, dass du dich nicht verirrt hast.« Er lächelt dieses Netter-Junge-Lächeln, und ich denke nur: Ich kenne diesen Menschen kein bisschen.

»Nein«, erwidere ich. »Alles gut.« Unglaublicherweise klingt meine Stimme total ruhig. »Ich wollte mich gerade wieder zu euch gesellen.«

Ich lächle.

Und die ganze Zeit denke ich dabei: *Sie sind eine Familie, sie sind eine Familie.* Der nette Nick, die frostige Sophie, der betrunkene Antoine und die stille, überspannte Mimi.

Was zur gottverdammten Hölle geht hier vor?

SOPHIE

Penthouse

Sie sind fort. Mein Kiefer krampft von der Anstrengung, die Maske der Gelassenheit und Ruhe aufrechtzuerhalten. Das Auftauchen des Mädchens hat meine Pläne für den heutigen Abend völlig torpediert. Nichts von dem, was ich mit den anderen vorhatte, habe ich geschafft.

Die Flasche Wein steht geöffnet auf dem Tisch. Ich habe weit mehr getrunken, als ich es getan hätte, wenn Jacques hier gewesen wäre. Er wäre entsetzt, mich mehr als ein Glas trinken zu sehen. Andererseits habe ich über die Jahre auch genug Abende allein hier verbracht. Ich schätze, mir geht es da nicht anders als anderen Frauen von meinem Stand. In ihren riesigen Appartements untätig sich selbst überlassen, während ihre Ehemänner unterwegs sind – ob nun mit ihren Geliebten oder in Beschlag genommen von ihrer Arbeit.

Als ich Jacques heiratete, verstand ich dies als einen Tausch. Meine Jugend und Schönheit für seinen Reichtum. Wie es nun mal so ist bei dieser besonderen Art von Vertrag, verringerte sich jedoch mein Wert über die Jahre, während seiner stetig wuchs. Ich wusste, auf was ich mich einließ, und zumeist bereue ich meine Wahl nicht. Aber vielleicht hatte ich nicht mit der Einsamkeit gerechnet, den sinnleeren Stunden. Ich schaue zu Benoit rüber, der in seinem Bettchen im Eck schläft. Welch Wunder, dass so viele Frauen wie ich sich Hunde halten.

Aber allein sein ist immer noch besser als die Gesellschaft meiner Stiefsöhne. Ich sehe doch, wie sie mich anschauen, Antoine und Nicolas.

Ich greife mir die Flasche und gieße den Rest in ein Glas. Die Flüssigkeit reicht bis unter den Rand. Ich kippe alles runter. Es ist ein guter Burgunder, aber so schmeckt er nicht gut. Die Säure brennt in meinem Rachen und meinen Nasenhöhlen wie Erbrochenes.

Ich öffne den nächsten Wein und fange an, auch ihn zu leeren. Diesmal trinke ich direkt aus der Flasche, kippe ihren Hals senkrecht. Der Wein strömt zu schnell heraus, als dass ich ihn runterschlucken könnte; ich huste. Meine Kehle brennt heftig. Der Wein rinnt mir übers Kinn, meinen Hals entlang. Die Nässe ist merkwürdig erfrischend. Ich spüre sie in die Seide meiner Bluse sickern.

Am Morgen nach jenem kleinen Umtrunk traf ich ihn im Hof, wo er sich in einer Pfütze aus Sonnenlicht mit Mimis Mitbewohnerin, Camille, unterhielt. Jacques sagte mir einst, dass er es sehr befürworte, dass dieses Mädchen mit unserer Tochter zusammenwohnt. Ein guter Einfluss. Was selbstverständlich rein gar nichts mit dem kleinen rosigen Schmollmund, der zarten Stupsnase und den kleinen strammen Brüsten zu tun hat.

Sie wandte sich Benjamin Daniels zu, wie eine Sonnenblume in einem provenzalischen Feld sich der Sonne entgegenreckt. In einem Vichy-Karo-Top, dessen Träger ihr von den gebräunten Schultern rutschten, und weißen Shorts, so kurz, dass unter jedem Saum eine bronzefarbene Pobacke hervorlugte. Die beiden zusammen waren wunderschön, genau wie er und Dominique schön gewesen waren – unmöglich, das nicht zu sehen.

»*Bonjour, Madame Meunier*«, flötete Camille. Gefolgt von einem kleinen Winken, während sie ihr Gewicht von einem fohlenhaften Bein auf das andere verlagerte. Das »Madame« zweifellos wohlkalkuliert, um mich die ganze grausame Macht ihrer Jugend spüren zu lassen. Ihr Handy piepte. Sie las, was auch immer eingetroffen war, wobei ein Lächeln über ihr Gesicht huschte, so, als würde sie die geheime Botschaft eines Liebhabers lesen. Ihre Finger wanderten zu ihren Lippen. Das Ganze womöglich eine Zurschaustellung für ihn – dazu gedacht, ihn zu locken, seine Neugier zu wecken. »Ich muss los«, sagte sie. »*Salut, Ben!*« Sie drehte sich um und warf ihm über die Schulter eine Kusshand zu.

Und dann waren da nur noch ich und Benjamin Daniels im Hof. Und natürlich die Concierge. Ich war sicher, dass sie das Ganze aus ihrer Loge mit ansah.

»Sie haben es hier draußen wirklich sehr schön hergerichtet«, sagte er.

Woher wusste er, dass all das mein Werk war? »Es sieht momentan nicht besonders aus«, erwiderte ich. »Zu dieser Zeit des Jahres … das meiste ist fast verwelkt.«

»Mir gefallen die satten Farben«, setzte er hinzu. »Sagen Sie mir doch, was sind das für Blumen … die da drüben?«

»Dahlien. Und Schmucklilien.«

Er erkundigte sich nach mehreren Beeten und Rabatten. Er schien aufrichtig interessiert, obwohl mir klar war, dass er mir nur Honig ums Maul schmierte. Dennoch wollte ich nicht aufhören. Ich genoss es, ihm – irgendwem – von der Oase zu erzählen, die ich erschaffen hatte. Einen Moment lang vergaß ich meinen Argwohn ihm gegenüber.

Und dann drehte er sich zu mir um. »Ich wollte Sie das schon länger fragen … Ihr Akzent macht mich neugierig. Sind Sie gebürtig aus Frankreich?«

»Verzeihung?« Ich gab mir Mühe, die Beherrschung über meine Miene nicht zu verlieren, spürte, wie die Maske ins Rutschen geriet.

»Mir ist aufgefallen, dass Sie den bestimmten Artikel nicht immer verwenden«, sagte er. »Und Ihre Konsonanten, die sind ein kleines bisschen härter als bei einem Muttersprachler.« Er brachte Daumen und Zeigefinger aneinander. »Nur ein winziges bisschen. Wo kommen Sie ursprünglich her?«

»Ich …« Einen Moment lang bekam ich kein Wort heraus. Keiner hatte je meinen Akzent moniert, nicht einmal die Franzosen – nicht einmal die Pariser, die die schlimmsten Snobs von allen sind. Ich hatte begonnen, mir was darauf einzubilden, dass ich mein Französisch perfektioniert hätte. Dass meine Tarnung vollkommen sei, absolut sicher. Aber nun wurde mir klar: Wenn er es erraten hatte, und er war nicht einmal Franzose, dann bedeutete das, dass andere es ebenfalls gemerkt hatten. Natürlich hatten sie das. Und diese Erkenntnis war ein Riss, ein Spalt in der Schale, durch den sich mein ehemaliges Ich erblicken ließe. Alles, was ich mir so sorgfältig zurechtgelegt hatte, alles, woran ich so hart gearbeitet hatte. Mit dieser einen Frage sagte er mir: *Du kannst mir nichts vormachen.*

»Ich mag ihn nicht«, sagte ich später zu Jacques. »Ich traue ihm nicht über den Weg.«

»Was um Himmels willen meinst du damit? Auf mich hat der Junge Eindruck gemacht neulich Abend. Man spürt den Ehrgeiz von ihm ausströmen. Vielleicht wird er ein guter Einfluss auf meine Taugenichtse von Söhnen.«

Was konnte ich ihm schon sagen? *Er hat eine Bemerkung zu meinem Akzent gemacht? Ich mag nicht, wie er uns alle zu beobachten scheint? Ich mag sein Lächeln nicht?* Es klang so dürftig.

»Ich will ihn nicht hier haben«, sagte ich. Was anderes fiel mir nicht ein. »Ich finde, du solltest ihn bitten zu gehen.«

»Ach, wirklich?«, erwiderte Jacques freundlich. Zu freundlich. »Du willst mir also jetzt sagen, wen ich in meinem Haus haben darf und wen nicht?«

Und damit hatte es sich erledigt. Ich war klug genug, nichts weiter zu dem Thema zu sagen. Zumindest vorerst nicht. Ich würde mir einfach einen anderen Weg überlegen müssen, um Benjamin Daniels aus dem Haus zu bekommen.

Am nächsten Morgen fand sich eine neue Nachricht in meinem Briefkasten:

Ich kenne Sie, Sophie Meunier. Ich kenne die schändlichen Geheimnisse, die sich hinter der bürgerlichen Fassade verstecken. Wir können das unter uns behalten, oder der Rest der Welt darf es auch erfahren. Ich erbitte mir lediglich eine kleine Gebühr für meinen Dienst des Schweigens.

Die Summe, die mein Erpresser verlangte, hatte sich verdoppelt.

Ich schätze, ein paar Tausend Euro sollten für jemanden, der in einem millionenschweren Penthouse wohnt, ein Kinkerlitzchen sein. Aber die Wohnung läuft auf Jacques' Namen. Das Geld ist fest auf Jacques' Konten angelegt, in seinen Investitionen, seinen Geschäften. Wir hatten von Anfang an ein altmodisches Arrangement laufen, ich hatte stets nur das, was er mir für den Haushalt oder meine Garderobe aushändigte. Bevor ich Teil dieser Welt wurde, war mir nicht klar gewesen, wie unsichtbar ihr Schmierstoff, das Geld, das ihre Rädchen am Laufen hält, in Wirklichkeit ist. Es ist alles weggepackt, investiert, flüssig oder fest angelegt und nur wenig davon bar auf die Hand verfügbar.

Dennoch wandte ich mich wieder nicht an Jacques. Ich wusste, wie ungehalten er reagieren würde, was alles nur noch schlimmer gemacht hätte. Ich wusste, indem ich es ihm sagte, würde es die Sache real machen, würde die Vergangenheit aufgewühlt werden. Und es würde nur weiter das Machtungleichgewicht unterstreichen, das zwischen meinem Mann und mir existierte. Nein, lieber würde ich einen Weg finden zu zahlen. Es schien mir immer noch auf eigene Faust machbar. Dieses Mal ein Diamantarmband, ein Geburtstagsgeschenk.

Und so hinterließ ich brav ein weiteres Bündel schmieriger Geldscheine in einem cremefarbenen Umschlag unter der losen Stufe.

Nun betrachte ich mich in dem Spiegel auf der anderen Seite des Raumes. Den sich ausbreitenden dunkelroten Weinfleck. Ich bin wie gebannt von seinem Anblick. Dieses Rot, das in die blasse Seide der Bluse sickert. Wie vergossenes Blut.

Ich zerre die Bluse von mir. Sie reißt so mühelos. Die Perlmuttknöpfe schießen davon und kullern in alle Ecken des

Zimmers. Als Nächstes die Hose. Der feine weiche Wollstoff ist eng, anschmiegsam. Einen Moment später liege ich auf dem Boden und strample sie von den Beinen. Ich schwitze. Ich keuche wie ein Tier.

Ich blicke erneut in den Spiegel. Betrachte mich in meinen Dessous, die kostspielig von meinem Mann erstanden und doch so selten von ihm gesehen wurden. Betrachte diesen Körper, dem so viel Vergnügen verwehrt wurde und der doch so wohlgeformt ist von Jahren des Diäthaltens. Das Xylofon meines Dekolletés, die geschwungen Gabelung meines Beckens. Einst bestand mein Körper allein aus Kurven und praller Festigkeit. Ein Ding, um Lust oder auch Verachtung zu provozieren. Um berührt zu werden. Unter gewaltiger Anstrengung habe ich es in etwas verwandelt, das verhüllt gehört, etwas, das man mit Kleidungsstücken behängt, die für Frauen meines Standes angefertigt werden.

Meine Lippen sind fleckig von Wein. Meine Zähne ebenfalls. Ich reiße den Mund weit auf.

Meinen eigenen Blick im Spiegel festhaltend, lasse ich einen stummen Schrei los.

JESS

Ich habe mich bei der erstbesten Gelegenheit entschuldigt, um das Penthouse so schnell wie möglich zu verlassen. Ich wollte einfach nur noch weg. Es gab diesen kurzen Moment, in dem ich alle Blicke auf mir spürte und schon dachte, dass einer von ihnen mich aufhalten könnte. Selbst noch als ich die Tür öffnete, glaubte ich, ich könnte eine Hand auf meiner Schulter spüren. Ich stieg rasch die Treppen zu Bens Wohnung runter, wobei mein Nacken kribbelte wie verrückt.

Sie sind eine Familie. Sie sind eine Familie. Und das hier ist nicht Bens Wohnung, nicht wirklich. Ich sitze im Privathaus einer Familie. Warum um Himmels willen hat Ben mir das nicht erzählt? Wusste er es womöglich nicht?

Ich denke daran, wie beeindruckt ich auf dem Polizeirevier von Nicks fließendem Französisch war. Scheiße, natürlich spricht er fließend – es ist seine Muttersprache. Ich versuche, mich an unser erstes Gespräch zurückzuerinnern. Soweit ich weiß, hat er mit keinem Wort erwähnt, dass er aus England stammt. Dieses Gerede über Cambridge – ich war einfach davon ausgegangen, und er hatte mich in dem Glauben gelassen.

Obwohl, in einer Sache hat Nick mich doch angelogen:

Er hat behauptet, sein Nachname sei Miller. Warum hat er genau den ausgewählt? Ich denke an die fruchtlosen Ergebnisse meiner Online-Suche – hat er ihn einfach ausgewählt, weil es so ein Allerweltsname ist? Ich gehe zu Bens Bücherregal und ziehe sein abgewetztes Französisch-Englisch-Wörterbuch heraus, blättere zum »M«. Und das finde ich:

meunier (mønje, jɛR) **masculine noun**: miller

Miller = Meunier. Also hat er mir eine Übersetzung seines Nachnamens gegeben.

Eine Sache jedoch verstehe ich nicht. Falls Nick heimliche Absichten hegt, warum war er dann so scharf darauf, mir zu helfen? Warum ist er mit mir aufs Polizeirevier gegangen und hat mit diesem Commissaire Blanchot gesprochen?

Mich schaudert, als ich daran zurückdenke, wie sie heute Abend da oben zusammensaßen. Mich beobachtend wie ein Tier im Zoo. Mir fällt wieder ein, wie befremdlich ich es fand, dass so unterschiedliche Menschen freiwillig ihre Zeit miteinander verbringen sollten. Dass sie keinerlei Gemeinsamkeiten zu haben schienen. Aber eine Familie ... das ist natürlich etwas anderes. Man muss mit seiner Familie nichts gemein haben – das, was einen verbindet, ist das gemeinsame Blut. Zumindest schätze ich mal, dass es so ist. Ich hatte nie so was wie eine richtige Familie. Und ich frage mich, ob ich *deswegen* auch nicht die Wahrheit erkannt habe. Ich konnte schlicht die Zeichen nicht lesen, all die wichtigen kleinen Hinweise. Ich weiß nicht, wie Familien ticken.

Ich gehe zum Regal, um das Wörterbuch zurückzustellen. Dabei löst sich ein Blatt Papier und segelt zu Boden. Erst denke ich, dass es eine der Buchseiten ist, weil es so alt und zerschlissen aussieht, bis ich es aufhebe. Ich brauche einen Moment, um zu kapieren, warum es mir bekannt vorkommt. Ich bin ziemlich sicher, dass es die erste Seite der Weinabrechnungen ist, die ich in der Schublade von Jacques Meuniers Schreibtisch gefunden habe. Ja, da ist eine *-1-* am unteren Rand des Blattes. Ansonsten ebenfalls verschiedene Jahrgänge, Preise, Nachnamen – alle mit einem kleinen »M« davor. Doch das eigentlich Interessante ist der Briefkopf ganz oben auf dem Papierbogen: das Symbol eines explodierenden Feuerwerks in erhabener goldener Prägung. Wie auf dem Metallkärtchen, das Ben in seinem Portemonnaie hatte – dasjenige, das ich Theo ausgeliehen habe. Interessant ist auch, dass Ben in seiner Handschrift etwas am Rand vermerkt hat.

Zahlen sind nicht schlüssig. Weine sind viel weniger wert als die angegebenen Preise.

Dann, darunter, doppelt unterstrichen: *Irina fragen.*

Mein Herz schlägt etwas schneller. Das hier ist eine Verbindung. Das hier ist wichtig. Aber wie um Himmels willen soll ich herausfinden, was das zu bedeuten hat? Und wer zum Teufel ist Irina?

Ich hole mein Handy raus und mache ein Foto, wobei ich mich wieder an Nicks WLAN ranhänge. Ich schicke es an den *Guardian*-Redakteur, Theo.

Hab das hier bei Bens Sachen gefunden. Irgendeine Idee?

Ich bin nicht sicher, ob ich dem Typen ganz über den Weg traue. Ich bin noch nicht mal überzeugt, dass ich je wieder von ihm hören werde. Aber er ist buchstäblich die einzige Person, die mir bleibt …

Mein Daumen erstarrt über dem Display. Ich habe gerade etwas gehört. Ein scharrendes Geräusch an der Wohnungstür. Erst denke ich, es ist die Katze, bis ich sehe, dass sie ausgestreckt auf dem Sofa liegt. Meine Brust zieht sich zusammen. Da ist jemand draußen und versucht reinzukommen.

Ich stehe auf. Ich brauche etwas, mit dem ich mich verteidigen kann. Ich erinnere mich an das sauscharfe Messer in Bens Küche, das mit den japanischen Schriftzeichen drauf. Ich greife es mir. Und dann nähere ich mich der Tür. Stoße sie auf.

»Sie sind das!«

Es ist die alte Frau. Die Concierge. Sie macht einen Schritt zurück. Hebt ihre Arme. Ich glaube, sie hält etwas in ihrer rechten Faust. Ich erkenne nicht, was es ist. »Bitte … *Mademoiselle* …« Ihre Stimme ist ganz heiser, als wäre sie eingerostet vom mangelnden Gebrauch. »Bitte … ich wusste nicht, dass Sie hier sind. Ich dachte …«

Sie bricht ab, aber mir entgeht ihr rascher Blick nach oben nicht.

»Sie dachten, ich wäre immer noch da oben, stimmt's? Im Penthouse.« Also hat sie ein Auge darauf gehabt, wo ich mich im Haus herumtreibe. »Und da dachten Sie sich, Sie kommen hier rein und schnüffeln herum? Was ist das in Ihrer Hand? Ein Schlüssel?«

»*Non, Mademoiselle* … es ist nichts. Ich schwöre.« Aber sie öffnet nicht die Faust, um es mir zu zeigen.

Da kommt mir ein Gedanke. »Waren Sie das gestern Nacht? Die hier eingedrungen ist? Herumgeschlichen ist?«

»Bitte. Ich weiß nicht, wovon Sie reden.«

Sie weicht gebückt rückwärts. Und plötzlich fühle ich mich richtig schlecht bei der ganzen Sache. Ich mag ja nicht groß sein, aber die Concierge ist sogar noch kleiner als ich, eine alte Frau. Ich lasse das Messer sinken. Ich habe gar nicht gemerkt, dass ich es auf sie gerichtet hatte. Ich bin etwas schockiert von mir selbst.

»Hören Sie, tut mir leid. Ist schon gut.« Sie kann doch eigentlich nur harmlos sein. Eine kleine, alte Omi wie sie.

Die Concierge verschwindet so leise, wie sie gekommen ist, verschmilzt mit der Dunkelheit im Treppenhaus. So, als hätte ich mir bloß eingebildet, dass sie da war …

Wieder allein, denke ich über meine Optionen nach. Ich könnte Nick zur Rede stellen, seine Reaktion beobachten. Ihn fragen, was zur Hölle er sich eigentlich dabei gedacht hat, mir einen falschen Namen zu nennen. Ihn dazu zu bringen, sich zu erklären. Aber ich verwerfe sie praktisch gleich. Ich muss so tun, als wüsste ich von gar nichts. Falls er erfährt, dass ich hinter sein Geheimnis – *ihr* Geheimnis – gekommen bin, wird mich das zu einer Bedrohung für ihn und das, was auch immer er zu verbergen sucht, machen. Wenn er aber glaubt, dass ich weiterhin keinen Schimmer habe, dann kann ich vielleicht unbehelligt weitergraben.

So betrachtet, verleiht mir meine neue Erkenntnis eine gewisse Macht. Von Anfang an, von dem Moment, als ich einen Fuß in dieses Haus setzte, hatten die anderen die Karten in den Händen. Nun habe ich mir eine eigene unter den Nagel gerissen. Nur eine – aber vielleicht ist es ja ein Ass. Und genau das werde ich einsetzen.

MIMI

Dritte Etage

Als ich in meine Wohnung zurückkehre, möchte ich nur noch in mein Zimmer und die Decke über den Kopf ziehen, mich in die Dunkelheit verkriechen und tagelang schlafen. Aber als ich die Tür öffne, wird mir der Weg von Bierkisten, Schnapsflaschen und Boxen versperrt, aus denen MC Solaar dröhnt.

»*Qu'est-ce qui se passe ici?*«, rufe ich. »Was zur Hölle soll das?«

Camille taucht, eine Tüte rauchend, in einem rosa Slip und Bustier auf, das schmutzigblonde Haar zu einem chaotischen Dutt aufgetürmt. »Unsere Halloweenparty«, erwidert sie. »Die steigt heute Nacht.«

»Party?«

Sie schaut mich an, als sei ich übergeschnappt. »Ja. Weißt du nicht mehr? Halb zehn, unten im Keller, wegen der gruseligen Atmosphäre … und danach vielleicht mit ein paar Leuten hier hoch, um weiterzufeiern. Du hast doch gesagt, dass dein Papa wahrscheinlich die ganze Woche weg wäre.«

Putain. Das hatte ich total vergessen. Habe ich dem wirklich zugesagt? Wenn, dann fühlt es sich wie ein anderes

Leben an. Ich kann momentan keine Leute hier haben, ich komme nicht klar …

»Wir können keine Party feiern«, erkläre ich.

Camille lacht nur. »Nein! Du machst natürlich nur Witze. Aber warum so ein langes Gesicht, Mimi?« Sie kommt rüber und wuschelt mir durchs Haar, drückt mir einen Kuss auf die Wange, wobei ich einen Schwall Miss Dior abbekomme. Dann tritt sie zurück und sieht mich an. »Warte mal. *T'es sérieuse?* Was zum Henker, Mimi? Meinst du, ich kann das jetzt einfach abblasen, um was, halb neun?« Jetzt starrt sie mich regelrecht an, sieht mich wirklich an – als wäre es das erste Mal. »Was stimmt nicht mit dir? Was ist los?«

»Rien«, sage ich. *Nichts.* »Ist schon gut. War nur ein Spaß. Tatsächlich freue ich mich schon richtig drauf.«

Aber sie mustert mich weiter, und so wie ich sie kenne, kann sie mir wahrscheinlich ansehen, dass es eine Lüge ist.

»Ich habe gestern einfach nicht gut geschlafen«, schiebe ich hinterher. »Hör mal … ich muss mich jetzt fertig machen.« Ich spüre, dass meine Hände zittern. Ich verstecke sie hinter meinem Rücken. Ich will diesem Gespräch hier ein Ende setzen. »Ich muss mein Kostüm noch zusammenbasteln.«

Das lenkt sie glücklicherweise ab. »Habe ich dir erzählt, dass ich als Dorfbewohnerin aus *Midsommar* gehe? Ich habe dieses geniale Vintage-Bauernkleid an einem Marktstand auf den *Les Puces* gefunden … und ich werde eine Menge Kunstblut draufkippen – das wird supercool, *non*?«

»Ja«, sage ich. »Supercool.«

Ich eile in mein Zimmer und schließe die Tür hinter mir, lehne mich schwer atmend dagegen. Die lilafarbenen Wände umhüllen mich wie ein Kokon. Ich blicke zur Decke, wo ich als Kind eine Menge Glow-in-the-Dark-Sterne kleben hatte, und versuche, mich an das Kind zu erinnern, das vor dem Schlafengehen zu ihnen aufblickte. Dann fällt mein Blick auf das Cindy-Sherman-Poster an der Wand gegenüber, und mir ist klar, dass es nur meine Einbildung ist, aber auf einmal sieht sie anders aus – ihre dunklen Augen gehetzt und verängstigt.

Ich bin versucht, mich hier oben zu verstecken. Aber es hätte keinen Sinn. Camille wäre nur noch überzeugter, dass etwas mit mir nicht stimmt, und ich kann keine weiteren Fragen ertragen. Ich komme zu dem Entschluss, dass mir nichts anderes übrig bleibt, als da rauszugehen und mich so zu betrinken, dass ich meinen eigenen Namen nicht mehr weiß. In versuche, eine schwarze Spinnwebe auf meine Wange zu zeichnen, damit Camille nicht sagen kann, ich hätte mir keine Mühe gegeben, aber meine Hände zittern so sehr, dass ich den Eyeliner kaum halten kann. Also verschmiere ich ihn unter meinen Augen, meine Wangen hinab, als hätte ich schwarze Tränen geweint, ganz Bäche aus Ruß.

Als ich wieder in den Spiegel blicke, mache ich unwillkürlich einen Schritt zurück. Es ist unheimlich – jetzt sehe ich aus, wie ich mich in meinem Inneren fühle.

DIE CONCIERGE

Loge

Ich habe versagt. Eine solche Nachlässigkeit sieht mir nicht ähnlich. Nun. Dann werde ich wohl beobachten und abwarten müssen, es noch einmal versuchen, wenn die Gelegenheit sich bietet.

Die Klingel am Tor summt in einem fort. Jedes Mal zögere ich wieder. Dies ist mein winziger Anteil von Macht. Ich könnte ihnen den Zugang verwehren, wenn mir danach wäre. Es wäre so einfach, die Partygäste abzuweisen. Natürlich tue ich es nicht. Stattdessen sehe ich sie in ihren Kostümen in den Hof strömen. Jung, schön – selbst diejenigen, die nicht wirklich schön sind, werden durch ihre Jugend geadelt. Ihr ganzes Leben noch vor ihnen.

Ein lauter Jubelschrei – ein Junge hüpft auf den Rücken des anderen. Ihre Handlungen zeigen die Wahrheit: dass sie, trotz ihrer ausgewachsenen Körper, eigentlich noch Kinder sind. Meine Tochter war im gleichen Alter, als sie nach Paris kam. Vielleicht sogar etwas jünger. Schwer zu glauben, wie erwachsen, wie fokussiert sie, verglichen mit diesen Kindsköpfen, damals schien. Aber das ist es doch, was die Armut macht – sie härtet den Ehrgeiz in einem.

Mit Benjamin Daniels habe ich über sie gesprochen.

Inmitten der größten Hitzewelle im September klopfte er an meine Tür. Als ich misstrauisch öffnete, streckte er mir einen Pappkarton hin. Seitlich war das Foto eines Ventilators abgebildet.

»Ich verstehe nicht, Monsieur.«

Er bedachte mich mit einem Lächeln. Er hatte so ein fesselndes Lächeln. »*Un cadeau.* Ein Geschenk – für Sie.«

Ich starrte ihn an, versuchte abzulehnen. »*Non, Monsieur* – das ist zu großzügig. Das kann ich nicht annehmen. Sie haben mir bereits das Radio gegeben …«

»Ah«, sagte er, »aber der war gratis! Versprochen. Ein Zwei-für-eins-Angebot im Baumarkt – ich habe einen für die Wohnung gekauft, und jetzt habe ich den zweiten hier übrig. Ich brauche ihn ehrlich nicht. Und ich kann mir denken, dass es da drin ziemlich stickig wird.« Er nickte in das Innere meiner Loge. »Soll ich ihn für Sie aufbauen?«

Niemand kommt je in mein Zuhause. Niemand der anderen hat es je betreten. Einen Moment lang zögerte ich. Aber es war so furchtbar stickig in dem kleinen Bau. Ich halte sämtliche Fenster wegen der Privatsphäre geschlossen, und die Luft war so immer drückender und schwüler geworden, bis es sich anfühlte, wie in einem Ofen zu sitzen. Also öffnete ich die Tür und ließ ihn eintreten. Er zeigte mir die verschiedenen Funktionen am Ventilator, half mir, ihn so aufzustellen, dass ich im Luftstrom sitzen konnte, während ich durch die Fensterläden hinausschaute. Ich konnte sehen, wie er sich umblickte. Meine kleine Schatzkiste registrierte, das Ausklappbett, den Vorhang, der den Waschraum abtrennte. Ich gab mir Mühe, keine Scham zu empfinden – wenigstens wusste ich, dass alles penibel sauber war. Und dann, gerade als er dabei war zu gehen, erkundigte er sich nach dem Foto an der Wand.

»Wer ist denn das da? Was für ein hübsches Kind.«

»Das ist meine Tochter, Monsieur.« Eine Spur mütterlichen Stolzes – es war eine geraume Weile her, seit ich den verspürt hatte. »Als sie noch klein war. Und hier ist eines, da ist sie etwas älter.«

»Die sind alle von ihr?«

»Ja.«

Er hatte recht. Sie war so ein hübsches Kind gewesen, so sehr, dass die Leute in unserer alten Stadt, unserem Heimatland, mich auf der Straße anhielten, um mir das zu sagen. Und hin und wieder – weil es in unserer Kultur so Brauch ist – machten die Leute das Zeichen gegen das böse Auge, ermahnten mich, ich solle ja aufpassen. Sie war zu schön, das würde nur Unglück bringen, sollte ich nicht gut achtgeben. Sollte ich zu stolz sein und sie nicht vor der Welt verbergen.

»Wie heißt sie denn?«

»Elira.«

»Sie war es, die nach Paris zog?«

»Ja.«

»Und lebt sie heute noch hier?«

»Nein. Nicht mehr. Aber ich bin ihr hierher gefolgt, und ich bin geblieben, als sie fortging.«

»Sie muss doch bestimmt… Schauspielerin sein? Oder Model? Bei diesem Aussehen…«

»Sie war eine sehr gute Tänzerin«, erwiderte ich. Ich konnte nicht widerstehen. Auf einmal, als ich sein Interesse heraushörte, wollte ich über sie reden. Es war so lange her gewesen, dass ich von meiner Familie erzählt hatte. »Um das zu tun, ist sie damals nach Paris gezogen.«

Ich erinnere mich an ihren Anruf einen Monat später. Es gab keine E-Mails damals, keine SMS. Wochenlanges Warten auf ein Telefonat, das von dem Tuten unterbrochen wurde, das uns sagte, dass ihr das Kleingeld für die Telefonzelle ausging.

»Ich habe einen Laden gefunden, Mama. Ich darf dort tanzen. Sie wollen mir gutes Geld zahlen.«

»Und du bist sicher, dass es ein anständiger, sauberer Ort ist?«

Sie lachte. »Ja, Mama. Er liegt in einem sehr guten Viertel. Du solltest mal die Boutiquen in der Nähe sehen! Da gehen nur vornehme Leute hin, reiche Leute.«

Nun schaue ich zu, als einer der Partygänger zu einem der Blumenbeete rübergeht, dasjenige, das gerade erst neu bepflanzt worden ist, und sich mitten in der frisch aufgeworfenen Erde erleichtert. Madame Meunier wäre entsetzt – auch wenn ich vermute, dass sie im Moment drängendere Probleme hat, die ihr Kummer bereiten. Normalerweise würde der Gedanke, dass ihre kostbaren Rabatten mit Urin getränkt werden, mich mit einem dunklen Vergnügen erfüllen. Aber dies hier ist keine normale Zeit. Gerade bin ich eher besorgt wegen der lautstarken Invasion des Gebäudes.

Diese jungen Leute sollten nicht hier sein. Nicht jetzt. Nicht nach allem, was sich an diesem Ort ereignet hat.

JESS

Ich gehe in der Wohnung auf und ab. Ich öffne die Fenster, um etwas frische Luft reinzukriegen. In der Ferne kann ich das schwache Heulen von Polizeisirenen hören – Paris scheint eine Stadt, die sich ständig im Krieg mit sich selbst befindet. Aber ansonsten ist es unheimlich still. Ich kann jedes Knarzen der Dielen unter meinen Füßen spüren, selbst das Rascheln des trockenen Laubs im Hof.

Dann reißt ein Schrei durch die Stille. Ich bleibe wie angewurzelt stehen, sämtliche Muskeln angespannt. Das kam doch gerade von draußen …

Dann stimmt ein weiterer Schrei mit ein, und plötzlich dringt lauter Lärm aus dem Hof hoch: Jubelrufe, Gebrüll. Ich öffne die Fensterläden und sehe einen Haufen Jugendlicher, die durch das Eingangstor gestürmt kommen; kreischend und lachend, mit Alkohol im Gepäck strömen sie über das Kopfsteinpflaster und ins Haus. Offenbar ist eine Party im Gange. Aber wer zur Hölle feiert schon eine Party hier? Erst da bemerke ich die spitzen Hüte und schwingende Capes, die Kürbisse unter den Armen. Es muss Halloween sein. Ich habe echte Mühe, noch daran zu glauben, dass es eine Welt, eine Zeit außerhalb dieses Hauses, abseits des Rätsels um Bens Verschwinden gibt. Wäre ich noch in

Brighton, wäre ich jetzt als »sexy Mieze« verkleidet und würde irgendwelchen Trotteln aus London Flying Hirsche servieren. Es ist kaum mehr als achtundvierzig Stunden her, seit ich jenes Leben hinter mir gelassen habe, aber es fühlt sich schon so unglaublich weit weg, so lang vergangen an.

Ich sehe einen Typen stehen bleiben und in eines der Blumenbeete pinkeln, während seine Kumpel kichernd zusehen. Ich mache die Läden und auch die Fenster wieder zu, in der Hoffnung, dass sie etwas von dem Krach aussperren.

Einen Moment sitze ich da, die Geräusche von unten gedämpft, aber immer noch hörbar. Mir ist gerade eine Idee gekommen. Es besteht doch die Möglichkeit, dass jemand von den Partygängern Ben kennt; immerhin wohnt er hier schon zwei Monate. Vielleicht kann ich so auch mehr über diese Familie in Erfahrung bringen: die Meuniers. Und ganz ehrlich, alles ist besser, als hier herumzuhängen, umzingelt und unter Dauerbeobachtung, ohne zu wissen, was sie womöglich mit mir vorhaben.

Ich habe zwar keine Verkleidung, aber es lässt sich bestimmt etwas finden, das ich verwenden kann. Ich gehe ins Schlafzimmer, und während die Katze mich auf ihren Hinterläufen hockend von Bens Kommode aus neugierig beäugt, ziehe ich das Laken vom Bett. Ich hole ein Messer aus der Küche und steche zwei Augenlöcher hinein, dann werfe ich mir das Ding über den Kopf. Ich spaziere ins Bad, um einen Blick drauf zu werfen, wobei ich aufpassen muss, nicht über den Saum des Lakens zu stolpern. Damit werde ich sicher keinen Preis gewinnen, aber dafür habe ich jetzt ein Kostüm plus Tarnung in einem – und ganz ehrlich, es ist allemal besser als so eine bescheuerte sexy Mieze, die ja wohl die Schlampe unter allen Halloweenkostümen ist.

Ich ziehe die Wohnungstür auf, lausche. Klingt, als würden sie in den Keller gehen. Ich schleiche die geschwungene Treppe runter und folge der Musik und dem Besucherstrom die Stufen zur *cave* hinab, während das Wummern der Bässe immer lauter wird, bis ich sie in meinem Schädel vibrieren spüre.

NICK

Erste Etage

Ich schaue aus meinem Fenster, sehe den Jugendlichen zu, die in den Hof strömen.

Beinahe habe ich sie heute Abend geküsst, dort oben auf der Terrasse. Jener Moment, der sich endlos zwischen uns ausdehnte. Bis es als das einzig Schlüssige erschien.

Mein Gott. Wenn das Licht nicht ausgegangen wäre und mich aus meiner Trance gerissen hätte, hätte ich es getan. Und wo stünde ich dann jetzt?

Seine Schwester. Seine *Schwester*.

Was habe ich mir nur gedacht?

Ich gehe ins Bad. Schaue in den Spiegel.

Was glaubst du eigentlich, wer du bist?, fragt mich mein Spiegelbild stumm. Und wichtiger noch: *Was glaubt* sie, *wer du bist?*

Der nette Kerl. So überaus hilfsbereit. Um seinen alten Kumpel besorgt.

Irgendwo habe ich mal gelesen, dass sechzig Prozent von uns es nicht länger als zehn Minuten ohne zu lügen schaffen. Kleine Abweichungen von der Wahrheit, damit wir besser, anziehender rüberkommen. Harmlose Notlügen, um niemanden vor den Kopf zu stoßen. Daher ist es nicht so, als hätte ich etwas Außergewöhnliches getan. Es ist nur menschlich. Aber was eigentlich wichtig ist, das, was ich betonen möchte, ist, dass ich sie im eigentlichen Sinne nicht angelogen habe. Nicht direkt. Ich habe ihr nur nicht die ganze Wahrheit gesagt.

Es ist nicht meine Schuld, dass sie automatisch davon ausging, ich sei Brite. Ist nur schlüssig. Ich habe meinen Akzent, meinen Redefluss über die Jahre ziemlich gut gepflegt; habe mir in Cambridge größte Mühe gegeben, da ich nicht als »der Typ aus Frankreich« bekannt sein wollte. Habe meine Vokale abgeflacht. Meine Konsonanten gehärtet. Eine Art Londoner Einschlag perfektioniert. Für mich war es immer ein Quell des Stolzes, ein kleiner Kick, wenn mich Briten, wieder mal, für einen von ihnen hielten – genau wie sie.

Ihre zweite Annahme war, dass die Leute in diesem Haus lediglich Nachbarn seien. Das war ganz allein ihr Werk, ehrlich. Ich stellte mich ihrem Glauben nur nicht in den Weg. Um die Wahrheit zu sagen: Es gefiel mir, wie sie an ihn glaubte – diesen Nick Miller. Ein normaler Typ, der nichts mit diesem Ort zu tun hatte, bis auf die Miete, die er dafür zahlte.

Nun, kann irgendein Mensch von sich behaupten, er hätte nie gewünscht, seine Familie wäre weniger peinlich oder irgendwie anders? Hätte sich nie gefragt, wie es wohl wäre, frei von familiären Fesseln zu sein? Der Last? Und diese Familie hier hat nun mal mehr Altlasten als die meisten.

Zufälligerweise habe ich erst heute Abend von Papa gehört. *Alles in Ordnung, Sohn? Denk dran, ich vertraue darauf, dass du dich um die Dinge zu Hause kümmerst.* Das

»Sohn« war für seine Verhältnisse warmherzig. Er muss schon sehr wollen, dass ich seinen Anordnungen Folge leiste. Immerhin ist mein Vater hervorragend darin, andere dazu zu bringen, nach seiner Pfeife zu tanzen. *Ne merde pas.* Vermassle es nicht.

Ich denke an das *diner* während der Hitzewelle zurück. Wir alle um die gedeckte Tafel auf der Dachterrasse vereint. Das Abendrot, das allmählich zu einem Violett verblasste, die glimmenden Lämpchen zwischen den Feigenbäumen, der warme Duft ihrer Blätter. Die Straßenlaternen, die unter uns angingen. Die Luft dicht und schwer wie Suppe, so, als müsse man sie eher schlucken als inhalieren.

Papa an einem Ende des Tisches; meine Stiefmutter neben ihm, in Eau-de-Nil-Seide und Diamanten gehüllt, so kühl, wie die Nacht heiß war, das Profil zum Horizont gewandt, als befände sie sich ganz woanders – oder wünschte es sich. Ich erinnere mich noch an den Tag, als Papa uns mit Sophie bekannt machte. Ich muss etwa neun gewesen sein. Wie glamourös sie wirkte, wie mysteriös.

Am anderen Ende des Tisches saß Ben – Ehrengast und gemästetes Kalb gleichermaßen. Papa hatte ihn persönlich eingeladen und ihm bei dieser Gelegenheit sogar das Du angeboten. Er hatte bei dem Weinempfang einen ziemlichen Eindruck bei ihm hinterlassen.

»Nun, Ben«, sagte mein Vater, mit einer neuen Flasche Wein zu ihm rüberspazierend. »Du musst mir sagen, was du von diesem Jahrgang hältst. Es ist offensichtlich, dass du über einen exzellenten Gaumen verfügst. Das ist eine dieser Fähigkeiten, die sich nicht erlernen lassen, egal, wie viel man von dem Zeug trinkt.«

Ich schaute zu Antoine rüber, der mittlerweile bei seiner

zweiten Flasche angelangt war, und fragte mich: Hat er die Spitze mitbekommen? Unser Vater sagt nie etwas unbeabsichtigt. Dabei ist Antoine sein angeblicher Günstling, derjenige, der seit seinem Schulabschluss für ihn arbeitet. Aber er ist auch Papas Prügelknabe, noch mehr als ich – vor allem, weil er in den Jahren meiner Abwesenheit die volle Breitseite seiner Kritik abbekommen hat.

»Vielen Dank, Jacques.« Ben lächelte und hob sein Glas.

Als Papa die purpurrote Flüssigkeit in eins der Lalique-Gläser meiner Mutter goss, legte er väterlich eine Hand auf Bens Schuler. Zusammen gaben sie ein Bild der Ungezwungenheit ab, das mir und Papa nie vergönnt war, und wie ich sie so betrachtete, überkam mich eine alberne Eifersucht. Antoine hatte es ebenfalls bemerkt. Ich sah seine finstere Miene.

Aber vielleicht könnte ich das zu meinen Gunsten wenden, überlegte ich. Wenn mein Vater so sehr Gefallen an Ben fand, jemanden, den ich in dieses Haus gebracht hatte, in unsere Familie, gäbe es womöglich einen Weg, dass er endlich *mich* akzeptieren würde, seinen eigenen Sohn. Eine jämmerliche Hoffnung, aber so ist es nun mal: Was väterliche Zuneigung betrifft, habe ich mich schon immer um die Reste balgen müssen.

»Ich kann deine mürrische Miene sehen, Nicolas«, sagte mein Vater – wobei er das französische Wort *maussade* benutzte und sich plötzlich auf seine ganz eigene enervierende Art zu mir drehte. Ertappt schluckte ich meinen Wein zu schnell runter, musste husten und spürte die Bitternis in meiner Kehle brennen. »Wirklich sagenhaft«, fuhr er fort. »Der gleiche Blick wie deine ach so heilige verstorbene Mutter. Nie war etwas gut genug für sie.«

Ich spürte Antoine neben mir zusammenzucken. »Das ist *ihr* verfluchter Burgunder, den du da ausschenkst«, stieß er hervor. Meine Mutter stammte aus einer alten Familie – altes Blut und alte Weine von herrschaftlichen Ländereien. Der Weinkeller mit seinen Tausenden von Flaschen war ihr Erbe, das bei ihrem Tod an Papa gegangen war. Und seit ihrem Tod hat mein Bruder, der ihr nie verzeihen konnte, uns verlassen zu haben, sich durch so viele wie nur möglich von ihnen durchgearbeitet.

»Wie war das, mein Junge?«, sagte Papa, sich an Antoine wendend. »Etwas, das du gerne mit dem Rest von uns teilen würdest?«

Ein Schweigen breitete sich gefährlich über den Tisch. Aber Ben sprach mit dem perfekten Timing einer ersten Geige, die ihr Solo anstimmt, mitten hinein: »Das ist wirklich köstlich, Sophie.« Wir aßen das Lieblingsgericht meines Vaters (natürlich): blutiges Rinderfilet, kalte sautierte Kartoffeln, dazu Gurkensalat. »Dieses Rind ist womöglich das beste, das ich je gekostet habe.«

»Ich habe es nicht gekocht«, erwiderte Sophie. »Es kommt aus dem Restaurant.« Kein Filet für sie, bloß Gurkensalat. Und mir fiel auf, dass sie ihn nicht direkt anschaute, sondern einen Punkt irgendwo hinter seiner rechten Schulter. Ben hatte sie also noch nicht für sich gewonnen, wie es schien. Noch nicht. Aber ich bemerkte, wie Mimi ihm heimliche Blicke zuwarf, wenn sie glaubte, dass niemand sie ansah, wobei sie fast den Mund mit ihrer Gabel verfehlte. Wie auch Dominique, Antoines Frau, ihn anblickte, mit diesem Halblächeln auf den Lippen, als hätte sie lieber ihn verspeist als das Essen vor ihr. Und die ganze Zeit über hielt Antoine sein Steakmesser gepackt, als habe er vor, es irgendwem zwischen die Rippen zu rammen.

»Nun, du kennst doch Nicolas, seit er praktisch ein Kind war«, sagte mein Vater zu Ben. »Hat er eigentlich je was gearbeitet in diesem albernen Laden?«

Mit »alberner Laden« war Cambridge gemeint, eine der Spitzenuniversitäten der Welt. Der große Jacques Meunier hatte eine akademische Bildung natürlich nicht nötig gehabt, denn schau einer an, wohin er sich selbst gebracht hatte. Ein Selfmademan.

»Oder hat er nur mein hart verdientes Geld verpulvert?«, fragte Papa. Er drehte sich zu mir. »Darin bist du ziemlich gut, nicht wahr, mein Junge?«

Das saß. Ein paar Jahre zuvor hatte ich etwas von diesem »hart verdienten Geld« in ein Medizin-Start-up in Palo Alto investiert. Alle, die etwas davon verstanden, waren hin und weg von dem Projekt gewesen: ein Nadelstich Blut, die Zukunft der Gesundheitsvorsorge. Ich verbrauchte dafür den Großteil des Geldes, das Papa, als ich achtzehn wurde, auf mich überschrieben hatte. Da war die Gelegenheit, ihm zu zeigen, was in mir steckte, ihm zu beweisen, dass mein Gespür auf meinem Gebiet genauso gut war wie seines …

»Wie hart er gearbeitet hat, darüber kann ich nicht viel sagen«, antwortete Ben mit einem schiefen Grinsen in meine Richtung – und es war eine Erleichterung, dass er die Spannung rausnahm. »Wir haben verschiedene Kurse belegt. Aber wir haben die Studentenzeitung praktisch zu zweit geschmissen … und wir sind einen Sommer lang mal mit paar Freunden herumgereist – stimmt's, Nick?«

Ich nickte. Versuchte, sein lockeres Lächeln nachzuahmen, aber mit einem Mal hatte ich das Gefühl, ein Raubtier im hohen Gras zu sichten.

Ben fuhr fort: »Prag, Barcelona. Amsterdam …« Ich weiß nicht, ob es ein Zufall war, aber in diesem Moment trafen sich unsere Augen. Seine Miene war unmöglich zu entziffern. Plötzlich wollte ich, dass er seine verdammte Klappe hielt. Mit einem Blick versuchte ich, ihm genau das zu übermitteln. *Stopp. Das reicht.* Das war nicht die beste Zeit, um sich über Amsterdam zu unterhalten. Mein Vater würde mich enterben, wenn er es wüsste.

Ben wandte die Augen von mir, brach den Blickkontakt ab. Und da begriff ich, wie leichtsinnig es von mir gewesen war, ihn hierher einzuladen.

In diesem Moment ertönte ein Krachen, so laut, als ob das Gebäude selbst unter uns zusammenbrach. Ich brauchte ein, zwei Sekunden, um zu begreifen, dass es Donner war, und direkt danach ließ ein Blitz den Himmel violett aufleuchten. Papa wirkte stinksauer. Er mag zwar alles kontrollieren, was innerhalb dieser Mauern geschieht, aber nicht einmal er konnte dem Wetter gebieten. Die ersten dicken Tropfen fielen herab. Das Abendessen war vorbei.

Dem Himmel sei Dank.

Mir fiel wieder ein zu atmen. Aber irgendwas hatte sich verändert.

Später an diesem Abend kam Antoine in meine Wohnung gestürmt. »Papa und dein englischer Kumpel, richtige dicke Freunde, was? Dir ist schon klar, dass es ihm zuzutrauen wäre, oder? Uns zu enterben und alles einem verfickten dahergelaufenen Fremden zu hinterlassen?«

»Das ist doch verrückt«, entgegnete ich. War es auch.

Aber noch als ich es sagte, spürte ich, wie die Vorstellung in mir Wurzeln schlug. Es wäre Papa zuzutrauen. Unserem Vater, der uns ständig sagte, dass wir, seine eigenen Söhne, vollkommen nutzlos seien. Eine Enttäuschung. Aber wäre es Ben zuzutrauen?

Das, was meinen Kumpel für alle so faszinierend machte, war, dass er nicht zu fassen war. Man konnte Stunden, ja Tage in seiner Begleitung verbringen – man konnte mit ihm quer durch Europa reisen – und doch nie zu dem echten Benjamin Daniels vordringen. Er war ein Chamäleon, ein wandelndes Rätsel. Ich hatte im Grunde keine Ahnung, wen ich unter dieses Dach, an den Busen meiner Familie eingeladen hatte.

Jetzt greife ich in den Schrank unter dem Waschbecken und schnappe mir die Flasche mit dem Mundwasser. Meine Zunge ist ganz schal von den Zigaretten, die ich oben auf der Terrasse mit ihr geraucht habe. Das Rauchen selbst habe ich erst wieder bei meiner Rückkehr hier angefangen. Die Schranktür steht immer noch offen. Die kleinen, fein säuberlich aufgereihten Pillengläschen sind sichtbar. Es wäre so einfach. Ich muss mich gerade nur ein bisschen weniger … gegenwärtig fühlen.

Die Sache ist die – während ich Jess gegenüber nur so tat, konnte ich es mir beinahe selbst weismachen: dass ich ein ganz normaler Erwachsener bin, der, umgeben von den Insignien seines Erfolgs, allein wohnt. In einem Pariser Appartement, für das er Miete zahlt. Mit Zeug, das er mit seinem eigenen hart erarbeiteten Geld gekauft hat. Denn ich möchte dieser Mann sein, wirklich. Ich habe versucht, dieser Mann zu sein. Nicht ein Versager Mitte dreißig, der dazu gezwungen wurde, ins Haus seines Vaters zurückzuziehen, weil er sein letztes Hemd verloren hatte.

Man darf mir glauben, sosehr ich auch versucht habe, mir selbst was vorzumachen – es macht keinen Unterschied, ob man ein Schloss an der Wohnungstür und eine eigene Klingel hat. Ich befinde mich immer noch unter seinem Dach; ich bin durch und durch von diesem Ort verseucht. Und ich entwickle mich zurück, seit ich hier bin. Dabei war das der Grund, warum ich für über ein Jahrzehnt auf die andere Seite der Welt entflohen war. Der Grund, warum ich in Cambridge so glücklich war. Warum ich mich direkt mit Ben getroffen hatte, als er sich meldete – trotz Amsterdam. Warum ich ihm vorschlug, hier einzuziehen. Ich dachte, seine Gegenwart könnte meine Strafe hier erträglicher machen. Dass seine Gesellschaft mir helfen könnte, in eine andere Zeit zurückzukehren.

Das war eigentlich schon der ganze Grund, warum ich sie in dem Glauben ließ, ich sei jemand – oder etwas – anderes. Eine kleine harmlose Täuschung, nichts Böses oder dergleichen.

Ehrlich.

JESS

Die Stimmen wabern als brüllendes Getöse über der Musik. Ich kann nicht glauben, wie viele Leute hier unten zusammengepfercht sind – es müssen gut über hundert sein. Künstliche Spinnweben wurden an die Decke gehängt, auf dem Boden Kerzen aufgestellt, die die unverputzten Wände erhellen. Der Geruch nach brennendem Wachs ballt sich heftig in dem beengten, stickigen Raum. Der Widerschein der über das Gemäuer tanzenden Flammen erweckt den Eindruck, dass die Steine sich bewegen, zuckend wie etwas Lebendiges.

Ich versuche, mich unters Volk zu mischen. Mein Kostüm ist mit Abstand das schlechteste. Die meisten Gäste haben sich richtig ins Zeug gelegt. Eine Nonne in weißer, blutgetränkter Tracht küsst eine Frau, die ihren gesamten halb nackten Körper rot angemalt hat und ein Paar verdrehter Teufelshörner trägt. Ein Pestdoktor, von Kopf bis Fuß in einen schwarzen Umhang und Hut gehüllt, hebt den langen, gebogenen Schnabel seiner Maske, um an einer Zigarette zu ziehen, und lässt dann den Rauch durch die Augenlöcher entweichen. Ein großer, mit einem Smoking bekleideter Kerl mit einem riesigen Wolfskopf schlürft durch einen Trinkhalm an seinem Cocktail. Überall, wo ich hinschaue, wimmelt es von irren Mönchen, Sensenmännern, Dämonen und Ghuls. Und was gruselig ist: Die Umgebung verleiht all den Gestalten etwas Unheimlicheres, als es über der Erde, bei elektrischer Beleuchtung der Fall wäre. Selbst Kunstblut sieht hier unten echter aus.

Wie kann ich mich am besten an eins der Grüppchen ranhängen und ein Gespräch über Ben beginnen? Ich brauche dringend was zu trinken.

Plötzlich spüre ich, wie jemand mein Laken vom Kopf reißt und es zu Boden rutscht. Ein toter Cowboy hebt entschuldigend die Hände: »Ups!« Er muss über den Saum gestolpert sein. Mist, es ist komplett schmutzig, feucht von dem verschütteten Bier auf dem Boden. Ich hebe es auf, balle es zu einem ekligen Knäuel. Dann wird es ohne Verkleidung gehen müssen. Hier sind so viele Menschen, dass ich wohl kaum auffallen werde.

»Oh, *salut.*«

Ich drehe mich um und erblicke ein irre hübsches Mädchen, das einen riesigen Blumenkranz und ein weißes, blutverspritztes Bauernkleid trägt. Ich brauche kurz, um sie einzuordnen: Mimis Mitbewohnerin. »Du bist doch Bens Schwester, oder?« So viel zum unauffällig unters Volk Mischen.

»Äh, ich hoffe, das ist okay? Ich habe die Musik gehört und …«

»*Plus on est de fous, plus on rit*, oder nicht? Je mehr, desto besser. Hey, ist doch total schade, dass Ben nicht hier ist.« Sie schürzt die Lippen. »Ich glaube, dass er auf Partys abfährt.«

»Also kennst du meinen Bruder?«

Sie kräuselt die kleine sommersprossige Nase. »Ben? *Oui, un peu.* Ein bisschen.«

»Und hier im Haus mögen ihn alle? Die Meuniers, meine ich? Die Familie?«

»Aber natürlich. Alle lieben ihn! Jacques Meunier mag ihn sogar sehr, glaube ich. Vielleicht sogar mehr als seine eigenen Kinder. Oh …« Sie hält inne, als wäre ihr was eingefallen. »Antoine. Er mag ihn nicht.«

Mir fällt die Szene im Hof in meiner ersten Nacht ein. »Glaubst du, dass da vielleicht etwas … na ja, gelaufen ist, zwischen meinem Bruder und Antoines Frau?«

»Ben und Dominique? *Jamais.* Nie im Leben.« Es liegt eine Entschiedenheit in ihrem Tonfall. »Sie haben geflirtet. Aber mehr war da nicht.«

Ich versuche es anders. »Du sagtest, du hättest Ben am Freitag gesehen, als er sich mit Mimi im Treppenhaus unterhielt?«

Sie nickt.

»Um wie viel Uhr war das? Was ich damit meine, ist … hast du ihn danach noch mal gesehen? Hast du ihn an dem Abend überhaupt gesehen?«

Ein winziges Zögern. Dann: »Ich war an dem Abend nicht zu Hause.« Jetzt scheint sie jemanden über meine Schulter erblickt zu haben. *»Coucou Simone!«* Sie wendet sich wieder an mich. »Ich muss gehen. Amüsier dich gut!« Ein kleines Winken ihrer Hand. Das lockere Partygirl scheint zurück. Aber ganz kurz, als ich sie nach dem Abend von Bens Verschwinden fragte, schien sie nicht ganz so unbekümmert. Vielmehr äußerst erpicht darauf, das Gespräch zu beenden.

MIMI

Dritte Etage

Als ich runterkomme, ist der Keller schon gerammelt voll. Ich komme mit Menschenmengen nicht klar; ich habe das Gefühl, nicht richtig Luft zu bekommen. Camilles Kumpel Henri hat seine Anlage samt riesigen Boxen mitgebracht und lässt auf voller Lautstärke »La Femme« laufen.

Camille begrüßt in ihrem *Midsommar*-Kleid die Neuankömmlinge; der Blumenkranz auf ihrem Kopf wackelt, während sie auf und ab hüpft und den Leuten die Arme um den Hals wirft. »*Ah, salut Gus, Manu – coucou Dédé!*«

Niemand achtet auf mich, obwohl das hier mein Haus ist. Sie sind wegen Camille gekommen, es sind alles ihre Freunde. Ich gieße gut zehn Zentimeter Wodka in ein Glas und beginne zu trinken.

»*Salut Mimi.*« Ich schaue runter. *Merde*. Es ist Camilles Freundin LouLou. Sie sitzt auf dem Schoß irgendeines Typen, einen Drink in einer Hand, eine Kippe in der anderen. Sie ist als Katze verkleidet: Haarreif mit schwarzen Spitzenöhrchen, seidenes Leo-Print-Kleid, der Spaghettiträger auf einer Seite von der Schulter gerutscht. Das lange braune Haar zerzaust, als sei sie gerade erst aus dem Bett gestiegen, der Lippenstift verschmiert, aber auf die sexy Art. Die perfekte *Parisienne*. Wie aus dieser dämlichen *Emily in Paris*-Serie entsprungen. Oder wie diese Instagram-Idiotinnen mit ihren *bobo*-Espadrilles und dem Katzen-Eyeliner, die Fick-mich-Blicke in die Kamera werfen. So, glauben die Leute, sollten französische Mädchen aussehen. Nicht wie ich, mit meinem selbst geschnittenen Vokuhila und Pickeln um den Mund. »Ich habe dich ewig nicht gesehen.« Sie wedelt mit ihrer Zigarette – sie ist nämlich eins dieser Mädchen, die vor dem Café Zigaretten rauchen, aber nicht wirklich daran ziehen; sie hält die Kippe nur dekorativ in der Hand und verteilt den Rauch überall, während sie mit ihren hübschen kleinen Händen gestikuliert. Heiße Asche fällt auf meinen Arm. »Jetzt erinnere ich mich«, sagt sie, die Augen aufreißend. »Das war in dieser Bar im Park ... im August. *Mon dieu*, so hatte ich dich noch nie gesehen. Du warst echt *krass*.« Ein süßes kleines Kichern für die schräge Mimi.

In diesem Moment wechselt die Musik. Und ich kann es kaum glauben, aber es ist das Lied. »Heads Will Roll« von den Yeah Yeah Yeahs. Es scheint wie Schicksal. Und urplötzlich bin ich wieder dort ...

Es war zu heiß, um daheim zu bleiben, also schlug ich vor, zu dieser Bar zu gehen, *Rosa Bonheur*, im Parc des Buttes-Chaumont. Ich hatte es Camille nicht erzählt, wusste aber, dass Ben womöglich dort wäre. Er schrieb gerade an einem Artikel über den Laden; ich hatte ihn durch die geöffneten Fenster mit seinem Redakteur darüber reden hören.

Nachdem er mir die Yeah Yeah Yeahs-Platte ausgeliehen hatte, googelte ich die Sängerin der Band, Karen O. Ich hatte probiert, mich wie sie zu kleiden, und als ich es tat, fühlte ich mich wie ein anderer Mensch. Ich hatte den Nachmittag damit zugebracht, mein Haar zu ihrer kurzen, stumpfen Frisur zu stutzen. Und an dem Abend zog ich mein Karen-O-Outfit an, ein dünnes weißes Tanktop, schminkte meine Lippen knallrot, umrandete meine Augen mit schwarzem Eyeliner. Im letzten Moment zog ich meinen BH aus.

»*Wow!*«, staunte Camille, als ich rauskam. »Du siehst so… anders aus. O mein Gott… Ich kann deine *nénés* sehen!« Sie grinste. »Für wen sind die denn?«

»*Va te faire foutre*«, blaffte ich sie an, weil es mir peinlich war. »Das ist für niemanden.« Es war im Grunde gar nichts gegen das, was sie trug. Ein locker gestricktes goldenes Mesh-Minikleid, das nur knapp unterhalb ihrer *chatte* endete.

Draußen auf der Straße war es so heiß, dass man die aufgeheizten Steine durch die Schuhsohlen spüren konnte, und die Luft schwirrte vor Staub und Abgasen. Und dann der schrecklichste Zufall überhaupt: Kaum dass wir durchs Tor getreten waren, kam Papa aus der anderen Richtung. Trotz der Hitze wurde mir eisig kalt. Ich wollte am liebsten sterben. Ich registrierte den exakten Augenblick, in dem er mich sah und seine Züge sich gefährlich verzogen.

»*Salut*«, grüßte Camille mit einem kleinen Winken. Er lächelte sie an – für Camille gab es immer ein Lächeln, da war er wie jeder andere Kerl auf diesem Planeten. Sie trug einen zugeknöpften leichten Trenchcoat über ihrem Kleid, sodass man nicht sehen konnte, dass sie darunter praktisch nackt war. Mir war schon lange aufgefallen, dass sie die Gabe hatte, immer exakt das zu verkörpern, was Männer sich von ihr wünschten. Bei Papa war sie stets so züchtig, so unschuldig – »*Oui, Monsieur*« hier und »*Non, Monsieur*« da, die Wimpern züchtig gesenkt.

Papa wandte sich von Camille zu mir. »Was hast du da an?«, fragte er mit blitzenden Augen.

»Ich…«, stammelte ich. »Es ist so heiß, ich dachte…«

»*Tu ressembles à une petite putain.*« Das waren seine Worte. Ich erinnere mich ganz deutlich, denn ich hatte das Gefühl, sie würden in mich eingebrannt. Ich kann auch jetzt noch den Schmerz spüren. *Du siehst aus wie eine kleine Nutte.* Noch nie hatte er so mit mir gesprochen. »Und was hast du mit deinem Haar angestellt?«

Ich hob die Hand, berührte meinen neuen Karen-O-Pony.

»Ich schäme mich für dich. Hörst du? Zieh dich ja nie wieder so an. Jetzt geh und zieh dich um.«

Sein Tonfall machte mir Angst. Ich nickte. »*D'accord Papa.*«

Wir folgten ihm ins Haus. Doch sobald er oben die Tür zum Penthouse geschlossen hatte, packte Camille meine Hand und wir rannten wieder raus, die Straße entlang zur Metro, und ich versuchte, es zu verdrängen, versuchte, an diesem Abend einfach nur eine sorgenfreie Neunzehnjährige unter anderen zu sein.

Der Parc des Buttes-Chaumont war wie ein Dschungel, nicht Teil der Stadt. Dampf stieg aus dem Gras, den Büschen, den Bäumen auf. Um die Bar herum drängte sich eine riesige Menschenmenge. Diese schwirrende Aufregung, diese wilde Energie. Ich konnte den Beat der Musik tief unter meinen Rippen spüren, wo er durch meinen gesamten Körper vibrierte. Es gab Leute, die weniger anhatten als ich, sogar noch weniger als Camille; Mädchen in winzigen Bikinis, die den Tag wahrscheinlich sonnenbadend auf den Paris-Plages, den künstlichen Stränden, die im Sommer am Ufer der Seine aufgeschüttet werden, verbracht hatten. Die Luft war geschwängert vom Geruch nach Schweiß und Sonnencreme, heißem, trockenem Gras und der klebrigen Süße von Cocktails.

Meinen ersten Aperol Spritz trank ich, als wäre er Limo. Der Ausdruck auf Papas Gesicht machte mir immer noch zu schaffen. *Kleine Nutte.* Wie er diese Worte ausgespien hatte. Den zweiten kippte ich rasch hinterher. Und da kümmerte es mich nicht mehr so sehr.

Die Mädels hinter dem Pult drehten die Musik auf, und die Leute fingen zu tanzen an. Camille nahm meine Hand und zog mich ins Gewühl. Da waren auch ein paar Freunde von uns – nein, von ihr – aus der Sorbonne. Es gingen Pillen aus einem kleinen Plastiktütchen um. Das war nicht meins. Ich trinke zwar, aber ich nehme niemals Drogen.

»*Allez Mimi*«, sagte LouLou, nachdem sie sich das Teil auf die Zunge gelegt und geschluckt hatte. »*Pourquoi pas?*« Komm schon, Mimi. Warum nicht? »Nur eine halbe.«

Und vielleicht hatte ich mich wirklich in jemand anders verwandelt, denn ich nahm die kleine Pillenhälfte, die sie mir hinstreckte. Ich behielt sie einen Moment auf der Zunge, ließ sie dort auflösen.

Danach wurde alles verschwommen. Plötzlich tanzte ich inmitten der Menge, und ich wollte einfach nur immer weitermachen, zwischen all diesen schwitzenden Körpern, diesen Fremden. Alle schienen mich anzulächeln, vor Liebe überquellend.

Die Leute tanzten auf den Tischen. Irgendwer hob mich auf einen hoch. Es war mir egal. Ich war jemand anders, jemand Neues. Mimi war fort.

Dann spielten sie den Song: »Heads Will Roll«. Im selben Augenblick sah ich auf und erblickte ihn. Ben. Da unten, mitten in der Menge. Ein hellgraues T-Shirt und Jeans, trotz der Hitze. Eine Flasche Bier in der Hand. Es war wie ein Bild aus einem Film. Ich hatte so viel Zeit damit verbracht, ihn in seinem Appartement zu beobachten, ihn beim Abendessen über den Tisch hinweg zu betrachten, dass es sich merkwürdig anfühlte, ihn in der echten Welt, umgeben von anderen Menschen, zu sehen. Ich hatte allmählich das Gefühl bekommen, dass er mir gehörte.

Und dann drehte er sich um, als habe der Druck meiner Augen gereicht, um zu begreifen, dass ich da bin. Er hob eine Hand und lächelte mir zu. Ein elektrischer Strom fuhr durch mich hindurch. Ich ging auf ihn zu. Doch plötzlich fiel ich – ich hatte den Tisch vergessen, und der Boden rauschte mir entgegen …

»Mimi. Mimi? Mit wem bist du gekommen?«

Ich konnte die anderen nicht sehen. All die Gesichter, die zuvor gelächelt hatten, taten es nun nicht mehr. Ich konnte ihre Blicke spüren, ihr Gelächter hören, und mich überkam das Gefühl, von einem Rudel wilder Tiere umzingelt zu sein, die Zähne fletschend, mich beäugend. Aber er war da, und ich hatte das Gefühl, dass er mich beschützen würde.

»Du brauchst ein bisschen frische Luft.« Er streckte eine Hand aus. Ich packte sie. Es war das erste Mal, dass er mich berührt hatte. Ich wollte nicht loslassen, selbst nachdem er mich hochgezogen hatte. Ich wollte nie mehr loslassen. Selbst seine Hände waren wunderschön, die Finger lang und elegant. Ich wollte sie in meinen Mund stecken, seine Haut schmecken.

Der Park war dunkel, so dunkel, abseits der Lichter und

der Klänge der Bar. Alles war eine Million Kilometer weit weg. Je weiter wir uns entfernten, desto mehr war es, als wäre nichts davon real. Nur er. Der Klang seiner Stimme.

Wir spazierten zum See hinab. Er machte Anstalten, sich auf eine Bank zu setzen, aber ich erblickte einen Baum am Ufer, dessen Zweige unter die Wasseroberfläche reichten. »Hier«, sagte ich. Er setzte sich neben mich. Ich konnte ihn riechen: sauberer Schweiß und Zitrus.

Er reichte mir eine Flasche Evian. Plötzlich war ich durstig, so unfassbar durstig. »Nicht zu viel«, sagt er. »Halt… das reicht.« Er nahm mir die Flasche ab. Eine Weile saßen wir schweigend da. »Wie fühlst du dich? Sollen wir zurück und deine Freunde suchen?«

Nein. Ich schüttelte den Kopf. Das wollte ich nicht. Ich wollte hierbleiben, in der Dunkelheit, mit der warmen Brise, welche die hohen Baumkronen über uns wiegte, und dem Wasser, das über das Ufer schwappte. »Das sind nicht meine Freunde.«

Er holte eine Zigarette hervor. »Willst du eine? Ich schätze, das könnte helfen…«

Ich nahm eine, schob sie zwischen meine Lippen. Er wollte mir das Feuerzeug reichen. »Mach du an«, nuschelte ich.

Ich liebte es, seinen Fingern dabei zuzusehen, wie sie das Feuerzeug entzündeten, so, als würde er einen Zauber vollführen. Die Zigarettenspitze glimmte auf. Ich sog den Rauch ein. »Merci.«

Plötzlich schienen die Schatten unter dem nächstgelegenen Baum sich zu bewegen. Da war jemand. Nein… zwei Menschen. Ineinander verwoben. Ich hörte ein Stöhnen. Dann ein Flüstern: *Je suis ta petite pute*. Ich bin deine kleine Hure.

Normalerweise hätte ich weggeschaut. Es wäre mir so

unsagbar peinlich gewesen. Aber ich konnte den Blick nicht von ihnen lösen.

Und dann verriet ich ihm mein peinlichstes Geheimnis. Dass, während meine Mitbewohnerin Camille jede Woche neue Typen nach Hause schleppte – manchmal auch Mädchen –, ich noch nie Sex gehabt hatte. Nur dass es mir in jenem Moment nicht peinlich war; ich hatte das Gefühl, alles sagen zu können.

»Papa ist so streng.« Ich dachte daran, wie er mich vorhin angeschaut hatte. *Eine kleine Nutte.* »Er hat heute Abend diese schrecklichen Dinge gesagt … wegen meines Aussehens. Und manchmal kommt es mir vor, als würde er sich für mich schämen, als würde er mich eigentlich nicht wirklich mögen. Er sieht mich an, spricht mit mir, als wäre ich … eine Betrügerin oder so was.« Ich konnte es nicht gut erklären. Noch nie hatte ich jemandem irgendwas davon erzählt. Aber Ben lauschte und nickte, und zum ersten Mal fühlte ich mich gehört.

Dann sprach er: »Du bist nicht länger ein kleines Mädchen, Mimi. Du bist eine erwachsene Frau. Dein Vater kann dich nicht mehr kontrollieren. Und das, was du gerade beschrieben hast. Das Gefühl, das er dir vermittelt. Benutze es, um dich selbst anzuspornen. Nutze es als Inspiration für deine Kunst. Alle wahren Künstler sind Außenseiter.« Ich sah ihn an. Er schien aus eigener Erfahrung zu sprechen. »Ich bin adoptiert«, sagte er da. »Meiner Meinung nach werden Familien überbewertet.«

Ich sah in seine Augen. Es war nur logisch. Das war Teil dieser Verbindung zwischen uns, die ich gespürt hatte seit jenem ersten Mal, als ich ihn sah. Wir waren beide Außenseiter.

»Und weißt du was?«, sagte er – und seine Stimme war dabei anders als sonst. Rauer. Drängender. »Es geht nicht darum, wo du herkommst. Was für ein Scheiß dir in der Vergangenheit womöglich widerfahren ist. Es geht darum, wer du *bist*. Was du mit den Gelegenheiten machst, die das Leben dir bietet.«

Er legte behutsam seine Hand auf meinen Arm. Eine unfassbar sanfte Berührung. Seine Fingerkuppen heiß auf meiner Haut. Diese Empfindung schien von meinem Arm direkt in mein Innerstes zu schießen. Er hätte alles mit mir anstellen können, dort in der Dunkelheit, ich wäre sein gewesen.

Und dann lächelte er. »Sieht übrigens gut aus.«

»*Quoi?*«

»Dein Haar.«

Ich hob meine Hand, um es zu berühren. Ich spürte, wo der Pony verschwitzt an meiner Stirn klebte.

Er lächelte weiter. »Steht dir.«

Und das war der Moment. Ich beugte mich vor, nahm sein Gesicht in beide Hände und küsste ihn.

»Hey.« Er lachte, schob mich sanft zurück und wischte sich über den Mund. »Hey, Mimi. Ich mag dich zu sehr dafür.«

Ich kapierte schon. Nicht hier, nicht so – nicht beim ersten Mal. Das erste Mal zwischen uns musste besonders sein. Perfekt.

Womöglich könnte man es auf die Wirkung der Pille schieben. Aber für mich war es der Moment, in dem ich spürte, wie ich mich in ihn verliebte. Ich hatte schon einmal geglaubt, verliebt zu sein, aber es wurde nichts daraus. Doch nun begriff ich, wie falsch jenes andere Mal gewesen war. Nun verstand ich, dass ich auf Ben gewartet hatte.

Das Lied endet, der Bann ist gebrochen. Ich bin zurück im Keller, umringt von all diesen Idioten in ihren Halloween-Kostümen. Jetzt spielen sie Christine and the Queens, und alle jaulen zum Refrain mit. Leute drängeln sich an mir vorbei, ignorieren mich, wie immer.

Moment. Ich habe da gerade ein Gesicht in der Menge erblickt. Ein Gesicht, das nichts auf dieser Party verloren hat.

Putain de merde.

Was zur Hölle tut *sie* hier?

JESS

Ich schiebe mich durch den Keller, tiefer in die Menge maskierter Gesichter, sich windender Körper. Die Party gerät außer Rand und Band; ich bin mir ziemlich sicher, ein Pärchen zu sehen, das an der Wand stehend Sex hat, oder zumindest Beinahe-Sex, und ein Stück weiter weg ein Grüppchen, das Lines zieht. Ich frage mich, ob das Weinlager abgesperrt wurde. Ich schätze mal, dass so ein Haufen Leute die Flaschen ziemlich dezimieren könnte.

»*Veux-tu le baiser d'un vampire?*«, fragt mich ein Typ. Ich sehe, dass er als Dracula verkleidet ist – Polyester-Cape und Plastikzähne. Sein Kostüm ist beinahe genauso grottig, wie es mein Gespensterlaken war.

»Ähm … sorry, wie bitte?« Ich drehe mich zu ihm.

»Einen Vampirkuss«, sagt er grinsend auf Englisch. »Ich fragte, ob du einen möchtest?« Einen Moment überlege ich, ob er mir gerade ernsthaft vorschlägt, mit ihm rumzumachen. Dann schaue ich runter und kapiere, dass er mir ein Glas mit knallroter Flüssigkeit entgegenhält.

»Was ist da drin?«

»Wodka, Grenadine … vielleicht ein bisschen Chambord.« Er zuckt die Achseln. »Größtenteils Wodka.«

»Okay, klar.« Ich habe mir sowieso Mut antrinken wollen. Er reicht es mir. Ich nehme einen Schluck – Jesus, das ist noch heftiger, als es ausschaut. Ich schmecke das metallische Brennen des Wodkas unter der pappigen Süße des Sirups und Himbeerlikörs – eigentlich ein Mix, den wir so auch im Copacabana serviert haben könnten, und das ist definitiv kein Kompliment. Aber es lohnt sich allein schon wegen des Wodkas, auch wenn ich ihn eigentlich lieber pur kippen würde. Ich nehme einen weiteren ausgiebigen Schluck, dieses Mal gewappnet für die Süße.

»Ich habe dich noch nie hier gesehen«, sagt er und klingt nun beinahe noch französischer, als er Englisch spricht. »Wie heißt du?«

»Jess. Und du?«

»Victor. *Enchanté.*«

»Ähm … danke.« Ich komme direkt zum Punkt. »Hey, kennst du Ben? Benjamin Daniels. Aus dem zweiten Stock?«

Er verzieht das Gesicht? *»Non, désolé.«* Er wirkt aufrichtig geknickt, dass er mir nicht helfen kann. »Ich mag deinen Akzent«, fügt er hinzu. »Der ist cool. Du bist aus London, *non*?«

»Jup.« Das stimmt zwar nicht ganz, aber andererseits – woher bin ich eigentlich überhaupt?«

»Und du bist eine Freundin von Mimi?«

»Ähm … ja, kann man wohl so sagen.« Mit anderen Worten: Ich habe sie exakt zweimal getroffen, und sie wirkte nie sonderlich entzückt, mich zu sehen, aber ich werde mich jetzt nicht mit Details aufhalten.

Er hebt verdutzt eine Augenbraue, und ich frage mich, ob ich einen Fehler begangen habe. »Es ist nur so … die meisten Leute hier sind Freunde von Camille. Niemand kennt Mimi wirklich. Sie ist – wie sagt man? – sehr introvertiert.

Ziemlich krass. Ein bisschen …« Er macht eine Geste, die wohl bedeuten soll: durchgeknallt.

»*So* gut kenne ich sie auch nicht«, sage ich rasch.

»Manche Leute kapieren nicht, warum Camille mit Mimi befreundet ist. Aber ich sage, man muss sich nur Mimis Bude anschauen, um zu wissen, warum. Mimi hat stinkreiche Eltern. Du weißt schon, was ich meine?« Er deutet betont nach oben Richtung Wohnung. »In diesem Teil der Stadt? *Richtig* teuer. Das ist echt eine krasse Hütte.«

Unter anderen Umständen könnte ich womöglich beinahe etwas Mitleid für Mimi empfinden. Dass andere Leute davon ausgehen, dass jemand nur wegen des Geldes mit einem befreundet ist – das ist schon heftig. Ich meine, das ist kein Problem, mit dem ich mich je herumschlagen musste, aber trotzdem.

»Also? Was bist du?«, fragt er.

»Was?« Ich brauche kurz, bis ich kapiere, dass er mein Kostüm meint. »Oh … stimmt.« Mist. Ich schaue an meinem Outfit runter: Jeans und mein schlabbriger Pulli. »Na ja, ich war ein Gespenst, aber jetzt bin ich nur eine Ex-Barkeeperin, die die Schnauze gestrichen voll hat von dem Mist anderer Leute.«

»*Quoi?*« Er runzelt die Stirn.

»Oh … ach, ist so ein britischer Witz«, winke ich ab.

Mir kommt eine Idee. Wenn Camille und Mimi hier unten sind, dann ist niemand oben in der Wohnung. Ich könnte mich in Ruhe umschauen. »Hey«, sage ich, »Victor … könntest du mir einen Gefallen tun?«

»Raus damit.«

»Ich muss dringend pinkeln. Aber ich glaube nicht, dass es hier unten, äh … ein Klo gibt?«

Plötzlich wirkt er verlegen – offenbar ist so ein Zeug den französischen Jungs genauso peinlich wie ihren britischen Kollegen.

Ich tue genauso verlegen. »Könntest du Camille fragen, ob wir den Schlüssel für die Bude haben könnten?« Ich bedenke ihn mit meinem gewinnendsten Lächeln, das ich bei den guten Trinkgeldgebern an der Bar einsetze. Noch ein kleiner Schwung meines Haars. »Ich wäre dir *so* dankbar.«

Er grinst. *»Bien sûr.«*

Bingo. Vielleicht ist Ben ja doch nicht der Einzige mit Charme.

Während ich warte, nippe ich an meinem Drink – langsam schmeckt er mir immer besser. Vielleicht ist es auch nur der Wodka, der anschlägt. Victor kommt kurz darauf zurück und hält einen Schlüssel hoch.

»Genial«, sage ich und halte meine Hand auf.

»Ich komme mit dir«, sagt er grinsend. Mist. Ich frage mich, was er wohl denkt, was bei der Sache rumkommt. Aber vielleicht kommt es unauffälliger, wenn wir zusammen verschwinden.

Ich folge Victor die dunkle Kellertreppe hoch. Wir nehmen den Aufzug – sein Vorschlag –, und stehen aneinandergedrängt, da kaum Platz für eine Person ist. Ich kann seinen Atem riechen – Wodka und Zigaretten, an sich keine uninteressante Mischung. Außerdem sieht er nicht übel aus. Aber zu hübsch für meinen Geschmack, an dem scharfen Kinn könnte man eine Zitrone aufschneiden. Außerdem ist er praktisch noch ein Kind.

Plötzlich überkommt mich das Bild von Nick und mir auf der Dachterrasse, nur zwei Stunden zuvor. Dieser Moment, nachdem er das Blatt aus meinem Haar gezupft hatte und sich nicht so schnell von mir entfernte, wie angebracht gewesen wäre. Dieser kurze Augenblick, bevor die Lichter ausgingen, als ich sicher war, dass er mich küssen würde. Was wäre wohl geschehen, wenn es nicht plötzlich dunkel geworden wäre? Wenn ich nicht noch im Penthouse rumgeschnüffelt und das Familienfoto gefunden hätte? Wären wir in seine Wohnung gegangen, zusammen in sein Bett gefallen …

»Weißt du, ich wollte schon immer mit einer älteren Frau zusammen sein«, sagt Victor ernst, womit er mich in die echte Welt zurückreißt.

Immer langsam mit den jungen Pferden, Kumpel. Und überhaupt, ich bin erst achtundzwanzig.

Der Aufzug kommt knirschend im dritten Stock zum Halt. Victor schließt die Tür auf. Im Wohnzimmer stehen haufenweise Flaschen und Bierkästen … müssen wohl extra Partyvorräte sein. »Hey«, sage ich. »Wie wär's, wenn du uns zwei Drinks mixt, während ich pinkeln bin? Dieses Mal bitte keine Hemmungen beim Wodka, dafür weniger von dem roten Zeug.«

Vom Wohnbereich geht ein Flur mit mehreren Türen ab. Der Grundriss erinnert mich ein bisschen an die Penthouse-Wohnung, nur ist hier alles etwas beengter, und statt Original-Kunstwerken hängen an den Wänden sich wellende Plakate von Museen und Ausstellungen und eine Tourliste von jemandem namens DINOS. Das erste Zimmer, an dem ich vorbeikomme, ist ein einziger Saustall, der Boden mit Klamotten, Schuhen und Spitzenunterwäsche in Pastellfarben übersät, die BHs und Tangas um die mörderscharfen Spitzen der Absätze geschlungen. Ein Schminktisch mit Make-up bedeckt, ungefähr zwanzig Lippenstifte, bei allen fehlt der Deckel. Die Luft ist so geschwängert von einer Mischung aus Parfum und Zigaretten, dass ich sofort Kopfschmerzen bekomme. An einer Wand ein riesiges Poster von Harry Styles in einem Tutu, an der entgegengesetzten eins von Dua Lipa in einem Smoking. Ich denke an Mimi und ihre mürrische Miene, ihren ausgefransten, schiefen Pony. Ich bin mir ziemlich sicher, dass das nicht ihr Stil ist. Ich schließe die Tür.

Das nächste Zimmer muss Mimis sein. Dunkellila Wände. Ein großes krasses Schwarz-Weiß-Poster von einer gestört wirkenden Frau mit ganz leerem Blick. Haufenweise Kunstbände im Regal. Ein Plattenspieler, daneben eine Kiste mit Alben in speziellen Plastikhüllen. Die Platte auf dem Drehteller ist von den Yeah Yeah Yeahs: *It's Blitz!*

Ich husche zum Fenster. Wie sich herausstellt, hat Mimi über den Hof hinweg einen perfekten diagonalen Blick in Bens Wohnzimmer. Ich kann seinen Schreibtisch sehen, auch das Sofa. Interessant. Ich muss daran denken, wie sie vorhin, als ich über Ben sprach, das Weinglas fallen ließ. Sie verheimlicht etwas. Ich weiß es.

Ich öffne den Schrank, gehe die Schubladen mit Klamotten durch. Nichts Bemerkenswertes. Es ist alles so ordentlich, beinahe zwanghaft. Das eigentliche Problem ist, dass ich keine Ahnung habe, wonach ich suche – und ich vermute mal, mir bleibt nicht viel Zeit, bis Victor sich fragt, warum ich so lange brauche.

Ich lasse mich auf die Knie hinab und taste unter dem Bett herum. Meine Hand trifft auf etwas, das sich anfühlt wie Stoff, der um etwas Härteres gewickelt wurde – Holz vielleicht? –, und ich weiß intuitiv, dass ich etwas von Bedeutung gefunden habe. Ich kriege das ganze Ding zu fassen, ziehe es zu mir heran. Ein graues Stoffstück rutscht auseinander, um einen Stapel Leinwände zu enthüllen – allesamt zerrissen und zerfetzt. So viel Unordnung und Chaos im Gegensatz zum Rest des Zimmers.

Ich besehe mir den Stoff genauer. Es ist ein graues T-Shirt mit der Aufschrift *Acne* auf dem Etikett, genau wie die in Bens Kleiderschrank. Ich bin sicher, dass es eins von seinen ist. Es riecht sogar noch ein wenig nach ihm. Warum bewahrt Mimi ihren Kunstkram in einem von Bens T-Shirts auf? Und viel wichtiger: Warum hat sie überhaupt eins von Bens T-Shirts?

»Jessica?«, ruft Victor. »Alles okay, Jessica?«

Mist. Ich beginne, so schnell ich kann, einige der Fetzen zusammenzulegen. Es ist, als würde ich ein echt chaotisches Puzzle machen. Endlich habe ich genug von den Teilen beisammen, um das Bild zu erkennen. Ich weiche ein Stück zurück. Es ist ein wirklich gutes Porträt. Sie hat es sogar geschafft, sein Lächeln einzufangen, das andere Leute immer charmant genannt haben, wohingegen ich ihm gesagt hätte, dass es ihm was von einem schmierigen Arsch gibt. Da ist er, direkt vor mir. Ben. Wie aus dem Leben genommen.

Bis auf einen schrecklichen, furchterregenden Unterschied. Ich hebe eine Hand an meinen Mund. Seine Augen wurden entfernt.

»Jessica?«, ruft Victor. »*Tu es où*, Jessica?«

Ich lege die nächsten Teile zusammen, und dann die darunter. Jesus. Sie zeigen alle Ben. Es gibt sogar eins, auf dem er liegt und … das ist definitiv mehr von meinem Bruder, als ich je hätte sehen müssen. Auf jeder einzelnen Leinwand wurden die Augen zerstört, eingerissen oder mit irgendwas rausgestochen.

Ich hatte schon geahnt, dass Mimi gelogen hat, als sie bei unserer ersten Begegnung behauptete, ihn nicht zu kennen. Seit ihr Weinglas auf den Boden in Sophie Meuniers Wohnung aufgeschlagen war, vermutete ich, dass sie irgendwas verheimlichte. Aber nie im Leben hätte ich so etwas erwartet. Falls sich eine Sache aus dem hier ableiten lässt – falls das Aktgemälde ein Hinweis ist –, dann kannte sie Ben allerdings sehr gut. Und hegte ihm gegenüber so starke Gefühle, dass sie diese Gemälde vernichten wollte. Die Risse im Stoff können nur durch etwas sehr Scharfes entstanden sein oder durch viel Brutalität – oder beides.

Ich stehe auf, doch da passiert etwas Merkwürdiges. Es ist, als würde der gesamte Raum mit der Bewegung ins Kippen geraten. Oha. Ich muss mich am Nachttisch abstützen. Ich blinzle, versuche, die Benommenheit wegzuwischen. Ich mache einen Schritt zurück, und da passiert es wieder. Wankend versuche ich, mein Gleichgewicht zu halten; es ist, als würde der Boden unter meinen Füßen Wellen schlagen, als wäre alles um mich herum aus Wackelpudding, als würden die Wände nach innen zusammenklappen.

Ich torkle aus dem Zimmer in den Flur. Ich muss mich an beiden Wänden abstützen, damit ich nicht umkippe. Und dann taucht Victor auf, am Ende des Gangs. »Jessica … da bist du ja. Wo hast du denn gesteckt?« Er geht über den dunklen Flur auf mich zu. Er lächelt, und seine Zähne sind ganz weiß – wie die eines richtigen Vampirs. Mein einziger Ausweg führt an ihm vorbei; er versperrt mir die Flucht. Auch wenn mein Hirn sich in Sirup verwandelt hat, weiß ich doch, was das hier ist. Man arbeitet nicht in zwanzig verschiedenen, aber gleichermaßen schäbigen Bars, und weiß nicht, was das ist. Der Drink, den ein Typ dir spendiert hat, das Gratisgetränk, das alles andere ist, nur nicht umsonst. Ich falle nie auf diesen Scheiß rein. Was zur Hölle habe ich mir dabei gedacht? Wie konnte ich nur so dämlich sein? Es sind immer die Hübschen, die scheinbar Harmlosen, die sogenannten »netten Typen«.

»Was zum Teufel war in dem Getränk, Victor?«, frage ich.

Und dann wird alles schwarz.

Montag

MIMI

Dritte Etage

Der Morgen dämmert. Ich sitze auf dem Balkon und schaue zu, wie das Licht des Tages allmählich in den Himmel sickert. Die Zigarette, an der ich ziehe, hat mir nicht geholfen zu entspannen – mir wird nur übel davon, und ich bin noch aufgekratzter. Ich … ich habe das Gefühl, als wäre ich gefangen in meiner eigenen Haut. Als müsse ich mich mit Händen und Füßen da rauskämpfen. Ich drücke die Kippe in der abgestorbenen Yucca-Palme aus, die Camille vor zwei Monaten gekauft und überwässert hat.

Ich husche durch die Wohnung und renne durchs Treppenhaus in die *cave* runter; ich will auf meinem Weg niemandem begegnen. Der Keller ist voller Müll von der Party gestern Nacht: zerbrochenes Glas, verschütteter Alkohol und liegen gelassene Accessoires von Kostümen – Perücken, Teufelsgabeln und Hexenhüte. Normalerweise gefällt es mir hier unten besser, im Dunkel und der Stille. Aber im Moment kann ich auch hier nicht sein. Ich finde mein Fahrrad zwischen den anderen im Ständer. Seine Vespa ist ebenfalls noch da und lehnt an der Wand.

Ich will – kann – sie nicht anschauen.

Er ist immer auf seiner Vespa losgefahren. Ich wollte über sein Leben Bescheid wissen; ich wollte ihm in die Stadt folgen, sehen, wohin er ging, was er tat, mit wem er sich traf, aber es war unmöglich, denn er nahm immer seinen Motorroller dafür. Also kam ich eines Tages hier runter und ritzte mit der scharfen Spitze meines Cutters, den ich zum Zuschneiden meiner Leinwände benutze, ein kleines Loch in den Reifen. Das war schon besser. Zumindest ein paar Tage könnte er nicht damit fahren. Ich tat es nur, weil ich ihn liebte.

An jenem Nachmittag sah ich ihn zu Fuß fortgehen. Mein Plan war aufgegangen. Ich ging ihm nach, folgte ihm in die Metro und stieg in den nächsten Waggon. Er stieg in diesem echt üblen Teil der Stadt aus. Was zur Hölle wollte er da? Er ging in einen schmierigen Dönerladen und setzte sich. Ich setzte mich in eine Shisha-Bar gegenüber, bestellte einen türkischen Kaffee und versuchte, nicht aufzufallen unter den alten Typen, die an ihrem aromatisierten Tabak pafften. Ben brachte mich dazu, Dinge zu tun, die ich normalerweise nie tun würde, überlegte ich. Er machte mich mutig.

Etwa zehn Minuten später kam ein Mädchen zu ihm an den Tisch. Sie war groß und dünn und hatte eine Kapuze über dem Kopf, die sie erst herunterzog, als sie ihm gegenüber Platz genommen hatte. Mein Magen drehte sich um, als ich ihr Gesicht sah. Selbst über die Straße hinweg konnte ich erkennen, dass sie wunderschön war: schokoladenbraunes Haar mit einem schnurgeraden Pony, der so viel besser aussah als meine selbst geschnittene Frisur, die Wangenknochen eines Models. Und jung, wahrscheinlich gerade mal in meinem Alter. Ja, ihre Klamotten wirkten etwas schäbig – eine Kunstlederjacke mit diesem Kapuzenpulli darunter und billige Jeans –, aber irgendwie verliehen sie ihr durch den Kontrast nur noch mehr Schönheit. Als ich sie so zusammen betrachtete, konnte ich einen heißen Schmerz in meinem Herzen spüren, ein glühendes Kohlestück hinter meinem Brustkorb.

Ich wartete darauf, dass er sie küsste, ihr Gesicht, ihre Hand berührte, dass er über ihr Haar strich – irgendwas –, wartete auf den schlimmeren Schmerz, der, so wusste ich, dann kommen würde. Aber nichts geschah. Sie saßen einfach nur da und redeten. Mir wurde bewusst, dass das Treffen irgendwie förmlich wirkte. So, als würden sie einander nicht wirklich kennen. Da war definitiv nichts zwischen ihnen, was vermuten ließe, dass sie ein Liebespaar waren. Schließlich schob er ihr etwas rüber. Ich versuchte, es zu erkennen. Es schien ein Handy oder eine Kamera zu sein. Daraufhin erhob sie sich und ging; er ging ebenfalls. Sie entfernten sich in verschiedene Richtungen. Ich konnte mir immer noch keinen Reim darauf machen, warum er sich mit ihr unterhalten hatte oder was er ihr da gegeben haben könnte, aber ich war so erleichtert, dass ich hätte heulen können. Er war mir nicht untreu gewesen. Ich wusste, dass ich nicht an ihm hätte zweifeln dürfen.

Später dann, zurück auf meinem Zimmer, dachte ich an jenen Abend im Park zurück, wie wir uns die Zigarette geteilt hatten. Wir zwei im Dunkeln am See. Der Geschmack seines Mundes, als ich ihn küsste. Ich dachte daran, wenn ich mit forschenden Fingern nachts im Bett lag. Ich flüsterte jene Worte, die ich in den Schatten am Ufer gehört hatte. *Je suis ta petite pute.* Ich bin deine kleine Hure.

Das war es, ich wusste es. Das war der Grund, warum ich so lange gewartet hatte. Ich war anders als Camille. Ich konnte nicht einfach mit irgendwelchen dahergelaufenen Typen herumvögeln. Es musste schon etwas Großes sein. *Un grand amour.* Ich hatte schon mal geglaubt verliebt zu sein. Der Kunstlehrer, Henri, an meiner Schule – Les Sœurs Servantes du Sacré Cœur. Von Anfang an hatte ich gewusst, dass uns etwas verband. Er hatte mich in jener ersten Unterrichtsstunde angelächelt, mir gesagt, wie talentiert ich sei. Doch später, als ich ihm die Bilder schickte, die ich von ihm gemalt hatte, da nahm er mich beiseite und sagte mir, sie seien nicht angemessen. Und das, obwohl ich so hart an ihnen gearbeitet hatte, daran, die Proportionen, die Schattierungen hinzukriegen – ganz so, wie er es uns beigebracht hatte. Und als ich sie stattdessen an seine Frau schickte, wenn auch in winzige Fetzen zerschnitten, reichten sie offiziell Beschwerde ein. Und dann … nun ja, ich will mich da gar nicht zu tief hineinbegeben. Irgendwann hörte ich, dass sie an eine andere Schule ins Ausland gewechselt hatten.

Ich wusste nicht, wo dieser Teil von mir sich verborgen gehalten hatte. Der Teil, der sich verlieben konnte. Oder eigentlich doch. Ich hatte ihn seither weggesperrt. Ganz tief in meinem Inneren. Voller Furcht, dass diese Form von Schwäche mich erneut so verletzlich machen könnte. Aber nun war ich bereit. Und Ben war anders. Ben wäre mir gegenüber loyal.

Ich reiße meinen Blick von der Vespa los. Ich habe das Gefühl, nicht richtig atmen zu können, als läge ein Metallreif um meine Rippen, der mich daran hindert, genug Luft zu holen. Und in meinen Ohren ist immer noch dieses Tosen, das weiße Rauschen, der Gewittersturm. Ich will einfach, dass es aufhört.

Ich wuchte mein Rad die Stufen hoch und schiebe es über den Hof. Dann die kopfsteingepflasterte Sackgasse entlang bis zur Hauptstraße, wo der morgendliche Berufsverkehr vorbeirauscht. Ich schwinge mich auf den Sattel, schaue rasch durch die Tränen, die meine Augen verschwimmen lassen, nach links und rechts und stoße mich ab.

Das Kreischen von Bremsen. Ein Hupen. Plötzlich liege ich auf dem Asphalt, die Räder drehen sich schwirrend in der Luft. Mein gesamter Körper fühlt sich zerschlagen an, kaputt. Mein Herz hämmert.

Das war so nah dran.

»Du dumme Gans«, brüllt der Lkw-Fahrer aus seinem geöffneten Fenster gebeugt. »Was zur Hölle sollte das? Was zum Teufel hast du dir dabei gedacht, so ohne zu schauen auf die Straße zu fahren?«

Ich brülle zurück, wobei ich noch mehr fluche als er. Ich nenne ihn einen *fils de pute* – Hurensohn –, einen *sac à merde* – Drecksack … Ich rufe ihm zu, er soll sich ins Knie ficken. Ich sage ihm, dass er keinen beschissenen Plan vom Fahren hat …

Plötzlich höre ich die Stimme der Concierge. Sie rennt mir entgegen. Ich habe diese Frau noch nie so schnell laufen sehen. Sie scheint immer so alt, so gebückt. Aber vielleicht bewegt sie sich ja schneller, wenn niemand hinsieht. Denn sie ist immer da, wenn man sie am wenigsten erwartet. Taucht hinter Ecken und aus dunklen Winkeln auf. Irgendwie gruselig. Ich weiß nicht, warum wir überhaupt eine Concierge haben. Die meisten Häuser verzichten mittlerweile darauf. Papa sollte einfach eine moderne Gegensprechanlage einrichten. Es wäre so viel besser, als sie ständig hinter allen herumschnüffeln zu haben. Ich mag es nicht, wie sie schaut. Vor allem, wie sie mich anschaut.

Ohne was zu sagen, streckt sie ihre Hände aus, hilft mir auf. Sie ist stärker, als ich gedacht hätte. Dann sieht sie mich eindringlich an. Ich habe das Gefühl, als wolle sie mir irgendwas mitteilen. Ich schaue weg. Es ist, als würde sie etwas wissen. Als würde sie vielleicht alles wissen.

Ich schüttle ihre Hand ab. »*Ça va*«, sage ich. *Geht schon.* »Ich komme allein klar.«

Meine Knie brennen wie die eines Kindes, das auf dem Spielplatz hingefallen ist. Und meine Fahrradkette hat sich gelöst. Aber das ist auch schon das Schlimmste.

Es hätte ganz anders enden können. Wenn ich nicht so feige gewesen wäre. Denn die Wahrheit ist, ich *habe* hingeschaut. Darum ging es ja.

Ich wusste genau, was ich tat.

Es war so nah dran. Aber nicht nah genug.

SOPHIE

Penthouse

Ich steige mit Benoit an der Leine die Treppen hinab. Als ich an der zweiten Etage vorbeikomme, halte ich inne. Ich kann sie da hinter der Tür spüren, wie etwas Giftiges im Herzen dieses Hauses.

Das Gleiche war es mit ihm. Seine Gegenwart störte die Balance dieses Gebäudes. Nach jenem Abendessen schien ich ihn überall zu sehen: im Treppenhaus, den Hof durchquerend, mit der Concierge plaudernd. Wir unterhalten uns nie mit der Concierge, außer um Anweisungen zu geben. Sie gehört zum Personal, diese Form der Trennung muss respektiert werden. Einmal sah ich ihn sogar in ihre Loge folgen. Worüber haben sie sich wohl darin unterhalten? Was mag sie ihm erzählt haben?

Als die dritte Nachricht kam, wurde sie nicht im Briefkasten hinterlassen. Sie wurde unter der Wohnungstür durchgeschoben, zu einer Uhrzeit, da mein Erpresser wohl wissen musste, dass Jacques außer Haus war. Ich war gerade mit Jacques Lieblings-Quiche vom Bäcker zurückgekehrt, die ich ihm, soweit ich denken kann, jeden Samstag kaufe. Als ich den Zettel sah, ließ ich die Schachtel fallen. Die Entdeckung bescherte mir einen Schauder, der, so war mir klar, von der Angst herrühren musste, doch einen Augenblick lang schien er beinahe wie ein Schauder der Erregung. Und das war gleichermaßen verstörend.

So lange war ich unsichtbar gewesen, hatte jegliche Bedeutung vor langer Zeit eingebüßt. Aber diese Nachrichten gaben mir, noch während sie mich ängstigten, das Gefühl, seit Ewigkeiten wieder gesehen zu werden.

Ich wusste, dass ich keine Sekunde länger in dem Gebäude bleiben konnte.

Die Straßen draußen waren gleißend weiß von der Augusthitze; sie ließ die Luft schwirren. Vor den Cafés saßen Touristen an den Außentischen auf dem Bürgersteig, schwitzten über ihren *thés glacés* und *citrons pressés* und wunderten sich, warum sie ihnen keine Erfrischung schenkten. Im Restaurant jedoch war es schattig kühl wie in einer unterirdischen Grotte, genau wie ich es mir gedacht hatte. Dunkel getäfelte Wände, weiße Tischdecken, riesige Ölgemälde an den Wänden. Sie hatten mir den besten Tisch zugewiesen, natürlich – Meunier SARL hatte sie über die Jahre mit seltenen Jahrgängen beliefert –, und die Klimaanlage sandte einen kühlen Hauch den Rücken meiner Seidenbluse hinab, während ich an meinem Mineralwasser nippte.

»Madame Meunier.« Der Kellner kam herüber. »*Bienvenue*. Das Übliche?«

Jedes Mal, wenn ich mit Jacques dort aß, hatte ich das Gleiche bestellt: den Endiviensalat mit Walnüssen und winzigen Roquefort-Stückchen. Eine alternde Ehefrau ist eine Sache – eine fette Ehefrau eine andere.

Aber Jacques war nicht da.

»*L'entrecôte*«, sagte ich.

Der Kellner sah mich an, als hätte ich nach einer Platte

Menschenfleisch verlangt. Das Steak war immer Jacques' Wahl gewesen. »Aber Madame«, wandte er ein, »es ist fürchterlich heiß. Vielleicht die Austern – wir hätten heute einige herrliche *Pousses en Claire* – oder ein Lachsfilet, *sous-vide* gegart …«

»Das Steak«, wiederholte ich. »Blutig.«

Das letzte Mal, dass ich ein Steak gegessen hatte, war, als ein Gynäkologe es mir vor Jahren für die Fruchtbarkeit verschrieb – die Ärzte hier empfehlen immer noch rotes Fleisch und Wein für allerlei Leiden. Monatelang aß ich wie ein Höhlenmensch. Als das nicht funktionierte, folgte die Demütigung der Behandlungen. Die Spritzen in meinen Hintern. Jacques' Blicke vagen Ekels. Ich hatte zwei Stiefsöhne geerbt. Was sollte diese Besessenheit, unbedingt ein Kind zu bekommen? Ich konnte ihm nicht erklären, dass ich einfach jemanden zum Lieben wollte. Von ganzem Herzen, vorbehaltlos. Eine Liebe, die genauso erwidert wurde. Natürlich schlugen die Behandlungen nicht an. Und Jacques weigerte sich zu adoptieren. Der Papierkram, die Prüfungen seiner Geschäfte – das wollte er nicht auf sich nehmen.

Das Steak kam, und ich schnitt in das Fleisch. Sah zu, wie das Blut dünn und hellrot herausrann. In diesem Moment blickte ich auf und entdeckte ihn: Benjamin Daniels. Er saß in der anderen Ecke des Restaurants. Er hatte mir den Rücken zugewandt, doch ich konnte ihn in dem Spiegel sehen, der sich über die Wand zog. Da war etwas Elegantes am Schwung seiner Rückseite; die Art, wie er saß, die Hände in den Hosentaschen. Die Haltung eines Menschen, der sich überaus wohl in seiner Haut fühlte.

Ich hingegen spürte, wie mein Puls beschleunigte. Was tat er hier?

Er blickte auf und »erwischte« mich dabei, wie ich ihn im Spiegel beobachtete. Aber ich vermutete, dass er die ganze Zeit gewusst hatte, dass ich da war, dass er darauf gewartet hatte, dass ich ihn bemerkte. Sein Spiegelbild hob das Glas Bier.

Ich schaute weg. Nahm einen Schluck von meinem Mineralwasser.

Ein paar Sekunden später fiel ein Schatten über den Tisch. Ich schaute auf. Dieses einnehmende, schmeichlerische Lächeln. Er trug ein zerknittertes Leinenhemd und Shorts, die Beine nackt und gebräunt. Seine Kleidung war absolut unangemessen für das förmliche Restaurant. Und doch schien er völlig entspannt in dem Ambiente. Ich hasste ihn dafür.

»Hallo, Sophie«, grüßte er.

Seine Vertraulichkeit stieß mir auf. Dann fiel mir ein, dass ich ihn gebeten hatte, mich nicht »Madame« zu nennen. Doch die Art, wie er meinen Namen sagte – für mich fühlte es sich an wie eine … eine Grenzüberschreitung.

»Darf ich?« Er deutete auf den Stuhl. Es nicht zu erlauben, wäre äußerst unhöflich gewesen. Ich nickte lapidar, um zu zeigen, dass es mich ohnehin nicht kümmerte, was er tat.

Es war das erste Mal, dass ich ihm so nah war. Nun erkannte ich, dass er nicht hübsch war, nicht im landläufigen Sinn. Seine Züge waren unregelmäßig. Sein Selbstvertrauen, sein Charisma – sie waren es, die ihn attraktiv machten.

»Was tun Sie hier?«, fragte ich.

»Ich schreibe eine Restaurantkritik«, antwortete er. »Jacques hat es beim Abendessen vorgeschlagen. Ich habe noch nicht gespeist, aber ich bin jetzt schon beeindruckt von den Räumlichkeiten – das Flair, die Kunstwerke.«

Ich blickte zu dem Gemälde, das er dabei ansah. Eine Frau auf ihren Knien: athletisch gebaut, beinahe maskulin. Kräftige Gliedmaßen, kräftiger Kiefer. Nichts an ihr elegant, nur ein Ausdruck wilder, ungezähmter Stärke. Den Kopf in den Nacken geworfen, wie ein Hund, der den Mond anheult. Die gespreizten Schenkel, der hochgerutschte Rock ... es war beinahe sexuell. Könnte man nah genug ran, so stellte ich mir vor, würde man keine Farbe riechen, sondern Blut. Plötzlich war ich mir allzu sehr des Schweißes bewusst, der die Seide unter meinen Achseln durchdrungen hatte, versteckte feuchte Halbmonde im Stoff.

»Wie finden Sie es?«, fragte er. »Ich liebe ja Paula Rego.«

»Ich weiß nicht so recht.«

Er deutete auf meine Lippen. »Sie habe da etwas ... genau da.«

Ich hob die Ecke meiner Serviette an den Mundwinkel und tupfte ihn ab. Nahm sie wieder runter und sah, dass das dicke weiße Leinen blutbefleckt war. Ich starrte es an.

Er räusperte sich. »Ich meine zu spüren ... Hören Sie, ich wollte nur sagen, dass ich hoffe, dass wir keinen schlechten Start erwischt haben. Neulich ... als ich eine Bemerkung zu Ihrem Akzent gemacht habe. Ich hoffe, das war nicht unhöflich.«

»Mais non«, sagte ich. »Wie kommen Sie denn darauf?«

»Schauen Sie, ich habe in Cambridge Französisch studiert. Ich bin einfach nur fasziniert von solchen Dingen.«

»Ich war nicht gekränkt«, erwiderte ich. *»Pas du tout.«* Überhaupt nicht.

Er grinste. »Da bin ich aber erleichtert. Ich habe das Abendessen auf der Dachterrasse übrigens sehr genossen. Es war nett von Ihnen, mich einzuladen.«

»Ich habe Sie nicht eingeladen«, entgegnete ich. »Das war allein Jacques' Idee.« Womöglich klang es harsch. Aber es war auch die Wahrheit. Keine Einladung wäre ohne Jacques' Genehmigung ausgesprochen worden.

»Der arme Jacques also«, sagte er mit einem bedauernden Lächeln. »Das Wetter an dem Abend … So ein heftiges Gewitter habe ich noch nie gesehen. Kurz dachte ich tatsächlich, er würde sich mit dem Sturm anlegen, so wie König Lear. Wie er geguckt hat!«

Ich lachte. Ich konnte nicht anders. Ich hätte empört sein sollen. Niemand machte je Witze auf Kosten meines Mannes. Aber es kam so überraschend. Und er hatte eine so treffende Imitation von Jacques' entrüsteter Miene zum Besten gegeben.

Um meine Haltung zurückzugewinnen, griff ich nach meinem Wasser und nahm einen Schluck. Aber ich fühlte mich leichter, als ich es seit einer Ewigkeit getan hatte. »Erzählen Sie mir«, begann er. »Wie ist es, mit einem Mann wie Jacques Meunier verheiratet zu sein?«

Der Schluck Wasser blieb mir im Hals stecken. Ich musste husten, meine Augen tränten. Einer der Kellner kam herbeigeeilt, um seine Hilfe anzubieten. Ich winkte ihn mit einer Hand davon. Alles, was ich denken konnte, war: Was wusste Ben? Was könnte Nicolas ihm erzählt haben?

»Entschuldigung.« Ben schenkte mir ein rasches Lächeln. »Ich glaube, meine Frage kam nicht ganz richtig rüber. Manchmal kann ich im Französischen wirklich ungeschickt sein. Was ich meinte, war: verheiratet zu sein mit einem so erfolgreichen Geschäftsmann. Wie ist das so?«

Ich antwortete nicht. Der Blick, mit dem ich ihn zur Antwort bedachte, sagte: Mir machst du keine Angst. Nur, dass ich Angst hatte. Er war der Absender jener Nachrichten, dessen war ich mir nun sicher. Er war es, der die Umschläge mit den Geldscheinen abholte, die ich unter der losen Stufe versteckte.

»Ich meinte nur«, setzte er erneut an, »dass, falls Sie je ein Interview geben würden, ich sehr interessiert daran wäre, mich mit Ihnen zu unterhalten. Sie könnten darüber erzählen, wie es ist, solch ein erfolgreiches Unternehmen zu führen …«

»Es ist nicht mein Unternehmen.«

»Oh, das ist doch bestimmt nicht wahr. Ich bin mir sicher, dass Sie …«

»Nein.« Ich beugte mich über den Tisch, um der Aussage Nachdruck zu verleihen, wobei ich jedes Wort mit einem Klopfen meines Fingernagels auf die Tischdecke unterstrich. »Die Geschäfte haben rein gar nichts mit mir zu tun. *Comprenez-vous?*« *Verstehen Sie?*

»Okay. Na gut.« Er sah auf seine Armbanduhr. »Das Angebot steht. Es könnte auch mehr so ein … Lifestyle-Artikel werden. Über Sie als Inbegriff der Pariserin oder etwas in der Art. Sie wissen ja, wo ich bin.« Er lächelte.

Ich sah ihn bloß an. Vielleicht verstehst du nicht, mit wem du es hier zu tun hast, dachte ich. Es gibt Dinge, die ich getan habe, um dorthin zu gelangen, wo ich nun bin. Opfer, die ich bringen musste. Menschen, über die ich hinwegsteigen musste. Gemessen daran bist du nichts.

»Wie auch immer«, er stand auf, »ich sollte langsam los. Ich treffe mich mit meinem Redakteur. Wir sehen uns.«

Als ich sicher sein konnte, dass er fort war, winkte ich den Kellner herbei. »Den 1998er.«

Seine Augen weiteten sich. Er sah schon wieder aus, als

wolle er eine Alternative anbieten für so einen schweren Rotwein bei dieser Hitze. Dann sah er mein Gesicht. Er nickte, wuselte davon und kam mit der Flasche wieder.

Während ich trank, erinnerte ich mich an einen Abend ganz zu Anfang meiner Ehe. In der Opera Garnier, wo wir uns, unter Chagalls Deckengemälde, *Madame Butterfly* anschauten und während der Pause herrlich kühlen Champagner an der Bar tranken; ich hoffte, Jacques würde mir die berühmten Gemälde von Sonne und Mond zeigen, die mit purem Gold in die Kuppeln der kleinen Salons zu beiden Seiten gemalt waren. Aber er war interessierter daran, mir Leute in der Menge zu zeigen, Kunden von ihm. Minister aus irgendeiner Regierungsabteilung, Geschäftsmänner, bedeutende Persönlichkeiten aus den französischen Medien. Einige von ihnen erkannte selbst ich, auch wenn sie mich nicht kannten. Und sie alle kannten Jacques. Erwiderten sein Nicken mit einem kaum merklichen, knappen Nicken ihrerseits.

Ich wusste damals ganz genau, was für eine Sorte Mann ich heiratete. Ich begab mich klaren Auges in diese ganze Sache. Ich wusste, was ich daraus ziehen würde. Nein, unsere Ehe würde nicht immer perfekt sein. Aber welche Ehe ist das schon? Und am Ende schenkte er mir meine Tochter. Dafür könnte ich alles verzeihen.

Ich stehe immer noch im Flur vor der Wohnung im zweiten Stock. Blicke die 2 aus Messing an. Erinnere mich daran, wie ich vor all den Wochen an genau dieser Stelle stand. Ich hatte den Rest des Nachmittags im Restaurant verbracht, mich durch den 1998er-Jahrgang getrunken, während die Kellner zweifelsohne entsetzt zuschauten. *Madame Meunier hat den Verstand verloren.* Ich dachte an Benjamin Daniels und seine dreiste Art, an die anonymen Nachrichten und die schreckliche Macht, die sie über mich hatten. Mein Zorn erblühte. Zum ersten Mal seit Langem fühlte ich mich wahrhaft lebendig. Als sei ich zu allem in der Lage.

Ich kehrte erst nach Hause zurück, als die Dämmerung schon einbrach; ich kletterte die Treppen hoch, stand an derselben Stelle und klopfte an seine Tür.

Benjamin öffnete, bevor ich die Gelegenheit hatte, es mir anders zu überlegen.

»Sophie«, begrüßte er mich. »Was für eine erfreuliche Überraschung.«

Er trug ein T-Shirt, Jeans; er war barfuß. Musik spielte auf dem Plattenspieler hinter ihm, eine Schallplatte drehte sich träge im Kreis. In der Hand ein offenes Bier. Mir fiel ein, dass er womöglich jemanden bei sich hatte, was ich gar nicht in Betracht gezogen hatte.

»Kommen Sie herein«, sagte er. Ich folgte ihm in die Wohnung. Plötzlich hatte ich das Gefühl, mir unbefugten Zutritt zu verschaffen, was absurd war. Das hier war mein Zuhause, *er* war der Eindringling.

»Kann ich Ihnen etwas zu trinken anbieten?«, fragte er.

»Nein. Danke.«

»Bitte – ich habe einen geöffneten Wein da.« Er deutete auf seine Bierflasche. »Ist doch verkehrt… wenn nur ich trinke und Sie nicht.«

Irgendwie hatte er es schon geschafft, mich auf dem falschen Fuß zu erwischen, indem er so liebenswürdig, so charmant war. Ich hätte vorbereitet gewesen sein sollen.

»Nein«, erwiderte ich. »Ich will keinen. Dies ist kein Geselligkeitsbesuch.« Abgesehen davon spürte ich nach wie vor den Wein aus dem Restaurant in meinem Körper zirkulieren.

Er verzog das Gesicht. »Ich entschuldige mich«, sagte er. »Wenn es hier um das Restaurant geht – meine Fragen –, mir ist klar, dass es anmaßend von mir war. Ich sehe, dass ich eine Grenze überschritten habe.«

»Das ist es nicht.« Mein Herz klopfte sehr schnell. Ich war von meiner Wut hierhergetragen worden, aber nun hatte ich Angst. Diese Sache anzusprechen, würde es ans Licht bringen, würde es schlussendlich real machen. »Sie sind es, nicht wahr?«

Er kräuselte die Stirn. »Was?«

Das hatte er nicht erwartet, dachte ich. Nun war es an ihm, in die Enge getrieben zu sein. Es verlieh mir das Selbstvertrauen fortzufahren.

»Die Nachrichten.«

Er schaute perplex drein. »Nachrichten …«

»Sie wissen, wovon ich rede. Die anonymen Nachrichten – die Geldforderungen. Ich bin gekommen, um Ihnen klarzumachen, dass Sie mir nicht drohen können. Es gibt nur wenig, was ich nicht tun würde, um mich zu schützen. Ich werde vor nichts zurückschrecken.«

Ich kann heute noch sein betretenes, verhaltenes Lachen hören. »Madame Meunier – Sophie –, es tut mir leid, aber ich habe buchstäblich keinen Schimmer, wovon Sie reden. Was für Nachrichten?«

»Diejenigen, die Sie mir hinterlassen haben«, sagte ich ungerührt. »In meinem Briefkasten. Unter meiner Tür.«

Ich betrachtete sein Gesicht so aufmerksam, aber ich sah nur Verwirrung. Entweder war er ein vollendeter Schauspieler, was ich ihm durchaus zugetraut hätte, oder er konnte mit dem, was ich sagte, wirklich nichts anfangen. Könnte das sein? Ich sah ihn an, seine verdutzte Miene, und widerwillig musste ich feststellen, dass ich ihm glaubte. Aber es ergab keinen Sinn. Wenn nicht er, wer dann?

»Ich …« Das Zimmer schien ein bisschen zu schwanken. Eine Kombination von dem Wein, den ich getrunken hatte, und dieser neuen Erkenntnis.

»Möchten Sie sich vielleicht setzen?«, fragte er.

Und ich setzte mich, denn plötzlich war ich mir nicht mehr sicher, ob ich stehen konnte.

Er goss mir einen Wein ein, diesmal ohne zu fragen. Ich brauchte es, und so nahm ich das angebotene Glas entgegen, wobei ich mir Mühe geben musste, den Stiel nicht so fest zu umklammern, dass er zerbrach.

Er setzte sich neben mich hin. Ich sah ihn an – diesen Mann, der mir seit seiner Ankunft ein Dorn im Auge gewesen war, der so viel Raum in meinen Gedanken besetzt hatte. Der mir das Gefühl gab, gesehen zu werden – einschließlich allen Unbehagens, das damit einherging –, just in dem Moment, als ich geglaubt hatte, dass ich auf immer und ewig unsichtbar geworden sei. Unsichtbar zu sein war sicher gewesen, wenn auch zuweilen einsam. Aber ich hatte vergessen, wie aufregend es sich anfühlen konnte, gesehen zu werden.

Ich befand mich, vielleicht, in einer Art Trance. Der Wein, den ich getrunken hatte, bevor ich kam, um ihn zur Rede zu stellen. Der Druck, der sich über Wochen in mir aufgebaut hatte, während mein Erpresser mich verhöhnte. Die Einsamkeit, die jahrelang heimlich und in aller Stille gewachsen war.

Ich beugte mich vor und küsste ihn. Beinahe augenblicklich wich er zurück. Ich konnte nicht glauben, was ich getan hatte. Ich hob eine Hand an mein Gesicht, berührte meine heiße Wange.

Er lächelte mich an. Dieses Lächeln hatte ich zuvor nicht an ihm gesehen. Das war etwas Neues. Etwas Intimes, Heimliches. Etwas nur für mich.

»Ich … ich muss gehen.« Ich stellte mein Weinglas ab, und als ich es tat, stieß ich sein Bier um. »Oh, *mon dieu*. Das tut mir leid …«

»Das Bier ist mir egal.« Und dann umfasste er meinen Kopf mit beiden Händen, zog mich zu sich heran und erwiderte meinen Kuss.

Sein Duft, seine fremdartige Note, das unbekannte Gefühl seiner Lippen auf meinen, der Verlust meiner Selbstbeherrschung … all das kam überraschend. Aber nicht der Kuss selbst, nicht wirklich. In einem verborgenen Teil von mir hatte ich gewusst, dass ich ihn wollte.

»Seit dem ersten Tag«, sagte er, als würde er meine eigenen Gedanken wiedergeben, »als ich dich im Hof sah, wollte ich mehr über dich erfahren.«

»Das ist doch albern«, erwiderte ich, denn das war es. Doch was meinem Gefühl die Überzeugung nahm, war die Art, wie er mich ansah.

»Das ist es nicht. Seit dem Weinempfang bei dir habe ich gehofft, das hier zu tun. Als wir allein in dem Arbeitszimmer deines Mannes waren …«

Ich dachte an meine Entrüstung, als ich ihn dort vorfand, wo er die Aktfotografie betrachtete. An meine Angst. Aber Angst und Begehren sind so untrennbar miteinander verwoben.

»Das ist absurd«, widersprach ich. »Was ist mit Dominique?«

»Dominique?« Er schien aufrichtig verwirrt.

»Ich habe euch an dem Abend zusammen gesehen.«

Er lachte. »Ja, sie könnte mit ihrem Blick eine Statue flachlegen. Und mir passte es in den Kram, um deinen Ehemann davon abzulenken, dass mich nach seiner Frau verlangte.« Er streckte den Arm aus und zog mich wieder an sich.

»Das hier kann nicht passieren …«

Ich glaube, er hörte meine mangelnde Überzeugung, denn er grinste. »Ich sage es nur ungern. Aber es *passiert* bereits.«

»Wir müssen vorsichtig sein«, flüsterte ich ein paar Minuten später, als ich begann meine Bluse aufzuknöpfen. Als ich die Dessous enthüllte, die kostspielig erstanden, aber kaum je von anderen Augen gesehen worden waren als meinen. Meinen Körper enthüllte, dem so viel Vergnügen verwehrt worden war, gehegt und gepflegt für einen Mann, der ihn kaum eines Blickes würdigte.

Er fiel vor mir auf die Knie, als wolle er mir zu meinen Füßen huldigen. Schob den eng anliegenden Stoff meiner Hose runter, fand die zarte Spitze meines Slips mit seinem Mund, öffnete seine Lippen an mir.

NICK

Erste Etage

Letzte Nacht habe ich nicht gut geschlafen, und das lag nicht nur an den Bässen von der Party im Keller, die die ganze Nacht das Treppenhaus hochwummerten. Ich gehe ins Bad und kippe mir zwei weitere von den blauen Pillen in die Hand. Sie sind das Einzige, was mich momentan noch am Laufen hält. Ich schlucke sie runter.

Ich kehre ins Wohnzimmer zurück. Als ich am iMac vorbeikomme, flackert der Bildschirm auf. Bin ich dagegengestoßen? Wenn, dann habe ich es nicht gemerkt. Aber da ist es. Das Foto von Ben und mir. Starr bleibe ich davor stehen. Auf die gleiche Weise davon angezogen, wie jemand mit selbstverletzendem Verhalten davon angezogen wird, sich die Rasierklinge über das Handgelenk zu ziehen.

Nach jenem Abendessen auf der Dachterrasse wurde alles anders. Etwas hatte sich verschoben. Mir gefiel nicht, wie Papa ihn hofiert hatte. Mir gefiel nicht, wie Bens Blick von meinem abgeglitten war, als er von unserer Europareise erzählte. Und erst recht nicht gefiel mir die Tatsache, dass er jedes Mal, wenn ich ihm vorschlug, was trinken zu gehen, »zu viel um die Ohren« hatte. Immer war er gerade auf dem Sprung, seinen Redakteur zu treffen, ein Restaurant zu bewerten. Mir gefiel nicht, wie er meine Anrufe ignorierte, meine SMS, seine Augen auswichen, wenn wir uns auf der Treppe begegneten.

So hätte es nicht sein sollen. Das hatte ich nicht im Sinn gehabt, als ich ihm die Wohnung anbot. Er war schließlich derjenige gewesen, der sich bei mir gemeldet hatte. Seine E-Mail hatte die Vergangenheit abrupt wieder aufgerissen. Ich war ein großes Risiko eingegangen, ihn hierher einzuladen. Ich war davon ausgegangen, wir hätten eine stillschweigende Übereinkunft.

Es gibt ein zweites Treppenhaus in diesem Haus. Ein verborgenes. Antoine und ich spielten darin, als wir noch klein waren. Nutzten es auch, um uns vor Papa zu verstecken, wenn er eine seiner Launen hatte. Ich schäme mich, es zuzugeben, aber es gab zwei Gelegenheiten, als ich es auch nutzte, um Ben zu beobachten, um einen Blick in seine Wohnung, sein Leben zu werfen. Herauszufinden, was er im Schilde führte.

Während er *mich* abblitzen ließ, schien Ben Zeit für die anderen Bewohner des Hauses zu haben. Eines Nachmittags, als ich runterging, um meine Wäsche zu waschen, fand ich die beiden im Keller vor. Hörte zuerst nur das Gelächter. Dann Papas Stimme: »Als ich das Unternehmen von ihrer Mutter erbte, war es natürlich komplett in den roten Zahlen. Musste es erst rentabel machen. Man muss heutzutage kreativ sein bei einem Weinunternehmen. Besonders wenn das Gut nicht weiter produziert und bald alles zu Essig wird. Muss Wege finden, die Geschäfte zu streuen, auszuweiten.«

»Was ist denn hier los?«, rief ich. »Eine private Weinverkostung?«

Sie traten aus dem Weinkeller wie zwei ungezogene Schulknaben. Papa, eine Flasche in der einen, zwei Gläser in der anderen Hand. Bens Zähne waren, als er lächelte, dunkel gefleckt vom getrunkenen Wein. Er hielt eine von den paar übrig gebliebenen Magnum-Flaschen des 1996er-Jahrgangs in der Hand. Ein Geschenk meines Vaters, wie es schien.

»Nicolas«, sagte Papa gedehnt. »Ich nehme an, du bist gekommen, um die Party aufzulösen?«

Kein: »Möchtest du dich uns anschließen, Sohn? Lust auf ein Gläschen?« In all der Zeit, die ich nun unter dem Dach meines Vaters lebte, hatte er nie vorgeschlagen, dass wir zwei so etwas wie ihre gemütliche kleine Weinverkostung machen. Es war Salz in der Wunde. Der erste richtige Verrat. Ich hatte Ben erzählt, was für eine Sorte Mann mein Vater in Wahrheit ist. Hatte er es vergessen?

Ben grinst mir von dem Foto auf dem Bildschirm entgegen. Und da stehe ich, neben ihm, und grinse vor mich hin wie der Trottel, der ich nun mal war. August, Amsterdam. Die Sonne in unseren Augen. Das Gespräch mit Jess hat alles wieder an die Oberfläche gebracht. Auch jenen Abend im Coffeeshop, wo ich Ben von meinem sechzehnten Geburtstag und dem Geschenk von Papa erzählt hatte, das mich zum Mann machen sollte. Wie eine Katharsis war es. Ich fühlte mich innerlich gereinigt, von allem Dreck befreit.

Danach spazierten Ben und ich in die dämmernden Straßen hinaus. Liefen einfach weiter, redeten. Ich wusste nicht wirklich, wohin wir gingen; ich glaube auch nicht, dass er einen Schimmer hatte. Irgendwann hatten wir den touristischen Teil der Stadt samt den Menschenmengen hinter uns gelassen; die Kanäle dort waren leiser, schummriger beleuchtet. Gesäumt von eleganten alten Häusern mit hohen Fenstern, durch die man die Menschen im Inneren sehen konnte: über einem Glas Wein plaudernd, beim Abendessen, ein Typ, der am Schreibtisch saß und tippte. Das war ein Viertel, in dem die Einheimischen tatsächlich wohnten.

Es war nichts zu hören bis auf das leise Schwappen des Wassers an den steinernen Ufermauern. Schwarzes Wasser, tintenschwarz, auf dem die Lichter der Häuser tänzelten. Und dann der Geruch, nach Moos und Moder. Ein Geruch aus alten Zeiten. Keine Übelkeit erregenden Marihuanawolken, durch die man hindurchlief. Ich hatte diesen Gestank von Gras satt. Hatte das Gedränge fremder Körper satt, das Gequassel anderer Menschen. Selbst die zwei anderen Jungs hatte ich satt, ihre Stimmen, den Mief ihrer Achselhöhlen, ihrer verschwitzten Füße. Wir hatten den Sommer über zu viel Zeit miteinander verbracht. Ich hatte jeden Witz, jede Story, die sie zu erzählen hatten, gehört. Mit Ben war es irgendwie anders – auch wenn ich nicht genau sagen konnte, warum.

Diese Ruhe, diese Stille – ich wollte sie am liebsten einsaugen, sie trinken wie ein kühles Glas Wasser. Es war magisch. Und Ben das ganze Zeug von meinem Vater zu erzählen… jeder kennt doch dieses Gefühl, oder? Wenn man etwas Schlechtes gegessen und sich übergeben hat, und man fühlt sich leer und ausgelaugt, aber auch gereinigt, auf gewisse Art sogar besser als zuvor?

»Danke«, sagte ich noch mal. »Fürs Zuhören. Du wirst es niemandem erzählen, nicht wahr? Den anderen?«

»Nein, natürlich nicht«, versprach er. »Das bleibt unser Geheimnis, Kumpel. Wenn du es willst.«

Wir spazierten nun einen Teil des Kanals entlang, der noch dunkler war; ich glaube, ein paar der Straßenlaternen waren ausgefallen. Es war totenstill.

Es gibt doch diese Momente, die so natürlich geschehen, als wären sie von Anfang an ins Leben eingeschrieben worden. Das war so einer. Ich erinnere mich an keine bewusste Entscheidung, als ich auf ihn zutrat. Doch bevor ich wusste, wie mir geschah, küsste ich ihn. Es war definitiv ich, der den ersten Schritt machte, das weiß ich – auch wenn es schien, als ob mein Körper sich bewegte, noch bevor mein Hirn begriff, was er vorhatte.

Ich hatte schon viele geküsst. Mädchen, meine ich. Immer nur Mädchen. Auf WG-Partys oder betrunken nach einem Uni-Ball. Und es war nicht unangenehm. Aber es hatte sich nie viel intimer oder erregender angefühlt als … ich weiß auch nicht, ein Händeschütteln. Es widerte mich in jedem Fall nicht an, aber wenn es passierte, erwischte ich mich, wie ich dabei über die logistischen Aspekte nachdachte – ob ich meine Zunge richtig einsetzte, etwa –, wobei mir immer etwas flau wurde bei dem Gedanken, wie viel Speichel wir da austauschten. Es war wie ein Sport, den ich ausübte, um vielleicht mal besser darin zu werden. Aber nichts Aufregendes, kein Akt, der meinen Puls beschleunigte.

Aber das hier … das war anders. Es geschah so intuitiv wie atmen. Es war merkwürdig, wie fest sein Mund mir vorkam, nach den weichen Lippen der Mädchen – ich hätte nicht gedacht, dass es da einen Unterschied gäbe. Und es kam mir so richtig vor. Als sei es die eine Sache, auf die ich immer gewartet hatte, die eine Sache, die Sinn ergab.

Ich griff seine Halskette, diejenige, die ich so oft unter dem Ausschnitt seines T-Shirts hatte auftauchen und verschwinden sehen, die mit dem kleinen Heiligenanhänger daran. Ich zupfte daran, zog ihn näher zu mir.

Und dann bewegten wir uns rückwärts in die Dunkelheit; ich schob ihn in eine verborgene Ecke, fiel vor ihm auf die Knie – erneut jede Bewegung so glatt und flüssig, als wäre sie im Vorhinein niedergeschrieben worden, als sollte es so sein. Öffnete seine Hose und nahm ihn in meinen Mund, seine Wärme und Härte, den geheimen Duft seiner Haut. Meine Knie brannten, dort, wo ich auf dem rauen Pflasterstein kniete. Und auch wenn ich mir nie erlaubt hatte, darüber nachzudenken, muss ich doch darüber nachgedacht haben – irgendwo in meinem Unterbewussten, irgendwo in den Untiefen meines Geistes, vor mir selbst verborgen –, denn ich wusste ganz genau, was ich tat.

Danach lächelte er. Ein schläfriges, träges, bekifftes Lächeln.

Aber für mich, nach dem Rausch der Euphorie, folgte das unmittelbare Tief. Noch nie hatte ich so einen Absturz erlebt. Meine Knie schmerzten, meine Jeans war durchnässt von irgendeiner Pfütze, in der ich gekniet hatte.

»Fuck. Fuck ... ich weiß nicht, was da gerade passiert ist. Scheiße. Ich bin ... ich bin einfach so dicht.« Was eine Lüge war. Ja, ich war bekifft, aber noch nie in meinem Leben hatte ich mich so klar in meinem Kopf gefühlt. Ich hatte mich auch noch nie so lebendig gefühlt – elektrisiert, aufgedreht –, so vieles auf einmal.

»*Alter*«, sagte er lächelnd. »Mach dir deswegen mal keinen Kopf. Wir waren ein bisschen besoffen, haben ziemlich gekifft.« Er deutete um uns herum und zuckte die Achseln. »Und ist ja nicht so, als ob es jemand gesehen hätte.«

Ich konnte nicht glauben, wie locker er blieb. Aber vielleicht hatte ich das irgendwo unterschwellig schon über ihn gewusst – dass er diese Seite an sich hatte. Ich hatte mal mitgekriegt, wie ihn jemand an der Uni als »kein Kostverächter« beschrieben hatte, und mich gefragt, was damit gemeint war.

»Erzähl es niemandem«, bat ich ihn. Plötzlich war mir richtiggehend schwindlig vor Angst. »Hör zu, du verstehst das nicht. Das hier … das muss unter uns bleiben. Wenn es rauskommen würde … mein Vater, er würde es nicht kapieren.« Die Vorstellung, dass er es herausfand, war wie ein Schlag in den Magen; allein der Gedanke nahm mir alle Luft zum Atmen. Ich konnte sein Gesicht sehen, seine Stimme hören. Erinnerte mich gut daran, was er erwidert hatte, als ich ihm sagte, dass ich sein Geschenk – das, was sich in dem Zimmer befand –, nicht wollte: »*Was stimmt nicht mit dir, Sohn? Bist du etwa eine* Schwuchtel?« Der Abscheu in seiner Stimme.

Er würde mich womöglich umbringen, überlegte ich. Sollte er je den begründeten Verdacht haben. Er wäre ihm wahrscheinlich allemal lieber, als einen Sohn wie mich zu haben. Zumindest würde er mich enterben. Und obwohl ich mir nicht schlüssig war, wie ich dazu stand, sein Geld anzunehmen, so war ich doch noch nicht bereit, es aufzugeben.

Nach Amsterdam entschied ich, Benjamin Daniels nie wiederzusehen. Wir verloren uns aus den Augen. Ich hatte eine Reihe von Freundinnen. Ich zog für beinahe ein Jahrzehnt in die Staaten, blickte nicht zurück. Ja, es gab da ein paar Typen – die Freiheit von Tausenden von Meilen Land und Ozean –, auch wenn ich nach wie vor die Stimme meines

Vaters in meinem Kopf zu hören schien. Aber es gab nichts Ernstes.

Das bedeutet nicht, dass ich später nie an jene Nacht zurückgedacht hätte. Auf gewisse Art, so glaube ich, habe ich seither ständig daran gedacht – indem ich versuchte, es nicht zu tun. Und dann, all die Jahre später: Bens E-Mail. Es musste etwas zu bedeuten haben, dass er sich einfach so, aus dem Blauen heraus, meldete. Es konnte nicht nur ein belangloses Treffen sein.

Nur dass wir – nach dem Abendessen auf der Dachterrasse, währenddessen er Papa so beeindruckt hatte – uns kaum noch sahen oder miteinander sprachen. Selbst für die Concierge fand er Zeit, aber nicht für mich, für seinen alten Freund. Er hatte sich hier praktisch mietfrei eingenistet. Er hatte sich genommen, was er brauchte, und dann die Taue gekappt. Allmählich kam ich mir benutzt vor. Und wenn ich daran dachte, wie ausweichend er jedes Mal wurde, wenn ich mich ihm näherte, beschlich mich auch ein bisschen die Furcht. Auch wenn ich nicht genau sagen konnte, warum. Ich dachte an Antoines Worte, dass Papa uns auch aus einer Laune heraus enterben könnte. In dem Augenblick fand ich es verrückt, aber jetzt… Mich überkam das Gefühl, dass ich Ben doch nicht hier haben, dass ich meine Einladung zurücknehmen wollte. Aber ich wusste nicht, wie ich das anstellen sollte, es rückgängig zu machen. Er wusste zu viel. Hatte so viel, was er gegen mich verwenden könnte. Ich musste einen anderen Weg finden, ihn dazu zu bringen, zu gehen.

Der Timer des Computers muss abgelaufen sein; der Bildschirm des iMac wird schwarz. Es spielt keine Rolle. Ich kann das Bild immer noch sehen. Es hat mich nun über ein Jahrzehnt verfolgt.

Ich muss daran denken, wie ich gestern Abend beinahe seine Schwester geküsst hätte. Die plötzliche, schockierende, herrliche Ähnlichkeit mit ihm, wenn sie den Kopf ein Stückchen drehte, die Stirn runzelte oder lachte. Und auch die Ähnlichkeit des Augenblicks: die Dunkelheit, die Stille. Wir zwei, einen Herzschlag lang vom Rest der Welt getrennt.

Jene Nacht in Amsterdam. Es war das Schlimmste, das Beschämendste, was ich je getan habe.

Es war auch das Beste, was mir je widerfahren ist. So jedenfalls habe ich es lange betrachtet. Bis er kam, um zu bleiben.

JESS

Ich erwache im Dunkeln. Ein schweres Gewicht lastet auf meiner Brust, und da ist ein schrecklicher Geschmack in meinem Mund, meine Zunge so trocken und klumpig, als würde sie nicht zu mir gehören. Ein paar lange Sekunden verharrt alles, was mit mir passiert ist, in absoluter Leere. Es ist, wie angestrengt nach vorne zu spähen und doch nur in ein schwarzes Loch zu blicken.

Ich strecke die Hände aus, um meine Umgebung zu betasten. Ich scheine auf einem Bett zu liegen. Aber welches Bett? Wessen?

Fuck. Was ist mit mir passiert?

Stück für Stück kommt die Erinnerung. Die Party. Der widerliche Cocktail. Victor der Vampir.

Und da erblicke ich etwas, was ich wiedererkenne. Ein paar grün leuchtende Ziffern in der Finsternis. Das ist Bens Wecker. Irgendwie bin ich wieder hier, in seiner Wohnung gelandet. Blinzelnd beäuge ich die Zahlen: 17:38. Aber das kann doch nicht sein. Das wäre Nachmittag. Jesus. Das würde ja bedeuten, dass ich… den ganzen Tag geschlafen habe.

Ich versuche, mich aufzusetzen. Jetzt sehe ich zwei riesige, glühende Augen mit schlitzartigen Pupillen. Die Katze sitzt auf mir – daher also das Gewicht auf meiner Brust. Sie beginnt, mit ihren Pfoten meinen Hals zu kneten, ihre Krallen wie winzige schmerzhafte Pfeile. Ich schiebe sie weg; sie hüpft vom Bett. Ich schaue an mir hinunter. Ich bin vollständig bekleidet. Gott sei Dank! Und nun fällt es mir in blitzartig aufleuchtenden Bildern ein: Victor war es, der mich runtergebracht hat, nachdem ich in Mimis Wohnung das Bewusstsein verloren hatte. Nicht der durchtriebene Vergewaltiger, für den ich ihn plötzlich gehalten hatte. Tatsächlich schien er furchtbar erschrocken über meinen Zustand und verkrümelte sich so schnell wie möglich. Trotzdem war es anständig von ihm, mir wenigstens hierher zu helfen.

Noch eine Erinnerung, die aufflackert. Ich habe gestern Nacht etwas gefunden. Etwas, das sehr wichtig war. Aber momentan kehrt alles, was geschehen ist, nur in nebelhaften, unzusammenhängenden Bruchstücken zu mir zurück. Riesige Teile fehlen, wie Löcher in einem Puzzle. Ich weiß, dass meine Träume ziemlich abgefahren waren. Ich erinnere mich noch an Ben, der mich durch eine Glasscheibe hindurch anbrüllt, aber ich kann sein Gesicht nicht klar erkennen; das Glas scheint rauchig, verzerrt. Er versucht, mich vor etwas zu warnen, doch ich kann nicht verstehen, was er sagt. Und dann, plötzlich, ist sein Gesicht klar und deutlich vor mir – aber das ist viel, viel schlimmer. Denn er hat keine Augen. Jemand hat sie ihm rausgekratzt …

Jetzt fallen mir die Bilder unter Mimis Bett ein. Jesus! Das war es, was ich gestern Nacht gefunden habe. Die Risse in den Leinwänden, als hätte das Mädchen sie in einer Art Wahn zerfetzt. Dann die Schnitte, die Löcher, wo seine Augen hätten sein sollen. Und Bens T-Shirt, das drum herum gewickelt war.

Ich hieve mich aus dem Bett, torkle ins Wohnzimmer. Mein Kopf wummert. Ich mag zwar zierlich sein, aber ein billiger Aufriss bin ich trotzdem nicht – ein Cocktail reicht nicht, um mich so auszuknocken. Dann war es womöglich nicht Victor, aber bei einer Sache bin ich mir sicher: Jemand hat mir was ins Getränk getan.

Ein lautes Schrillen … so unerwartet in der Stille, dass ich heftig zusammenzucke. Mein Handy. Theos Name leuchtet auf dem Display auf.

Benommen gehe ich ran. »Hallo?«

»Ich weiß, was für eine Karte das ist.« Kein Geplänkel, keine einleitenden Worte.

»Hä?«, krächze ich. »Wovon redest du?«

»Die Karte, die du mir gegeben hast. Die metallische mit dem Feuerwerk. Ich weiß, was es ist. Hör zu, können wir uns um sieben treffen. So … in einer halben Stunde? Metrohaltestelle Palais Royal – von dort aus können wir laufen. Oh, und schau zu, dass du dich so schick wie nur möglich machst.«

»Ich habe aber nichts …«

Doch er hat schon aufgelegt.

MIMI

Dritte Etage

Ich habe das Zeug gestern Abend in ihr Getränk getan. Es war so einfach. Auf der Party ging Ketamin herum, ich habe welches abgezweigt, es ins Glas gekippt, gewartet, bis es sich aufgelöst hatte, und dann einen von Camilles Freunden gebeten, es der Engländerin mit dem dunkelroten Haar zu geben. Er schien nur zu gewillt, den Auftrag auszuführen – sie ist recht hübsch, schätze ich. Ich musste es tun. Ich konnte sie nicht dahaben. Aber das heißt nicht, dass ich deswegen kein schlechtes Gewissen hätte. Ich war, was Drogen angeht, mein ganzes Leben so vorsichtig gewesen – abgesehen von der einen Nacht im Park – und verabreiche sie dann doch einem Mädchen ohne sein Wissen. Das war nicht cool. Es ist nicht ihre Schuld, dass sie den Fehler beging, in dieses Haus zu kommen. Das ist das Schlimmste daran. Sie ist wahrscheinlich nicht mal ein schlechter Mensch.

Aber ich weiß, dass ich es bin.

Camille kommt in einem Seidenhöschen aus ihrem Zimmer geschlurft, ihre Augen komplett mit schwarzer Mascara verschmiert. Es ist das erste Mal, dass sie sich heute blicken lässt. »Hey. Gestern Nacht war eeeecht irre. Die

Leute hatten richtig Spaß, meinst du nicht?« Sie sieht mich genauer an. »*Putain*, Mimi, du siehst übel aus. Was ist mit deinen Knien passiert?« Sie schmerzen immer noch, da, wo ich vor dem Lkw auf den Asphalt geknallt bin; die Concierge bestand darauf, die Schürfwunden mit Desinfektionsmittel abzutupfen. Meine Mitbewohnerin grinst. »Da hatte jemand eine gute Nacht, was?«

Ich zucke die Achseln. »*Oui*. Ich schätze schon.« Tatsächlich war es wahrscheinlich eine der schlimmsten Nächte meines Lebens. »Aber ich ... habe nicht gut geschlafen.« Ich habe gar nicht geschlafen.

Sie beäugt mich genauer. »Ohhh. War es *diese* Art von nicht geschlafen?«

»Was meinst du?« Ich wünschte, sie würde aufhören, mich so anzustarren.

»Du weißt, was ich meine! Dein mysteriöser Typ?«

Mein Herz schlägt plötzlicher schneller in meiner Brust. »Oh. Nein. So was war es nicht.«

»Warte mal.« Sie grinst mich an. »Du hast es mir nie erzählt. Hat es geklappt?«

»Was meinst du mit ›Hat es geklappt‹?« Ich fühle mich von ihr bedrängt; der Geruch nach Miss Dior und schalem Zigarettenrauch ist plötzlich überwältigend. Wenn sie doch nur gehen würde.

»Na, die Fetzen, die wir zusammen ausgesucht haben, Mimi!« Sie hebt ihre Augenbrauen. »Du kannst es unmöglich vergessen haben? Das ist nur zwei Wochen her oder so!«

Und doch fühlt es sich bereits an, als wäre es jemand anderem widerfahren. Ich sehe mich selbst als Figur in einem

Film, die an Camilles Tür klopft, höre ihr »Komm doch rein«. Sie hockt auf dem Bett und pinselt an ihren Nägeln herum, das Zimmer stinkt nach Nagellack und Gras.

»Ich will mir Dessous kaufen«, sagte ich zu ihr.

Maman kauft mir sonst meine Unterwäsche. Wir gehen alle halbe Jahre zu Eres, wo sie mir schlichte Sets in Schwarz, Weiß und Nude aussucht. Aber ich wollte etwas anderes. Etwas, das ich mir selbst ausgesucht hatte. Nur, dass ich keine Ahnung hatte, wo ich dafür hingehen sollte. Ich wusste, dass Camille es wüsste.

Camilles Augenbrauen schossen in die Höhe. »Mimi! Was ist denn mit dir passiert? Erst der neue Look und jetzt … *Dessous*? Wer ist er?« Sie grinste süffisant. »Oder sie? *Merde*, du bist immer so mysteriös, dass ich nicht mal weiß, ob du eigentlich Mädchen bevorzugst?« Ein Schmunzeln. »Oder vielleicht bist du wie ich, und es kommt darauf an, in welcher Stimmung du bist?«

War es wirklich möglich, dass sie nicht wusste, um wen es ging? Mir schien es offensichtlich. Nicht nur, dass ich auf ihn stand, sondern auch, dass er und ich eine besondere Verbindung hatten. Es kam mir vor, als müsste es glasklar für die Außenwelt sein, für jeden, der uns sah.

»Komm«, sagte sie, sprang auf und warf ihre Zehentrenner aus Schaumstoff beiseite. »Wir gehen gleich.«

Sie schleifte mich in die *Passage du Désir* in Châtelet. Das ist ein Sexshop – eigentlich eine Kette – in einer breiten, geschäftigen Einkaufsstraße, direkt neben Schuh- und Klamottenläden, denn das ist nun mal Frankreich – wo Vögeln eine Art Frage des Nationalstolzes ist. Man sieht Pärchen mit Tragetaschen über dem Arm herausspazieren und einander geheimnisvoll zulächeln, Frauen, die in ihrer

Mittagspause hineinschlendern, um sich Vibratoren zu kaufen. Ich war nie da drin gewesen. Und jedes Mal, wenn ich an einem ihrer Schaufenster vorbeikam, lief ich rot an und schaute weg.

Ich hatte das Gefühl, als würden alle im Laden mich anstarren und sich fragen, was so eine Versager-Jungfrau wie ich zwischen all den Latex-Leder-Fetischklamotten und Gleitmitteln verloren hatte. Ich senkte den Kopf und versuchte, mich hinter meinem neuen Pony zu verstecken. Ich hatte auf einmal diese schrecklichen Bilder von Papa im Kopf, der zufällig vorbeispazierte, mich drinnen erblickte und mich an meinen Haaren rauszerrte, mich vor allen Passanten als *petite pute* beschimpfte.

Camille kramte Schachteln hervor, die sich *love kits* nannten: Dessous- und Strapse-Sets für zehn Euro. Doch ich schüttelte den Kopf. Das war nicht stilvoll genug. Sie schnappte sich einen riesigen knallrosa Dildo mit obszön hervortretenden Adern und wedelte damit vor mir herum. »Vielleicht solltest du dir gleich *so einen* besorgen, wenn wir schon hier sind.«

»Stell das zurück«, zischte ich, drauf und dran, vor Scham zu sterben. Ja, wir haben im Französischen auch diesen Ausdruck: *mourir de honte.*

»Masturbieren ist gesund, *chérie*«, erwiderte Camille lauter als nötig. Ich konnte ihr ansehen, dass sie das hier genoss. »Weißt du, was nicht gesund ist? Nicht zu masturbieren. Ich wette, die Schule, auf die dein Herr Papa dich geschickt hat, hat euch erzählt, dass es Sünde sei.«

Ich hatte Camille von der Schule erzählt, nur nicht, warum ich sie verlassen musste. »*Va te faire foutre*«, sagte ich und gab ihr einen Stoß.

»Ah, aber das ist doch genau das, was du machen sollst«, gab sie grinsend zurück: »Dich *selbst* ficken.«

Ich schleifte sie da raus. Wir gingen zu einem nobleren Laden, wo die Verkäuferinnen mit ihren Chignons und ihrem perfekten roten Lippenstift mich schräg von der Seite ansahen. Mein schlabbriges T-Shirt, meine klobigen Boots, meinen selbst geschnittenen Pony. Ein Security-Typ behielt uns im Auge. Das hätte mir normalerweise schon gereicht. Ich wäre gegangen. Aber ich musste das hier tun. Für ihn.

»Ich will mir auch was aussuchen«, sagte Camille und hielt ein Seidenbustier an sich hoch.

»Du besitzt mehr Zeug als der ganze Laden.«

»*Oui.* Aber ich will etwas Stillvolleres, du weißt schon.«

»Und für wen?«, fragte ich.

»Jemand Neues.« Sie bedachte mich mit einem geheimnisvollen Lächeln. Das war merkwürdig. Camille macht nie ein Geheimnis um irgendwas. Wenn sie einen neuen Gespielen hat, dann hat normalerweise dreißig Minuten nach ihrem ersten Fick die ganze Welt davon gehört.

»Sag's mir«, bat ich. Aber sie weigerte sich beharrlich. Diese neue, mysteriöse Camille gefiel mir nicht. Aber ich war zu berauscht von der Aufregung meines eigenen Einkaufs, um allzu viel darüber nachzudenken. Ich konnte es nicht erwarten.

Neben den Regalen mit Design-Sexspielzeug arbeiteten wir uns durch ganze Kleiderstangen mit Seide und Spitze, befühlten den Stoff zwischen unseren Fingern. Die Dessous mussten perfekt sein. Einiges davon war zu viel des Guten: im Schritt offen, mit Riemen und Schnallen, aus Leder. Manches davon wies Camille zurück als »Zeug, das deine

Mutter tragen würde«: florale Muster und Seide in Pastellfarben – Rosa, Pistazie, Lavendel.

Dann: »Ich hab's gefunden, das Passende für dich.« Sie hielt es hoch. Es war das teuerste Set von allen, die wir uns angeschaut hatten. Schwarze Spitze und Seide, so fein, dass man sie kaum zwischen den Fingerspitzen spüren konnte. Elegant, aber sexy. Erwachsen.

In einer Umkleidekabine mit Samtvorhängen probierte ich das Set an. Ich hielt mein Haar hoch und schloss halb die Lider. So war es mir schon weniger peinlich. Ich hatte mich noch nie so betrachtet. Ich hatte geglaubt, dass ich mich albern und linkisch fühlen würde, dass ich mir Sorgen wegen meiner kleinen Brüste, meinem Kugelbäuchlein, meinen krummen Beinen machen würde.

Aber das tat ich nicht. Stattdessen malte ich mir aus, wie ich mich vor ihm entblößte. Ich stellte mir den Ausdruck auf seinem Gesicht vor. Sah vor mir, wie er die Seide von meiner Haut streift.

Je suis ta petite pute.

Nachdem ich mich wieder angezogen hatte, nahm ich das Set zur Kasse mit und sagte der Verkäuferin, dass ich es mitnehmen wolle. Es gefiel mir, wie sie versuchte, ihre Überraschung zu verbergen, als ich meine Kreditkarte zückte. *Ja, fick dich, du Kuh. Ich könnte alles hier drin kaufen, wenn ich wollte.*

Den ganzen Nachhauseweg über dachte ich an die Einkaufstasche über meinem Arm. Sie wog nichts, aber plötzlich war sie alles.

Die nächsten Tage betrachtete ich ihn nachts durch mein Fenster. Sie waren immer später geworden, die Stunden, in denen er dasaß und tippte, angetrieben von kannenweise

Kaffee, den er auf seinem Herd zubereitete und am Fenster in den Hof blickend trank. Es war ein wichtiges Projekt, das war mir klar. Ich sah ja, wie schnell er tippte, den Kopf über die Tastatur gesenkt. Vielleicht würde er es mich eines baldigen Tages lesen lassen. Ich würde die erste Person sein, mit der er es teilte. Ich schaute zu, wenn er sich bückte und den Kopf seiner Katze kraulte, und ich stellte mir vor, ich sei die Katze. Ich stellte mir vor, dass ich eines Tages dort liegen würde, auf seinem Sofa, mit meinem Kopf in seinem Schoß, und er würde mein Haar streicheln, wie er das Fell der Katze streichelte. Und wir würden uns eine Schallplatte anhören, und wir würden über unsere Pläne reden. Ich sah dieses Bild – wir gemeinsam dort in seiner Wohnung – so deutlich, dass es war, als würde ich uns zuschauen. So deutlich, dass es mir wie eine Vorahnung erschien.

NICK

Erste Etage

Ein Hämmern an meiner Wohnungstür. Ich springe erschrocken auf.

»Wer ist da?«

»Laisse-moi entrer.« Lass mich rein. Erneutes Klopfen. Die Tür erbebt in ihren Angeln.

Ich gehe hinüber, um zu öffnen. Antoine drängt sich an mir vorbei ins Wohnzimmer und bringt eine Wolke aus schalem Alkohol und Schweiß mit. Ich mache einen Schritt zurück.

Erst zwei Wochen zuvor war er hier genauso reingestürmt: »Dominique betrügt mich. Ich weiß, dass sie es tut. Die kleine Schlampe. Kommt nach Hause und riecht nach einem anderen. Ich habe sie gestern auf der Treppe angerufen und ihren Klingelton woanders in diesem Gebäude gehört. Das zweite Mal, als ich anrief, hatte sie es ausgeschaltet. Mir erzählte sie, sie wäre bei der Pediküre in Saint-Germain gewesen. Er ist es, ich weiß es. Es ist dieser britische *conard*, den du hier hast einziehen lassen …«

Ich dachte nur: Könnte es wirklich sein? Ben und Dominique? Ja, sie hatten beim Apéro geflirtet, waren gemeinsam auf der Dachterrasse gewesen. Ich hatte mir nichts dabei gedacht. Ben flirtete mit allem und jedem. Aber könnte das der Grund sein, warum er in letzter Zeit meinen Blicken auswich, meine Anrufe ignorierte? Warum er so *beschäftigt* war?

Nun schnipst Antoine mit den Fingern vor meinem Gesicht herum. »Aufgewacht, *petit frère*!« Da ist nichts Liebevolles in dem »kleiner Bruder«. Seine Augen sind blutunterlaufen, sein Atem ranzig vom Wein. Ich konnte die Veränderung an ihm nicht fassen, als ich nach all den Jahren zurückkehrte. Als ich fortging, war mein Bruder ein glücklicher frisch vermählter Mann gewesen. Heute ist er ein alkoholkrankes Wrack, das von seiner Frau sitzen gelassen wurde. Das ist es, was die Arbeit für unseren Vater mit einem anstellt. »Was sollen wir mit ihr machen«, will er wissen. »Mit dem Mädchen?«

»Beruhige dich doch …«

»Beruhigen?« Er stochert mit dem Finger vor meinem Gesicht herum. Ich mache noch einen Schritt zurück. Er mag zwar ein Wrack sein, aber ich werde immer der kleinere Bruder sein, bereit, einem Punch auszuweichen. Außerdem ist er Papa so ähnlich, wenn er wütend ist. »Du weißt schon, dass das alles deine Schuld ist, ja? Ganz allein dein Schlamassel? Wenn du den Wichser nicht hierher eingeladen hättest … Kommt her und denkt, er kann sich einfach … einfach so bedienen. Du weißt schon, dass er dich benutzt hat, oder? Aber das konntest du nicht sehen, stimmt's? Gar nichts konntest du sehen.« Er runzelt die Stirn in gespielter Nachdenklichkeit. »Eigentlich, wenn ich jetzt so darüber nachdenke, die Art, *wie* du ihn angesehen hast …«

»Ferme ta gueule.« Halt die Fresse. Ich mache einen Schritt auf ihn zu. Die Wut kommt plötzlich, blendet alles andere aus. Erst als mein Bewusstsein zurückkehrt, begreife ich, dass meine Hand sich um seine Kehle geschlossen hat und seine Augen hervortreten. Ich lockere meinen Griff – wenn auch mit Mühe; es ist, als würde ein Teil von mir der Anweisung widerstreben.

Antoine hebt eine Hand und reibt sich den Hals. »Da hab ich einen Nerv getroffen, was, kleiner Bruder?« Er ist heiser, sein Blick etwas verängstigt, sein Tonfall nicht ganz so locker, wie er es wohl gerne hätte. »Papa würde das gar nicht gefallen, oder? Nein, das würde es wirklich nicht.«

»Tut mir leid«, sage ich beschämt. Meine Hand schmerzt. »Scheiße, Mann, tut mir leid. Das hilft keinem von uns, sich so zu streiten.«

»Oh, schau dich einer an. So erwachsen. So verlegen wegen deines kleinen Wutausbruchs, nicht wahr, wo du doch so gerne tust, als ob mit dir alles in Ordnung wäre. Dabei bist du genauso abgefuckt wie ich.« Beim Wort »abgefuckt« landet ein großer Tropfen Spucke auf meiner Wange. Ich wische ihn mit dem Handrücken weg. Ich möchte gehen und mein Gesicht abwaschen, es mit heißem Wasser und Seife schrubben. Ich fühle mich infiziert von ihm.

Als Jess gestern Abend über Antoine sprach, sah ich ihn durch die Augen eines Fremden. Ich schämte mich für ihn. Sie hat recht. Er ist total kaputt. Aber ich hasste es, dass sie das sagte. Weil er auch mein Bruder ist. Wir können unsere Familienmitglieder runtermachen, wie wir wollen, aber in dem Moment, da ein Außenstehender sie beleidigt, kocht unser Blut hoch. Letzten Endes mag ich meinen

Bruder nicht – aber ich liebe ihn. Und ich erkenne mein eigenes Versagen in ihm. Für Antoine ist es der Alkohol, für mich die Pillen, das selbstkasteiende Training. Ich mag meine Süchte etwas besser unter Kontrolle haben. Ich mag weniger kaputt sein – nach außen hin zumindest. Aber ist das wirklich etwas, mit dem sich brüsten lässt?

Antoine grinst. »Ich wette, du wünschst dir, du wärst nie wiedergekommen, was?« Er kommt noch einen Schritt näher. »Sag mir, wenn es so toll war, mit den ganzen Überfliegern im Silicon Valley abzuhängen, warum bist du dann zurückgekehrt? Ah, *oui*… weil du keinen Deut besser bist als der Rest von uns. Du versuchst so zu tun, als ob du es wärst, als ob du sein Geld nicht bräuchtest. Aber du bist zurückgekrochen, wie wir alle es tun, um noch ein bisschen an der väterlichen Brust zu saugen…«

»Halt verdammt noch mal die Klappe!« Meine Hände ballen sich zu Fäusten.

Ich nehme einen langen Atemzug: ein auf vier, aus auf acht, so wie meine Achtsamkeits-App es mir sagt. Ich bin nicht stolz darauf, so die Fassung zu verlieren. Ich bin besser als das. Ich bin nicht so ein Typ. Aber kein Mensch schafft es, mir so zuzusetzen wie Antoine. Niemand sonst weiß so genau, was er sagen und wie er es sagen muss, um den größten Treffer zu erzielen. Ausgenommen mein Vater natürlich.

Aber das Schlimmste daran ist, dass mein Bruder recht hat. Ich bin zurückgekommen – zum Vater und Herrn dieses Hauses. Wie ein Zugvogel, der an denselben vergifteten See zurückkehrt.

»Du bist heimgekehrt, Sohn«, sagte Papa, als wir an meinem ersten Abend oben auf der Dachterrasse saßen. »Ich wusste immer, dass du wiederkommen würdest. Wir werden einen Ausflug auf die Île de Ré machen müssen, am Wochenende mal mit dem Boot rausfahren.«

Vielleicht hatte er sich geändert. War milder geworden. Er verspottete mich nicht wegen des Geldes, das ich bei dem Investment in den Sand gesetzt hatte – noch nicht. Er bot mir sogar eine Zigarre an, die ich rauchte, obwohl ich den Geschmack verabscheue. Vielleicht hatte er mich vermisst.

Erst später begriff ich, dass es nichts dergleichen war. Es war lediglich ein weiterer Beweis seiner Macht. Ich hatte versagt dabei, mir ein Leben abseits von ihm aufzubauen.

»Wenn du mehr von meinem Geld willst«, sagte er zu mir, »kannst du unter mein Dach zurückkehren, damit ich ein Auge auf dich haben kann. Kein Herumscharwenzeln in der Weltgeschichte mehr. Ich will schließlich Rendite auf meine Investitionen. Ich will sicher sein, dass du es nicht verplemperst. *Compris?*« *Verstanden.*

Antoine geht vor mir auf und ab. »Also, was sollen wir wegen ihr unternehmen?«, fragt er mit alkoholisierter Streitlust.

»Sprich leiser«, sage ich. »Es ist möglich, dass sie einen Teil versteht.« Die Wände in diesem Haus haben Ohren.

»Tja, aber was zum Henker tut sie hier noch?« Er tritt gegen den Türrahmen. »Was, wenn sie zur Polizei geht?«

»Darum habe ich mich gekümmert.«

»Wie meinst du das?«

»Es hilft eben, Freunde in den höheren Etagen zu haben.«

Er versteht. »Trotzdem muss sie hier weg.« Nun murmelt er in sich hinein. »Wir könnten sie aussperren. Es wäre so einfach. Alles, was wir tun müssen, ist den Code am Eingangstor ändern – dann könnte sie nicht mehr rein.«

»Nein«, sage ich, »das würde nicht …«

»Oder wir bringen sie dazu zu gehen. Ein kleines Mädchen wie die? Wäre nicht so schwer.«

»Nein. Wenn überhaupt, würden wir sie dazu treiben, noch mal allein zur Polizei zu gehen …«

Antoine stößt einen Laut zwischen einem Röhren und einem Stöhnen aus. Er ist ein einziges Risiko. Familie, nicht wahr? Weil Blut am Ende immer dicker ist als Wasser. Oder, wie wir in Frankreich sagen: *La voix du sang est la plus forte.* Die Stimme des Blutes ist die stärkste. Diese Stimme war es auch, die mich hierher beordert hat.

»Es ist besser, wenn sie bleibt«, sage ich scharf. »Das muss dir doch klar sein. Es ist besser, wenn wir ein Auge auf sie haben. Vorerst müssen wir einfach nur die Nerven behalten. Papa wird wissen, was zu tun ist.«

»Hast du schon was von ihm gehört?«, fragt Antoine. »Von Papa?« Sein Tonfall hat sich geändert. Da ist etwas Bedürftiges in seiner Stimme. Als er »Papa« sagte, klang er für einen Moment wie der kleine Junge, der er einst war, der kleine Junge, der vor dem Schlafzimmer seiner Mutter saß, während die besten Ärzte von Paris kamen und gingen, unfähig, hinter die Krankheit zu kommen, die sie aufzehrte.

Ich nicke. »Er hat sich heute früh gemeldet.«

Ich hoffe, du hältst die Stellung, Sohn. Schau zu, dass du Antoine unter Kontrolle behältst. Ich bin zurück, sobald ich kann.

Antoine blickt finster drein. Er ist Papas rechte Hand im Familienunternehmen. Aber für den Moment bin ich es, dem er vertraut. Das muss schmerzen. Aber so war es schon immer – unser Vater, der uns in einem ständigen Kampf um die Krumen elterlicher Zuneigung gegeneinander ausspielte. Bis auf die wenigen Gelegenheiten, bei denen wir uns gegen einen gemeinsamen Feind verbünden.

Zweiundsiebzig Stunden zuvor

DIE CONCIERGE

Loge

Sie beobachtet durch die Fensterläden, als er aus dem Gebäude getragen wird. So wie sie alles an diesem Ort beobachtet. Manchmal aus ihrer Loge im Garten, manchmal aus den Untiefen des Gebäudes, wo sie sie alle unbemerkt ausspionieren kann.

Der Körper in seinem improvisierten Leichentuch ist sichtlich schwer. Vielleicht schon sperrig durch die einsetzende Starre. Ein totes Gewicht.

Die Lichter im zweiten Stock sind bis gerade eben an gewesen und strahlten in die Nacht hinaus. Nun werden sie gelöscht, und sie betrachtet, wie die Fenster zu dunklen Vierecken werden, die alles dahinter verbergen. Doch es wird mehr brauchen als das, um die Erinnerung daran, was sich innerhalb dieser Wände zugetragen hat, auszulöschen.

Nun geht die matte Laterne im Hof an. Sie sieht zu, als die beiden sich, hinter den hohen Mauern von der Außenwelt versteckt, an die Arbeit machen, tun, was getan werden muss.

Wie sie den Leichnam sah, dachte sie, sie müsse etwas fühlen, aber da war nichts in ihr. Sie lächelt schwach bei dem Gedanken, dass sein Blut von nun an Teil dieses Ortes sein wird, sein dunkles Geheimnis. Nun, er mochte Geheimnisse. Sein Mal wird als unsichtbarer Fleck auf ewig hier bleiben, seine Lügen mit ihm begraben werden.

Etwas Furchtbares hat sich heute Nacht hier ereignet. Sie wird nicht darüber reden, was sie gesehen hat, nicht einmal über seiner Leiche. Niemand in diesem Haus ist vollkommen unschuldig. Sie selbst eingeschlossen.

Weiter oben geht ein anderes Licht an. Hinter der Fensterscheibe erblickt sie ein blasses Gesicht, dunkles Haar. Eine Hand gegen das Glas gepresst. Vielleicht ist doch wenigstens einer unschuldig hier.

JESS

Ich wühle mich durch Bens Kleiderschrank, nur für den Fall, dass da ein Outfit ist, das eine Ex-Freundin liegen gelassen hat, irgendwas, das ich mir ausleihen könnte. Bevor Theo auflegte, wollte ich ihm gerade sagen, dass ich nichts Schickes zum Anziehen habe. Und schon gar nicht die Zeit oder das Geld, um mir was zu holen – er hat mir bloß eine halbe Stunde Vorlaufzeit gegeben.

Einen kurzen Moment lang halte ich bei meiner Suche inne und ziehe eins von Bens Hemden an mein Gesicht. Versuche, ihn anhand des Geruchs heraufzubeschwören, mir zu versichern, dass ich ihn schon bald vor mir stehen sehen werde. Doch sein Duft – nach Aftershave, nach Haut – scheint schon ein wenig verblasst zu sein. Es ist irgendwie symbolhaft für unsere gesamte Beziehung – dass ich ständig dabei bin, einem Phantom hinterherzujagen.

Ich reiße mich los. Wähle den einen von meinen zwei Pullis, der keine Löcher hat, und kämme mir mein Haar. Ich habe es nicht gewaschen, seit ich hier angekommen bin, aber wenigstens sieht es nun nicht ganz nach Vogelnest aus. Ich werfe meine Jacke über. Ziehe ein anderes Paar billiger Kreolen durch meine Ohrläppchen. Ich schaue in den Spiegel. Nicht unbedingt »schick«, aber mehr geht nun mal nicht.

Ich öffne die Wohnungstür. Im Treppenhaus ist es zappenduster. Ich taste nach dem Lichtschalter. Zigarettenrauch liegt in der Luft, noch stärker als sonst. Es riecht, als würde genau jetzt jemand eine rauchen. Irgendwas lässt mich zu meiner Linken nach oben schauen. Ein kaum hörbarer Laut vielleicht, oder auch nur ein Luftzug.

Und da erhasche ich einen Blick auf etwas, das dort nicht hingehört: ein winziger rot glühender Punkt, der über mir in der Finsternis schwebt. Ich brauche kurz, um zu kapieren, was es ist. Ich schaue auf das glimmende Ende einer Zigarette, gehalten von jemandem, der sich in der Dunkelheit über mir verbirgt.

»Wer ist da?«, frage ich, oder zumindest versuche ich es, denn die Worte entweichen mir in einem erstickten Krächzen. Erneut taste ich nach dem Schalter neben der Tür und finde ihn endlich. Die Lichter gehen flackernd an. Niemand ist zu sehen.

Mein Herz schlägt noch immer wie verrückt, als ich den Hof durchquere. Gerade als ich das Straßentor erreiche, höre ich das Geräusch rascher Schritte hinter mir. Ich drehe mich um.

Es ist die Concierge, die wieder einmal aus dem dunklen Nichts auftaucht. Ich versuche, einen Schritt auszuweichen; als meine Ferse auf Metall trifft, merke ich, dass ich bereits mit dem Rücken zum Tor stehe. Sie reicht mir nur bis zum Kinn – und ich bin nicht gerade groß –, aber es liegt etwas Drohendes in ihrer unmittelbaren Nähe.

»*Oui?*«, sage ich. »Was ist?«

»Ich habe Ihnen etwas zu sagen«, zischt sie. Sie blickt hoch, zu dem Gebäude, das uns umgibt. Sie erinnert mich an ein kleines Säugetier, das schnüffelnd nach einem Raubtier Ausschau hält. Ich folge ihrem Blick aufwärts. Die meisten der Fenster sind dunkel, leere Flecken, die den Schein der Straßenlaternen von der anderen Straßenseite reflektieren. Da brennt nur ein Licht, oben im Penthouse. Ich kann niemanden sehen, der uns beobachtet – ich bin sicher, das ist es, wovon sie sich gerade überzeugen will.

Plötzlich schnellt ihr Arm vor. Es ist so eine flinke, entschlossene Bewegung, dass ich kurz ernsthaft glaube, sie will mich schlagen. Mir bleibt keine Zeit auszuweichen; es geht zu schnell. Sie packt mein Handgelenk zwischen ihre krallenartigen Finger. Ihr Griff ist überraschend stark; er schmerzt.

»Was tun Sie da?«, empöre ich mich.

»Kommen Sie einfach«, erwidert sie – und das mit solcher Autorität, dass ich es nicht wage, ihr nicht zu gehorchen. »Kommen Sie mit, jetzt.«

Ich werde zu spät zu dem Treffen mit Theo kommen, aber er kann warten. Das hier scheint wichtig. Ich folge ihr über den Hof zu ihrem winzigen Häuschen. Sie bewegt sich schnell, in ihrer gebückten Haltung, wie jemand, der versucht, einem Regenguss zu entkommen. Ich fühle mich ein bisschen wie ein Kind in einem Märchen, das zur Hexenhütte in den Wald gelockt wird. Sie schaut noch ein paarmal an dem Gebäude hoch, als würde sie nach Spannern Ausschau halten. Aber sie scheint zu dem Schluss zu kommen, dass es das Risiko wert ist.

Dann öffnet sie die Tür und winkt mich hinein. Innen ist es noch kleiner, als es von außen aussieht, wenn das überhaupt möglich ist. Alles in einen winzigen Raum gepfercht. Es gibt ein Klappbett, das momentan angehoben ist, sodass wir hier überhaupt stehen können, eine Spüle, einen winzigen altmodischen Herd. Direkt zu meiner Rechten befindet sich ein Vorhang, der zu einem Klo führen muss – einfach, weil es sich sonst nirgendwo befinden kann.

Es ist geradezu beängstigend ordentlich, sämtliche Oberflächen auf Hochglanz poliert. Es riecht nach Bleiche und Waschmittel. Nichts, was nicht an seinem Platz wäre. Irgendwie hätte ich auch nicht weniger von dieser Frau erwartet. Und doch machen die Sauberkeit, die Ordnung, die kleinen Blumenvasen es irgendwie nur umso deprimierender. Ein wenig Durcheinander könnte davon ablenken, wie vollgestellt es ist, oder auch von den feuchten Flecken an der Decke, die sicher kein Schrubben und Putzen der Welt entfernen könnten. Ich habe selbst schon in ein paar Absteigen gewohnt, aber das hier schlägt dem Fass den Boden aus. Und wie muss es sich überhaupt anfühlen, in diesem winzigen Loch zu wohnen, wenn man gleichzeitig von dem Luxus und der Weitläufigkeit des restlichen Gebäudes umgeben ist. Wie wäre es, so zu leben, Tag für Tag mit der Botschaft vor der Haustür, wie wenig man selbst im Grunde besitzt?

Kein Wunder, dass sie mir so feindselig begegnet ist – einfach hier reinzuschneien und die gesamte zweite Etage in Beschlag zu nehmen. Wenn sie nur wüsste, wie fehl am Platz ich hier ebenfalls bin, wie viel mehr ich mit ihr gemein habe als mit den anderen. Ich weiß, dass ich sie mein Mitleid nicht sehen lassen darf – das wäre die schlimmste Beleidigung überhaupt. Ich habe auf einmal den Eindruck, dass sie eine sehr stolze Person ist.

Hinter ihrem Kopf, an der Wand über dem winzigen Esstisch und Stuhl, erblicke ich mehrere Fotografien. Ein kleines Mädchen, auf dem Schoß einer Frau sitzend, umgeben von Olivenbäumen. Die Landschaft dahinter sieht heiß und staubig aus. Die Frau hat ein Teeglas mit silbernem Henkel vor sich stehen. Das nächste Foto ist von einer jungen Frau: schlank, dunkelhaarig, dunkeläugig. Vielleicht achtzehn oder neunzehn. Keine neue Fotografie – das sieht man an den warmen, gesättigten Farben, den unscharfen Konturen. Aber gleichzeitig ist es zu neu, um von der Concierge selbst zu sein. Es muss jemand sein, der ihr nahesteht. Irgendwie ist es unmöglich vorstellbar, dass diese alte Frau eine Familie oder eine Vergangenheit abseits dieses Ortes haben soll. Es ist sogar unmöglich, sich vorzustellen, dass sie je jung war. Als wäre sie immer hier gewesen. Als wäre sie ein Teil des Gebäudes selbst.

»Sie ist wunderschön«, bemerke ich. »Das Mädchen an der Wand. Wer ist sie?«

Es folgt ein langes Schweigen, so lang, dass ich schon denke, dass sie mich vielleicht nicht verstanden hat. Und dann, endlich, mit dieser heiseren Stimme, sagt sie: »Meine Tochter.«

»Wow.« Ich betrachte die Concierge erneut, im Lichte der Schönheit ihrer Tochter. Es ist nicht leicht, an den Falten, den geschwollenen Knöcheln, den knorrigen Händen vorbeizusehen – aber vielleicht kann ich zumindest einen Schatten davon ausmachen.

Sie räuspert sich. »Sie müssen aufhören«, fährt sie mich plötzlich an und unterbricht meine Gedanken.

»Was meinen Sie damit?«, frage ich. »Mit was aufhören?« Ich beuge mich vor. Vielleicht kann sie mir ja etwas verraten.

»Ihre ganze Fragerei«, stößt sie hervor. »Ihr ganzes …

Suchen. Sie bringen sich nur in Schwierigkeiten. Sie können Ihrem Bruder gerade nicht helfen. Sie müssen verstehen, dass …«

»Wie meinen Sie das?«, unterbreche ich sie. Ein eisiger Schauer ist durch mich hindurchgejagt. »Wie meinen Sie das, ich kann meinem Bruder gerade nicht helfen.«

Sie schüttelt nur den Kopf. »Hier gibt es Dinge, die Sie nicht verstehen können. Aber ich habe diese Dinge gesehen, mit meinen eigenen Augen. Ich sehe alles.«

»Was?«, frage ich. »Was haben Sie gesehen?«

Sie antwortet nicht. Sie schüttelt nur den Kopf. »Ich versuche, dir zu helfen, Mädchen. Das habe ich von Anfang an versucht. Verstehst du das nicht? Wenn du weißt, was gut für dich ist, dann wirst du aufhören. Du wirst diesen Ort verlassen. Und nie mehr zurückschauen.«

SOPHIE

Penthouse

Es klopft an der Tür. Als ich sie öffne, steht Mimi vor mir.

»*Maman.*« Wie sie dieses Wort sagt… Genau, wie sie es als kleines Mädchen tat.

»Was ist, *ma petite*?«, frage ich sanft. Ich nehme an, auf andere Menschen mag ich kühl wirken. Aber die Liebe, die ich für meine Tochter empfinde – ich bezweifle, ob jemand etwas nur annähernd so Tiefes finden könnte.

»Maman, ich habe Angst.«

»Schhh.« Ich trete vor, um sie zu umarmen. Ich ziehe sie fest an mich, wobei ich die zerbrechlichen Spitzen ihrer Schulterblätter unter meinen Händen spüre. Es ist lange her, seit ich sie so gehalten habe, seit sie mir *erlaubt* hat, sie so zu halten – wie ich es tat, als sie ein Kind war. Eine Zeit lang dachte ich, dass ich es womöglich nie wieder tun könnte. Auch »Maman« genannt zu werden. Es ist immer noch das gleiche Wunder, das es war, als ich sie das erste Mal dieses Wort sagen hörte.

Ich hatte schon immer das Gefühl gehabt, dass sie mehr mir gehörte als Jacques. Was vermutlich nur logisch ist, denn auf gewisse Art war sie für mich Jacques' größtes

Geschenk, viel wertvoller als jede Diamantbrosche, jedes Smaragdarmband. Etwas … jemand, den ich vorbehaltlos lieben konnte.

Eines Abends – etwa eine Woche, nachdem ich an Benjamin Daniels' Tür geklopft hatte – kam Jacques kurz zum Essen nach Hause. Ich servierte ihm die Quiche Lorraine, die ich in der Bäckerei geholt hatte, dampfend heißt aus dem Ofen.

Alles war, wie es sein sollte. Alles folgte seinem üblichen Muster. Bis auf die Tatsache, dass ich einige Nächte zuvor mit dem Mann aus dem zweiten Stock geschlafen hatte. Ich war immer noch erschüttert davon. Ich konnte nicht glauben, dass es passiert war. Ein Moment – oder ein Abend – des Wahnsinns.

Ich legte ein Stück Quiche auf Jacques' Teller. Goss ihm ein Glas Wein ein. »Ich habe vorhin unseren Mieter auf der Treppe getroffen«, sagte er kauend, während ich mich durch meinen Salat pickte. »Er hat sich bei uns für das Abendessen bedankt. Äußerst kultiviert – so kultiviert, dass er nicht einmal das katastrophale Wetter erwähnt hat. Er richtet dir seine Grüße aus.«

Ich nahm einen Schluck Wein, bevor ich antwortete. »Oh?«

Er lachte und schüttelte belustigt den Kopf. »Dein Gesicht – man könnte meinen, das Zeug wäre verkorkt. Du kannst ihn wirklich nicht leiden, oder?«

Ich bekam keine Antwort heraus.

Das Klingeln von Jacques' Telefon rettete mich. Er ging in sein Arbeitszimmer und nahm den Anruf entgegen. Als er zurückkam, war sein Gesicht überschattet von Wut. »Ich muss gehen. Antoine hat einen dämlichen Fehler gemacht. Einer der Kunden ist nicht zufrieden.«

Ich deutete auf die Quiche. »Ich werde sie warm halten, bis du wieder da bist.«

»Nein, ich esse auswärts.« Er schlüpfte in sein Jackett. »Oh, ich vergaß zu sagen: Deine Tochter – ich habe sie neulich Abend auf der Straße getroffen. Sie war angezogen wie eine Nutte.«

»*Meine* Tochter?« Nun, da sie etwas getan hatte, das ihm missfiel, war sie »meine« Tochter?

»All das Geld«, sagte er, »um sie an diese katholische Schule zu schicken. Damit sie zu einer wohlerzogenen jungen Dame aufwächst. Und dann diese Schande. Sie geht raus, bekleidet wie ein Flittchen. Aber gut, vielleicht ist das auch nicht weiter überraschend.«

»Wie meinst du das?«

Ich hätte nicht fragen müssen. Ich wusste ganz genau, wie er es meinte.

Und dann ging er. Und ich war wieder ganz allein in der Wohnung, wie üblich.

Zum zweiten Mal in dieser Woche war ich von Zorn erfüllt – gleißend hell und mächtig. Ich trank den Rest der Flasche. Ich nahm mir die Platte mit der übrig gebliebenen Hälfte der Quiche. Dann stand ich auf und ging zwei Treppen tiefer.

Ich klopfte an seine Tür.

Er öffnete. Zog mich hinein.

Dieses Mal gab es keine Einleitung, keine Vorspiegelung höflichen Geplänkels. Ich glaube nicht, dass wir auch nur ein Wort sprachen. Wir waren nun weder respektvoll noch sanft, noch vorsichtig miteinander. Meine Seidenbluse wurde von mir gerissen. Ich keuchte an seinem Mund wie eine Ertrinkende. Biss ihn. Zerschrammte die Haut seines Rückens mit meinen Fingernägeln. Ließ alle Kontrolle fahren. Ich war besessen.

Danach, als wir in den verknoteten Laken dalagen, schaffte ich es endlich zu sprechen. »Das hier darf nicht noch einmal passieren. Das verstehst du doch, oder?«

Er lächelte nur.

Über die nächsten Wochen wurden wir leichtsinnig. Testeten die Grenzen aus, spielten ein bisschen mit der Angst. Beinahe, als wollten wir erwischt werden. Der Rausch von Adrenalin, die Furcht – ein Gefühl, das dem aufwallender Erregung so ähnlich ist. Das eine schien das andere zu verstärken, wie der Kick einer Droge. Ich war so lange so brav gewesen.

Die geheimen Orte dieses Hauses wurden unser privater Spielplatz. Im ehemaligen Dienstbotenaufgang nahm ich ihn in den Mund, wobei meine Hände gekonnt und gierig in seine Hose glitten. Er nahm mich im Wäscheraum unten im Keller, an die Waschmaschine gelehnt, während die Trommel zu Ende schleuderte.

Und jedes Mal versuchte ich es zu beenden. Und jedes Mal hörten wir beide die Lüge hinter den Worten.

»Maman«, sagt Mimi nun – und ich werde schuldbewusst aus den Erinnerungen gerissen. »Maman, ich weiß nicht, was ich tun soll.«

Mein Wunder. Meine *Merveille*. Meine Mimi. Sie kam zu mir, als ich schon alle Hoffnung, je ein Kind zu haben, aufgegeben hatte. Man muss verstehen, sie war nicht immer mein gewesen.

Sie war, schlicht und einfach, perfekt. Ein Baby, nur wenige Wochen alt. Ich wusste nicht genau, woher sie stammte. Ich hatte so meine Vermutungen, behielt sie jedoch für mich. Ich hatte gelernt, dass es zuweilen wichtig ist, in die andere Richtung zu schauen. Wenn du weißt, dass dir die Antwort nicht gefallen wird, dann stelle nicht die Frage. Es gab nur eine Sache, die ich wissen musste, und auf die bekam ich meine Antwort: Die Mutter war tot. »Eine Illegale. Daher gibt es keine Papiere oder Spuren, um die man sich Sorgen machen müsste. Ich kenne jemanden im Rathaus, der sich um die Geburtsurkunde kümmern wird.« Eine bloße Formalie für das große, mächtige Haus Meunier. »Es ist eben hilfreich, Freunde in den obersten Etagen zu haben.«

Und dann war sie mein. Und das war das eigentlich Wichtige. Ich konnte ihr ein besseres Leben schenken.

»Schhh«, sage ich wieder. »Ich bin da. Alles wird gut. Es tut mir leid, dass ich gestern Abend so streng war, wegen des Weins. Aber das verstehst du doch, nicht wahr? Ich wollte keine Szene haben. Überlass das alles mir, *ma chérie.*«

Es war – es ist – so intensiv, dieses Gefühl. Auch wenn sie nicht aus meinem Schoß kam, so wusste ich, sobald ich sie sah, dass ich alles tun würde, um sie zu beschützen, um für ihre Sicherheit zu sorgen. Andere Mütter mögen solche Dinge einfach nur dahinsagen. Aber vielleicht ist mittlerweile klar geworden, dass ich nichts einfach nur so sage oder tue. Wenn ich etwas Derartiges sage, dann meine ich es auch so.

JESS

Ich komme aus der Metrostation Palais Royal. Beinahe erkenne ich den großen, elegant gekleideten Mann nicht, der oben an der Treppe wartet, bis er auf mich zugeht. »Du bist fünfzehn Minuten zu spät«, bemerkt er.

»Du hast mir nicht genug Zeit gegeben«, erwidere ich. »Und ich wurde aufgehalten …«

»Komm schon«, unterbricht Theo. »Wir können es noch schaffen, wenn wir uns sputen.« Ich mustere ihn und überlege, warum er so anders aussieht als bei unserem letzten Treffen. Heute ist da nur ein leichter Bartschatten, der die markante Kinnlinie preisgibt. Dunkles Haar, das immer noch geschnitten gehört, aber es ist gebürstet und aus seinem Gesicht gestrichen. Ein Blazer über einem weißen Hemd zu dunkler Jeans. Ich erhasche sogar eine Wolke von Aftershave. Er hat sich seit dem Café definitiv rausgeputzt. Er sieht immer noch wie ein Pirat aus, aber nun einer, der sich gewaschen und rasiert und ein paar zivilisierte Klamotten geborgt hat.

»Das wird definitiv nicht gehen«, sagt er mit einem Nicken in meine Richtung. Offenbar hegt er kein so gnädiges Urteil über mein Outfit.

»Was anderes hatte ich nicht da. Ich wollte es dir ja sagen …«

»Schon gut, ich dachte mir schon, dass es so sein könnte. Ich hab dir ein paar Fetzen mitgebracht.«

Er streckt mir eine elegante Umhängetasche aus Leder entgegen. Ich werfe einen Blick hinein: ein schwarzes Kleid und ein Paar High Heels.

»Du hast das *gekauft*?«

»Nein, meine Ex. Du hast grob ihre Größe, würde ich tippen.«

»Iiih. Okay?« Ich rufe mir in Erinnerung, dass die ganze Aktion dabei helfen könnte herauszufinden, was mit Ben geschehen ist, dass in der Not selbst der Teufel Fliegen frisst und ich mir somit nicht aussuchen kann, ob ich die alten Klamotten einer Verflossenen anziehe oder nicht. »Und warum muss ich das überhaupt tragen?«

Er zuckt die Schultern. »So lauten die Regeln.« Und dann, als er meinen Ausdruck sieht: »Nein, ehrlich, es sind die Regeln. Der Laden hat einen Dresscode. Frauen dürfen keine Hosen tragen. Absätze sind Pflicht.«

»Wie nett und überaus sexistisch.« Das weckt direkt Erinnerungen an den Perversling, der darauf bestand, dass ich die ersten vier Knöpfe meiner Bluse »für die Kundschaft« öffnete. *Willst du aussehen, als würdest du im Kindergarten schaffen, Schätzchen? Oder in einer verschissenen McDonald's-Filiale?*

Theo zuckt die Achseln. »Ja, einverstanden. Aber das ist eben ein gewisser Teil von Paris: extrem konservativ, hypokritisch, sexistisch. Wie auch immer, mir musst du nicht die Schuld geben, ist ja nicht so, als ob ich dich dorthin auf ein Rendezvous ausführe.« Er räuspert sich. »Komm mit, wir haben nicht die ganze Nacht. Wir sind schon spät dran.«

»Für was denn?«

»Das siehst du, wenn wir dort sind. Sagen wir einfach, dass du den Schuppen nicht in deinem Lonely-Planet-Reiseführer finden wirst.«

»Und wie soll uns das dabei helfen, Ben zu finden?«

»Das erkläre ich, wenn wir dort sind. Dann wird es verständlicher.«

Herrje, der Typ macht mich wahnsinnig. Außerdem bin ich mir nicht ganz sicher, ob ich ihm über den Weg traue, auch wenn ich nicht sagen könnte, warum. Vielleicht liegt es daran, dass ich bisher nicht dahinterkomme, worauf er bei der Sache aus ist, warum er so begierig ist zu helfen.

Ich eile neben ihm weiter. Ich habe ihn neulich im Café nur sitzend gesehen – ich hatte mir schon gedacht, dass er groß ist, aber jetzt wird mir klar, dass er über einen Kopf größer ist als ich, sodass ich bei jedem seiner Schritte zwei machen muss. Nach ein paar Minuten gerate ich ins Keuchen.

Links von uns erblicke ich eine große gläserne Pyramide, die von innen erstrahlt; sieht aus wie ein Objekt, das gerade aus dem Weltall gelandet ist. »Was ist das da drüben?«

Er bedenkt mich mit einem vielsagenden Blick. Scheint, als hätte ich was Dämliches gesagt. »Das ist die Pyramide. Vor dem Louvre. Das berühmte Museum … wie du sicher weißt.«

Ich mag es nicht, wenn man mir das Gefühl gibt, dumm zu sein. »Oh. Mit der Mona Lisa, stimmt's? Ja, tja, ich war etwas zu sehr damit beschäftigt, meinen verschollenen Bruder zu finden, um mir eine Stadtführung zu gönnen.«

Wir drängen uns durch Touristentrauben, die in den Sprachen aller Herren Länder durcheinanderquasseln. Während wir gehen, erzähle ich ihm, was ich herausgefunden habe:

dass sämtliche Nachbarn von Ben eine Familie sind, eine verbündete Front, die gemeinsam agiert – womöglich auch gegen mich. Ich denke daran, wie ich in Sophie Meuniers Wohnung gestolpert bin, wie sie alle dort beisammensaßen – ein gruseliges Familienbildnis. An die Worte, die ich vor der Tür kauernd belauscht hatte: *Elle est dangereuse.* Und dann das Eintreffen von Nick – wie ich herausfinden musste, dass er nicht der Verbündete war, für den ich ihn hielt. Dieser Teil schmerzt noch immer.

»Und direkt bevor ich aufbrach, um herzukommen, gab mir die Concierge eine Warnung auf den Weg. Sie ermahnte mich, ich solle ›aufhören zu suchen‹.«

»Darf ich dir auch was auf den Weg geben, das ich in meiner langen und nicht besonders glorreichen Karriere gelernt habe?«, fragt Theo.

»Was?«

»Wenn jemand dir sagt, du sollst aufhören zu suchen, heißt das normalerweise, dass du auf der richtigen Spur bist.«

Ich ziehe mich rasch im Untergeschoss einer Bar auf dem Klo um, während Theo sich oben ein *demi* Bier bestellt, damit wir nicht rausgeworfen werden. Ich stopfe meine schäbige Jeans und Chucks in die Umhängetasche, schüttle mein Haar aus, mustere mich im fleckigen Glas des Spiegels. Ich sehe nicht aus wie ich. Ich sehe aus, als würde ich eine Rolle spielen. Das Kleid ist eng, aber stilvoller, als ich gedacht hätte. Auf dem Etikett innen steht *Isabel Marant*, was, so tippe ich, eine ganze Stufe über meinen üblichen Primark-Fetzen liegt. Die Schuhe – *Michel Vivien* prangt auf dem Fußbett – sind höher als alles, was ich persönlich tragen würde, aber überraschenderweise passend und superbequem. Tatsächlich glaube ich sogar, dass ich in ihnen laufen kann. Also nehme ich mal an, dass ich in die Rolle von Theos Ex schlüpfe; keine Ahnung, was ich davon halten soll. Ein Mädchen kommt aus der Kabine neben mir: langes dunkel glänzendes Haar, Satinkleid, das ihr unter einer übergroßen Strickjacke von einer Schulter rutscht, geschwungener schwarzer Eyeliner. Sie setzt dazu an, ihren knallroten Lippenstift nachzuziehen. Genau das fehlt mir noch – der letzte Schliff.

»Hey«, ich beuge mich zu ihr rüber, schenke ihr mein gewinnendstes Lächeln. »Dürfte ich mir den mal ausleihen?«

Sie kräuselt leicht angeekelt die Stirn, reicht ihn mir aber. »*Si tu veux.*«

Ich tupfe etwas davon auf meinen Finger, verreibe es auf meinen Lippen – ein dunkles Vampirrot – und reiche ihn ihr wieder.

Sie hebt eine Hand. »*Non, merci.* Behalt ihn. Ich habe noch einen.« Sie schwingt ihre schimmernde Mähne über eine Schulter.

»Oh. Danke schön.« Ich schiebe den Deckel wieder drauf, der sich mit einem satten magnetisierten Klicken schließt. Ich bemerke, dass er oben zwei kleine, sich überlappende Cs eingraviert hat.

Mum hatte so einen Lippenstift, obwohl sie definitiv nicht die Kohle hatte, um sie für teure Schminke auszugeben. Andererseits war das ganz unsere Mum: alles für einen Lippenstift verpulvern und nichts mehr zum Abendessen haben. Ich sehe mich auf einem Stuhl sitzen, die Beine runterbaumelnd. Wie sie den wachsigen Stummel des Stifts auf meine Lippen drückt. Mich zum Spiegel umdreht. *So, das hätten wir, meine Süße. Siehst du nicht hübsch aus?*

Ich schaue auch jetzt in den Spiegel. Spitze den Mund, wie sie mich vor all den Jahren angewiesen hat – vor Millionen Jahren, einem ganzen Leben. So, fertig. Verkleidung perfekt.

Ich kehre zurück nach oben. »Bereit«, sage ich zu Theo. Er kippt den Rest seines lächerlich kleinen Biers runter. Ich merke, wie er rasch das Outfit taxiert. Sein Mund öffnet sich, und kurz denke ich, er könnte was Nettes sagen. Ich meine, ein Teil von mir wüsste nicht, was er gerade mit einem Kompliment anfangen sollte, aber gleichzeitig wäre es nett, eins zu hören. Und dann deutet er auf meinen Mund. »Da ist ein bisschen was daneben«, sagt er. »Aber ja, ansonsten dürfte es gehen.«

Danke, du mich auch. Ich reibe vorsichtig über meinen Mundwinkel. Ich verfluche mich, weil es mich überhaupt interessiert hat, was er denkt.

Wir verlassen die Bar, biegen in eine Straße mit auffällig gut gekleideten Passanten. Ich könnte schwören, die Luft hier in der Gegend riecht nach teurem Leder. Wir kommen an den glitzernden Schaufenstern von Reiche-Leute-Läden vorbei: *Chanel*, *Céline* und – aha! – *Isabel Marant*. Er führt mich von der Menge weg in eine kleinere Seitenstraße. Schimmernde Autos säumen die Bürgersteige. Im Gegensatz zu dem bevölkerten Einkaufs-Boulevard ist hier niemand zu sehen, und es ist dunkel, mit weniger Straßenlaternen. Eine tiefe, gedämpfte Stille liegt über allem.

Dann bleibt Theo an einer Tür stehen. »Da sind wir.« Er schaut auf seine Uhr. »Wir sind etwas spät. Hoffentlich lassen sie uns rein.«

Ich schaue auf die Tür. Keine Nummer, aber da ist eine

Metalltafel mit einem Symbol, das ich wiedererkenne: ein explodierendes Feuerwerk. Wo sind wir hier?

Theo greift an mir vorbei – wieder ein Hauch dieses Zitrus-Aftershaves – und drückt auf eine Klingel, die mir nicht aufgefallen war. Die Tür geht mit einem leisen Klicken auf. Ein Mann in schwarzem Anzug und Fliege erscheint. Ich schaue zu, während Theo eine Karte aus seiner Brusttasche zieht, diejenige, die ich in Bens Portemonnaie gefunden habe.

Der Türsteher wirft einen Blick auf die Karte, nickt uns zu. »*Entrez, s'il vous plaît.* Der Abend beginnt gleich.«

Ich spähe neugierig am Türsteher vorbei. Am anderen Ende des Flurs befindet sich eine schummrig beleuchtete Treppe, die nach unten führt, echte Kerzen stecken in den Wandleuchtern.

Theo legt eine Hand auf mein Kreuz und bugsiert mich mit einem kleinen Schubs vorwärts. »Komm«, sagt er. »Wir haben nicht die ganze Nacht.«

»*Un moment, s'il vous plaît*«, sagt der Türsteher und versperrt uns den Durchgang mit der Hand. Er taxiert mich. »*Votre portable, Madame.* Keine Mobiltelefone oder Kameras für die Begleitung.«

»Äh ... warum?« Ich drehe mich zu Theo um. Erneut fällt mir ein, dass ich absolut nichts über diesen Typen weiß, bis auf das, was auf seiner Visitenkarte steht. Er könnte alles sein. Er könnte mich überallhin gebracht haben.

Theo bedenkt mich mit einem knappen Nicken, nach dem Motto: *Mach kein Theater. Tu, was der Typ sagt.* »O-kay.« Widerstrebend reiche ich ihm mein Handy.

»*Vos masques.*« Der Mann hält zwei Stoffstücke hoch. Ich nehme eins. Eine schwarze Maske aus Seide.

Ich runzle die Augenbrauen.

»Zieh sie einfach an«, murmelt Theo an meinem Ohr. Und dann lauter: »Lass mich dir helfen, Schatz.« Ich versuche, mich natürlich zu verhalten, als er mein Haar glättet und die Maske hinter meinem Kopf verknotet.

Der Türsteher winkt uns durch.

Mit Theo dicht hinter mir steige ich langsam die Treppe hinab.

JESS

Ein unterirdischer kleiner Saal. Ich kann rote Wände, schummrige Beleuchtung und eine Ansammlung schattenhafter Gestalten sehen, die vor einer mit einem bordeauxfarbenen Samtvorhang verhüllten Bühne sitzen. Maskierte Gesichter drehen sich zu uns um, als wir die letzten Stufen hinabsteigen. Wir sind offenbar die Letzten, die auf der Party erscheinen.

»Was zur Hölle ist das hier?«, flüstere ich Theo zu.

»Schhh.«

Ein Platzanweiser in schwarzem Smoking nimmt uns am Fuß der Treppe in Empfang und winkt uns nach vorne durch. Wir werden an Wänden vorbeigeführt, die von stilisierten goldenen tanzenden Figürchen gesäumt werden; dann schlängeln wir uns an kleinen, intimen Sitznischen mit maskierten Besuchern vorbei; viele Köpfe drehen sich nach uns um. Ich fühle mich unangenehm auf dem Präsentierteller. Glücklicherweise befindet sich der Tisch, an den man uns bringt, in einer Ecke. Aber wir müssen den Hals recken, um zur Bühne hochzuschauen.

Wir lassen uns in die Sitznische gleiten. Viel Platz ist nicht, zumal für Theo mit seinen langen Beinen, die er an sich ranziehen muss, wobei seine Knie gegen den hölzernen

Tischrand stoßen. Er sieht so gequält drein, dass ich unter anderen Umständen lachen müsste. Die beengte Sitzbank hat auch zur Folge, dass sich mein Schenkel gegen seinen presst.

Schwer zu sagen, ob der Laden tatsächlich alt ist oder nur eine geschickte Imitation. Die Leute im Raum scheinen gut betucht; in Anbetracht ihrer Kleidung könnten sie auch bei einem Opernbesuch sein. Aber die Atmosphäre passt nicht. Ich schaue mich um, während ich versuche, mich zurückzulehnen und locker zu wirken, als würde ich hier zu den maßgeschneiderten Anzügen, den juwelenbehangenen Ohrläppchen und Hälsen, den Reiche-Leute-Frisuren gehören. Sie verströmen eine merkwürdig surrende, gierige Energie, die durch den Raum zu wabern scheint – eine intensive Note von Erregung, gespannter Erwartung.

Ein Kellner kommt an den Tisch, um unsere Getränkebestellungen aufzunehmen. Ich öffne die ledergebundene Karte. Keine Preise. Ich schaue zu Theo.

»Ein Glas Champagner für meine Frau, für mich einen Roten«, sagt er rasch. Er dreht sich zu mir um und bedenkt mich mit einem vergötternden Lächeln – so überzeugend, dass es mir einen Schauder beschert. »Da wir ja etwas zu feiern haben, Schatz.«

Ich hoffe echt, dass er zahlt.

Der Kellner ist umgehend zurück mit zwei in weiße Tücher gehüllte Flaschen. Er gießt einen perlenden Strom Champagner in ein Glas und reicht es mir. Ich nippe daran. Er ist sehr kalt, die winzigen Blubberbläschen prickeln elektrisierend auf meiner Zungenspitze. Ich kann mich nicht daran erinnern, dass ich je das echte Zeug getrunken hätte.

Mum sagte immer, sie sei ein »Champagner-Mädchen«, aber ich weiß nicht, ob sie je welchen gekostet hat – bestimmt nur die billigen, süßlichen Abklatsche.

Bevor der Kellner Theo den Rotwein eingießt, präsentiert er ihm das Etikett der Flasche.

»Es ist das gleiche Weingut«, flüstere ich Theo zu, als der Kellner uns verlassen hat. »Die Meuniers haben den Wein im Keller.«

Theo sieht mich an. »Welchen Namen hast du gerade genannt?« Auf einmal klingt er aufgeregt.

»Die Meuniers. Die Familie, von der ich dir erzählt habe.«

Er dämpft die Stimme. »Gestern habe ich einen Antrag gestellt, um Einsicht in die *matrice cadastrale* für diesen Laden zu bekommen – das ist so was wie die Grundbucheintragung. Er gehört einem Unternehmen: *Meunier Wines S.A.R.L.*«

Ich setze mich kerzengerade auf; alles rückt in scharfen Fokus. Mich überkommt das Gefühl von tausend winzigen Nadelstichen, die über meine Haut laufen. »Das sind sie. Das ist die Familie, in deren Haus Ben wohnt.« Ich denke angestrengt nach. »Aber warum war Ben interessiert an dem Laden hier? Kann es sein, dass er nur eine Kritik schreiben wollte?«

»Wenn, dann nicht für mich. Und ich bin mir nicht sicher, ob so ein exklusives Etablissement unbedingt auf Presseberichte Wert legt.«

Die Lichter werden gerade gedimmt, als mir eine Gestalt ins Auge fällt… ein stämmiger Mann. Er kommt mir seltsam bekannt vor, trotz der Maske, die er aufhat. Ich versuche, ihn besser in den Blick zu bekommen, doch das Licht erlischt, die Stimmen werden leiser, und der Raum versinkt in Dunkelheit.

Ich höre noch das leiseste Rascheln von Kleidern, vereinzeltes Schniefen, Atemzüge. Jemand hustet, geradezu ohrenbetäubend in der Stille.

Dann wird der Samtvorhang gerafft und hochgezogen.

Eine Frau steht auf der Bühne vor einem vollkommen schwarzen Hintergrund. Die Haut in einem blassen Blau leuchtend. Das Gesicht im Schatten. Vollkommen nackt. Nein … nicht nackt, eine Täuschung des Lichts – zwei Stoffstreifen bedecken ihre Scham. Sie fängt an zu tanzen. Die Musik ist tief, pulsierend – Jazz oder so was, glaube ich. Sie hat keine Melodie, nur eine Art Rhythmus. Und die Tänzerin ist so damit in Einklang, dass es ist, als würde die Musik aus ihr kommen, als würden die Bewegungen, die sie vollzieht, sie erst entstehen lassen, anstatt ihr zu folgen. Der Tanz ist merkwürdig, eindringlich, beinahe bedrohlich. Ich bin hin- und hergerissen zwischen dem Wunsch hinzustarren und dem, den Blick loszureißen.

Weitere junge Frauen erscheinen auf der Bühne, auf die gleiche Art bekleidet – vielmehr unbekleidet. Die Musik wird lauter und lauter, hämmert, bis sie so überwältigend ist, dass ihr Puls mit meinem eigenen rauschenden Herzschlag in meinen Ohren zusammenfällt. Mit dem blauen Licht, den sich verschiebenden, sich wellenden Körpern auf der Bühne habe ich das Gefühl, unter Wasser zu sein, als würden sämtliche Umrisse sich kräuseln und ineinander verschwimmen. Ich muss an gestern Nacht denken. Kann es sein, dass etwas in dem Champagner ist? Oder ist es nur der Effekt der Beleuchtung, der Musik, der Dunkelheit? Ich schaue zu Theo. Er verlagert neben mir sein Gewicht, nimmt einen Schluck von seinem Wein, den Blick fest auf die Bühne gerichtet. Macht ihn das an, was da oben vor sich geht? Und *mich*? Plötzlich bin ich mir bewusst, wie nah wir einander sind, wie eng mein Bein gegen seines geschmiegt ist.

Der nächste Akt besteht aus nur zwei Frauen: eine ist mit einem eng anliegenden schwarzen Anzug und Fliege bekleidet, die andere mit einem winzigen Seidenkleid. Stück für Stück entfernen sie einander die Kleidung, bis man sehen kann, dass sie ohne sie beinahe identisch sind. Ich spüre, wie das Publikum sich nach vorne neigt, es in sich einsaugt.

Ich beuge mich zu Theo rüber. Flüstere: »Was ist das für ein Laden?«

»Ein ziemlich exklusiver Klub«, murmelt er zur Antwort. »Sein Spitzname lautet anscheinend *La Petite Mort*. Man kommt nicht rein, außer man hat eine dieser Karten. So wie die, die du in Bens Portemonnaie gefunden hast.«

Auf der Bühne wird es abermals dunkel. Stille senkt sich über die Menge. Das nächste nackte Mädchen – dieses hier trägt eine Art Federkopfschmuck statt einer Maske – wird in einem silbernen Ring von der Decke herabgelassen. Ihr Auftritt ist allein dem Ring gewidmet. Sie macht einen Salto vorwärts, eine Art Überschlag rückwärts, lässt sich fallen und fängt sich nur mit dem Einschlagen ihres Knöchels – das Publikum keucht auf.

Theo beugt sich näher zu mir. »Pass jetzt auf, schau hinter dich«, flüstert er. Sein Atem kitzelt mein Ohr. Ich will schon herumwirbeln. »Nein – herrje, etwas unauffälliger.«

Gott, ist der Typ bevormundend. Aber ich tue wie mir geheißen. Immer wieder werfe ich einen kleinen, heimlichen Blick nach hinten. Dabei bemerkte ich eine Reihe von Sitznischen im dunklen Hintergrund; ihre Besucher werden durch Samtvorhänge von der gewöhnlichen Kundschaft abgeschirmt und von einem unablässigen Fluss an Kellnern bedient, die Flaschen mit Wein und Silbertabletts mit Häppchen herumtragen. Immer wieder verlässt oder betritt jemand den Bereich, und mir fällt auf, dass es stets Männer sind. Alle ein ähnlicher Typ, ein ähnliches Alter: elegant, in Anzug, maskiert, eine Aura von Reichtum und Macht verströmend.

Theo lehnt sich erneut rüber, als würde er mir süße Worte ins Ohr flüstern. »Fällt dir was auf?«

»Dass es nur Männer sind?«

»Ja. Und dass immer wieder einer von ihnen durch die Tür dort drüben geht.«

Ich folge seinem Blick.

»Aber ich würde jetzt aufhören zu schauen«, murmelt er. »Bevor wir noch Aufmerksamkeit auf uns ziehen.«

Ich recke meinen Kopf wieder hoch zur Bühne. Das Mädchen hat den Silberring verlassen. Sie lächelt ins Publikum, lässt den Blick über die Anwesenden schweifen. Als sie bei mir anlangt, hält sie inne. Ich bilde es mir nicht bloß ein – sie erstarrt, als sehe sie einen Geist. Mich durchläuft ein Schauder. Der messerscharfe braune Pony, die hohe, schlanke Gestalt, selbst der kleine Leberfleck unter ihrem linken Auge, den ich nun unter dem Scheinwerferlicht wahrnehmen kann. Ich kenne sie.

SOPHIE

Penthouse

Sie kommen der Reihe nach durch die Tür spaziert. Nick, Antoine, Mimi. Nehmen dieselben Plätze ein wie am gestrigen Abend, als das Mädchen uns unterbrach. Nick klopft mit dem Fuß einen hektischen Rhythmus auf den Ghom-Teppich. Wie ich so hinsehe, bin ich sicher, einen winzigen schwarzen Brandfleck unter seiner Schuhspitze auszumachen. Einen von mehreren, die sich in die kostbare Seide gebrannt haben. Aber man würde sie nur erkennen, wenn man wüsste, wonach man sucht.

Plötzlich überfallen mich die Erinnerungen. Das war mein größtes Wagnis, ihn hierher einzuladen. Wir stahlen uns eine Flasche aus Jacques' Keller, einen seiner erlesensten Jahrgänge. Wir nahmen einander dort auf dem Teppich, während Paris durch die riesigen Fenster neugierig zu uns hereinglitzerte. Danach lagen wir ineinander verschlungen da, gewärmt von der Kaschmirdecke, die ich um unsere nackten Leiber gelegt hatte. Wenn Jacques unerwartet nach Hause gekommen wäre… Aber war da nicht auch ein Teil von mir, der erwischt werden wollte? Schau mich an, deine Frau, die du all die Jahre hier allein gelassen hast. Gewollt. Begehrt.

Wie wir so da lagen, streichelte ich seinen Kopf, genoss die dichte, samtige Weichheit seines Haars zwischen meinen Fingern. Er entzündete eine Zigarette, die wir wie jugendliche Liebhaber zwischen uns hin- und herwandern ließen, wobei Glutkrümel sengend in die Seide des Teppichs rieselten. Es kümmerte mich nicht. Das Einzige, was zählte, war, dass mit ihm hier die Wohnung auf einmal warm schien, voller Leben, voller Laute und Leidenschaft.

»Meine Mutter hat früher auch mein Haar gestreichelt.«

Ich riss abrupt die Hand weg.

»So meinte ich es nicht«, sagte er rasch. »Ich wollte nur sagen, dass mir nicht klar war, wie sehr es mir gefehlt hat.« Und als er sich zu mir umdrehte, da sah ich in seinem Gesicht etwas Ungeschütztes, etwas Zerbrechliches, das sich hinter all dem Charme versteckt hatte. Ich glaube, ich sah meine eigene Einsamkeit darin gespiegelt. Aber schon im nächsten Moment lächelte er, und es war verschwunden.

Etwa eine Minute später setzte er sich auf und ließ seinen Blick durch den Raum schweifen. »Jacques ist abends oft unterwegs, nicht wahr?«

Ich nickte. Plante er etwa schon unser nächstes Treffen? »Er ist ziemlich eingespannt.«

Sein Blick wanderte über die Gemälde an den Wänden, die Möbel, den Luxus dieses Ortes. »Dann müssen die Geschäfte ja wohl blendend laufen?«

Ich erstarrte. Er hatte es ganz beiläufig gesagt. Zu beiläufig? Es brachte mich wieder zu mir – wie verrückt es war, was wir hier trieben, was alles auf dem Spiel stand. »Du solltest gehen.« Mit einem Mal war ich wütend auf ihn… auf mich selbst. »Ich kann das nicht tun.« Dieses Mal glaubte ich, dass ich es wirklich auch so meinte. »Ich habe zu viel zu verlieren.«

Ich schließe die Augen. Öffne sie wieder und fokussiere mich auf das Gesicht meiner Tochter. Sie begegnet meinem Blick nicht. Dennoch bringt es mich zu mir. Zu dem, was wirklich wichtig ist. Ich nehme einen beruhigenden Schluck von meinem Wein. Dränge die Erinnerungen zurück. »Also«, sage ich zu ihnen. »Lasst uns beginnen.«

NICK

Erste Etage

Meine Stiefmutter hat uns zu sich zitiert. Wir sitzen oben im Penthouse. Eine dysfunktionale kleine Familienkonferenz. Wie diejenige, die gestern stattfinden sollte, bevor Jess unangekündigt auftauchte und für Wirbel sorgte. Wir haben ein passendes Sprichwort in Frankreich: *Jeter un pavé dans la mare* – einen Pflasterstein in den Tümpel werfen. Und vielleicht ist diese Formulierung die treffendere für das, was seit ihrer Ankunft hier passiert ist. Sie hat alles aufgewühlt.

Ich schaue zu den anderen. Antoine, der den Wein runterkippt – er hätte sich auch gleich die ganze Flasche nehmen können. Mimi mit aschfahlem Gesicht, als würde sie jeden Moment aus dem Zimmer flüchten. Sophie reglos dasitzend, ohne eine Miene zu verziehen. Sie scheint nicht ganz sie selbst, meine Stiefmutter. Zuerst kann ich nicht ausmachen, was anders ist an ihr. Jedes Härchen an ihrem schwarz glänzenden Bob sitzt, ihr Seidenschal ist fachgemäß geknotet. Aber irgendwas stimmt nicht. Dann trifft es mich: Sie trägt keinen Lippenstift. Ich weiß nicht, ob ich sie je ohne gesehen habe. Ohne ihn scheint sie irgendwie geschrumpft. Älter, zerbrechlicher, auch menschlicher.

Antoine ergreift als Erster das Wort. »Die kleine Schlampe ist im Klub«, wendet er sich an mich. »Meinst du immer noch, wir sollten nichts unternehmen, kleiner Bruder?«

»Ich … ich glaube, es ist wichtig, dass wir alle an einem Strang ziehen«, erwidere ich. »Eine geschlossene Front. Als Familie. Das ist momentan das Wichtigste. Wir dürfen nicht auseinanderfallen.«

Aber als ich ihre Gesichter betrachte, wird mir klar, dass sie Unbekannte für mich sind. Ich habe nicht das Gefühl, dass ich diese Menschen kenne. Nicht wirklich. Ich war so lange fort. Und wir sind so voneinander entfremdet, dass wir weder wie eine Familie aussehen noch wirken. Nicht einmal füreinander.

»Ja, weil du ja bis gerade eben so eine Schlüsselfigur in dieser Familie warst«, sagt Antoine, woraufhin ich mich gleich noch mehr wie ein Eindringling, ein Hochstapler fühle. Er deutet mit dem Daumen auf Sophie. »Und du wirst mich ganz sicher nicht dabei erwischen, wie ich den liebenden Stiefsohn für diese *salope* mime.«

»Hey«, werfe ich ein. »Lasst uns …«

»Pass auf, was du sagst«, ermahnt Sophie ihn. »Du sitzt in meiner Wohnung.«

»Oh, es ist also deine Wohnung, ja?« Er macht eine spöttische Verbeugung. »Das tut mir aber leid. War mir nicht klar. Ich dachte, du wärst nur die Schmarotzerin, die auf Papas Kosten lebt – ich wusste nicht, dass du irgendwas davon *verdient* hättest.«

Ich war gerade mal acht oder neun, als Papa die mysteriöse neue Frau heiratete, die einfach so in unserem Leben aufgetaucht war, aber Antoine war älter, schon ein Teenager. Maman war so lange krank gewesen, in ihren Räumen auf der zweiten Etage dahinsiechend. Diese neue Frau schien so jung, so glamourös. Ich war ein wenig vernarrt. Antoine nahm es ganz anders auf. Er hatte sie schon immer auf dem Kieker.

»Hört einfach auf«, sagt Mimi plötzlich, die Hände über die Ohren gelegt. »Ihr alle. Ich ertrage das nicht mehr …«

Antoine dreht sich mit einem schrecklichen Lächeln auf dem Gesicht zu Mimi. »Ah«, beginnt er nun lallend, »was dich angeht, nun, du bist nicht wirklich Teil dieser Familie, oder, *ma petite sœur …*«

»Schweig«, unterbricht ihn Sophie mit eisiger Stimme, ganz die Löwin, die ihr Junges beschützt.

Der Whippet zu ihren Füßen schreckt auf und bellt los.

»Oh, ich denke, sie kann selbst ganz gut austeilen«, sagt Antoine. »Oder was war mit der Geschichte an ihrer Schule, mit dem Lehrer? Papa musste eine ganz schön saftige Spende hinlegen und einwilligen, sie von der Schule zu nehmen, damit das unter dem Teppich bleibt. Aber vielleicht ist das gar nicht so überraschend, hm?« Er wendet sich an Mimi. »Wenn man bedenkt, wo sie herkommt?«

»Wage es nicht, so mit ihr zu reden«, sagt Sophie in gefährlichem Tonfall.

Ich schaue zu Mimi. Sie sitzt bloß da, starrt Antoine an, ihr Gesicht noch blasser als sonst.

»Okay«, sage ich. »Kommt schon, lasst uns einfach …«

»Und wenn ich noch eins sagen dürfte«, unterbricht Antoine, »das ist ja so typisch für unseren geschätzten Herrn Papa, sich einfach so zu verpissen. Nicht wahr?«

Wir schauen alle instinktiv zum Porträt meines Vaters an der Wand. Ich weiß, dass es nur meine Einbildung sein kann, aber es sieht aus, als wären die gemalten Furchen auf seiner Stirn eine Spur tiefer geworden. Ich erschauere. Selbst Kilometer weit weg, kann man seine Gegenwart in dieser Wohnung spüren, seine Autorität. Der allsehende, allmächtige Jacques Meunier.

»Dein Vater«, entgegnet Sophie scharf, »hat seine eigenen Angelegenheiten, um die er sich kümmern muss. Wie du selbst weißt. Es würde alles nur komplizierter machen, wenn er zurückkehrt. Wir müssen in seiner Abwesenheit die Stellung für ihn halten.«

»Welch Überraschung, dass er nicht da ist, wenn die Kacke richtig am Dampfen ist.« Antoine lacht laut, aber es ist ein freudloses Lachen; es klingt eher wie ein schmerzhaftes Ächzen.

»Er vertraut darauf, dass ihr euch ohne ihn um die Situation kümmern könnt«, fährt Sophie unbeirrt fort. »Aber vielleicht ist das doch zu viel verlangt. Schau dich doch an, Antoine. Ein vierzigjähriger Mann, der immer noch unter seinem Dach lebt und sich von ihm aushalten lässt. Er hat dir alles gegeben. Du musstest nie erwachsen werden. Alles wurde dir von deinem Vater auf dem Silbertablett gereicht. Ihr seid beide nutzlose Treibhauspflanzen, zu schwach für die Außenwelt. Unfähig, das Nest zu verlassen.« Das trifft auch mich. »Herrgott noch mal«, schiebt sie hinterher, »zeig deinem Vater etwas Respekt.«

»Ach ja?« Antoine bedenkt sie mit einem gemeinen Feixen. »Willst du wirklich mit mir über Respekt sprechen, *pute*?« Das letzte Wort stößt er gepresst hervor.

»Wie kannst du es wagen, so mit mir zu sprechen?« Sie baut sich über ihm auf, ein Schwall echten Zorns durchbricht die eisige Fassade.

»Oh, wie ich es wagen kann?« Antoine bedenkt sie mit einem durchtriebenen Grinsen. »*Vraiment?*« Er dreht sich zu mir. »Du weißt, was sie ist? Du weißt, was unsere ach so vornehme Stiefmutter wirklich ist? Du weißt, woher sie kommt?«

Ich hatte meine Vermutungen. Als ich größer wurde, wuchsen auch sie. Aber ich habe mir kaum je gestattet, sie zu Ende zu denken, geschweige denn, sie laut zu äußern, aus Angst vor meines Vaters Zorn.

Antoine steht auf, verlässt den Raum. Kurz darauf kehrt er mit einem großen Rahmen zurück. Er dreht ihn um, sodass wir alle ihn sehen können. Es ist eine Schwarz-Weiß-Fotografie, ein großer Akt – das Bild aus dem Arbeitszimmer meines Vaters.

»Bring das zurück«, sagt Sophie gefährlich ruhig. Ihre Hände sind zu Fäusten geballt. Sie schaut zu Mimi, die stocksteif dasitzt.

»Seht sie euch an.« Antoine deutet zu Sophie. »Hat sie ihre Sache nicht gut gemacht? Der Hermès-Schal, die Trenchcoats. *Une vraie bourgeoise.* Man käme nie auf die Idee, nicht wahr? Man würde nie drauf kommen, dass sie in Wirklichkeit eine …«

Ein Knall, so laut wie ein Pistolenschuss. Es passiert zu schnell, um zu verstehen, was vor sich geht. Ihre Bewegung war so flink. Auf einmal sitzt Antoine da und hält sich die Hand ans Gesicht; Sophie steht über ihm.

»Sie hat mich geschlagen«, sagte Antoine – doch seine Stimme ist leise, verängstigt, wie die eines kleinen Jungen. Es ist nicht das erste Mal, dass er derart geschlagen wurde. Papas Fäuste saßen immer recht locker, und Antoine, der Älteste, schien das Schlimmste davon abzubekommen. »Sie hat mich verdammt noch mal geschlagen.« Er senkt die Hand, und wir können die Zeichnung ihrer Hand auf seiner Wange sehen, ein heftiges, wütendes Rosarot.

Sophie bleibt über ihm stehen. »Denk dran, was dein Vater sagen würde, wenn er dich so über mich reden hören würde.«

Antoine blickt erneut zu Papas Porträt auf. Reißt seine Augen mit Gewalt los. Er ist ein großer Kerl, aber er scheint beinahe in sich selbst zurückzuschrumpfen. Wir alle wissen, dass er es in Papas Gegenwart nie wagen würde, so über Sophie zu reden. Und wir alle wissen, dass er höllisch dafür bezahlen müsste, sollte Papa bei seiner Rückkehr davon erfahren.

»Können wir uns bitte auf die wichtigen Sachen fokussieren?«, versuche ich, etwas Kontrolle über die Situation zu gewinnen. »Wir haben größere Probleme, um die wir uns kümmern müssen.«

Sophie bedenkt Antoine mit einem letzten giftigen Blick, dann dreht sie sich zu mir und nickt knapp. »Du hast recht.« Sie setzt sich, und umgehend ist die kühle Maske wieder an ihrem Platz. »Ich denke, das Wichtigste ist, dass wir nicht zulassen, dass sie noch mehr herausfindet. Wir müssen auf sie vorbereitet sein, wenn sie zurückkommt. Und wenn sie es zu weit treibt? Nicolas?«

Ich nicke. Schlucke. »Ja. Ich weiß, was zu tun ist. Wenn es dazu kommt.«

»Die Concierge«, sagt Mimi plötzlich mit leiser, heiserer Stimme.

Wir sehen alle zu ihr.

»Ich habe gesehen, wie diese Frau, Jess, bei der Concierge war. Sie war gerade auf dem Weg zum Tor, und die Concierge ist rausgerannt und hat sie abgefangen. Sie waren mindestens zehn Minuten bei ihr.« Sie sieht uns einen nach dem anderen an. »Was… Worüber können sie wohl so lange gesprochen haben?«

JESS

Verblüfft starre ich das Mädchen auf der Bühne an. Sie ist es, die junge Frau, die mir vor zwei Tagen gefolgt ist, die ich bis in die Metro verfolgt habe. Sie starrt zurück. Der Augenblick scheint sich endlos zu dehnen. Sie wirkt verängstigt, so wie auch in dem Moment, als der Zug vom Gleis abfuhr. Und dann, als würde sie aus einer Trance erwachen, schwenkt sie den Blick zurück zum Publikum, lächelt, klettert wieder auf den Ring, der sie aufwärtszieht… und ist verschwunden.

Theo dreht sich zu mir. »Was war das denn?«

»Du hast es auch gesehen?«

»Ja, habe ich. Sie hat dich wie gelähmt angestarrt.«

»Ich bin ihr begegnet«, erkläre ich, »kurz nachdem wir uns beim ersten Mal in dem Café getroffen haben.« Ich schildere es ihm rasch: Wie sie mir gefolgt ist und ich ihr bis in die Metro nachgerannt bin. Mein Herz schlägt nun schneller. Ich denke an Ben. Die Familie. Die geheimnisvolle Tänzerin. Sie alle scheinen Teil eines Puzzles zu sein… Ich weiß es einfach. Aber wie passen sie zusammen?

Nachdem die Vorstellung geendet hat, leeren die Zuschauer die Reste ihrer Gläser und strömen die Treppe hoch, hinaus in die Nacht.

Theo stupst mich an. »Komm schon, lass uns gehen. Folge mir.«

Ich will gerade widersprechen – wir werden doch jetzt nicht einfach so gehen? –, doch ich halte inne, als ich sehe, dass Theo, anstatt dem Rest der zahlenden Kundschaft zu folgen, eine Tür zu unserer Linken aufstößt. Es ist die Tür, die uns vorhin, während der Show, aufgefallen ist, diejenige, durch die immer wieder Männer in Anzügen verschwunden sind.

Er schlüpft hindurch. Ich folge dicht hinter ihm. Unterhalb von uns erstreckt sich ein dunkles, vollkommen mit Samt ausgekleidetes Treppenhaus. Wir steigen hinab. Ich kann Laute hören, aber sie sind gedämpft, als würden sie aus einer Unterwasserwelt zu uns empordringen. Ich meine auch Musik zu hören, das Summen von Stimmen, und dann einen plötzlichen, hohen Schrei, der von einem Mann oder einer Frau stammen könnte.

Wir haben beinahe den Fuß der Treppe erreicht. Ich zögere. Etwas lässt mich aufhorchen.

»Halt«, sage ich. »Hast du das gehört?«

Theo sieht mich fragend an.

»Ich glaube, ich habe Schritte gehört.«

Schweigend lauschen wir ein paar Sekunden. Nichts. Dann erscheint ein Mädchen unten an der Treppe. Eine der Tänzerinnen. Aus der Nähe ist ihr Gesicht so stark geschminkt, dass es wie eine Maske aussieht. Sie starrt uns an. Einen Moment lang habe ich den Eindruck, dass hinter der dicken Schicht Make-up, den falschen Wimpern und roten Lippen ein verängstigtes kleines Mädchen zu mir raufschaut.

»Wir suchen eine Freundin«, sage ich rasch. »Das

Mädchen, das mit dem Ring aufgetreten ist? Es geht um meinen Bruder, Ben. Kannst du ihr sagen, dass wir sie suchen?«

»Ihr dürft hier nicht sein«, zischt sie erschrocken.

»Ist schon gut.« Ich versuche, beruhigend zu klingen. »Wir bleiben nicht lange.«

Sie eilt an uns vorbei, die Treppe hoch, ohne sich noch mal nach uns umzuschauen. Wir gehen weiter. Am Ende des Gangs befindet sich eine Tür. Ich drücke mit der Schulter dagegen, aber sie gibt nicht nach. Plötzlich wird mir bewusst, wie tief unter der Erde wir uns befinden – mindestens zwei Stockwerke. Bei dem Gedanken fällt mir das Atmen schwerer. Ich versuche, meine Furcht runterzuschlucken.

»Ich glaube, sie ist abgeschlossen«, sage ich.

Die Geräusche sind nun lauter. Durch die Tür höre ich eine Art Stöhnen, das beinahe tierhaft klingt.

Ich drücke noch einmal die Klinke. »Definitiv abgesperrt. Probier du mal …«

Doch Theo antwortet nicht.

Und da weiß ich, noch bevor ich mich umdrehe, dass jemand hinter uns ist. Jetzt sehe ich ihn: der Türsteher, der uns am Eingang in Empfang genommen hat. Sein bulliger Körper füllt den Gang aus, sein Gesicht liegt im Schatten.

Mist.

»*Qu'est-ce qui se passe ici?*«, fragt er gefährlich ruhig, während er sich uns langsam nähert. »Was tun Sie hier unten?«

»Wir haben uns verlaufen«, sage ich entschuldigend. »Ich … habe die Toilette gesucht.«

»*Vous devez partir*«, sagt er. Und dann wiederholt er es

für uns: »Sie müssen gehen. Beide. Sofort.« Seine Stimme ist nach wie vor ruhig, was noch bedrohlicher ist, als wenn er brüllen würde. Sie sagt: *Versucht ja nicht, mich zu verarschen.*

Er packt meinen Oberarm mit seiner riesigen Pranke. Sein Griff schmerzt. Ich versuche, mich loszureißen. Er packt mich nur noch fester. Ich habe den Eindruck, dass es ihn nicht mal viel Mühe kostet.

»Hey, hey … das ist doch nicht nötig«, wirft Theo ein. Der Türsteher antwortet nicht, lässt auch nicht los. Stattdessen greift er mit der anderen Hand nun auch Theos Arm. Und Theo, den ich bis jetzt für einen großen Kerl hielt, sieht in seinem Griff mit einem Mal wie ein Kind, wie eine Marionette aus.

Einen Moment lang steht der bullige Typ stockstill da, den Kopf zur Seite geneigt. Ich schaue zu Theo, und er runzelt die Stirn, offenbar genauso verwirrt wie ich. Dann höre ich ein leises Murmeln, und ich kapiere, dass der Kerl lauscht. Jemand gibt ihm Anweisungen über einen versteckten Ohrhörer durch. Er richtet sich auf. »Madame, Monsieur, ich bitte Sie.« Immer noch dieser beängstigend höfliche Tonfall, selbst als seine Hand sich fester um meinen Bizeps schließt, bis meine Haut brennt. »Machen Sie keine Szene. Sie müssen mit mir kommen, jetzt.« Und dann bugsiert er uns mit minimalem Kraftaufwand den Flur entlang, die Treppe hoch, in den Saal mit den Tischen und der Bühne. Die meisten Lichter wurden ausgeschaltet, und nun ist der Raum komplett leer. Nein, nicht komplett. Aus dem Augenwinkel meine ich eine große, schlanke Gestalt zu erblicken, die still dasteht und uns aus einer der verdunkelten Nischen beobachtet. Aber ich komme nicht dazu, richtig hinzusehen, da wir schon grob die nächste Treppe zum Erdgeschoss hochgeschoben werden.

Dann wird die Eingangstür geöffnet, und wir werden auf die Straße befördert, wobei der Türsteher mir einen so festen Stoß verpasst, dass ich stolpere und auf meine Knie stürze.

Die Tür fällt mit einem Knall hinter uns zu.

Theo, dem es gelungen ist, sein Gleichgewicht zu halten, streckt mir eine Hand hin und hievt mich hoch. Ich erwische mich dabei, wie ich erleichtert aufseufze. Denn obwohl meine Knie schmerzen und mein Arm sicher üble blaue Flecken haben wird, hätte das hier viel schlimmer laufen können. Ich bin froh, wieder draußen zu sein und tief die eisige Luft in meine Lungen zu saugen. Was, wenn die Stimme in dem Ohr des Türstehers eine andere Anweisung gegeben hätte? Was wäre wohl dann mit uns passiert?

Es ist vielmehr dieser Gedanke als die Kälte, der mich erzittern lässt. Ich ziehe meine Jacke fester um mich.

»Lass uns hier verschwinden«, murmelt Theo. Ich frage mich, ob er das Gleiche denkt: Lass uns ihnen nicht die Gelegenheit geben, es sich anders zu überlegen.

Die Straße ist beinahe vollkommen still, keine Menschenseele; da ist nur das Blinken der Alarmanlagen in den Schaufenstern und das Echo unserer Absätze auf dem Kopfsteinpflaster.

Und dann höre ich ein anderes Geräusch. Schritte, hinter uns, die sich schneller und schneller bewegen, lauter werden, während mein Herz unwillkürlich heftiger schlägt. Ich drehe mich um. Eine groß gewachsene Gestalt mit hochgezogener Kapuze. Und als das Licht kurz auf ihr Gesicht fällt, kann ich sehen, dass sie es ist. Die junge Frau, die mir zwei Abende zuvor gefolgt ist, die Tänzerin im Silberring, die mich heute inmitten der Zuschauer angestarrt hat, als habe sie einen Geist gesehen.

DIE CONCIERGE

Loge

Ich staube im obersten Stockwerk ab. Normalerweise erledige ich um diese Tageszeit die anderen Flure und das Treppenhaus – Madame Meunier hat sehr spezielle Vorstellungen, was das betrifft. Aber heute Abend habe ich mich darüber hinweggesetzt. Es ist das zweite Risiko, das ich eingegangen bin; das erste bestand darin, vorhin mit dem Mädchen zu reden. Durchaus möglich, dass man uns gesehen hat. Aber ich war verzweifelt. Gestern Abend habe ich versucht, eine Notiz unter ihrer Tür hindurchzuschieben, aber sie hat mich erwischt, mich mit einem Messer bedroht. Ich musste einen anderen Weg finden. Denn ich habe in der Nacht ihrer Ankunft hier gesehen, was für ein Mensch sie ist, als sie dieser Frau zu Hilfe eilte, ihr half, die Kleidung wieder in den Koffer zu packen.

Ich konnte nicht tatenlos bleiben und zulassen, dass ein weiteres Leben zerstört wird.

Sie sind alle dort drin, im Penthouse – alle bis auf ihn, den Kopf der Familie. Ich hätte die verborgene Treppe nehmen können – manchmal benutze ich sie, um zu beobachten –, aber von hier hört man viel besser. Ich kann nicht alles verstehen, was sie sagen, aber immer wieder fange ich ein Wort oder einen Satz auf.

Einer von ihnen sagt seinen Namen: Benjamin Daniels. Ich schiebe mich etwas näher an die Tür. Nun wird auch über das Mädchen geredet. Ich muss an ihre interessierte, aufgeweckte, eifrige Art denken. Es ist etwas in ihrem Verhalten. Sie erinnert mich an ihren Bruder, ja. Aber auch an meine Tochter. Nicht, was ihr Aussehen betrifft, natürlich nicht – was ihre Schönheit angeht, könnte niemand meiner Tochter gleichkommen.

Eines Tages, gar nicht so lange her, als die Hitze sich langsam verflüchtigte, lud ich Benjamin Daniels auf einen Tee zu mir ein. Ich sagte mir, dass es darum ging, ihm meine Dankbarkeit für den Ventilator zu zeigen. Aber eigentlich wollte ich Gesellschaft. Mir war nicht klar gewesen, wie einsam ich bin, bis er anfing, Anteilnahme zu zeigen. Ich hatte meine Scham verloren, die ich anfangs wegen meiner kargen Lebensumstände verspürt hatte. Ich hatte begonnen, die Geselligkeit zu genießen.

Erneut blickte er auf die Fotografien an den Wänden, während er dasaß und sein Glas Tee mit den Händen umfasste. »Elira – habe ich recht verstanden? Der Name Ihrer Tochter?«

Ich sah ihn an. Ich konnte nicht glauben, dass er sich erinnerte. Es berührte mich. »Das ist richtig.«

»Ein schöner Name«, bemerkte er.

»Er bedeutet ›die Freie‹.«

»Oh – in welcher Sprache denn?«

Ich zögerte einen Moment. »Auf Albanisch.« Das war das Erste, was ich ihm anvertraute. Anhand dieses Details hätte er sich meinen Status hier, in Frankreich, zusammenreimen können. Ich beobachtete ihn aufmerksam. Er lächelte nur und nickte. »Ich war mal in Tirana. Eine wunderbare Stadt – so lebendig.«

»Das habe ich auch gehört … aber ich kenne Tirana nicht gut. Ich komme aus einem kleinen Dorf an der adriatischen Küste.«

»Haben Sie Fotos davon?«

Ein Zögern. Aber was konnte es schon schaden? Ich ging zu meiner Schatzkiste, holte mein Fotoalbum hervor. Er setzte sich auf den Platz mir gegenüber. Mir fiel auf, dass er darauf achtgab, die Fotos nicht zu verschieben oder durcheinanderzubringen, als er die Seiten umblätterte, als würde er es mit etwas sehr Kostbarem zu tun haben.

»Ich wünschte, ich hätte so etwas«, sagte er plötzlich. »Ich weiß nicht, was mit den Fotos aus meiner Kindheit geschehen ist. Andererseits weiß ich nicht, ob ich sie mir ansehen …« Er stockte. Ich konnte einen verborgenen Quell von Kummer spüren. Dann, als wäre es ihm entfallen – oder als wolle er es verdrängen –, deutete er auf eine Fotografie. »Schau sich das einer an! Die Farben des Meeres!«

Ich folgte seinem Blick. Als ich das Bild ansah, konnte ich den wilden Thymian riechen, das Salz in der Luft. Er sah auf. »Ich meine mich zu erinnern, Sie hätten erzählt, Sie seien Ihrer Tochter nach Paris gefolgt. Aber sie lebt nicht mehr hier?«

Ich sah, wie sein Blick durch den dürftigen Raum huschte. Ich konnte die unausgesprochene Frage darin hören. Es war nicht so, als ob ich die Armut zu Hause für ein Leben in Saus und Braus hinter mir gelassen hätte. Warum sollte ein Mensch sein gesamtes Leben für das hier aufgeben?

»Ich hatte nicht vor zu bleiben«, sagte ich.

Ich sah an der Wand mit den Fotografien hoch. Elira blickte mir entgegen – mit fünf, mit zwölf, mit siebzehn. Ihre Schönheit stetig zunehmend, sich wandelnd, doch das Lächeln blieb immer das gleiche. Die Augen dieselben. Ich konnte sie noch als Säugling an meiner Brust sehen: dunkle Augen, die mit einer solchen Aufgewecktheit zu mir aufschauten, einer Intelligenz, die über ihr Alter hinausging. Als ich sprach, war es nicht an ihn, sondern an ihr Bild gerichtet. »Ich kam her, weil ich mir Sorgen um sie machte.«

Er beugte sich vor. »Warum?«

Ich sah ihn an. Einen Moment lang hatte ich beinahe vergessen, dass er da war. Ich zögerte. Ich hatte noch nie mit jemandem darüber gesprochen. Aber er schien so aufrichtig interessiert, so besorgt. Und da war jener Schmerz, den ich vorhin in ihm gespürt hatte. Davor, selbst als er mich mit Freundlichkeit und Aufmerksamkeiten bedachte, hatte ich ihn als einen von ihnen betrachtet. Eine andere Spezies. Reich, privilegiert. Doch dieser kurze Blick auf seinen Schmerz hatte ihn mir menschlich gemacht.

»Sie rief nicht an, obwohl sie es versprochen hatte. Und als ich endlich von ihr hörte, klang sie ganz anders.« Ich betrachtete die Fotografien. »Ich …« Ich musste überlegen, wie ich es erklären sollte. »Sie erzählte mir, dass sie im Stress sei, dass sie sehr viel arbeiten müsse. Ich versuchte, es mir nicht zu Herzen zu nehmen. Mich für sie zu freuen.«

Aber ich wusste es. Ich wusste mit dem Instinkt einer Mutter, dass etwas nicht stimmte. Sie klang nicht gut. Heiser. Krank. Aber schlimmer noch, sie klang dumpf, kein bisschen sie selbst. Die Male, die wir davor telefoniert hatten, spürte ich sie nah bei mir, trotz der Hunderte von Kilometern zwischen uns. Nun konnte ich sie entgleiten hören. Es machte mir Angst.

Ich holte tief Luft. »Das nächste Mal rief sie einige Wochen später an.«

Zuerst hörte ich nur ein Keuchen, jemand schnappte nach Luft. Dann, endlich, konnte ich die Worte verstehen. »Ich schäme mich so, Mama. Ich schäme mich ja so. Dieser Ort – es ist ein schlimmer Ort. Es geschehen furchtbare Dinge. Es sind keine guten Menschen. Und …« Der nächste Teil war so gedämpft, dass ich es nicht verstehen konnte. Und dann begriff ich, dass sie weinte. So heftig weinte, dass sie nicht mehr sprechen konnte. Ich griff den Telefonhörer so fest, dass meine Hand schmerzte.

»Ich kann dich nicht verstehen, mein Schatz.«

»Ich … ich sagte, dass ich auch kein guter Mensch bin.«

»Doch, du bist gut«, erwiderte ich entschieden. »Ich weiß das. Du gehörst zu mir, und du bist gut.«

»Bin ich nicht, Mama. Ich habe schreckliche Dinge getan. Und ich kann nicht mal mehr dort arbeiten.«

»Warum nicht?«

Eine lange Pause. So lang, dass ich dachte, man hätte uns die Leitung gekappt. »Ich bin schwanger, Mama.«

Erst dachte ich, ich hätte nicht recht gehört.

»Du bist … schwanger?« Nicht nur, dass sie nicht verheiratet war – sie hatte mir gegenüber auch keinen Freund erwähnt. Ich war so schockiert, dass ich einen Moment nicht sprechen konnte. »Welcher Monat?«

»Der fünfte, Mama. Ich kann es nicht länger verstecken. Ich kann nicht arbeiten.«

Danach konnte ich nichts weiter hören als ihr Weinen. Ich wusste, dass ich etwas Aufbauendes sagen musste.

»Aber ich… ich freue mich ja so, mein Schatz«, versicherte ich ihr. »Ich werde Großmutter. Was für eine wunderbare Neuigkeit. Ich werde gleich anfangen, Geld für die Reise zurückzulegen.« Ich würde zusätzliche Schichten einlegen müssen – ich würde um Gefälligkeiten bitten, mir was borgen müssen. Es würde dauern. Aber ich würde einen Weg finden. »Ich werde nach Paris kommen«, versprach ich ihr. »Um dir mit dem Baby zu helfen.«

Ich schaute Benjamin Daniels an. »Es brauchte seine Zeit. Es war nicht einfach. Ich brauchte sechs Monate. Aber endlich hatte ich das Geld beisammen, um herzukommen.« Ich hatte auch ein Visum, das mir erlaubte, ein paar Wochen zu bleiben. »Mir war klar, dass das Baby schon da wäre, obwohl ich lange nichts mehr von ihr gehört hatte.« Ich hatte mir Mühe gegeben, deswegen nicht in Panik zu verfallen. Stattdessen hatte ich versucht, mir vorzustellen, wie es wäre, mein Enkelkind zum ersten Mal in den Armen zu halten. »Aber ich würde da sein, um ihr mit dem Kind zu helfen… und mich um sie zu kümmern. Das war das Wichtigste.«

Als ich eintraf, hatte ich keine Wohnungsadresse von ihr. Also ging ich zu ihrem Arbeitsplatz. Ich kannte den Namen – so viel hatte sie mir erzählt. Es schien ein so eleganter, kultivierter Ort. Im reichen Teil der Stadt, so, wie sie es gesagt hatte.

Der Türsteher beäugte meine ärmliche Kleidung. »Der Eingang für die Putzfrauen ist an der Rückseite«, sagte er.

Ich war nicht beleidigt, auf gewisse Art war es erwartbar. Ich fand den Hintereingang, schlüpfte hinein. Und weil ich aussah, wie ich aussah, war ich unsichtbar. Niemand achtete auf mich, niemand sagte, dass ich dort nichts verloren hätte. »Ich fand die Frauen – die Mädchen –, die mit meiner Tochter gearbeitet hatten, die sie kannten. Und da …«

Kurz konnte ich nicht weitersprechen.

»Und da?«, wiederholte er behutsam.

»Meine Tochter ist tot. Sie starb vor neunzehn Jahren bei der Geburt ihres Kindes. Ich kam in dieses Haus, um zu arbeiten, und bin seitdem geblieben.«

»Und das Baby? Das Baby Ihrer Tochter?«

»Aber, Monsieur, Sie haben offenbar nicht verstanden.« Ich nahm ihm das Fotoalbum ab und legte es wieder in die Kiste, zu meinen anderen Reliquien, meinen Schätzen. All den Dingen, die ich über die Jahre gesammelt hatte: ein Milchzahn, ein Kinderschuh, ein Schulzeugnis. »Meine Enkeltochter ist hier. Deswegen bin ich hergekommen. Deswegen habe ich all die Jahre hier, in diesem Gebäude, gearbeitet. Ich wollte ihr nahe sein. Ich wollte zusehen, wie sie aufwächst.«

Ein Wort fällt hinter der Appartementtür, und ich werde in die Gegenwart zurückgerissen. Ich habe einen von ihnen ganz deutlich »Concierge« sagen hören. Ich trete rasch zurück in die Dunkelheit, achte darauf, die knarzenden Bodendielen zu umgehen. Es ist meine Intuition: Ich sollte nicht hier sein. Ich muss in meine Loge zurück. Jetzt.

MIMI

Dritte Etage

Ich stürme zurück in die Wohnung, gehe direkt in mein Zimmer, steuere das Fenster an und starre hinaus. Das war die Hölle, da oben zwischen ihnen zu sitzen. Das Gerede, das Gebrüll. Ich wollte einfach nur, dass es aufhörte. Ich wollte so verzweifelt allein sein.

Mimi. Mimi. Mimi.

Ich brauche einen Moment, um zu kapieren, woher die Stimme kommt. Ich drehe mich um und sehe Camille in meiner Tür stehen, die Hände in die Hüften gestemmt. Sie kommt auf mich zu, wedelt mit den Fingern vor meinem Gesicht. »Hallo? Was tust du da?«

»*Quoi?*« Ich starre sie ratlos an.

»Du hast gerade wie so ein Zombie aus dem Fenster geglotzt.« Sie gibt eine Imitation zum Besten, die Augen aufgerissen, der Kiefer runterhängend. »Wonach hältst du denn Ausschau?«

Ich zucke die Achseln. Ich hatte es nicht einmal bemerkt. Aber ich muss wohl in seine Wohnung geschaut haben. Alte Gewohnheiten sterben nur schwer.

»*Putain*, du machst mir Angst, Mimi. Du bist in letzter Zeit echt… schräg.« Sie hält inne. »Noch schräger als sonst.« Dann kräuselt sie die Stirn, als würde sie über etwas nachdenken. »Eigentlich seit neulich Nacht. Als ich später heimkam und du immer noch wach warst. Was ist los?«

»*Rien*«, sage ich. *Nichts*. Warum lässt sie mich nur nicht in Ruhe?

»Ich glaube dir nicht«, erwidert sie. »Was ist passiert, bevor ich in der Nacht zurückkam? Was ist los mit dir?«

Ich schließe die Augen, balle die Fäuste. Ich komme mit all den Fragen nicht zurecht. Dieses Bohren und Stochern. Ich habe das Gefühl, explodieren zu müssen. Mit aller Beherrschung, die ich aufbringen kann, sage ich: »Ich … ich muss gerade einfach nur allein sein, Camille. Ich brauche Raum für mich.«

Sie kapiert den Hinweis nicht. »Hey – hat es was mit dem Typen zu tun, um den du so ein Geheimnis gemacht hast? Hat es nicht geklappt? Wenn du es mir einfach erzählen würdest, könnte ich vielleicht helfen …«

Ich kann nicht mehr. Das weiße Rauschen tost in meinem Kopf. Ich richte mich auf. Ich hasse es, wie sie mich anschaut: die Sorge, die Bekümmerung in ihrem Gesicht. Warum kann sie es nicht einfach schnallen? Auf einmal will ich ihr Gesicht nicht mehr sehen. Es wäre so viel besser, wenn sie gar nicht hier wäre. »Halt verdammt noch mal die Klappe! *Fous le camp!*« Verpiss dich. »Lass … lass mich einfach in Ruhe.«

Sie weicht verdutzt einen Schritt zurück.

»Ich hab es satt, dass du mir ständig auf die Nerven gehst«, fahre ich fort. »Ich habe dein Chaos in der ganzen Wohnung satt, egal, wo ich hinsehe. Ich habe es satt, dass du ständig deine … deine Ficks hierherschleppst. Ich mag vielleicht eine Spinnerin sein – ja, ich weiß, dass alle deine

Freunde mich dafür halten –, aber du … du bist eine widerliche kleine Schlampe.«

Ich glaube, jetzt habe ich es geschafft. Ihre Augen sind aufgerissen, als sie weiter von mir zurückweicht. Dann verschwindet sie aus dem Zimmer. Ich fühle mich nicht toll, aber wenigstens bekomme ich wieder Luft.

Ich höre Geräusche aus dem Zimmer nebenan: Schubladen, die aufgerissen werden, Schränke, die zuknallen. Ein paar Minuten später taucht sie mit mehreren überquellenden Stofftaschen über den Armen wieder auf.

»Weißt du, was?«, sagt sie. »Ich mag ja eine widerliche kleine Schlampe sein, aber du, du bist eine echt gestörte Bitch. Ich will damit nichts mehr zu tun haben, Mimi, ich brauch so was nicht. Und Dominique hat mittlerweile eine eigene Bude. Also keine Heimlichkeiten mehr. Ich bin hier raus.«

Es gibt nur eine Person mit diesem Namen, die ich kenne. Das ergibt doch keinen Sinn. »Dominique …?«

»Ja. Die Ex von deinem Bruder. Und die ganze Zeit über dachte er, sie würde mit Ben flirten.« Ein kleines Lächeln. »Das war eine clevere Ablenkung, nicht wahr? Wie auch immer. Das hier ist anders. Das ist echt. Ich liebe sie. Keine – wie nanntest du mich doch gleich? – ›widerliche kleine Schlampe‹ mehr.« Sie rückt ihre Taschen höher über die Schulter. »Tja, wie auch immer. Wir sehen uns, Mimi. Viel Glück bei was auch immer für ein Scheiß gerade bei dir abgeht.«

Zwei Minuten später ist sie fort. Ich drehe mich wieder zum Fenster. Ich schaue ihr nach, wie sie mit den Taschen über dem Arm den Hof durchquert.

Einen Moment lang fühle ich mich tatsächlich besser,

ruhiger, freier. Vielleicht werde ich klarer denken können, nun, da sie fort ist. Aber jetzt ist es zu ruhig hier. Denn es ist immer noch da – das Gewitter in meinem Kopf. Und ich weiß nicht, ob ich mehr Angst vor dem Sturm habe … oder dem, was er übertönt.

Ich hebe den Blick. Schaue wieder in seine Wohnung. Vor einer Woche habe ich mir, mit dem Schlüssel, den ich aus der Loge der Concierge gestohlen habe, heimlich Zutritt verschafft. Seit ich ein kleines Mädchen war, bin ich in ihr Häuschen gegangen, habe mich hineingeschlichen, wenn ich sicher war, dass die alte Frau in einem der oberen Stockwerke putzte. Es faszinierte mich – es war wie das Hexenhäuschen im Wald aus einem Märchen. Sie hatte da diese mysteriösen Fotos an den Wänden hängen, der Beweis dafür, dass sie tatsächlich ein anderes Leben hatte, bevor sie herkam. Auf vielen war eine wunderschöne junge Frau zu sehen, wie eine Märchenprinzessin.

Heute bin ich natürlich älter; ich weiß, dass nichts magisch ist an dem Häuschen. Es ist nur das winzige, einsame Heim einer armen alten Frau. Es ist deprimierend. Trotzdem erinnerte ich mich noch daran, wo sie alle Schlüssel aufbewahrt. Natürlich darf sie die nicht benutzen. Sie sind für den Notfall gedacht, falls es beispielsweise mal einen Wasserschaden in einer der Wohnungen geben sollte, während wir gerade im Urlaub sind. Nur für die Wohnung meiner Eltern scheint sie keinen Schlüssel zu haben – die ist absolut tabu.

Es war früher Abend, bei Dämmerung. Ich wartete, sah ihm nach, als er über den Hof davonging wie Camille gerade. Er trug lediglich ein Hemd, und das bei der Kälte, daher ging ich davon aus, dass er nicht weit weg gehen würde. Vielleicht nur ein paar Straßen weiter, um Zigaretten beim *tabac* zu holen, was mir jedoch genug Zeit gab, das zu tun, was ich vorhatte.

Ich lief das eine Stockwerk runter und verschaffte mir Zugang zu seiner Wohnung.

Unter meiner Kleidung trug ich die neuen Dessous, die ich mit Camille gekauft hatte. Ich konnte das seidig raschelnde Geheimnis auf meiner Haut spüren. Ich fühlte mich wie ein mutigerer Mensch. Verwegen.

Ich wollte auf ihn warten, bis er zurückkäme. Ich wollte ihn überraschen. So wäre ich diejenige, die die Situation unter Kontrolle hätte.

Ich hatte ihn so oft von meinem Schlafzimmer aus beobachtet. Aber in seiner Wohnung zu stehen war anders – hier konnte ich seine Gegenwart richtig *spüren*. Seinen Duft unter dem seltsam abgestandenen Muff der Wohnung riechen. Eine Weile spazierte ich herum, sog ihn nur in mich ein. Die ganze Zeit über schlich die Katze hinter mir her, beobachtete mich. Als wüsste sie, dass ich nichts Gutes im Schilde führte.

Ich öffnete seinen Kühlschrank und durchsuchte seine Schränke. Ich sah seine Schallplatten durch, seine Büchersammlung. Ich ging in sein Schlafzimmer und legte mich auf sein Bett, auf dem immer noch der Abdruck seines Körpers zu sehen war, und genoss seinen Duft in den Kissen. Ich ging die Pflegeartikel in seinem Bad durch, öffnete die Deckel. Ich sprühte mein T-Shirt und mein Haar mit seinem zitrusartigen Eau de Cologne ein. Ich öffnete seinen Schrank und vergrub mein Gesicht in seinen Hemden, aber besser noch waren die Hemden in seinem Wäschekorb – diejenigen, die er getragen hatte, diejenigen, die nach seiner Haut und seinem Schweiß rochen. Und noch besser als das waren die kurzen Stoppelhärchen, die ich im Waschbecken fand, wo er sich rasiert und nicht alle weggespült hatte. Ich tupfte mehrere mit der Fingerkuppe auf. Ich schluckte sie.

Hätte ich mir dabei zugesehen, hätte ich womöglich gesagt, ich sähe aus wie eine Frau im Griff einer *amour fou* – einer obsessiven, wahnsinnigen Liebe. Aber eine *amour fou* ist für gewöhnlich unerwidert. Doch ich wusste, dass er auf gleiche Art empfand. Und das war das eigentlich Wichtige. Ich wollte nur Teil davon werden, von dieser Welt, seiner Welt. Ich hatte schon tausende Gespräche mit ihm in meinem Kopf geführt. Ich hatte ihm von meinen Brüdern erzählt. Wie gemein Antoine immer zu mir gewesen ist. Dass Nick nur ein Riesenversager ist, der von Papas Geld lebt, und ich ganz ehrlich nicht kapierte, warum Ben mit ihm befreundet war. Dass ich, sobald ich den Uni-Abschluss in der Tasche hätte, hier raus wäre. Um die Welt zu bereisen. Wir könnten zusammen gehen.

In der Küche fand ich ein Glas und goss mir etwas von seinem Ricard ein. Ich hasste den Lakritzgeschmack, aber ich musste ausreichend betrunken sein, um das hier durchzuziehen. Dann zog ich meine Klamotten aus. Ich legte mich auf sein Bett, wartete dort wie ein Geschenk, das man ihm aufs Kissen gelegt hatte. Doch nach einer Weile kam ich mir dämlich vor. Vielleicht ließ die Wirkung vom Ricard nach. Mir war auch ein bisschen zu kalt. So hatte ich das in meinem Kopf nicht geplant. Ich hatte gedacht, er würde früher zurückkommen.

Eine halbe Stunde verging. Wie lange würde er noch fortbleiben?

Ich spazierte zu seinem Schreibtisch. Ich wollte lesen, woran er bis spät in die Nacht arbeitete – was er schrieb, in seinen Laptop tippte.

Ich fand ein Notizbuch. Ein Moleskin – so eins, wie ich es für meine Skizzen benutze. Noch ein Zeichen, dass wir füreinander bestimmt waren: Seelenverwandte, Geschwister im Geiste. Die Musik, seine Schriftstellerei. Wir waren einander so ähnlich. Denn das hatte er mir doch gesagt in jener Nacht, als wir zusammen im dunklen Park saßen. Und auch davor, als er mir die Schallplatte lieh. Außenseiter, aber gemeinsam.

Das Büchlein war voller Notizen für Restaurantkritiken. Mit kleinen Zeichnungen dazwischen. Visitenkarten von Restaurants als Lesezeichen. Es gab mir das Gefühl, ihm so nah zu sein. Seine Handschrift: schön, intelligent, ein bisschen spitz. Ganz wie ich sie mir vorgestellt hätte. Elegant wie die Finger, die mich an jenem Abend im Buttes-Chaumont am Arm berührten. Als ich die Handschrift sah, verliebte ich mich noch ein klein wenig mehr.

Und dann, auf der letzten Seite des Notizbuchs, stand mein Name geschrieben. Ein Fragezeichen dahinter. So:

Mimi?

Oh, mein Gott! Er hatte über mich geschrieben.

Ich musste mehr erfahren, musste herausfinden, was das zu bedeuten hatte. Ich öffnete seinen Laptop. Er verlangte ein Passwort. *Merde.* Keine Chance, da reinzukommen. Es könnte praktisch alles sein. Ich probierte ein paar Sachen aus. Seinen Nachnamen. Seine Lieblingsfußballmannschaft – ich hatte ein Manchester-United-Trikot in seinem Schrank entdeckt. Kein Glück. Und dann hatte ich eine Idee. Ich dachte an die Halskette, die er immer trug, diejenige, die er von seiner Mutter bekommen hatte. Ich tippte: ***StChristopher***

Nein. Ich wurde abgewiesen. Es war nur ein blinder Tipp gewesen, daher war ich nicht sonderlich überrascht. Aber da ich schon mal die Gelegenheit hatte, versuchte ich es erneut, mit einer kniffligeren Verschlüsselung, und ersetzte einige der Buchstaben durch Ziffern: ***5tChr1st0ph3r***

Nichts. Ich gab verschiedene andere Versionen ein, bis ich schließlich frustriert einfach nur ***Christoph*** tippte.

Und als ich diesmal Enter drückte, schloss sich das Passwortfenster, und sein Desktop öffnete sich.

Ich starrte den Bildschirm an. Ich konnte nicht glauben, dass ich es erraten hatte. Das *musste* doch ebenfalls etwas zu bedeuten haben, oder etwa nicht? Es schien mir eine Bestätigung dafür, wie gut ich ihn kannte. Ich weiß, dass Schriftsteller sehr verschlossen sind, was ihre Arbeit angeht, so wie ich meine Kunst für mich behalte, aber jetzt fühlte es sich fast so an, als wollte er, dass sie von mir gefunden und gelesen wurde.

Ich ging zu den Dokumenten und dort auf »Neueste«. Und da war es, ganz oben. All die anderen hatten Namen von Restaurants, offensichtlich handelte es sich um Kritiken. Aber dieses hier hieß: *Meunier Wines S.A.R.L.*, und der kleine Zeitstempel verriet mir, dass es der Text war, an dem er vor einer Stunde gearbeitet hatte. Ich öffnete ihn.

Merde, mein Herz schlug so schnell.

Aufgeregt, nervös begann ich zu lesen.

Doch als ich es tat, wollte ich aufhören; ich wünschte mir, ich hätte nie etwas davon gesehen. Ich wusste nicht, was ich erwartet hatte, aber das nicht.

Ich hatte das Gefühl, als würde meine gesamte Welt um mich herum einstürzen.

Mir wurde schlecht.

Aber ich konnte nicht aufhören.

JESS

Das Mädchen tritt ins Licht der Straßenlaterne. Natürlich sieht sie ganz anders aus als während ihres Auftritts. Sie trägt wieder die Kunstlederjacke über einem Kapuzenpulli und Jeans. Aber es liegt auch daran, dass sie die dicke Make-up-Schicht entfernt hat. Sie ist jetzt weitaus weniger glamourös, dafür noch viel schöner. Und jünger. *Viel* jünger. Neulich, in der Dunkelheit am Friedhof, habe ich sie nicht richtig betrachten können – hätte man mich gefragt, hätte ich sie wahrscheinlich auf Mitte zwanzig geschätzt. Aber nun würde ich eher sagen, knapp achtzehn oder neunzehn, etwa im Alter von Mimi Meunier.

»Warum seid ihr gekommen?«, zischt sie uns mit ihrem schweren Akzent an. »In den Klub?«

Ich erinnere mich noch, wie sie bei unserer Begegnung plötzlich weggerannt ist. Ich weiß, dass ich behutsam vorgehen muss, um sie nicht zu verschrecken. »Wir suchen immer noch nach Ben«, sage ich sanft. »Und ich habe das Gefühl, du weißt vielleicht etwas, das uns weiterhelfen könnte. Habe ich recht?«

Sie murmelt leise etwas – wieder dieses Wort, das sich wie *kurwah* anhört. Kurz denke ich, dass sie erneut abhauen wird, aber sie bleibt gefasst, tritt sogar ein bisschen näher. »Nicht hier«, flüstert sie. Sie wirft einen Blick über die Schulter, scheu wie eine Katze. »Wir müssen woandershin. Fort von diesem Ort.«

Wir entfernen uns von den vornehmen Avenuen mit den schicken Autos und glitzernden Schaufenstern. Das Mädchen führt uns an Cafés mit rotgoldenen Fassaden und Flechtstühlen vorbei – ein bisschen wie das, in dem ich mich mit Theo getroffen habe. Tagesmenüs werden auf großen Schildern angepriesen, vor denen sich immer noch planlose Touristengrüppchen herumdrücken. Auch die lassen wir hinter uns. Wir spazieren durch Straßen mit Bars und lauten Techno-Beats, an einer Art Disco vorbei, an der sich eine lange Warteschlange bis um die Ecke zieht. Wir betreten ein neues Viertel, wo die Restaurants Namen auf Arabisch, Chinesisch und in anderen, mir völlig unbekannten Sprachen tragen. Wir kommen an E-Zigaretten-Läden und Handyshops vorbei, die alle genau gleich aussehen; an Fenstern mit Schaufensterpuppen, die alle möglichen Perücken tragen, Läden, die billige Möbel verkaufen. Das ist definitiv nicht das touristische Paris. Wir überqueren eine Kreuzung mit einer Ansammlung schäbiger Zelte auf der kleinen Grünfläche in der Mitte, wo ein paar Typen etwas auf einem kleinen provisorischen Ofen kochen; sie stehen, die Hände in die Hosentasche geschoben, nah beieinander im Kreis, um sich warm zu halten.

Das Mädchen führt uns in einen Dönerladen mit blinkendem Schild über der Tür, ein paar Metalltischen im hinteren Bereich, Neonröhren an der Decke. Wir setzen uns an einen fettverschmierten kleinen Tisch im Eck. Es gibt kaum einen vorstellbaren Ort, der weiter weg sein könnte von dem schummrigen Glamour des Klubs, den wir gerade verlassen haben. Vielleicht hat sie ihn deswegen ausgesucht. Theo bestellt uns jeweils eine Portion Pommes. Das Mädchen schnappt sich gleich eine ganze Handvoll, tunkt sie begierig in das Schälchen mit Knoblauchsoße und schafft es dann auch noch, sie komplett in den Mund zu stopfen.

»Wer ist der da?«, murmelt sie mit vollem Mund zu Theo nickend.

»Das ist Theo«, sage ich. »Er arbeitet mit Ben. Er hilft mir. Ich bin Jess. Wie heißt du?«

Eine kurze Pause. »Irina.«

Irina. Den Namen habe ich schon vor Augen gehabt. Es ist der, den Ben auf der Weinabrechnung notiert hatte, die ich in seinem Wörterbuch gefunden habe. *Irina fragen.*

»Ben hat versprochen, dass er wiederkommt«, sagt sie auf einmal ganz elend. »Er hat gesagt, er kommt zurück, um mich zu holen.« Da ist etwas in ihrem Ausdruck, das ich wiedererkenne. Aha. Noch jemand, der sich in meinen Bruder verliebt hat. »Er sagte, dass er mich von diesem Ort wegholen wird. Dass er mir helfen wird, einen neuen Job zu finden.«

»Ich bin sicher, dass er daran gearbeitet hat«, beteuere ich vorsichtig. Das klingt ziemlich nach Ben, denke ich. Einem Dinge zu versprechen, die er nicht zwingend liefern kann. »Aber wie ich schon sagte, er ist verschwunden.«

»Was ist passiert?«, fragt Irina. »Was, denkst du, ist geschehen mit ihm?«

»Wir wissen es nicht«, erwidere ich. »Aber ich habe bei seinen Sachen die Karte für diesen Klub gefunden. Wenn es irgendwas gibt, was du uns sagen kannst, Irina, egal was, könnte das helfen, ihn zu finden.«

Sie taxiert uns beide. Sie scheint überfordert davon, sich in dieser Machtposition zu befinden. Und verängstigt. Alle paar Sekunden blickt sie über die Schulter.

»Wir können dir natürlich was zahlen«, sage ich und schaue zu Theo. Er verdreht die Augen, zückt jedoch sein Portemonnaie. Als wir uns auf eine Summe geeinigt haben, mit der Irina zufrieden ist – eigentlich deprimierend gering –, und nachdem Irina die Pommes samt unserer beider Knoblauchsoße verputzt hat, zieht sie schützend ein Bein an ihre Brust und stemmt es gegen den Tisch. Durch einen Riss in der Jeans ist ein Bluterguss auf der blassen Haut ihres Knies zu sehen. Aus irgendeinem Grund muss ich an Spielplatzschürfwunden eines Kindes denken, das dieses Mädchen vor nicht allzu langer Zeit noch war. »Hast du mir eine Kippe?«, fragt sie Theo. Er reicht ihr eine, und sie erstrahlt. Ihr Knie stößt wippend gegen den Tisch, sodass die kleinen Salz- und Pfefferstreuer auf- und abhüpfen.

»Du warst übrigens echt gut«, sage ich, um mit etwas Unverfänglichem zu beginnen. »Dein Tanz, meine ich.«

»Ich weiß«, sagt sie ernst nickend. »Ich bin sehr gut. Die Beste im La Petite Mort. Ich habe eine Tanzausbildung gemacht, da, wo ich herkomme. Als ich nach Paris kam, wegen dem Job, da sagten sie, dass es ums Tanzen geht.«

»Die Zuschauer schienen es wirklich zu genießen«, bemerke ich. »Die Show. Ich fand deine Vorstellung sehr …« Ich suche nach dem richtigen Wort. »… stilvoll.«

Sie hebt ihre Augenbrauen; dann gibt sie ein freudloses »Ha!« von sich. »Die Show«, murmelt sie. »Darüber wollte Ben mehr hören. Ich glaube, er wusste schon ein paar Dinge. Ich glaube, vielleicht hat jemand ihm etwas erzählt.«

»Ihm was erzählt?«, hake ich nach.

Sie nimmt einen langen Zug von ihrer Zigarette. Ich sehe, dass ihre Hand zittert. »Dass die ganze Show, dass das nur ein…« Sie scheint nach dem richtigen Wort zu suchen. »…ein Schaufensterbummel ist. Es ist nicht das, worum es an diesem Ort wirklich geht. Denn danach kommen sie nach unten. Die speziellen Gäste.«

»Was meinst du damit?«, fragt Theo und rutscht auf seinem Stuhl nach vorne. »Spezielle Gäste?«

Ein nervöser Blick durch die Fenster auf die Straße. Dann kramt sie auf einmal die Geldscheine, die Theo ihr gegeben hat, aus ihrer Jackentasche und schiebt sie ihm abrupt hin. »Ich kann das nicht…«

»Irina«, sage ich rasch, »wir wollen dich ganz sicher nicht in Schwierigkeiten bringen. Vertrau mir. Wir werden das nicht an die große Glocke hängen. Wir versuchen nur herauszufinden, woran Ben gearbeitet hat, weil ich glaube, dass uns das dabei helfen könnte, ihn zu finden. Alles, was du uns sagst, könnte nützlich sein. Ich… habe wirklich Angst um ihn.« Noch als ich es sage, bricht meine Stimme. Es ist nicht gespielt. Ich beuge mich vor, flehe sie an. »Bitte. Bitte, hilf uns.«

Sie scheint es sacken zu lassen, zu einem Entschluss zu kommen. Ich sehe, wie sie tief durchatmet. Dann, mit leiser Stimme, beginnt sie zu erzählen: »Die speziellen Gäste bezahlen für eine andere Eintrittskarte. Reiche Männer. Wichtige Männer. Verheiratete Männer.« Zum Nachdruck hält sie eine Hand hoch, tippt an ihren Ringfinger. »Wir kennen die Namen nicht. Aber wir wissen, dass sie wichtig sind. Mit richtig …« Sie reibt Daumen und Zeigefinger aneinander: *richtig Kohle.* »Sie kommen nach unten. In die anderen Räume. Wir sorgen dafür, dass sie sich wohlfühlen. Wir erzählen ihnen, wie gut sie aussehen, wie sexy sie sind.«

»Und erwerben sie da auch …«, Theo räuspert sich, »… etwas?«

Irina sieht ihn verständnislos an.

Ich denke, der Sinn der Frage ist in seinem Taktgefühl untergegangen. »Bezahlen sie für Sex?«, frage ich, wobei ich meine Stimme dämpfe, da ich ihr zeigen will, dass wir hinter ihr stehen. »Das meint er.«

Abermals blickt sie auf die dunkle Straße hinaus. Sie kauert förmlich über ihrem Platz, so, als könne sie jeden Moment aufspringen und gehen.

»Brauchst du mehr Geld?« Irgendwie will ich sogar, dass sie mehr verlangt. Ich bin sicher, Theo kann es sich leisten.

Sie nickt rasch.

Ich knuffe Theo in die Seite. »Mach schon.«

Etwas widerwillig zieht er zwei weitere Scheine aus seiner Brieftasche, schiebt sie über den Tisch.

Daraufhin, beinahe als würde sie von einem Drehbuch ablesen, sagt sie: »Nein. Das ist in diesem Land illegal. Dafür zu zahlen.«

»Oh.« Theo und ich schauen einander an. Ich glaube, wir denken beide dasselbe. *Was soll dann das Ganze …*

Aber sie ist noch nicht fertig. »Sie kaufen nicht *das*. Was clever ist. Sie kaufen Wein. Sie lassen richtig viel Geld für Wein liegen.« Sie spreizt ihre Hände, um es zu veranschaulichen. »Es gibt einen Code.« Sie hält ihre Finger hoch, zählt sie ab. »Fragen sie nach der Jungfernlese, wollen sie solch ein Mädchen haben. Wenn sie einen Grand Cru bestellen, bedeutet das … besondere Dienstleistungen. Und wir machen alles, was sie von uns wollen. Wir machen alles, was sie verlangen. Für die Nacht gehören wir ihnen. Sie wählen das Mädchen – oder die Mädchen –, und dann gehen sie in spezielle Zimmer mit Schlössern an der Tür. Oder wir begleiten sie irgendwohin. Ins Hotel, Appartement …«

»Ah.« Theo verzieht das Gesicht.

»Die Mädchen im Klub … Wir haben keine Familie. Wir haben kein Geld. Manche sind von zu Hause weggelaufen. Manche – viele – sind illegal hier.« Sie beugt sich vor. »Sie haben auch unsere Pässe.«

»Also könnt ihr das Land nicht verlassen.« Ich drehe mich zu Theo. »Das ist verdammt durchtrieben.«

»Ich kann sowieso nicht zurück«, sagt sie auf einmal heftig. »Es … es war keine gute Situation zu Hause.« Defensiv schiebt sie hinterher: »Aber ich dachte nie … ich hätte nie gedacht, dass ich da enden würde, an einem solchen Ort. Sie wissen, dass wir nicht zur Polizei gehen werden. Einer von den Kunden … manche Mädchen sagen, dass er *von* der Polizei ist. Ein hohes Tier. Andere Klubs werden geschlossen. Der hier nicht.«

»Kannst du das beweisen?«, fragt Theo, sich nach vorne beugend.

Erneut wirft sie einen Blick über die Schulter und dämpft die Stimme. Dann nickt sie. »Ich habe Fotos. Von dem, bei dem sie sagen, dass er Polizist ist.«

»Du hast Fotos?« Theo lehnt sich noch ein Stück vor.

»Sie nehmen uns unsere Handys ab. Aber als ich anfing,

mit Ben zu reden, da hat er mir eine kleine Kamera gegeben. Ich wollte das hier deinem Bruder geben.« Sie greift in die Tasche ihrer Lederjacke und zieht eine Speicherkarte hervor. Sie schiebt sie über den Tisch hinweg mir zu. »Es sind keine guten Fotos. Ich musste so sehr aufpassen. Aber ich glaube, es reicht.«

»Ich nehme die«, sagt Theo und streckt die Hand aus.

»Nein«, sagt Irina, den Blick auf mich gerichtet. »Nicht er. Du.«

»Danke schön.« Ich nehme sie und schiebe sie in meine Jackentasche.

»Es tut mir leid«, sage ich, denn plötzlich erscheint es mir wichtig, das zu sagen. »Es tut mir leid, dass dir das widerfahren ist.«

Sie zuckt die Achseln und lässt die Schultern sinken. »Vielleicht ist es besser als andere Orte, wisst ihr? Wenigstens endet man nicht tot in einer Gasse oder im Bois de Boulogne oder wird im Auto vergewaltigt. Wir haben mehr Kontrolle. Und manchmal kaufen sie uns Geschenke, damit wir uns gut fühlen. Manche Mädchen kriegen hübsche Klamotten und Schmuck. Manche haben Rendezvous und werden feste Freundinnen. Alle sind glücklich.«

Nur dass sie alles andere aussieht als glücklich.

»Es gibt da sogar ein Gerücht …« Sie beugt sich wieder vor.

»Welches?«, fragt Theo.

»Dass die Ehefrau vom Besitzer von da kam.«

Ich starre sie an. »Was? Aus dem Klub?«

»Ja. Dass sie eines der Mädchen war. Also schätze ich, dass die Geschichte für ein paar von uns ganz gut endet.«

Ich versuche das zu verdauen. Sophie Meunier? Ich denke

an die Diamantohrringe, die Seidenblusen, den eisigen Blick, das Penthouse-Appartement, diese ganze Aura, besser zu sein als alle anderen … *Sie* war eine von ihnen? Eine Sexarbeiterin?

»Aber es bekommen nicht alle reiche Ehemänner. Manche Mädchen werden, ihr wisst schon … krank. Wir versuchen aufzupassen. Manche Typen … sie weigern sich, Gummis überzuziehen. Oder sie nehmen sie wieder ab, wenn man nicht hinschaut.«

»Du meinst Geschlechtskrankheiten?«, frage ich.

»Ja.« Und dann leiser, beschämt. »Ich habe mir was eingefangen.« Sie verzieht angewidert das Gesicht. »Danach war mir klar, dass ich da wegmuss. Und manche von den Mädchen werden schwanger. Das passiert, wisst ihr? Es heißt, es gab da mal dieses Mädchen, vor langer Zeit, das wurde schwanger, wollte es behalten, oder vielleicht war es zu spät, um etwas dagegen zu tun … egal, aber als sie die …« Sie tut, als würde sie sich vor Schmerzen krümmen.

»Die Wehen?«

»Ja. Als sie die Wehen bekam, da ist sie in den Klub gekommen. Sie hatte keinen anderen Ort. Wenn du illegal hier bist, dann hast du Angst, ins Krankenhaus zu gehen. Sie hat das Baby im Klub bekommen. Sie sagen, dass es eine schlimme Geburt war. Zu viel Blut. Sie haben ihre Leiche weggebracht. Niemand hat je erfahren, dass es sie gab. War kein Problem. Weil sie keine Papiere hatte.«

Ach du liebe Güte. »Und das hast du alles Ben erzählt?«, will ich von ihr wissen.

»Ja. Er sagte, dass er sich darum kümmern wird, dass ich in Sicherheit bin. Mir raushelfen. Ein Neustart. Ich spreche

Englisch. Ich bin klug. Ich will eine normale Arbeit. Kellnern, irgendwas. Weil …« Ihre Stimme zittert. Sie hebt eine Hand an ihre Augen. Ich sehe das Schimmern von Tränen. Sie wischt sie beinahe wütend mit dem Handrücken weg, als habe sie keine Zeit für so etwas wie Weinen. »Es ist nicht, wofür ich in dieses Land gekommen bin. Ich bin für ein neues Leben gekommen.«

Und obwohl ich nie weine, spüre ich ein Brennen in meinen Augen. Ich verstehe sie. Jeder Mensch hat das verdient. Die Chance auf ein neues Leben.

MIMI

Dritte Etage

Ich sitze da, auf meinem Bett, starre in die Finsternis seiner Wohnung, erinnere mich. Vor drei Nächten, an seinem Laptop, da las ich über einen Ort mit einem abgeschlossenen Raum. Darüber, was in dem Raum passierte. Über die Frauen. Die Männer.

Und wie all das mit diesem Haus verbunden war – *ist*. Mit dieser Familie.

Mir wurde speiübel. Es konnte nicht stimmen, was er da geschrieben hatte. Aber dort standen auch Namen. Details. So viele schreckliche Details. Und Papa … Nein, das konnte nicht wahr sein. Ich weigerte mich, es zu glauben. Aber irgendwie wusste ich, dass es stimmte.

Und dann las ich erneut meinen eigenen Namen, so wie davor in dem Notizbuch. Nur dass es mich jetzt mit Angst erfüllte. Auf irgendeine Weise war auch ich mit diesem Ort verbunden. Da gab es diese schrecklichen Dinge, die mein älterer Stiefbruder gesagt hatte. Ich hatte immer geglaubt, es seien dahingesagte Beleidigungen gewesen. Nun war ich mir nicht mehr sicher. Ich glaubte erst nicht, dass ich mich überwinden könnte, es zu lesen, aber ich wusste, dass ich es musste. Und was als Nächstes kam … Ich spürte, wie mein gesamtes Leben in sich zusammenfiel. Nun verstand ich, warum ich mich immer wie eine Außenseiterin gefühlt hatte. Nun begriff ich, warum Papa mich immer so behandelt hatte, wie er es tat. Weil ich nicht wirklich ihr Kind war. Und da stand noch mehr: Ich blieb an einer Zeile hängen – irgendwas über meine echte Mutter –, aber ich konnte es nicht mehr lesen, da meine Augen vor Tränen verschwammen…

Im selben Moment hörte ich Schritte vor der Wohnungstür. *Merde.* Ich klappte den Laptop zu. Der Schlüssel wurde ins Schloss geschoben. Ben war zurück.

Oh, Gott. Ich konnte ihm nicht gegenübertreten. Nicht jetzt. Nicht so. Alles zwischen uns hatte sich verändert, war zerbrochen. Alles, woran ich glaubte, war gerade zerschmettert worden. Ich wusste nicht einmal mehr, wer ich war.

Ich rannte ins Schlafzimmer. Ich hatte keine Zeit. Der Schrank. Ich riss die Türen auf, schlüpfte hinein, kauerte mich in der Dunkelheit zusammen.

Ich hörte ihn im Wohnzimmer eine Platte auflegen, und die Musik drang durch die Tür, jene Musik, die jede heiße Sommernacht über den Hof zu mir hochgeschwebt war. Als würde er sie für mich spielen. Es war ein Gefühl, als würde mein Herz zerbersten.

Es konnte nicht wahr sein. Es konnte nicht.

Dann, über mein eigenes Atmen hinweg, hörte ich ihn das Schlafzimmer betreten. Durch das Schlüsselloch sah ich ihn umhergehen. Er zog sein Hemd aus. Ich sah seinen Bauch, den Pfeil dunkler Härchen, der mir am ersten Tag aufgefallen war. Ich dachte an jenes Mädchen zurück, das ich gewesen war, das Mädchen, das ihn vom Balkon beobachtet hatte. Ich hasste sie dafür, eine so ahnungslose kleine Idiotin gewesen zu sein. Eine verzogene Göre, die ernsthaft glaubte, sie hätte Probleme. Sie hatte ja keine Ahnung. Aber gleichzeitig trauerte ich um ihren Verlust, in dem Wissen, dass ich nie zu ihr zurückkehren könnte.

Er kam auf den Schrank zu – ich rückte tiefer in die Dunkelheit zurück – und ging wieder weg, ins Bad. Ich hörte, wie er die Dusche aufdrehte. Alles, was ich wollte, war, hier wegzukommen. Das war mein Moment. Ich schob die Tür auf. Ich konnte ihn in der Dusche rumoren hören, als er die Kabinentür öffnete. Ich schlich über das Parkett. So leise, wie ich konnte. Da ertönte ein Klopfen an der Wohnungstür. *Putain.*

Ich rannte zurück, zurück in den Schrank, kauerte mich erneut ins Dunkel. Ich hörte, wie die Dusche abgedreht wurde. Ich hörte, wie er rüberging, um zu öffnen, denjenigen zu begrüßen, wer auch immer vor der Tür stand.

Und dann hörte ich die andere Stimme. Ich erkannte sie sofort. Sie unterhielten sich eine Weile, aber ich konnte nicht verstehen, was sie sagten. Ich öffnete die Schranktür einen Spalt, um besser zu hören.

Dann kamen sie auf das Schlafzimmer zu. Warum? Was wollten sie in seinem Schlafzimmer? Warum sollten sie beide hier reinkommen? Ich konnte sie lediglich durch das Schlüsselloch sehen. Doch selbst in diesen kurzen Ausschnitten konnte ich erkennen, dass etwas an ihrer Körpersprache merkwürdig war … auch wenn ich es nicht ganz zu fassen bekam. Aber ich wusste, dass etwas nicht stimmte … dass etwas nicht so war, wie es sein sollte.

Und dann geschah es. Ich sah, wie sie sich aufeinander zubewegten. Ich sah, wie sich ihre Lippen begegneten. Es war, als würde es in Zeitlupe geschehen. Ich grub meine Fingernägel so fest in meine Handflächen, dass ich sicher war, sie müssten bluten. Das konnte nicht wirklich passieren. Das konnte nicht real sein. Ich sackte in der Dunkelheit zusammen, die Faust in meinen Mund gepresst, die Zähne in meine Knöchel vergraben, um mich davon abzuhalten zu schreien.

Erneut hörte ich die Dusche angehen. Zu zweit gingen sie ins Bad, schlossen die Tür. Das war meine Chance. Das Risiko, dass sie mich erwischen könnten, war mir egal. Nichts spielte im Moment so eine Rolle, wie hier rauszukommen. Ich rannte, als ginge es um mein Leben.

Zurück in meiner Wohnung, auf meinem Bett, brach ich zusammen. Ich schluchzte so heftig, dass ich kaum Luft bekam. Der Schmerz war einfach zu viel; ich ertrug ihn nicht. Ich dachte an all die Pläne, die ich für uns beide geschmiedet hatte. Ich weiß, dass er es ebenfalls gespürt hatte, was da zwischen uns gewesen war, in jener Nacht im Park. Und nun hatte er es kaputt gemacht. Er hatte alles ruiniert.

Ich nahm die Bilder, die ich von ihm gemalt hatte, und zwang mich, sie anzusehen. Aus Trauer wurde Zorn. Verdammter Bastard. Verdammter verlogener *fils de pute*. Ich holte meinen Cutter hervor, die Klinge so scharf, dass man sie nur berühren musste, um sich in die Daumenkuppe zu schneiden. Ich hielt sie an die erste Leinwand und schnitt hindurch. Die ganze Zeit über hatte ich das Gefühl, als würde er mich aus diesen schönen Augen ansehen, mich fragen, was ich da tat – also stach ich Löcher in sie hinein, damit ich seine Augen nicht länger sehen musste. Und dann zerfetzte ich sie alle, stach mit der Klinge auf die Leinwände ein, genoss es, sie reißen zu hören. Ich zerrte mit meinen Händen am Stoff, und das Leinen ächzte, während sein Gesicht, sein Körper in Stücke gerissen wurde.

Danach zitterte ich.

Ich betrachtete mein Werk, das Chaos, die Brutalität des Ganzen. In dem Bewusstsein, dass es aus mir selbst gekommen war. Es schien mir, als würde ein elektrischer Strom durch mich hindurchjagen. Ein Gefühl… irgendwie wie Angst, irgendwie wie Erregung. Aber es genügte nicht.

Ich wusste, was ich zu tun hatte.

JESS

»Ich muss los«, sagt Irina. Ein nervöser Blick in die Dunkelheit, jenseits der Fenster. »Wir sitzen hier schon zu lange.«

Ich fühle mich mies dabei, sie einfach so allein in die Stadt hinauszulassen. Sie ist so jung, so verletzlich. »Kommst du klar?«, frage ich.

Sie bedenkt mich mit einem Blick. Er sagt: *Ich passe schon eine ganze Weile auf mich selbst auf, Süße. Ich bin sicher, dass ich das besser mache als sonst irgendwer.* Und sie hat etwas Stolzes an sich, als sie davongeht, eine seltsame Würde. Die Art, wie sie sich hält, so aufrecht. Die Haltung einer Tänzerin, nehme ich an.

Ich denke daran, dass Ben versprochen hat, sich um sie zu kümmern. Ich könnte ebenfalls Versprechungen machen. Aber ich wüsste nicht, ob ich sie halten kann. Ich will Irina nicht anlügen. Aber in diesem Moment fasse ich einen stillen Schwur: Wenn ich einen Weg finden kann, werde ich ihr helfen.

Während Theo und ich zur Metro laufen, spule ich im Geist ab, was Irina uns gerade erzählt hat. Gehe es immer wieder durch. Wissen sie alle Bescheid? Die ganze Familie?

Selbst Nick, der »nette Kerl«? Bei der Vorstellung wird mir übel. Ich muss daran denken, wie er mir erzählt hat, dass er gerade dabei sei, sich »neu zu orientieren«, und dass es ihm offenbar kein Kopfzerbrechen bereitete, keinen Job zu haben. Muss es wohl auch nicht, wenn man kein Einkommen braucht, wenn dein Lifestyle von einem Haufen Mädchen finanziert wird, die ihre Körper für dich verkaufen.

Und falls den Meuniers bekannt war, dass Ben die Wahrheit über das La Petite Mort herausgefunden hatte – was mögen sie dann wohl getan haben, um dafür zu sorgen, dass dieses Geheimnis nicht an die Öffentlichkeit geriet?

Ich drehe mich zu Theo. »Wenn man Bens Story drucken würde, dann müsste die Polizei doch handeln, oder? Würde es eine Rolle spielen, ob die Meuniers irgendwelche Kontakte nach ganz oben haben? Aber es gäbe doch sicherlich genug öffentlichen Druck, um dem nachzugehen.«

Theo nickt, aber ich spüre, dass er nicht zuhört. »Also war er doch an einer Sache dran«, murmelt er, mehr zu sich selbst.

Er klingt ganz anders als sonst, nicht mehr der sarkastische, trockene Typ. Er klingt … ich versuche, es zu greifen zu bekommen – aufgeregt? Ich schaue zu ihm.

»Das wird ein Riesenknüller«, fährt er fort. »Das ist groß. Richtig groß. Das ist wie der Presidents Club-Skandal damals, nur viel, viel düsterer. Das ist eine dieser Storys, die Preise gewinnen …«

Ich bleibe wie angewurzelt stehen. »Willst du mich verarschen?« Ich spüre den Zorn durch meine Adern pulsieren. »Kümmert es dich überhaupt, was mit Ben ist?« Ich funkle ihn an. »Tut es nicht, oder?« Er öffnet den Mund, um etwas zu erwidern, aber ich will kein Wort mehr hören. »Ach. Weißt du, was? Fick dich.«

Ich stapfe davon, so schnell es mir auf diesen bekloppten Absätzen möglich ist. Ich weiß gar nicht so recht, wohin ich gehe, aber das ist mir gerade egal. Alles ist besser, als noch eine Sekunde in seiner Gesellschaft zu verbringen.

»Jess!«, ruft Theo.

Jetzt jogge ich schon halb. Ich biege in die nächste Straße. Ich kann ihn nicht mehr hören. Gott sei Dank. Ich glaube, es geht hier lang. Aber das Problem ist, dass diese ganzen Handyshops gleich aussehen, vor allem, wenn die Lichter aus sind und die Rollläden unten. Von irgendwoher kommt ein seltsamer Gestank, ätzend, wie verbranntes Plastik.

Was für ein Arschloch. Ich glaube, ich weine. Warum zur Hölle weine ich jetzt? Mir war immer klar, dass ich ihm nicht trauen kann, nicht wirklich. Ich hatte schon bei unserem ersten Treffen die Vermutung, dass er seine eigenen Absichten verfolgt. Also kommt es doch nicht gerade überraschend. Es muss wohl die Gesamtsituation sein, der Stress der letzten Tage. Oder Irina – das Grauen von alledem, was sie uns gerade erzählt hat. Oder einfach nur die Tatsache, dass, obwohl ich es kommen sah, ich doch hoffte, diesmal falschzuliegen.

Und nun bin ich hier, wieder mal allein. Wie immer.

Ich biege in eine andere Straße. Zögere. Ich glaube nicht, dass ich sie wiedererkenne. Aber in dieser Stadt scheint es überall Metrohaltestellen zu geben. Wenn ich noch ein, zwei Blocks weiterlaufe, werde ich sicher eine finden. Durch den Strudel wütender Gedanken in meinem Kopf dringt vage eine Art Aufruhr zu mir hindurch. Rufe und Schreie – eine Straßenparty? Vielleicht sollte ich in die Richtung weiter.

Denn mir fällt gerade dieser Typ auf, der vom anderen Ende der Straße auf mich zukommt, die Hände in den Taschen, und ich bin mir sicher, dass er total in Ordnung ist, aber ich will es nicht unbedingt darauf ankommen lassen.

Ich biege ab, in Richtung des Lärms. Und zu spät, viel zu spät, kapiere ich, dass das keine Straßenparty ist. Ich sehe eine Menschenmenge in meine Richtung strömen, einige von ihnen mit Sturmhauben, Schwimmbrillen und Skimasken. Riesige schwarze Rauchwolken quellen wie Pilze in die Luft. Ich höre Schreie, Rufe, das Schlagen von Metall.

Hitze kommt in einer mächtigen Welle auf mich zugerollt, und ich sehe das Feuer inmitten der Straße, so hoch wie die Fenster im ersten Stock am Gebäude gegenüber. Ein paar Meter weiter ist das rußgeschwärzte Gerippe eines Polizeiwagens zu sehen, der auf die Seite gekippt und angezündet wurde.

Jetzt erblicke ich die Polizei, die sich in Kampfmontur den Demonstranten nähert – mit Helmen und Plastikvisieren, ihre Schlagstöcke einsatzbereit. Ich höre peitschendes Knallen, als die Stöcke auf Widerstand treffen. Und da, vermengt mit dem schwarzen Rauch, ist auf einmal ein anderer Dampf in der Luft – gräulich, in alle Richtungen ausströmend, kommt er auf mich zu. Einen Moment lang stehe ich nur wie erstarrt da und schaue zu. Die Leute rennen in meine Richtung, weichen mir aus. Drängelnd, brüllend, verzweifelt, ihre Schals und T-Shirts über ihre Münder gezogen. Ein Typ neben mir dreht sich um und schleudert etwas – eine Flasche? – zurück, in Richtung der Polizei.

Ich drehe mich um und folge ihnen, versuche zu rennen. Aber da sind zu viele Menschen, und der graue Dampf holt mich ein, wirbelt überall herum. Ich beginne zu husten, kann nicht aufhören. Ich habe das Gefühl zu ersticken. Meine Augen brennen, tränen so heftig, dass ich kaum was sehe. Dann pralle ich gegen einen anderen Körper, jemanden, der einfach nur dasteht, inmitten der voranpreschenden Herde. Ich taumle rückwärts, atemlos von dem Aufprall. Schaue auf, blinzle durch die Tränen. »Theo!«

Er bekommt den Ärmel meiner Jacke zu fassen, und ich klammere mich an ihn. Gemeinsam setzen wir uns, hustend und keuchend, halb rennend, halb stolpernd, in Bewegung. Irgendwie gelangen wir in eine Seitenstraße, schaffen es, aus dem Menschenstrom auszubrechen.

Zwei Minuten später wanken wir durch die Tür einer Bar. Meine Augen tränen nach wie vor. Ich schaue Theo an und sehe, dass auch seine gerötet sind.

»Tränengas«, keucht er und reibt sich mit dem Unterarm darüber. »Fuck.«

Die Leute drehen sich auf ihren Barhockern um und starren uns an.

»Wir müssen das Zeug aus unseren Augen waschen«, sagt Theo. »Sofort.«

Ein Barkeeper deutet wortlos Richtung Toilette.

Es ist ein einziger, recht großer Raum. Wir drehen den Wasserhahn auf und spritzen uns Wasser ins Gesicht, wobei wir uns zu zweit über das kleine Waschbecken beugen. Ich kann ein kehliges Atmen hören. Aber ich kann nicht sagen, ob es meins ist oder seins.

Ich blinzle. Das Wasser hat geholfen, das Brennen etwas zu lindern. Erst jetzt, als mein Puls sich normalisiert, fällt es mir wieder ein: Ich will gar nicht bei diesem Typen sein. Ich greife nach dem Türknauf.

»Jess«, sagt Theo. »Wegen vorhin …«

»Nein. Echt nicht. Verpiss dich.«

»Bitte, hör mich doch zu Ende an.« Wenigstens blickt er ein bisschen beschämt drein. Er hebt die Hand und wischt sich über die Augen. Dass er wegen des Tränengases aussieht, als ob er geheult hätte, spielt wohl mit rein. Er redet hastig drauflos, als versuche er, alles rüberzubringen, bevor ich ihn unterbrechen kann. »Bitte, lass es mich erklären. Hör zu. Dieser Job ist der reinste Mist, er bringt einem gar nichts ein, und er hat meine letzte Beziehung zerstört – doch immer mal wieder begegnet einem so was, und man kommt dazu, die Bösewichte zu entlarven, und plötzlich scheint es das alles wert. Ja … mir ist schon klar, dass das keine Entschuldigung ist. Es ist mit mir durchgegangen. Tut mir leid.«

Ich schaue zu Boden, meine Arme störrisch überkreuzt.

»Wenn ich ganz ehrlich sein soll, dann, nein, dein Bruder kümmert mich nicht wirklich. Eine der ausschlaggebendsten Fähigkeiten als Journalist ist es, die Leute zu durchschauen. Und darf ich gerade brutal ehrlich sein? Ben schien mir immer vollkommen selbstsüchtig. Immer auf das Siegertreppchen aus.«

Ich hasse ihn dafür, dass er das sagt – nicht zuletzt deswegen, weil es einen Teil in mir gibt, der vermutet, dass er mit seiner Einschätzung richtigliegen könnte. »Wie kannst du nur …?«

»Nein, nein. Lass mich ausreden. Als er mir anfangs von seiner angeblichen Hammerstory erzählte, da war ich skeptisch. Er ist schon so jemand, der einem jeden Scheiß andrehen würde, oder? Aber als du mir die Sprachnachricht vorgespielt hast, da dachte ich: Ja, da könnte es tatsächlich eine Story geben. Vielleicht ist er in eine richtig fiese Sache reingeraten. Womöglich könnte es sich doch lohnen nachzuprüfen, worum genau es geht. Also, nein, dein Bruder hat mich nicht gekümmert. Aber weißt du, was, Jess? Ich will *dir* helfen.«

»Oh, bitte, ver…«

»Nein, hör zu. Ich möchte dir helfen, weil ich glaube, dass du eine Pause verdient hast, und weil ich denke, dass du verdammt tapfer bist, und auch, weil ich denke, dass du echt Mumm in den Knochen hast.«

»Ha! Dann kennst du mich aber *überhaupt* nicht.«

»Herrje, wer kennt schon irgendwen richtig? Aber ich bin kein übler Kerl, Jess. Um fair zu bleiben, ich bin auch kein vollkommen guter Kerl. Aber …« Er hustet, blickt zu Boden.

Ich schaue ihn an. Verarscht er mich gerade nur? Meine Augen tränen schon wieder. Ich will echt nicht, dass er denkt, dass ich heule. »Aua. Herrje.« Ich zucke zusammen, als ich versuche, die Tränen wegzuwischen.

Er tritt auf mich zu. »Hey. Kann ich mal sehen?«

Ich zucke die Achseln.

Er streckt eine Hand aus, hebt mein Kinn an. »Ja … die sind immer noch ziemlich rot. Aber ich glaube, wir haben nicht allzu viel abbekommen. Gott sei Dank. Es sollte bald vorbeigehen.«

Sein Gesicht ist meinem so nahe. Und ich bin nicht ganz sicher, wie es passiert, aber in dem einen Moment hält er noch mein Kinn, inspiziert mich mit überraschend sanfter Berührung, und im nächsten bin ich dabei, ihn zu küssen, und er schmeckt nach Zigaretten und dem Wein aus dem Klub, der auf einmal zu den besten Geschmäckern gehört, die ich mir vorstellen kann. Er ist ein gutes Stück größer als ich, sodass ich meinen Nacken verrenken muss, aber eigentlich ist es mir egal. Tatsächlich gefällt es mir, weil es echt heiß ist, *verdammt* heiß sogar, und auch gleich auf so viele Arten unangemessen – nicht zuletzt, weil ich die Klamotten seiner Ex anhabe.

Und obwohl er so viel größer ist als ich, bin ich es, die ihn nach hinten gegen das Waschbecken stößt, und er lässt mich machen, und eine seiner großen Hände verfängt sich in meinem Haar, und ich nehme seine andere Hand und schiebe sie unter dieses absurd winzige Kleid. Und erst jetzt fällt uns ein, dass wir wahrscheinlich besser die Tür abschließen sollten.

SOPHIE

Penthouse

Alle haben das Penthouse verlassen. Mimi habe ich in ihre Wohnung geschickt, um dort zu warten. Ich will nicht, dass sie irgendwas von dem mitbekommt, was sich ereignen wird. Meine Tochter ist so zerbrechlich. Wie auch unsere Beziehung. Wir werden eine neue Art des Miteinanders für uns finden müssen.

Ich gehe ins Bad, schaue in den Spiegel, umklammere den Waschbeckenrand. Ich schaue blass und ausgezehrt aus. Man sieht mir jedes einzelne meiner einundfünfzig Jahre an. Wäre Jacques jetzt hier, wäre er entsetzt. Ich glätte mein Haar. Ich sprühe Parfum hinter meine Ohren. Überpudere den Glanz auf meiner Stirn. Dann nehme ich meinen Lippenstift und trage ihn auf. Meine Hand zittert nur einmal leicht; ansonsten arbeite ich so präzise wie immer.

Ich kehre ins Wohnzimmer zurück. Die Flasche Wein steht noch auf dem Tisch. Ein Glas noch, nur um mir beim Nachdenken zu helfen…

Ich erschrecke, als mir klar wird, dass ich nicht allein bin. Antoine steht an den deckenhohen Fenstern, beobachtet mich. Eine bösartige Gegenwart. Er muss geblieben sein, als die anderen aufgebrochen sind.

»Was tust du hier?«, will ich wissen. Ich bin um einen beherrschten Tonfall bemüht, obwohl mein Herz mir flatternd bis in die Kehle schlägt.

Er tritt vor, unter die Deckenstrahler. Der Abdruck meiner Hand prangt immer noch rosa verblasst auf seiner Wange. Ich bin nicht stolz auf meinen Kontrollverlust vorhin. Es passiert äußerst selten; ich bin über die Jahre gut darin geworden, meine Emotionen im Zaum zu halten. Aber zu diesen raren Gelegenheiten, wenn die Provokation zu groß wird, scheine ich sämtliches Gespür für Verhältnismäßigkeit zu verlieren. Die Wut nimmt überhand.

»Das hat Spaß gemacht«, sagt er, immer noch näher kommend.

»Was hat Spaß gemacht?«

»Oh.« Das Grinsen, mit dem er mich nun bedenkt, verleiht ihm etwas Gestörtes. »Aber das hast du doch mittlerweile bestimmt erraten? Nach der Sache mit dem Foto aus Papas Arbeitszimmer? Du weißt schon: dir diese kleinen Botschaften in den Briefkasten zu werfen, unter der Tür hindurchzuschieben. Darauf zu warten, mein Geld einzusammeln. Ich finde es wirklich sehr hübsch, wie du es für mich verpackst. Diese schönen cremefarbenen Umschläge. Sehr diskret.«

Ich starre ihn fassungslos an. Auf einmal scheint sich alles um mich herum auf den Kopf gedreht zu haben. »*Du?* Das warst die ganze Zeit über du?«

Er vollführt einen kleinen spöttischen Knicks. »Bist du überrascht? Dass ich es auf die Reihe bekommen habe? Eine ›nutzlose Treibhauspflanze‹ wie ich? Ich habe es sogar geschafft, es für mich zu behalten … bis gerade eben. Wollte nicht, dass mein geliebter Bruder auf den Zug aufspringt.

Denn wie du nur allzu gut weißt, ist er genauso ein – wie war doch gleich das Wort, das du benutzt hast? – *Schmarotzer* wie ich. Er ist nur der größere Heuchler von uns beiden. Er versteckt es besser.«

»Du brauchst kein Geld«, sage ich. »Dein Vater …«

»Das glaubst du wohl. Aber weißt du, ich hatte vor ein paar Wochen eine Ahnung, dass Dominique mich verlassen könnte. Und wie ich vermutet habe, versucht sie, mir alles abzuknöpfen, was ich habe. Sie war schon immer eine gierige kleine Schlampe. Und mein lieber Herr Papa ist immer so verdammt knausrig. Also wollte ich ein bisschen mehr Cash, weißt du? Um es beiseitezulegen.«

»Hat Jacques es dir erzählt?«

»Nein, Gott bewahre. Ich habe alles selbst herausgefunden. Ich habe die Unterlagen gefunden. Papa führt penibel Buch über alles, wusstest du das? Über die Kunden, aber auch über die Mädchen. Ich hatte, was dich angeht, immer meine Vermutungen, aber ich wollte Beweise. Also grub ich tief in den Archiven. Ich fand dort die Daten einer gewissen Sofiya Volkova, die vor knapp dreißig Jahren in dem Klub ›arbeitete‹.« Er versieht das Wort mit Anführungszeichen.

Dieser Name. Sofiya Volkova existiert nicht mehr. Ich habe sie dort zurückgelassen, sie an jenem Ort, mit der Treppe, den samtbezogenen Wänden, dem verschlossenen Raum, eingesperrt.

»Jedenfalls«, fährt Antoine fort, »bin ich um einiges heller, als die meisten Leute glauben. Ich sehe mehr, als alle meinen.« Wieder dieses irre Grinsen. »Aber dieser Teil war dir schon bekannt, nicht wahr?«

JESS

Theo und ich spazieren gemeinsam zur Metro. Schon komisch, wie man sich, nachdem man mit jemandem geschlafen hat (nicht dass man das, was wir gerade am Waschbecken getrieben haben, »schlafen« nennen könnte), auf einmal so schüchtern fühlen kann, so unsicher, was man einander sagen soll. Ich komme mir dämlich vor, wenn ich an die Zeit denke, die wir gerade womöglich verschwendet haben. Obwohl, zugegebenermaßen, keiner von uns beiden besonders lange gebraucht hat. Die meiste Zeit hat der Wechsel in meine eigenen Klamotten in Anspruch genommen.

Theo dreht sich mit ernster Miene zu mir um. »Jess. Du kannst nicht in dieses Haus zurück. Mitten hinein in den Bauch der Bestie. Das wäre kompletter Wahnsinn.« Sein Tonfall hat jenen affektiert-sarkastischen Anstrich verloren; stattdessen ist das nun eine weiche Note. »Und fass das jetzt bitte nicht falsch auf. Aber du scheinst mir so ein Mensch, der zuweilen etwas… unbesonnen sein kann. Ich weiß, du denkst wahrscheinlich, dass das die einzige Möglichkeit ist, wie du Ben helfen kannst. Und das ist wirklich… löblich…«

Ich schaue ihn an. »*Löblich*? Ich versuche hier gerade

nicht, einen beschissenen Schulwettbewerb zu gewinnen. Er ist mein Bruder. Er ist buchstäblich die einzige Familie, die ich auf dieser Welt habe.«

»Okay.« Theo hebt ergeben die Hände. »Das war offenbar der falsche Ausdruck. Aber es ist schlicht viel zu gefährlich. Warum kommst du nicht mit zu mir? Ich habe ein Sofa. Du wärst immer noch in Paris. Du könntest weiter nach Ben suchen. Du könntest mit der Polizei reden.«

»Wie bitte? Du meinst dieselbe Polizei, die anscheinend von diesem Ort weiß und nichts dagegen unternommen hat? Die Polizei, die womöglich bis zum Hals da mit drinsteckt? Ja, klar, das wäre natürlich total sinnvoll.«

Wir gehen gemeinsam die Treppe zur Metro runter. Die Station ist fast vollkommen leer, da ist nur ein Besoffener, der auf der anderen Seite der Gleise einsam vor sich hin singt. Ich höre das dumpfe Rattern eines herannahenden Zuges, spüre sein Vibrieren hinter meinem Brustbein.

Auf einmal habe ich das eindeutige Gefühl, dass etwas nicht stimmt, auch wenn ich nicht dahinterkomme, was. Einfach nur so ein sechster Sinn, schätze ich. Dann höre ich etwas anderes… das Poltern rennender Schritte. Die Schritte mehrerer Menschen.

»Theo«, sage ich, »hör zu, ich…«

Doch bevor ich noch die Worte rausbekomme, passiert es. Vier große Kerle reißen Theo zu Boden. Ich registriere, dass sie Uniformen tragen – Polizeiuniformen –, und einer von ihnen hält triumphierend ein Tütchen mit weißem Pulver hoch.

»Das gehört nicht mir!«, brüllt Theo. »Das habt ihr mir untergeschoben… verfickte…«

Doch seine nächsten Worte gehen unter, bevor sie einem

schmerzhaften Stöhnen weichen, als einer der Polizisten sein Gesicht gegen den Beton knallt, während ein anderer ihm Handschellen anlegt. Der Zug fährt auf dem Gleis ein; ich sehe, wie die Leute im Waggon aus den Fenstern glotzen.

Und dann sehe ich, dass ein weiterer Mann sich über die Treppe zum Bahnsteig nähert: älter, in einem eleganten Anzug unter einem gleichermaßen eleganten grauen Wollmantel. Diese borstigen grauen Haare, diese Pitbull-Visage. Ich kenne ihn. Es ist der Typ, zu dem mich Nick auf dem Polizeirevier gebracht hat. Commissaire Blanchot.

Jetzt wird mir einiges klar. Die Person, die ich meinte unter den Zuschauern im Klub zu erkennen, bevor die Lichter ausgingen. Das war er. Er muss uns den ganzen Abend gefolgt sein.

Die zwei anderen Polizisten, die nicht mehr damit beschäftigt sind, Theo festzuhalten, wenden sich mir zu. Jetzt bin ich also dran. Ich habe nur wenige Sekunden, um zu handeln. Die Metrotüren öffnen sich. Plötzlich strömt ein ganzer Schwall Demonstranten, mit Schildern und provisorischen Waffen bepackt, aus dem Waggon.

Theo gelingt es, mir sein Gesicht zuzudrehen. »Jess!«, ruft er schleppend durch seine gerissene Lippe. »Steig in den verdammten Zug.« Der Typ hinter ihm rammt ihm sein Knie in den Rücken; er bricht auf dem Bahnsteig zusammen.

Ich zögere. Ich kann ihn nicht einfach zurücklassen.

»Steig in den verfickten Zug, Jess! Ich komm klar. Und denk ja nicht dran, in das Haus zurückzukehren.«

Der erste Polizist macht einen Satz auf mich zu. Ich weiche rasch nach hinten aus, drehe mich um und stoße mich durch die entgegenkommende Menge. In der Sekunde, bevor die Türen schließen, springe ich in den Waggon.

SOPHIE

Penthouse

»Nun«, sagt Antoine. »Sosehr ich unseren kleinen Plausch genossen habe, hätte ich jetzt gern mein Geld, bitte.« Er streckt seine Hand aus. »Ich dachte, ich komme vorbei und sammle es persönlich ein. Schließlich warte ich schon seit zwei Tagen. Du warst in der Vergangenheit immer so zügig. So gewissenhaft. Und ich habe einen Tag verstreichen lassen, wegen mildernder Umstände, du weißt ja … aber ich kann nicht ewig warten. Meine Geduld hat ihre Grenzen.«

»Ich habe es nicht da«, sage ich. »Es ist nicht so einfach, wie du denkst …«

»Ich denke doch, es ist verdammt einfach.« Antoine deutet schwungvoll um sich herum. »Schau dir die Bude doch an.«

Ich löse meine Armbanduhr und reiche sie ihm. »Na schön. Nimm die. Es ist eine Cartier Panthère. Ich … ich werde deinem Vater sagen, dass sie zur Reparatur musste.«

»Oh, *mais non.*« Er hebt in gespielter Betroffenheit die Hand. »Ich mache mir die Hände nicht schmutzig. Ich bin immerhin meines Vaters Sohn, das müsstest du doch sicher über mich wissen? Ich hätte gerne einen weiteren hübschen cremefarbenen Umschlag mit Cash, bitte. Das passt besser zu dir, nicht wahr? Das elegante Äußere, die billige, schmuddelige Realität im Inneren.«

»Was habe ich gemacht, dass du mich so hasst?«, will ich wissen. »Ich habe dir nichts getan.«

Antoine lacht. »Du willst mir erzählen, dass du es wirklich nicht weißt?« Er beugt sich ein Stück näher vor, und ich rieche seine Alkoholfahne. »Du bist nichts, nichts im Vergleich zu Maman. Sie kam aus einer der besten Familien Frankreichs. Eine wahrhaft bedeutsame französische Familie – stolz, nobel. Du weißt schon, dass die Familie glaubt, dass er sie umgebracht hat? Die besten Ärzte von Paris, und sie konnten partout nicht herausfinden, was ihr fehlt? Und als sie starb, da ersetzte er sie durch was – durch dich? Um ehrlich zu sein, musste ich die Unterlagen gar nicht sehen. Ich wusste von dem Moment, als ich dich traf, was du bist. Ich konnte es an dir *riechen.*«

Es juckt mich in den Händen, ihm noch eine Ohrfeige zu verpassen. Aber ich werde mir keinen weiteren Kontrollverlust erlauben. Stattdessen sage ich: »Dein Vater wird so enttäuscht von dir sein.«

»Oh, jetzt komm mir nicht mit der ›Enttäuschungs‹-Karte. Die zieht bei mir nicht mehr. Er war schon von mir enttäuscht, seit ich aus der *chatte* meiner armen Mutter kam. Und er hat mir verdammt noch mal nichts gegeben. Zumindest nichts, was nicht an Schuldzuweisungen und Vorwürfe gebunden gewesen wäre. Alles, was er mir gegeben hat, ist seine Liebe fürs Geld und einen verfickten Ödipuskomplex.«

»Wenn er von dem hier hört – wie du mir drohst, dann wird er … er wird dich fallen lassen.«

»Nur dass er nichts davon hören wird, stimmt's? Du kannst es ihm nicht erzählen, denn darum geht es doch hier. Du darfst nicht zulassen, dass er es herausfindet. Denn es gibt da so *viel*, was ich ihm erzählen könnte. Andere Dinge, die innerhalb dieser Wände vorgefallen sind.« Er holt sein Handy hervor, wedelt vor meinem Gesicht damit herum. Jacques' Nummer, da auf dem Display.

»Das würdest du nicht tun«, sage ich. »Denn dann würdest du dein Geld nicht bekommen.«

»Aber genau das ist doch das Arrangement, oder? Das Huhn und das Ei, *ma chère belle-mère*. Du zahlst, ich schweige. Und du willst doch, dass ich Papa gegenüber schweige, nicht wahr? Über das, was ich sonst noch weiß?«

Er bedenkt mich mit einem anzüglichen Grinsen, genau wie neulich, als ich eines Abends die Wohnung im zweiten Stock verließ und er wie aus dem Nichts auf den Treppenabsatz trat. Mich von Kopf bis Fuß taxierte, auf eine Art und Weise, wie kein Stiefsohn seine Stiefmutter ansehen sollte. »Dein Lippenstift, *ma chère belle-mère*«, sagte er mit einem boshaften Lächeln. »Er ist verschmiert, gleich da.«

»Nein«, erwidere ich. »Ich werde dir nichts mehr geben.«

»Entschuldigung, wie war das?« Er hält eine Hand hinter die Ohrmuschel. »Tut mir leid, ich verstehe nicht.«

»Nein, du wirst dein Geld nicht mehr bekommen. Ich werde es dir nicht geben.«

Er runzelt die Stirn. »Aber ich werde es meinem Vater sagen. Ich werde ihm die andere Sache sagen.«

»Oh, nein, das wirst du nicht.« Ich weiß, dass ich mich auf gefährlichem Territorium bewege. Aber ich kann nicht widerstehen, ihm die Stirn zu bieten. Ihn auf die Probe zu stellen.

Er nickt langsam, als sei ich zu dämlich, um ihn zu verstehen. »Ich verspreche dir, ich werde es ganz sicher tun.«

»Na schön. Dann schreib ihm jetzt.«

Ich sehe einen Ausdruck von Verwirrung über sein Gesicht zucken. »Du dumme Schlampe!«, spuckt er aus. »Was stimmt nur nicht mit dir?« Aber plötzlich wirkt er unsicher. Sogar verängstigt.

Ich habe Benjamin Daniels von Sofiya Volkova erzählt. Das war meine leichtsinnigste Handlung. Viel gewagter noch als alles andere, was ich mit ihm trieb. Wir hatten an jenem Nachmittag zusammen geduscht. Er hatte mir mein Haar gewaschen. Vielleicht war es diese ganz einfache Handlung – auf gewisse Weise viel intimer als der Sex –, die etwas in mir löste. Die mich ermunterte, ihm von der Frau zu erzählen, von der ich dachte, dass ich sie in einem verschlossenen Raum unterhalb einer der wohlhabenderen Straßen der Stadt zurückgelassen hatte. Und als ich es tat, fühlte ich mich auf einmal so, als sei ich diejenige, die die Kontrolle hatte. Wer auch immer mein Erpresser war, er würde nicht länger sämtliche Karten in den Händen halten. Ich würde diejenige sein, die die Geschichte erzählte.

»Jacques hat mich ausgewählt«, sagte ich. »Er hätte sich jedes der Mädchen aussuchen können, aber er hat mich gewählt.«

»Aber natürlich hat er dich gewählt«, sagte Ben, als er ein Muster auf meiner nackten Schulter nachfuhr.

Vielleicht schmeichelte er mir. Aber über die Jahre ist mir auch klar geworden, worin die Anziehung für meinen Mann bestanden haben muss. Es war so viel besser, eine zweite Frau zu haben, die ihm nie das Gefühl geben könnte, minderwertig zu sein, die von einer Stellung so weit unter ihm kam, dass sie auf immer dankbar bleiben würde. Eine Frau, die er nach seinem Gutdünken formen konnte. Und ich war glücklich darüber, geformt zu werden. Mich in Madame Sophie Meunier mit ihren Seidenschals und Brillantohrringen zu verwandeln. So konnte ich jenen Ort weit hinter mir lassen. Ich würde nicht enden wie manch andere. Wie die arme Frau, die meine Tochter zur Welt gebracht hatte.

Zumindest dachte ich das. Bis jene erste Nachricht mir zeigte, dass meine Vergangenheit über meinem Leben baumelte wie eine Klinge, jederzeit bereit, die Illusion zu zerschneiden, die ich geschaffen hatte.

»Erzähl mir von Mimi«, murmelte Ben an meiner Halsbeuge. »Sie ist nicht dein leibliches Kind ... oder? Wie passt sie in all das?«

Ich wurde ganz still. Das war sein großer Fehler. Die Sache, die mich schließlich aus meiner Trance aufschrecken ließ. Nun wusste ich, dass ich nicht die Einzige war, mit der er sich unterhielt. Nun wurde mir klar, wie dumm ich gewesen war. Dumm, einsam und schwach. Ich hatte mich diesem Mann offenbart, diesem Fremden – jemandem, den ich immer noch nicht wirklich kannte, trotz all unserer gestohlenen gemeinsamen Zeit. Rückblickend hat er wohl, selbst als er mir von seiner Kindheit erzählte, bewusst ausgewählt, zensiert – sodass ein Teil von ihm mir stets entglitt, auf ewig ungreifbar. Hat mir ausgewählte Häppchen gereicht, gerade so viel, damit ich mich ihm im Gegenzug offenbarte. Herrgott noch mal, er war Journalist. Wie hatte ich nur so dämlich sein können? Indem ich redete, hatte ich ihm die Macht gegeben. Ich hatte nicht nur alles riskiert, was ich mir für mich aufgebaut hatte, meine eigene Art zu leben. Ich hatte auch alles aufs Spiel gesetzt, was ich mir für meine Tochter wünschte.

Ich wusste, was ich zu tun hatte.

JESS

Ich bin zurück. Zurück in dieser stillen Straße mit ihren erhabenen Gebäuden. Abermals überkommt mich jenes mittlerweile vertraute Gefühl: Der Rest der Stadt, der Welt, scheint so weit weg.

Ich denke an Theos Worte. »Du scheinst mir ein Mensch, der zuweilen etwas… *unbesonnen* sein kann.« Ich war sauer, als er es sagte, aber er hat recht. Ich *weiß*, dass es da einen Teil in mir gibt, der von Gefahren angezogen wird, ja, sie sogar sucht.

Vielleicht ist es Irrsinn. Vielleicht wäre ich, wenn Theo gerade nicht verhaftet worden wäre, mit zu ihm gegangen, wie er es vorgeschlagen hat. Hätte bei ihm auf dem Sofa gepennt. Aber so, wie es gerade steht, habe ich keinen Ort, an den ich sonst könnte. Ich weiß, dass ich nicht zur Polizei kann. Ich weiß auch, dass, wenn ich herausfinden will, was mit Ben passiert ist, dieser Ort die einzige Möglichkeit ist. Das Haus enthält den Schlüssel. Dessen bin ich mir sicher. Ich werde keine Antworten finden, indem ich davonrenne.

Bei Mum hatte ich an jenem Tag ein ähnliches Bauchgefühl. Sie benahm sich schräg an jenem Morgen. Sie schien schwermütig. Gar nicht sie selbst. Ihr Lächeln verträumt, als sei sie schon woanders. Es machte mir Angst. Irgendwas sagte mir, ich sollte nicht in die Schule gehen. Mir eine Krankmeldung schreiben, wie ich es zuvor wiederholt getan hatte. Aber sie war auch nicht traurig oder verschreckt oder dergleichen. Nur ein bisschen neben sich. Außerdem war Sporttag in der Schule, und ganz früher mal war ich gut im Sport, und es war Sommer, und ich wollte nicht bei Mum sein, wenn sie so drauf war. Also ging ich zur Schule und vergaß für eine paar Stunden vollkommen, dass Mum existierte, dass überhaupt etwas existierte bis auf meine Freunde und den Dreibeinlauf und das Sackhüpfen und den ganzen anderen Blödsinn.

Als ich um zehn vor vier heimkam, wusste ich es. Noch bevor ich zum Schlafzimmer ging. Bevor ich das Schloss knackte und die Tür öffnete.

Vielleicht hatte sie es sich mittendrin anders überlegt, vielleicht war ihr eingefallen, dass sie Kinder hatte, die sie brauchten, mehr noch, als sie den Ausweg brauchte. Denn sie lag nicht friedlich auf dem Bett. Sie lag da wie der Schnappschuss eines vorwärtskraulenden Schwimmers, eingefroren auf der Bahn Richtung Tür.

Nie wieder werde ich ein Bauchgefühl ignorieren.

Falls diese Leute Ben etwas angetan haben, so weiß ich, dass ich eine Chance habe, es herauszufinden. Nicht die Polizei, die sie ohnehin auf der Gehaltsliste stehen haben. Niemand sonst als ich. Ich habe im Grunde nichts zu verlieren. Wenn überhaupt, so verspüre ich eine Art Sog hin zu diesem Ort. Den Sog, in den Bauch der Bestie zurückzukriechen, wie Theo es ausdrückte. Als er es sagte, fand ich, dass es reichlich melodramatisch klang, aber wie ich da vor dem Tor stehe und daran emporschaue, scheint es treffend. Als ob dieser Ort, dieses Gebäude eine riesige Kreatur ist, bereit, mich mit einem Happs zu verschlingen.

Als ich das Grundstück betrete, ist niemand zu sehen, nicht mal die Concierge. In den Wohnungen drüber sind alle Lichter aus. Alles scheint so totenstill wie in der Nacht, als ich hier ankam. Es ist zudem spät. Ich sage mir, dass es womöglich nur meine Einbildung ist, die der Stille diese Gewichtigkeit verleiht, so, als hätte das Gebäude nur auf mich gewartet.

Ich gehe ins Haus. Seltsam. Irgendwas zieht im Dämmerlicht meinen Blick auf sich. Ein großer Haufen Klamotten auf dem Läufer am Fuß der Treppe. Was zum Henker tut das Zeug da?

Ich taste nach dem Schalter. Flackernd geht das Licht an.

Dann wende ich mich wieder dem Klamottenhaufen zu. Irgendwas hält mich davon ab, näher zu treten. Mein Magen verkrampft. Fast augenblicklich ist es mir klar, ich weiß es einfach. Was auch immer da am Fuß der Treppe liegt, es ist etwas Schlimmes. Etwas, das ich nicht sehen will. Ich bewege mich darauf zu, als würde ich mich durchs Wasser schieben, widerstrebend, und doch in dem Wissen, dass ich hinmuss. Ich kann es nun besser erkennen. Inmitten des weichen Stoffs wird ein festerer Umriss sichtbar.

Oh, mein Gott. Ich weiß nicht, ob ich das laut flüstere oder ob es nur in meinem Kopf ist. Ich kann nun mit entsetzlicher Klarheit sehen, dass es sich bei der Form um eine Person handelt. Mit dem Gesicht nach unten, die Glieder auf dem Läufer von sich gestreckt. Reglos. Völlig reglos.

Nicht noch einmal. An diesem Punkt stand ich vor langer

Zeit schon. Der menschliche Körper vor mir … so schrecklich still. *Oh, mein Gott, oh, mein Gott, oh, mein Gott.* Winzige Pünktchen tanzen vor meinen Augen. *Atmen, Jess. Einfach weiteratmen.* Alles in mir will nur noch schreiend kehrtmachen und davonrennen. Ich zwinge mich, in die Hocke zu gehen. Es besteht die Möglichkeit, dass sie noch am Leben ist … Ich beuge mich runter, strecke eine Hand aus … berühre die knochige Schulter.

Ich spüre Galle in meine Kehle steigen, muss würgen, schlucke heftig. Vorsichtig drehe ich die Concierge um. Ihr Körper bewegt sich, als sei es wirklich nur eine lose Ansammlung alter Kleidung, zu flüssig, zu nachgiebig. Vor zwei Stunden noch hat sie mich gewarnt, ich solle vorsichtig sein. Sie hatte Angst. Jetzt ist sie …

Ich lege zwei Finger an ihren Hals, nur um sicherzugehen.

Aber ich glaube, ich spüre da etwas. Ist das etwa …? Ja, ein Flattern unter meinen Fingerspitzen. Da ist ein Puls. Schwach, aber eindeutig tastbar. Sie lebt noch, wenn auch gerade so.

Ich blicke in das Treppenauge hoch, zu den Wohnungen. Ich weiß, dass das hier kein Unfall war. Ich weiß, dass einer von ihnen das getan hat.

JESS

»Können Sie mich hören?« Jesus, mir wird bewusst, dass ich nicht mal den Namen der Frau kenne. »Ich rufe gleich einen Notarzt.«

Es scheint so sinnlos. Ich bin sicher, sie kann mich nicht hören. Aber da sehe ich, wie ihre Lippen sich teilen, als versuche sie, etwas zu sagen.

Ich greife nach meinem Handy.

Aber da ist nichts. Meine Jackentasche ist leer. Was zur Hölle …?

Ich krame in meinen Hosentaschen. Auch da ist nichts. Wieder in der Jacke. Es ist nicht da. Kein Handy.

Und dann fällt es mir ein. Ich habe es diesem Türsteher im Klub geben müssen, und man hat uns rausgeschmissen, bevor ich dazu kam, es mir wiederzuholen – außerdem bin ich sicher, dass er es mir ohnehin nicht mehr ausgehändigt hätte.

Ich schließe die Augen, hole tief Luft. Okay, Jess. Denk nach. *Denk nach*. Es ist okay. Alles gut. Du brauchst dein Handy sowieso nicht. Du kannst einfach raus auf die Straße und jemanden bitten, den Notarzt zu rufen.

Ich stürme durch die Haustür, renne über den Hof aufs Tor zu. Ziehe am Griff. Aber nichts passiert. Ich ziehe fester. Immer noch nichts. Es gibt keinen Millimeter nach. Das Tor wurde abgesperrt – es ist die einzige Erklärung. Ich vermute, derselbe Mechanismus, der die Tür mit dem Code öffnen lässt, kann auch benutzt werden, um es zu verriegeln. Ich versuche rational zu denken. Was schwierig ist, denn die Panik nimmt überhand. Das Tor ist der einzige Weg nach draußen. Und wenn es abgesperrt ist, dann sitze ich hier in der Falle. Es gibt keinen Ausweg.

Ob ich wohl drüberklettern könnte? Ich blicke hoffnungsvoll auf. Aber da ist nur eine glatte Stahlplatte, nichts, woran meine Zehen Halt finden würden. Die obere Kante – zuvor ist es mir gar nicht aufgefallen – ist mit Stacheln gespickt. Und entlang der Mauern zu beiden Seiten des Tores sind Glasscherben eingelassen. Sie würden mich in Stücke reißen, sollte ich versuchen darüberzuklettern.

Ich renne zum Gebäude zurück. Als ich durch die Tür trete, sehe ich, dass die Concierge es geschafft hat, sich aufzusetzen, und mit dem Rücken an der Flurwand lehnt. Selbst im Dunkel kann ich den Schnitt unterhalb ihres Haaransatzes ausmachen, wo ihr Kopf auf den Steinboden neben dem Läufer geknallt sein muss.

»Kein Notarzt«, wispert sie kopfschüttelnd. »Kein Arzt. Keine Polizei.«

Ich schalte das Licht an, das in meiner Abwesenheit ausgegangen ist. »Sind Sie verrückt? Ich muss …«

Ich verstumme, denn ihre Augen sind gerade aufwärts gezuckt, zu der Treppe hinter mir. Ich folge ihrem Blick. Oben auf dem Treppenabsatz steht Nick. »Hallo, Jess«, sagt er. »Wir müssen reden.«

NICK

Erste Etage

»Du Ungeheuer«, fährt Jess mich an. »Du hast ihr das angetan? Wer zur Hölle bist du überhaupt?«

Ich hebe die Hände. »Das … das war ich nicht. Ich habe sie jetzt erst gesehen.« Es war Antoine. Natürlich. Wie üblich ist er zu weit gegangen. Herrgott noch mal – eine alte Frau so zu stoßen. »Das muss ein … ein unglücklicher Sturz gewesen sein. Hör zu. Es gibt da ein paar Dinge, die ich dir erklären muss. Können wir reden?«

»Nein«, sagt sie spitz. »Nein, das möchte ich nicht, Nick.«

»Bitte, Jess. Bitte. Du musst mir vertrauen.« Ich muss vor allem dafür sorgen, dass sie ruhig bleibt. Nichts Unüberlegtes tut. Mich nicht zwingt, etwas zu tun, was ich bereuen werde.

»Dir vertrauen? So, wie ich dir davor vertraut habe? Als du mich zu diesem windigen Bullen gebracht hast? Als du mir verschwiegen hast, dass ihr eine Familie seid?«

»Hör zu, Jess«, sage ich. »Ich kann alles erklären. Komm … komm einfach mit mir. Ich will nicht, dass dir was zustößt. Ich will wirklich nicht, dass noch jemand verletzt wird.«

»Was?« Sie deutet auf die Concierge. »So wie sie? Und Ben? Was habt ihr Ben angetan? Er war dein Freund, Nick.«

»Nein!«, entfährt es mir laut. Dabei habe ich versucht, so ruhig, so kontrolliert zu bleiben. »Er war nicht mein Freund. Er war *nie* mein Freund.« Ich gebe mir nicht mal die Mühe, meine Bitternis im Zaum zu halten. Es ist nun drei Abende her, dass meine kleine Schwester Mimi zu mir kam und mir erzählte, was sie auf seinem Computer gefunden hatte.

»Da … da stand, dass unser Geld gar nicht vom Wein stammt. Da … da steht, dass es von Mädchen kommt. Von Männern, die Mädchen kaufen, nicht Wein … Dieser schreckliche Ort, dieser Klub – *c'est pas vrai* … Es kann nicht wahr sein. Nick … sag mir, dass es nicht wahr ist.« Sie schluchzte, während sie versuchte zu sprechen. »Und da steht …« Sie rang um Atem. »Da steht, dass ich nicht wirklich ihr Kind bin …«

Es stimmt schon, dass wir nie ein Anzeichen von Schwangerschaft bei meiner Stiefmutter bemerkt hatten, doch Antoine und ich, wir waren damals so jung, so arglos – insbesondere bei allem, was mit Papa zu tun hatte. Antoine hatte mal eine Bemerkung gemacht, die unser Vater zufällig mithörte, irgendeine Anspielung. Papa verpasste ihm eine, dass er quer durch den Raum flog. Und mit Ausnahme der einen oder anderen versteckten Spitze, die Antoine losließ, wenn Papa nicht da war, kam das Thema nie wieder zur Sprache; es war nur ein weiteres Skelett, das ganz hinten im Schrank verstaut wurde.

Ben war die letzte Zeit offenbar sehr fleißig gewesen. So wie es klang, hatte er mehr über Papa und seine Geschäfte herausgefunden, als mir selbst bekannt gewesen war. Andererseits habe ich all die bedauernswerten Details auch nie wirklich wissen wollen. Ich habe die Jahre über so viel Distanz, so viel Ignoranz wie möglich gewahrt. Dennoch hatte das Ganze mit der Sache zu tun, die ich ihm zehn Jahre zuvor in einem Coffeeshop in Amsterdam streng vertraulich erzählt hatte. Mit jenem Geständnis, von dem er mir hoch und heilig versprochen hatte, es nie einer Menschenseele zu erzählen. Das Geheimnis am tiefsten Abgrund meiner Familie. Meine größte, meine schrecklichste Quelle der Scham.

Ich kann mich heute noch an die Worte meines Vaters an meinem sechzehnten Geburtstag erinnern, dort, vor der verschlossenen Tür, am Fuß der samtbezogenen Treppe. Seinen Hohn: »Oh, du findest also, das ist etwas, worüber du die Nase rümpfen kannst, ja? Du denkst, du stehst drüber? Was, glaubst du, hat dir deine teure Schule bezahlt? Was, glaubst du, hat das Haus bezahlt, in dem du wohnst, die Kleidung, die du trägst? Ein paar alte verstaubte Flaschen? Das kostbare Erbe deiner ach so heiligen Mutter? Nein, mein Junge. Das hier ist es, wo die Kohle herkommt. Findest du immer noch, du bist darüber erhaben? Zu gut dafür?«

Ich wusste nur zu gut, was Mimi empfunden hatte, als sie auf Bens Computer davon las. Als sie erfuhr, worin die Wurzeln unseres Wohlstands, unserer Identität begründet lagen. Als sie entdeckte, wie besudelt dieses Geld war, das uns alles bezahlt hatte. Es ist wie eine Krankheit, ein Geschwür, das sich ausbreitet, uns alle dahinsiechen lässt. Aber gleichzeitig kann man sich sein Fleisch und Blut nicht aussuchen. Sie bleiben die einzige Familie, die ich habe.

Als Mimi mir erzählte, was sie da gelesen hatte, entpuppte sich die ganze Geschichte – Bens unerwartete Mail vor ein paar Monaten, unser Treffen in der Bar, der Einzug ins Haus – als nicht ganz so zufällige Fügung glücklicher Umstände, sondern als etwas, das vielmehr kalkuliert war. Zielorientiert. Er hatte mich benutzt, um seine eigenen ehrgeizigen Pläne zu erfüllen. Und nun wollte er auch noch meine Familie zerstören. Und dabei war es ihm anscheinend egal, dass er auch mich zerstören würde.

Ich dachte wieder an dieses alte französische Sprichwort über die Familie: *La voix du sang est la plus forte.* Die Stimme des Blutes ist die stärkste. Mir blieb keine Wahl.

Ich wusste, was ich zu tun hatte.

Genau wie ich weiß, was ich jetzt zu tun habe.

JESS

»Jess«, sagt Nick in betont vernünftigem Tonfall, während er beginnt, die Stufen zu mir hinabzusteigen.

Einen Moment lang denke ich: Nur weil sie eine Familie sind, heißt es nicht, dass sie alle verantwortlich sind für das, was hier geschehen ist. Mir fällt ein, wie Nick seinen Vater bei unserer ersten Begegnung einen »Wichser« genannt hat – offenbar sind sie sich nicht so einig. Vielleicht habe ich vorschnelle Schlüsse gezogen, vielleicht ist die Concierge wirklich gestürzt. Eine alte, gebrechliche Frau, die auf der Treppe ausrutscht … keiner hört es, weil es spät am Abend ist. Und vielleicht ist das Eingangstor ja auch nur abgesperrt, weil es so spät ist …

Nein. Ich werde es nicht darauf ankommen lassen. Ich drehe mich wieder zur Concierge, die zusammengesunken auf dem Boden hockt und vor Schmerzen das Gesicht verzieht. Und dabei sehe ich, wie am Ende des Flurs die Tür zur Erdgeschosswohnung aufgeht. Antoine erscheint auf der Schwelle. Er lächelt – ein schreckliches Grinsen. »Hallo, kleines Mädchen.«

Wohin könnte ich fliehen? Das Tor ist versperrt. Ich weigere mich, das Mädchen aus den Horrorfilmen zu mimen, das so blöd ist, in den Keller runterzurennen. Nick setzt seinen Weg zu mir fort, und Antoine nähert sich über den Flur. Ich habe keine Zeit nachzudenken. Instinktiv trete ich in den Aufzug. Ich drücke den Knopf zur zweiten Etage.

Die Kabine bewegt sich ruckelnd aufwärts, der Mechanismus ächzt. Ich höre, wie Nick die Treppe unter mir hochsprintet; durch das Metallgitter kann ich seinen Scheitel sehen. Schluss mit dem netten Getue – jetzt verfolgt er mich wirklich.

Endlich erreiche ich den zweiten Stock. Der rasselnde Lift kommt quälend langsam zum Halt. Ich öffne das Metallgitter und flitze über den Flur, ramme den Schlüssel in Bens Wohnungstür und ziehe sie auf, knalle sie hinter mir zu, sperre sie ab und bleibe mit bebender Brust stehen.

Ich versuche nachzudenken; die Panik macht mich ganz dumm im Kopf, wo ich doch gerade jetzt einen klaren Gedanken fassen muss. Die Dienstbotentreppe – die könnte ich nehmen. Aber das Sofa steht im Weg. Ich renne hinüber, versuche, es von der Tür wegzuzerren.

Doch da höre ich das unmissverständliche Geräusch eines sich öffnenden Schlosses. Ich weiche zurück. Er hat einen Schlüssel. Natürlich hat er einen Schlüssel. Kann ich vielleicht was vor die Tür schieben? Nein, die Zeit habe ich nicht.

Nick kommt quer durch das Zimmer auf mich zu. Als die Katze ihn sieht, flitzt sie an mir vorbei und springt auf den Küchentresen zu seiner Rechten, maunzt ihn an – wahrscheinlich in der Hoffnung, gefüttert zu werden. Verräterin.

»Komm schon, Jess«, sagt Nick schmeichelnd, immer noch mit diesem gruselig vernünftigen Tonfall. »Bleib einfach, wo du bist…«

Dieser neue bedrohliche Nick wäre nicht annähernd so

Furcht einflößend, wenn er nicht zuvor diese Maske aufgehabt hätte. Die Brutalität bei seinem Bruder schien schon immer direkt unter der Oberfläche zu brodeln, aber Nick … dieser neue Nick, ist schwer einzuschätzen.

»Wozu?«, entgegne ich. »Damit du mir das Gleiche antun kannst, was du auch Ben angetan hast?«

»Ich habe gar nichts getan …«

Es liegt eine merkwürdige Betonung in der Art, wie er es sagt. Mit einem Nachdruck auf dem »ich«: *Ich* habe nicht.

»Willst du damit sagen, jemand anderes hat es getan? Einer von ihnen?« *Lass ihn nur weiterreden*, sage ich mir, *spiel auf Zeit.* »Ich dachte, du wolltest mir helfen, Nick.«

Nun blickt er gequält drein. »Das wollte ich, Jess. Und es ist auch alles meine Schuld. Ich habe diese ganze Sache ins Rollen gebracht. Ich habe ihn in dieses Haus eingeladen … Ich hätte es wissen müssen. Er hat in Dingen herumgegraben, die ihn nichts angehen … Fuck …« Er reibt sich mit den Händen übers Gesicht, und als er sie wieder senkt, sehe ich, dass seine gehetzten Augen gerötet sind. »Es ist meine Schuld … und es tut mir leid …«

Ich spüre Kälte in mir aufsteigen. »Was hast du Ben angetan, Nick?« Ich hatte vor, taff und entschlossen zu klingen, doch meine Stimme entweicht mir mit einem Zittern.

»Ich habe nichts … Ich bin nicht … Ich habe nichts getan.« Wieder diese Betonung. »*Ich* bin nicht. *Ich* habe nicht.«

Der einzige Weg nach draußen führt an Nick vorbei. Direkt neben der Tür ist die Küche. Der Krug mit den Küchenutensilien steht auf dem Tresen, und in seinem Inneren befindet sich das rasiermesserscharfe japanische Messer. Wenn ich ihn nur weiter am Reden halten kann, mir irgendwie das Messer schnappen …

»Komm schon, Jess.« Er macht einen weiteren Schritt auf mich zu.

Und plötzlich schießt da was durch die Luft, ein schwarzweißer Blitz. Die Katze hat Nicks Schulter angefallen – genauso wie sie mich beim ersten Mal begrüßt hat. Nick flucht, hebt die Hände, um das Tier von sich wegzuzerren. Ich mache einen Satz nach vorne, schnappe mir das Messer aus dem Krug. Dann presche ich an ihm vorbei zur Tür, reiße sie auf und knalle sie hinter mir zu.

»Hallo, kleines Mädchen.«

Ich fahre herum. Fuck – Antoine steht da. Offenbar hat er im Dunkeln gewartet. Ich hole mit dem Messer aus, lasse es so heftig hinabsausen, dass er erschrocken nach hinten stolpert und die Treppe runterstürzt, um wie ein nasser Sack auf dem nächsten Absatz liegen zu bleiben. Ich spähe durch die Finsternis zu ihm runter; meine Brust brennt. Ich meine, ein Stöhnen zu hören.

Nick aber wird jeden Moment rauskommen. Es gibt nur einen Weg, den ich nehmen kann.

Nach oben.

Ich bin hier ganz klar in der Unterzahl. Ich allein, sie zu viert. *Komm schon, Jess. Denk nach. Du warst doch immer gut darin, dich mit deinem Köpfchen aus der Klemme zu befördern.* Und vielleicht gibt es doch noch einen Ort, wo ich mich verstecken kann, um mir etwas Zeit zu verschaffen.

MIMI

Dritte Etage

»*Maman* … was geht da draußen vor sich?« Nach allem, was ich erfahren habe, fühlt sich das Wort immer noch seltsam an, schmerzhaft.

»Schh«, sagt sie, über mein Haar streichelnd. »Schh, *ma petite*.«

Ich liege auf dem Bett; mein gesamter Körper zittert. Sie ist runtergekommen, um nach mir zu sehen. Ich habe ihr erlaubt, sich neben mich zu setzen, einen Arm um meine Schultern zu legen.

»Hör zu, du bleibst hier drin, ja? Ich gehe raus und schaue nach, was los ist.«

Ich greife ihr Handgelenkt. »Nein … bitte lass mich nicht hier zurück.« Ich hasse, wie bedürftig ich klinge, aber ich kann nicht anders. »Bitte«, flehe ich. »*Maman.*«

»Nur zwei Minuten«, erwidert sie. »Ich will nur sichergehen …«

»Nein. Bitte … lass mich nicht allein hier.«

»Mimi«, sagt sie, auf einmal streng. »Lass bitte meinen Arm los.«

Aber ich klammere mich an ihr fest. Trotz allem will ich nicht, dass sie von mir fortgeht. Denn dann wäre ich wieder mit meinen Gedanken allein – wie ein kleines Mädchen, das sich vor den Monstern unter seinem Bett fürchtet.

JESS

Ich sprinte die Treppe hinauf, zwei Stufen auf einmal nehmend. Die Angst lässt mich schneller rennen als je in meinem Leben zuvor.

Schließlich bin ich im obersten Geschoss, an der Tür zum Penthouse-Appartement, die Holzstiege zu den ehemaligen Dienstmädchenkammern direkt vor mir. Ich erklimme die Stufen, steige in die Finsternis empor. Taste herum … eine Holztür, ein Vorhängeschloss. Vielleicht kann ich mich lange genug da oben verstecken, um meine Gedanken zu sammeln, mir zu überlegen, was zur Hölle ich als Nächstes tun soll. Ich zerre bereits an den Kreolen in meinen Ohrläppchen, biege sie in die richtige Form, um mir meinen Spanner und Haken zu basteln. Ich greife nach dem Vorhängeschloss, mache mich an die Arbeit. Normalerweise bin ich richtig schnell, aber meine Hände zittern. Ich kann schon spüren, dass ich einen der Stifte zu fassen bekommen habe, ich krieg nur einfach nicht den richtigen Druck hin, um ihn zu lösen.

Endlich, endlich springt das Schloss auf. Ich zerre den Bügel weg und stoße die Tür auf. Rasch schließe ich sie wieder hinter mir. Das offene Vorhängeschloss ist das Einzige, was mich verrät, und ich kann nur beten, dass sie nicht sofort darauf kommen, dass ich hier oben bin.

Ich blicke in einen langen, schmalen Dachboden. Die Schrägen fallen steil über mir ab. Ich muss mich bücken, um mir den Kopf nicht an einem der großen Holzbalken anzuschlagen.

Trotz der Dunkelheit ist da ein schwacher, matter Schein, der, wie ich begreife, von dem Vollmond kommt, der sein Licht durch die kleine, verdreckte Dachluke wirft. Im Raum riecht es nach altem Holz und eingeschlossener Luft, aber auch nach etwas Tierischem – Schweiß, oder schlimmer noch, etwas Faulendem. Etwas, das mich davon abhält, allzu tief einzuatmen. Die Luft ist stickig, voller Staubpartikel, die vor mir in den Mondstrahlen herumschweben. Es ist, als hätte ich gerade die Tür zu einer anderen Welt aufgestoßen, wo die Zeit hundert Jahre lang stehen geblieben ist.

Ich bewege mich vorwärts, halte Ausschau nach einem Versteck.

Weiter vorne, ganz am anderen Ende im Eck, sehe ich etwas, das wie eine alte Matratze ausschaut. Irgendwas Großes liegt obendrauf.

Wieder überkommt mich dieses Gefühl – wie unten, als ich die Concierge fand. Ich will nicht näher treten. Ich will nicht hinschauen.

Aber ich nähere mich doch, weil ich es wissen muss. Nun kann ich auch sehen, was es ist. Wer es ist. Ich sehe das Blut. Ich verstehe.

Er ist die ganze Zeit über hier oben gewesen. Ich vergesse, dass ich mich eigentlich hier oben verstecken sollte. Ich vergesse alles, bis auf das Grauen dessen, was sich mir da bietet. Ich schreie, schreie und schreie.

MIMI

Dritte Etage

Ein Schrei reißt durch das Haus.

Er ist tot. Er ist tot… du hast ihn verdammt noch mal umgebracht.

Ich lasse den Arm meiner Mutter los.

Das Gewitter in meinem Kopf wird lauter und lauter. Erst ist es wie ein Schwarm Bienen… dann, als würde ich von krachenden Wellen unter Wasser gerissen, als würde mich ein Strudel in die Tiefe ziehen. Aber es ist nicht tosend genug, um die Gedanken auszusperren, die langsam hereinsickern. Die Erinnerungen.

Ich erinnere mich an Blut. So viel Blut.

Jeder kennt doch das Gefühl, wenn man als Kind nicht einschlafen kann, weil man Angst vor den Monstern unter dem Bett hat? Ja, aber was geschieht, wenn man anfängt zu vermuten, dass man selbst das Monster sein könnte? Wo versteckt man sich dann?

Es ist, als ob die Erinnerung hinter einer Tür in meinem Gedächtnis unter Verschluss gehalten wird. Ich habe die Tür schon gesehen. Ich wusste, dass es sie gibt, und wusste auch, dass sich etwas Furchtbares dahinter verbirgt. Etwas, das ich nicht sehen möchte… niemals. Aber nun öffnet sich die Tür, die Erinnerungen drängen heraus.

Der Eisengeruch des Blutes. Der Parkettboden rutschig davon. Und in meiner Hand mein Teppichmesser.

Ich erinnere mich, wie sie mich unter die Dusche schoben, Maman … und vielleicht noch jemand anderes. Wie sie mich abwuschen, das Blut Schlieren um meine Zehen bildete und rosa verdünnt in den Abfluss rann. Ich zitterte am ganzen Körper; ich konnte nicht aufhören. Aber nicht, weil das Wasser kalt war, nein, es war heiß. Es war diese tiefe Kälte in meinem Inneren.

Ich erinnere mich, dass Maman mich hielt, wie sie es getan hatte, als ich ein kleines Mädchen war. Und obwohl ich wütend auf sie war und so furchtbar verwirrt, wollte ich mich plötzlich nur noch an ihr festklammern. Wieder dieses kleine Mädchen sein.

»Maman«, sagte ich, »ich habe Angst. Was ist passiert?«

»Schhh.« Sie streichelte mein Haar. »Ist schon gut«, murmelte sie. »Ich werde nicht zulassen, dass dir etwas geschieht. Ich werde dich beschützen. Lass mich nur um alles kümmern. Du wirst nicht in Schwierigkeiten geraten. Es war seine Schuld. Du hast getan, was getan werden musste … wozu ich selbst nicht mutig genug war. Wir mussten ihn loswerden.«

»Was meinst du? Maman, was meinst du damit?«

Da blickte sie mir ins Gesicht. Sah fest in meine Augen. Dann nickte sie knapp. »Du erinnerst dich nicht. Ja, ja, so ist es das Beste.«

Später war da etwas Eingetrocknetes unter meinen Fingernägeln … eine rötlich-braune Kruste. Ich schrubbte mit einer Zahnbürste daran herum, bis meine Nagelbetten bluteten. Der Schmerz kümmerte mich nicht; ich wollte nur das Zeug loswerden, was auch immer es war. Aber es war das Einzige, was mir real schien. Der Rest war wie ein Traum.

Und dann kam diese Frau hier an. Und am nächsten Morgen stand sie vor meiner Tür. Sie klopfte und klopfte, bis ich öffnen musste. Dann sagte sie jene schrecklichen Worte:

»Mein Bruder – Ben –, er wohnt im zweiten Stock. Aber, er… na ja, er ist irgendwie verschwunden. Kennst du ihn vielleicht?«

In diesem Moment wurde mir klar, dass es doch real gewesen sein könnte.

Ich glaube, dass es vielleicht ich war. Ich glaube, dass ich ihn womöglich umgebracht habe.

SOPHIE

Penthouse

Er ist tot. Er ist tot … du hast ihn verdammt noch mal umgebracht.

»Ich muss gehen, *chérie*«, sage ich zu Mimi. »Ich muss los und mich darum kümmern.« Ich trete in den Flur hinaus, lasse sie in der Wohnung zurück.

Ich schaue nach oben. Es ist passiert. Das Mädchen ist auf dem Dachboden. Sie hat ihn gefunden.

Ich erinnere mich, wie ich an jenem schrecklichen Abend die Tür zu seiner Wohnung aufstieß. Meine Tochter, blutbesudelt. Sie öffnete den Mund, um zu sprechen oder zu schreien, doch es kam nichts heraus.

Die Concierge war aus irgendeinem Grund ebenfalls da. Aber andererseits – natürlich war sie da. Sieht alles, weiß alles, ständig durch das Haus spukend wie ein Gespenst. Ich stand in der Tür und betrachtete die Szene vor mir in einem Zustand absoluten Schocks. Dann übernahm ein seltsames Gespür fürs Praktische. »Wir müssen sie waschen«, sagte ich. »Das Blut wegbekommen.« Die Concierge nickte. Sie griff Mimi bei den Schultern und führte sie in die Dusche. Mimi murmelte nun in einem fort Wörter vor sich hin. Etwas über Ben, Lügen und Verrat, den Klub.

Sie wusste Bescheid. Warum war sie damit nicht zu mir gekommen?

Als Mimi gesäubert war, brachte die Concierge sie zurück in ihre Wohnung. Ich erkannte, dass meine Tochter sich in einem Schockzustand befand. Ich wollte mit ihr gehen, wollte sie trösten. Aber erst musste ich mich um die Folgen ihres Tuns kümmern. Dieser Sache, die ich, ehrlicherweise, selbst in Betracht gezogen hatte.

Ich verwendete sämtliche Geschirrtücher, die ich in der Wohnung finden konnte. Jedes einzelne Handtuch aus dem Bad. Allesamt rot getränkt. Ich riss die Vorhänge von den Fenstern und wickelte den Leichnam hinein, schnürte ihn sorgfältig mit den Vorhangkordeln zusammen. Ich versteckte die Waffe im Schacht des Speiseaufzugs und drehte die Kurbel, sodass sie in der Wand irgendwo zwischen den zwei Stockwerken verschwand.

Die Concierge brachte Bleiche; die benutzte ich, um den Boden sauber zu kriegen, nachdem ich das Blut weggewischt hatte. Die ganze Zeit über durch den Mund atmend, damit ich es nicht riechen musste. Ich presste mir den Handrücken vor den Mund. Ich durfte mich nicht übergeben, ich musste mich zusammenreißen.

Die Bleiche machte einen hellen Fleck auf dem Parkett, ätzte den Lack aus dem Holz. Sie hinterließ eine riesige Markierung, noch größer als die Pfütze aus Blut. Besser bekam ich es nicht hin.

Dann – ich weiß nicht, wie viel später – ging die Tür auf. Sie war nicht abgesperrt gewesen, das hatte ich angesichts der vor mir liegenden Aufgabe vergessen.

Und da standen sie. Die zwei Meunier-Jungen. Meine Stiefsöhne. Nicolas und Antoine. Starrten mich entsetzt an.

Den Bleichefleck vor mir, meine Arme, bis zu den Ellbogen mit Blut verschmiert. Nick wich sämtliche Farbe aus dem Gesicht.

»Es gab einen schrecklichen Unfall«, sagte ich.

»Grundgütiger«, murmelte Nicolas und schluckte schwer. »Ist das wegen …?«

Es folgte eine lange Pause, in der ich mir überlegte, was ich sagen sollte. Mimis Name würde ich nicht erwähnen. Ich beschloss, dass stattdessen Jacques die Schuld auf sich nehmen könnte, so, wie es ein guter Vater tun sollte. Dies war im Grunde immerhin seine Schweinerei. Ich verlegte mich auf: »Euer Vater hat herausgefunden, woran Ben arbeitete …«

»Oh, Gott.« Nick barg sein Gesicht in den Händen. Und dann heulte er auf wie ein kleines Kind. Ein Laut schrecklicher Pein. Seine Augen waren nass, sein Mund stand offen. »Das ist alles meine Schuld. Ich hab's Papa erzählt. Ich hab ihm gesagt, was Mimi gefunden hat, woran Ben geschrieben hat. Ich hatte ja keine Ahnung. Wenn ich das gewusst hätte … oh, Gott …«

Einen Moment schwankte er. Dann stürzte er zum Bad. Ich hörte, wie er sich übergab.

Antoine rührte sich nicht von der Stelle, die Arme verschränkt. Er sah ähnlich angewidert aus, doch ich sah ihm an, dass er entschlossen war, dem nicht nachzugeben. »Geschieht ihm recht, dem *putain de bâtard*«, sagte er schließlich. »Ich hätte es sonst selbst getan.« Aber es klang nicht überzeugt.

Ein paar Minuten später kam Nick zurück, blass, aber mit entschlossener Miene.

Zu dritt standen wir dort, starrten einander an. Nie

zuvor waren wir so etwas wie eine Familie gewesen. Nun waren wir auf seltsame Weise vereint. Es wurden keine Worte gewechselt, nur ein stummes, einträchtiges Nicken. Dann machten wir uns an die Arbeit.

JESS

Selbst in meinen dunkelsten Momenten der letzten Tage, selbst als ich dahinterkam, worin Ben sich da verstrickt hatte, habe ich mir nicht gestattet, mir das hier auszumalen. Meinen Bruder so zu finden – wie ich Mum aufgefunden hatte. Ich sinke auf meine Knie.

Er sieht nicht aus wie mein Bruder, dieser Körper auf der Matratze. Es sind nicht nur die bleiche, wächserne Haut, die eingesunkenen Augenhöhlen. Viel mehr berührt mich, dass ich ihn noch nie so still gesehen habe. Ich kann nicht an meinen Bruder denken ohne sein verschmitztes Grinsen, seine Energie.

Ich betrachte das dunkle rostige Braun seines T-Shirts. Ich sehe, dass der Stoff ansonsten hell ist. Es ist ein Fleck. Er bedeckt die gesamte Brust.

Er muss die ganze Zeit über hier oben gewesen sein, all die langen Tage, während ich planlos herumgeirrt bin, um irgendwelchen Hinweisen zu folgen. In dem Glauben, dass ich ihm so irgendwie helfen könnte. Wenn ich nur daran denke, dass ich diese verschlossene Dachbodentür schon an meinem ersten Tag hier gesehen habe …

Wie ich so neben ihm kauere, wiege ich mich vor und zurück, während die Tränen kullern.

»Es tut mir so leid«, flüstere ich. »Es tut mir so verdammt leid.«

Ich greife nach seiner Hand. Wann war das letzte Mal, dass wir uns an den Händen gehalten haben, mein Bruder und ich? An dem Tag auf dem Polizeirevier vielleicht? Nach dem mit Mum. Bevor wir getrennte Wege gingen? Ich drücke seine Finger fest.

Dann lasse ich seine Hand vor Schreck beinahe fallen.

Ich hätte schwören können, dass ich seine Finger unter meinen habe zucken spüren. Ich weiß, dass es meine Einbildung ist, natürlich. Aber für einen Moment, da dachte ich wirklich …

Seine Augen sind geöffnet. Sie waren vorhin nicht offen … oder?

Ich stehe auf, beuge mich über ihn. Mein Herz rast.

»Ben?«

Ich bin sicher, dass ich ihn gerade habe blinzeln sehen.

»Ben?«

Ja, ein Blinzeln! Das habe ich mir nicht eingebildet. Ich meine zu erkennen, dass seine Augen versuchen, sich auf meine zu fokussieren. Und nun öffnet er den Mund, aber es kommt kein Laut heraus. Dann: »Jess …« Es ist kaum mehr als ein Atemhauch, aber ich habe es ihn definitiv sagen hören. Er schließt erneut die Augen, als sei er sehr, sehr müde.

»Ben«, sage ich. »Komm schon. Hey. Setz dich auf.« Plötzlich erscheint es mir sehr wichtig, ihn aufzurichten. Ich schiebe meine Arme unter seine Achseln. Er hängt mit seinem ganzen Gewicht an mir, aber irgendwie schaffe ich es, ihn in eine sitzende Position zu hieven. Er sackt halb nach vorne, und seine Augen blicken stumpf, aber sie sind geöffnet. »Oh, Ben!« Ich packe seine Schultern – ich wage es nicht, ihn zu umarmen, für den Fall, dass er zu schwer verletzt ist. Tränen strömen über mein Gesicht; ich lasse sie. »Oh, mein Gott, Ben, du lebst … du bist am Leben.«

Hinter mir fällt eine Tür zu. Die Tür zum Dachboden. Einen Augenblick lang hatte ich ernsthaft alles und jeden vergessen.

Ich drehe mich um.

Sophie Meunier steht da. Hinter ihr: Nick. Und obwohl ich mich gerade sammle von dem, was geschehen ist, bin ich in der Lage zu erkennen, dass da ein großer Unterschied in ihrem Ausdruck ist. Sophies Gesicht ist die gleiche unerbittlich kühle Maske wie immer. Doch Nicks verrät, während er Ben anstarrt, Fassungslosigkeit, Entsetzen, Verwirrung. Tatsächlich sieht Nick aus – und eine andere Beschreibung will mir nicht einfallen –, als hätte er einen Geist gesehen.

NICK

Ich spüre Furcht in mir aufsteigen, während ich den Anblick in mich aufnehme. Ich bin sofort auf den Dachboden gerannt, als ich den Schrei hörte, nachdem ich Antoine, halb bewusstlos, auf das Sofa in meiner Wohnung geschleppt habe.

Er ist hier. Ben ist hier. Er sieht gar nicht gut aus, aber er sitzt. Und er lebt. Das kann nicht sein. Es ergibt überhaupt keinen Sinn. Es ist schlicht nicht möglich.

Ben ist tot. Er war seit Freitagabend tot. Mein einstiger Freund, mein alter Studienkumpel, der Junge, in den ich mich vor über einem Jahrzehnt, in einer warmen Sommernacht im August, verliebt und an den ich seitdem ständig gedacht hatte.

Er ist gestorben, und es war meine Schuld, und in den Stunden und Tagen seither habe ich versucht, mit der Schuld und der Trauer zu leben – umherwandelnd mit dem Gefühl, selbst kaum noch am Leben zu sein.

Ich schaue zu meiner Stiefmutter in der Erwartung, mein Entsetzen in ihrem Gesicht gespiegelt zu sehen. Doch da ist keins. Das hier scheint keine Überraschung für sie. Sie weiß Bescheid. Es ist die einzige Erklärung. Warum sonst wäre sie so ruhig?

Endlich gelingt es mir zu sprechen. »Was ist hier los?«, frage ich heiser. »Was soll das? Was verdammt noch mal geht hier vor sich?« Ich deute auf Ben. »Das ist unmöglich. Er war tot.«

Ich weiß das ganz sicher, denn ich hatte genug Zeit, um es zu begreifen. Es war das unaussprechliche Grauen jener leblosen, in ihr notdürftiges Leichentuch gewickelten Gestalt. Die Unleugbarkeit. Auch das Blut, das über die Parkettdielen gequollen und von den Handtüchern aufgesogen worden war – so viel mehr Blut, als irgendwer verlieren und dann noch leben könnte. Aber es ist noch mehr als das. Vor genau drei Nächten haben Antoine und ich seine Leiche die Treppe runtergetragen, eine Grube ausgehoben und ihn im Garten im Hof vergraben.

MIMI

Dritte Etage

Es ist so still nun, nachdem der Schrei von oben verstummt ist. Was geht da vor sich? Was hat sie gefunden?

Das ist der Teil, den ich erinnere. Das bisschen, das zu der verschlossenen Tür führt. Danach ist da nichts mehr, bis zu dem Blut.

Es war spät, und ich war erschöpft von all den Gedanken, die durch meinen Kopf schwirrten, aber ich konnte nicht schlafen. Ich musste unentwegt über das nachdenken, was ich gelesen hatte. Was ich gesehen hatte. Ben und… meine Mutter. Ich hatte die Bilder zerstört, die ich von ihm gemalt hatte. Aber es schien nicht zu genügen. Ich konnte ihn sehen, dort drüben in seiner Wohnung, wo er auf seinen Computer eintippte. Doch nun war alles anders. Ich wusste, worüber er da schrieb, und bei dem Gedanken wurde mir schon wieder schlecht. Ich könnte mein Wissen nie rückgängig machen. Selbst wenn ich versuchen würde, es nicht zu glauben. Das tue ich. Aber ich denke, dass ich es glaube. Die gedämpften Stimmen, die alle aufsetzten, wenn sie über Papas Geschäfte redeten. Die Andeutungen, die Antoine immer wieder fallen ließ. Es ergab alles einen furchtbaren Sinn.

Ben kam ans Fenster und blickte hinaus. Ich duckte mich weg, damit er mich nicht sehen konnte. Dann ging ich wieder dazu über, ihn zu beobachten.

Er kehrte an den Schreibtisch zurück, griff nach seinem Handy, hielt es an sein Ohr. Dann blickte er auf. Drehte den Kopf, erhob sich. Die Tür ging auf. Jemand betrat den Raum.

Oh … merde.

Putain de merde.

Was machte *er* denn da?

Es war Papa.

Er sollte doch gar nicht zu Hause sein.

Wann war er zurückgekehrt? Und was wollte er in Bens Wohnung?

Papa hielt etwas in seinen Händen. Ich erkannte es wieder – es war eine Magnumflasche aus seinem Weinkeller.

Er hatte doch nicht vor …

Ich ertrug es nicht hinzusehen. Doch gleichzeitig konnte ich die Augen nicht abwenden. Und so schaute ich zu, wie Ben einknickte und auf seine Knie fiel. Wie Papa die Flasche wieder und wieder hob. Ich schaute zu, als Ben auswich, als er auf dem Boden zusammenbrach, als das Blut die Vorderseite seines T-Shirts tränkte und es rot färbte. Und ich wusste, dass alles meine Schuld war.

Ben kroch auf das Fenster zu. Ich sah, wie er seinen Arm hob, mit seiner Handfläche gegen die Scheibe schlug. Und dann formte er ein Wort. *Hilfe.*

Ich sah meinen Vater erneut die Flasche heben. Und ich wusste, was geschehen würde. Er würde ihn umbringen.

Ich musste etwas tun. Ich liebte ihn. Er hatte mich betrogen. Er hatte meine gesamte Welt zerstört. Aber ich liebte ihn.

Ich griff nach dem nächstbesten Gegenstand. Und dann rannte ich so schnell die Treppe runter, dass es mir vorkam, als würden meine Füße kaum den Boden berühren. Die Tür zu Bens Wohnung stand offen, und Papa ragte über ihm empor. Ich musste ihn aufhalten … ich musste ihn einfach aufhalten. Und gleichzeitig war da vielleicht eine kleine Stimme in mir, die sagte: *Er ist nicht wirklich dein Vater, dieser Mann. Und er ist kein guter Mann. Er hat schreckliche Dinge getan. Und nun ist er dabei, auch noch zum Mörder zu werden.*

Ben lag auf dem Boden, seine Augen geschlossen. Und dann stand ich hinter Papa – er hatte mich nicht gesehen, hatte mich nicht reinschleichen hören –, und ich hatte mein Teppichmesser in der Hand, es ist zwar klein, aber die Klinge ist scharf, so scharf, und ich hob sie über meinen Kopf …

Und dann nichts.

Und dann das Blut.

Später dachte ich, ich würde Stimmen im Hof hören. Ich hörte das Scharren von Schaufeln. Es ergab keinen Sinn. Maman gärtnert zwar gerne, aber es war dunkel, mitten in der Nacht. Warum grub sie jetzt? Es konnte nicht echt sein – es musste ein Traum sein. Oder ein Albtraum.

NICK

Ich erinnere mich noch, wie ich Papas Arbeitszimmer verließ, nachdem ich ihm erzählt hatte, was Ben im Schilde führte, woran er schrieb. Ich hatte ihn nach Hause gerufen, ihm gesagt, dass es da etwas gäbe, das er wissen müsse. Als ich die Treppe runterging, musste ich an den Ausdruck auf seinem Gesicht denken. Den kaum bezähmten Zorn. Ich verspürte eine lastende Angst, die mich in meine Kindheit zurückbeförderte – wenn er diesen Ausdruck zeigte, war es an der Zeit, Reißaus zu nehmen. Doch gleichzeitig verspürte ich auch einen Schauer perverser Befriedigung. Darüber, Benjamin Daniels' rosarote Blase zum Platzen gebracht zu haben. Darüber, Papa gezeigt zu haben, dass seine berühmte Menschenkenntnis nicht so fundiert war, wie er meinte, indem ich das Bild von dem Goldjungen trübte, den er eine Weile mehr wertzuschätzen schien als seine eigenen Söhne. Ich hatte Ben verraten, ja, aber in weitaus geringerem Maße, als er mich und die Gastfreundschaft meiner Familie verraten hatte. Er hatte es nicht anders verdient.

Jegliches Triumphgefühl schlug bald um. Plötzlich wollte ich nur noch taub und gefühllos sein. Ich nahm vier der kleinen blauen Pillen und lag im Oxycodon-Nebel in meiner Wohnung.

Vielleicht wurde ich eines Tumults in der Wohnung über mir gewahr, ich weiß es nicht – es war, als würde es in einem anderen Universum geschehen. Aber nach einer Weile, als die Wirkung der Pillen allmählich abflaute, dachte ich, ich sollte vielleicht nachschauen gehen, was da los war.

Auf der Treppe traf ich Antoine. Konnte den Alkohol an ihm riechen – er musste wieder mal besoffen weggedämmert sein. »Was zur Hölle ist da los?«, fragte er. Sein Tonfall war schroff, aber in seiner Miene lag etwas Verängstigtes.

»Ich habe keine Ahnung«, sagte ich. Aber das stimmte nicht ganz. Ein unsagbarer Verdacht nahm langsam in meinem Kopf Gestalt an. Zusammen stiegen wir die Treppe in den zweiten Stock hoch.

Das Blut. Das war das Erste, was ich sah. So viel davon. Und Sophie mittendrin.

»Es gab einen schrecklichen Unfall.« Das war es, was sie uns sagte.

Augenblicklich wusste ich, dass es meine Schuld war. Ich hatte das alles in Gang gesetzt. Ich wusste, was für ein Mann mein Vater ist. Ich hätte wissen müssen, zu welcher Handlung ihn das treiben würde. Aber ich war von meinem eigenen Zorn, dem Schmerz des Verrats geblendet gewesen. Ich hatte mir eingeredet, ich würde nur meine Familie beschützen. Aber ich hatte auch austeilen wollen, um Ben irgendwie zu schaden. Aber das da … das Blut, der schrecklich reglose, in einen Vorhang gewickelte Körper. Ich konnte nicht hinsehen.

Im Bad übergab ich mich, als könnte ich so das Grauen aus mir ausstoßen, wie etwas Schlechtes, das ich gegessen hatte. Aber natürlich verließ es mich nicht. Es war jetzt ein Teil von mir.

Irgendwie riss ich mich am Riemen. Ben war nicht mehr zu helfen. Ich wusste, dass ich das nun tun musste, für das Überleben der Familie.

Die schreckliche Last des Leichnams beim Herausschaffen. Nichts fühlte sich real an. Ein Teil von mir überlegte noch: Wenn ich mir Bens Gesicht ansehen würde, dann würde es das real machen. Vielleicht wäre das wichtig, als eine Art innerer Abschluss. Aber letztlich konnte ich mich nicht dazu überwinden, all die festgezurrten Knoten zu lösen, mich dem zu stellen, was sich darunter befand.

So also hat es sich zugetragen. Vor drei Nächten ist Ben gestorben – und wir haben ihn beerdigt.

Oder nicht?

SOPHIE

Ab der Sekunde, als ich sie so sah, blutbedeckt – das Blut meines Ehemannes –, handelte ich umgehend und rasch, beinahe ohne nachzudenken. Alles, was ich tat, war, meine Tochter zu beschützen. Es ist durchaus möglich, dass ich ebenfalls unter Schock stand, aber mein Kopf schien sehr klar. Ich war schon immer zielgerichtet, fokussiert. Dazu in der Lage, das Beste aus einer schlimmen Situation zu machen. So bin ich immerhin auch zu diesem Leben gekommen.

Mir war klar, wenn wir die Mitarbeit seiner Söhne wollten, ihre Hilfe bei dieser Sache, müsste Jacques am Leben bleiben. Ich wusste, dass Benjamin der Tote sein müsste. Bevor ich die Leiche in den Vorhang wickelte, hielt ich Jacques Handy vor sein Gesicht und entsperrte es, änderte den PIN. Seither habe ich es bei mir gehabt und Antoine und Nicolas auf seinem Account geschrieben. Je länger ich Jacques »am Leben« hielt, desto mehr könnte ich aus seinen Söhnen herausholen.

Nachdem ich für Benjamin alles getan hatte, was ich konnte – die Blutung mit einem Handtuch stillen, die Wunden säubern –, brachten die Concierge und ich ihn auf den Dachboden hoch. Er war zu benommen, um sich zu wehren; zu stark verletzt, um sich zu befreien. Hier oben habe ich ihn am Leben gehalten, wenn auch gerade so. Ich habe ihn mit Wasser versorgt, mit Kleinigkeiten zu essen – neulich erst eine Quiche aus der Boulangerie. Zumindest, bis ich entscheiden konnte, was ich mit ihm anstellen sollte. Er war so schwer verletzt, dass es ein Einfaches gewesen wäre, der Natur ihren Lauf zu lassen. Aber eine kurze Zeit lang waren wir Liebende gewesen. Noch immer lebte die Erinnerung daran in mir – was wir füreinander gewesen waren. Ich bin vieles: eine Hure, eine Mutter, eine Lügnerin. Aber ich bin keine Mörderin.

Im Unterschied zu meiner geliebten Tochter.

»Jacques ist für eine Weile fort«, erzählte ich meinen Stiefsöhnen, als sie eintrafen. »Es ist das Beste, wenn niemand erfährt, dass er heute Nacht in Paris war. Was euch betrifft: Sollte jemand fragen, so war er die ganze Zeit auf einer seiner Geschäftsreisen. Verstanden?«

Sie nickten zur Antwort. Sie haben mich nie gemocht, mich nie akzeptiert. Aber in der Abwesenheit ihres Vaters klammerten sie sich an jedes meiner Worte. Wollten gesagt bekommen, was sie tun, wie sie sich verhalten sollten. Sie sind nie erwachsen geworden, keiner von beiden. Jacques hat es ihnen nicht erlaubt.

Ich muss an die Dankbarkeit denken, die ich anfangs Jacques gegenüber empfand. Dafür, mich aus meinem vorherigen Leben »gerettet« zu haben. Zu jener Zeit begriff ich nicht, wie billig ich gekauft worden war. Ich befreite mich nicht, als ich meinen Mann heiratete, so wie ich geglaubt hatte. Ich erhob mich nicht aus dem Elend. Ich tat das genaue Gegenteil: Ich kettete mich lebenslang an ihn.

Vielleicht hat meine Tochter also die eine Sache getan, für die ich selbst nie den Mut aufgebracht hatte.

JESS

Ich packe das japanische Messer fester, bereit Ben – und mich selbst – zu verteidigen, sollte einer von den beiden näher kommen. Obwohl sie nicht sonderlich bedrohlich wirken und keine Gefahr in der Luft zu liegen scheint. Nick schaut mit gehetztem Blick von Sophie zu Ben und wieder zurück. Irgendwas geht hier vor sich, irgendwas, was ich nicht kapiere.

Und doch umklammere ich das Messer, die Haut an meinen Knöcheln gespannt, mein Nackenhaar gesträubt.

»Mein Mann ist tot«, sagt Sophie Meunier. »Das ist geschehen.« Bei diesen Worten sehe ich Nick nach hinten stolpern, als hätte sie ihm einen Schlag verpasst. Er wusste es nicht?

»*Qui?*«, stößt er heiser hervor. »*Qui?*« Ich glaube, er will wissen, wer es war.

»Meine Tochter«, antwortet Sophie Meunier, »sie hat versucht, Ben zu beschützen.« Sie wendet sich an mich. »Ich habe deinen Bruder hier untergebracht, ich habe ihn am Leben erhalten.« Sie sagt es, als würde sie dafür so etwas wie Anerkennung verdienen. Ich finde nicht mal die Worte, um etwas darauf zu erwidern.

Ich behalte beide im Blick und versuche dahinterzukommen, wie ich weiter verfahren soll. Nick scheint in sich zusammengeschrumpft; kauernd hält er den Kopf in den Händen. Sophie Meunier ist hier die eigentliche Bedrohung, da bin ich mir sicher. Ich bin diejenige mit dem Messer, aber ihr würde ich alles zutrauen. Sie tritt auf mich zu. Ich hebe das Messer, doch sie scheint wenig davon beeindruckt.

»Sie werden uns gehen lassen«, sage ich, darum bemüht, selbstbewusster zu klingen, als ich mich fühle. Ich mag zwar ein Messer haben, aber sie hat uns hier in der Falle. Das Tor nach draußen ist verriegelt. Schnell wird mir klar, dass es keine Möglichkeit für uns gibt, hier rauszukommen, außer sie lässt uns. Ich bezweifle, dass Ben ohne Hilfe aufstehen kann, und selbst wenn, liegt noch das gesamte Haus zwischen uns und der Außenwelt. Wahrscheinlich denkt sie das Gleiche.

Sie schüttelt den Kopf. »Das kann ich nicht.«

»Doch. Sie müssen. Sie müssen ihn ins Krankenhaus bringen.«

»Nein …«

»Ich werde nichts verraten«, unterbreche ich rasch. »Hören Sie … ich werde nicht erzählen, wie er zu den Verletzungen gekommen ist. Ich … ich werde behaupten, dass er vom Motorroller gestürzt ist oder so was. Ich werde sagen, dass er sich irgendwie in die Wohnung zurückgeschleppt hat … dass ich ihn da gefunden habe.«

»Man wird dir nicht glauben«, sagt sie.

»Dann werde ich mir eben was anderes überlegen. Aber ich werde nichts sagen.« Ich höre nun die Verzweiflung in meiner Stimme. Ich flehe. »Bitte. Sie können mir glauben.«

»Und wie kann ich mir dessen sicher sein?«

»Welche andere Wahl bleibt Ihnen?«, frage ich. »Was

wollen Sie denn sonst tun?« Ich gehe an dieser Stelle ein Risiko ein. »Sie können uns schließlich nicht ewig hierbehalten. Es gibt Menschen, die wissen, dass ich hier bin. Sie werden nach mir suchen.« Stimmt nicht ganz. Es gibt zwar Theo, aber der wird wahrscheinlich gerade in einer Zelle verprügelt, und ich habe ihm nie die Adresse genannt – er würde zumindest eine Weile brauchen, um sie herauszufinden. Aber das muss sie nicht wissen. Ich muss es ihr nur verkaufen. »Und ich weiß, dass Sie keine Mörderin sind, Sophie. Wie Sie selbst sagen, Sie haben ihn am Leben erhalten. Das hätten Sie nicht getan, wenn Sie eine wären.«

Sie betrachtet mich ruhig. Ich habe keine Ahnung, ob irgendwas davon ziehen wird. Ich spüre, dass ich mehr brauche.

Ich denke daran, wie sie gerade »meine Tochter« gesagt hat, die Intensität, die in den Worten lag. An diesen Teil in ihr muss ich appellieren.

»Mimi ist in Sicherheit«, sage ich. »So viel kann ich Ihnen versichern. Wenn das, was Sie sagen, wahr ist, dann hat sie Ben das Leben gerettet. Das bedeutet mir viel – das bedeutet mir alles. Ich werde nie irgendwem erzählen, was sie getan hat. Das schwöre ich Ihnen. Dieses Geheimnis ist bei mir sicher.«

SOPHIE

Kann ich ihr vertrauen? Habe ich eine andere Wahl?

Ich werde nie irgendwem erzählen, was sie getan hat. Irgendwie hat sie es geschafft, meine größte Angst zu erraten.

Sie hat recht: Hätte ich die beiden töten wollen, hätte ich es bereits getan. Mir ist bewusst, dass ich sie nicht ewig hier festhalten kann. Und das will ich auch nicht. Und ich glaube auch nicht, dass meine Stiefsöhne weiter mit mir kooperieren werden. Nicolas scheint über der Erkenntnis vom Tod seines Vaters gerade zusammenzubrechen; Antoine hat ohnehin nur so weit geholfen, wie er glaubte, den Anweisungen seines Vaters Folge zu leisten. Ich fürchte mich, wie seine Reaktion ausfallen wird, wenn er die Wahrheit erfährt. Ich werde mir überlegen müssen, was ich mit ihm anstellen soll, aber das ist momentan nicht mein Hauptproblem.

»Du wirst es der Polizei nicht erzählen«, sage ich. Es ist keine Frage.

Sie schüttelt den Kopf. »Die Polizei und ich kommen nicht gut klar.« Sie deutet auf Nicolas. »Das kann er bestätigen.« Aber Nicolas scheint es kaum zu hören. Also spricht sie weiter, ihre Stimme leise und drängend. »Hören

Sie. Ich werde Ihnen was erzählen, falls es hilft. Mein Vater war tatsächlich selbst Bulle. Ein verschissener Held in den Augen aller. Nur dass er meiner Mutter das Leben zur Hölle machte. Aber niemand glaubte mir, als ich ihnen davon erzählte – wie schlimm er sie behandelte, dass er sie schlug. Weil er ein ›guter Kerl‹ war, der die bösen Kerle ins Gefängnis brachte. Und dann …« Sie räuspert sich. »Und dann, eines Tages, wurde es zu viel für meine Mum. Sie beschloss, dass es einfacher wäre, nicht mehr zu sein. Also … nein. Ich traue der Polizei nicht. Weder hier noch sonst wo. Schon bevor ich Ihren Kontakt, diesen Blanchot, traf. Sie haben mein Wort, dass ich nicht zu den Bullen gehen werde.«

Also weiß sie über Blanchot Bescheid. Ich hatte mich schon gefragt, ob ich ihn anrufen sollte, um ihn um Hilfe zu bitten. Aber er war immer Jacques' Mann gewesen – ich wusste nicht, ob seine Loyalität auch mir gelten würde. Ich kann nicht riskieren, dass er die Wahrheit erfährt.

Ich mustere das Mädchen. Mir wird bewusst, dass ich ihr, fast gegen meinen Willen, glaube. Zum einen, weil ich schlicht nicht sehen kann, warum sie so eine Geschichte über ihren Vater erfinden sollte. Und zum anderen, weil ich sie in ihrem Gesicht sehen kann – die Wahrheit.

NICK

Ich bin wie betäubt. Ich weiß, dass die Gefühle irgendwann zurückkehren werden, und wenn sie es tun, wird der Schmerz zweifelsohne schrecklich. Aber für den Augenblick ist da nur diese Taubheit. Es liegt eine gewisse Erleichterung darin.

Vielleicht weiß ich einfach noch nicht, was ich fühlen soll. Mein Vater ist tot.

Ich habe eine ganze Kindheit damit verbracht, von ihm schikaniert zu werden, mein gesamtes Erwachsenenleben wiederum mit dem Versuch, ihm zu entkommen. Und doch, bei Gott, ich habe ihn auch geliebt.

Ich handle rein instinktiv, wie ein Roboter, als ich dabei helfe, Ben hochzuheben, ihn die Treppe runterzutragen. Und obgleich ich mich so taub fühle, bin ich mir immer noch des seltsam schrecklichen Nachhalls jener Nacht bewusst, als ich einen anderen Körper – so steif, so reglos – runterschleppte. Raus in den Garten im Hof.

Einen kurzen Moment lang begegnen sich unsere Blicke. Er scheint kaum bei Bewusstsein, also bilde ich es mir vielleicht nur ein … aber ich meine, ich sehe etwas über sein Gesicht huschen. Eine Entschuldigung? Ein Abschied? Aber genauso schnell ist es verschwunden, und seine Augen schließen sich erneut. Und ich weiß, dass ich seinem Blick ohnehin nie trauen würde. Denn ich habe den wahren Benjamin Daniels nie gekannt.

Eine Woche später

JESS

Schweigend sitzen wir einander an dem kleinen Resopaltisch gegenüber, mein Bruder und ich. Ben kippt den Espresso aus dem kleinen Pappbecher. Ich reiße einen Zipfel von meinem Croissant ab und kaue. Das mag zwar nur eine Krankenhauscafeteria sein, aber sie ist in Frankreich, also ist das Gebäck trotzdem richtig lecker.

Endlich spricht Ben. »Ich konnte einfach nicht anders, weißt du? Diese Familie. Alles, was wir nie hatten. Ich wollte Teil davon sein. Ich wollte, dass sie mich lieben. Und gleichzeitig wollte ich sie zerstören. Zum einen, weil sie von Frauen lebten, wie sie zu einer gewissen Zeit in ihrem Leben auch unsere Mum hätte sein können. Aber wohl auch, weil ich es schlicht konnte.«

Er sieht übel aus, die Hälfte seines Gesichts mit dunkelgrünen Flecken übersät, die Haut über seiner Augenbraue zusammengetackert, sein Arm in Gips. Als wir uns setzten, erschrak die Dame am Nachbartisch und schaute schnell weg. Aber so wie ich Ben kenne, wird er schon bald eine attraktive Narbe zum Vorzeigen haben, eine, die er in seine Charmeoffensive einbinden wird.

Ich brachte ihn mit dem Taxi ins Krankenhaus – mit der Kohle aus seinem Portemonnaie natürlich. Erklärte, dass er in der Nähe der Wohnung von seinem Motorroller gefallen sei und sich eine ziemlich schlimme Kopfverletzung zugezogen habe. Behauptete, dass er es bis nach Hause geschafft habe und dort wegen seiner Gehirnerschütterung ohnmächtig geworden sei, bis ich ihn schließlich fand. Es gab ein paar skeptische Blicke – verrückte englische Touristen eben –, aber sie haben ihn verarztet.

»Danke«, sagt er plötzlich. »Ich kann nicht glauben, was du durchgemacht hast. Ich weiß, ich hätte dir sagen müssen, dass du nicht herkommen sollst …«

»Tja, nur gut, dass du es nicht getan hast, oder? Denn dann wäre ich nicht in der Lage gewesen, dir das Leben zu retten.«

Er schluckt schwer. Ich nehme mal an, er hört es nicht gerne. Es ist unangenehm zuzugeben, dass man Leute braucht. Ich weiß das selbst.

»Es tut mir leid, Jess.«

»Tja, erwarte bloß nicht, dass ich dich beim nächsten Mal wieder rette.«

»Nicht nur deswegen. Sondern dafür, dass ich nicht da war, als *du* mich brauchtest. Dass ich nicht da war, als es einmal wirklich wichtig gewesen wäre. Du hättest sie nie allein auffinden dürfen.«

Eine lange Pause.

Dann sagt er: »Weißt du, auf eine Art war ich immer eifersüchtig auf dich.«

»Weswegen denn?«

»Du konntest sie ein letztes Mal sehen. Ich kam nie dazu, ihr Lebewohl zu sagen.«

Mir fällt nichts ein, was ich darauf sagen könnte. Ich selbst hätte mir nichts Schlimmeres vorstellen können, als sie zu finden. Aber vielleicht versteht ein Teil von mir es doch.

Ben schaut auf.

Ich folge seinem Blick und sehe Theo in einem dunklen Mantel und Schal auf der anderen Seite des Fensters stehen, eine Hand zum Gruß erhoben. Ich mag zwar mein Handy verloren haben, aber glücklicherweise hatte ich noch seine Visitenkarte bei mir. Mit seiner geplatzten Lippe sieht er nun aus wie ein Pirat, der ein Duell hinter sich hat. Abgesehen davon sieht er auch echt gut aus.

Ich drehe mich wieder zu Ben um. »Hey«, sage ich. »Dein Artikel. Den hast du noch, oder?«

Er hebt seine Augenbrauen. »Ja. Weiß Gott, was sie mit meinem Laptop angestellt haben, aber ich hatte alles schon in meiner Cloud hochgeladen. Jeder Schreiberling, der was auf sich hält, tut das.«

»Es muss an die Öffentlichkeit«, sage ich.

»Ich weiß, dasselbe habe ich auch gerade gedacht …«

»Aber«, ich halte einen Finger hoch, »wir müssen es richtig anstellen. Wenn es publiziert wird, muss die Polizei den Klub durchsuchen. Und die Mädchen, die dort arbeiten … die meisten werden abgeschoben, stimmt's?«

Ben nickt.

»Also wird es für sie noch schlimmer als jetzt«, sage ich. Ich denke an Irina. *Ich kann nicht zurück. Es war keine gute Situation zu Hause.* Ich denke auch daran, wie sie darüber gesprochen hat, ein neues Leben anfangen zu wollen. Ich habe mir geschworen, sollte ich Ben finden, würde ich auch einen Weg finden, ihr zu helfen. Und ich möchte auf keinen Fall dafür verantwortlich sein, dass sie in ihre Heimat zurückgeschickt wird. Wenn wir das falsch angehen, wird es nur die Schwächsten treffen, das ist mir klar. Ich schaue zu Ben und dann zu Theo, der den Raum durchquert, um sich zu uns zu setzen. »Ich habe da eine Idee.«

SOPHIE

Der cremefarbene Umschlag zittert in meinen Händen. Er wurde persönlich im Briefkasten eingeworfen.

Ich reiße ihn auf, ziehe einen gefalteten Brief heraus. Diese Handschrift habe ich noch nie zuvor gesehen.

Madame Meunier,
es gibt da eine Sache, die wir noch nicht besprechen konnten. Ich glaube, wir hatten beide wohl anderes im Kopf? Wie auch immer, ich habe Ihnen ein Versprechen gegeben. Ich habe nicht mit der Polizei gesprochen, und das werde ich auch nicht. Aber Bens Artikel über das La Petite Mort wird in zwei Wochen gedruckt, ob Sie nun was dagegen unternehmen oder nicht.

Ich halte den Atem an.

Aber falls Sie uns helfen, wird die Story einen anderen Schwerpunkt bekommen. Entweder Sie werden Teil davon und kriegen die Hauptrolle. Oder er sorgt dafür, dass Ihr Name nicht fällt und Sie, so weit wie mög-

lich, rausgelassen werden. Ihre Tochter wird auf keinen Fall erwähnt.

Ich fasse den Brief fester. Ich habe Mimi fortgeschickt, nach Südfrankreich, um dort zu malen, sich zu erholen. Es widersprach jedem mütterlichen Instinkt. Ich wollte nicht von ihr getrennt sein, wo ich doch wusste, wie verletzlich, wie wütend sie war. Aber ich wusste, dass sie nicht hierbleiben konnte, mit dem Schatten des Todes, der über diesem Ort hängt. Doch bevor sie ging, erklärte ich ihr alles mit meinen eigenen Worten. Wie sehr sie gewollt war, als sie in mein Leben kam. Wie sehr sie geliebt wird. Dass ich sie nie als etwas anderes betrachtet habe als mein ureigenes Kind. Mein Wunder. Mein wunderbares Mädchen.

Ich habe zudem versucht, ihr klarzumachen, dass sie, unter den Umständen, in jener Nacht das Einzige getan hatte, was sie tun konnte. Dass sie ein Leben gerettet hatte, indem sie eines nahm. Dass sie aus Liebe gehandelt hatte. Ich sagte ihr nicht, dass auch ich womöglich das Gleiche getan hätte. Dass *er* eine kurze Zeit lang auch für mich beinahe alles gewesen war. Aber ich hege den Verdacht, dass sie irgendwie von der Affäre weiß – wenn man denn jene gestohlenen Wochen des selbstsüchtigen, rücksichtslosen, herrlichen Irrsinns so nennen will.

Mir ist klar, dass die Dinge zwischen mir und meiner Tochter womöglich nie wieder sein werden wie davor. Aber ich kann hoffen. Und ich kann sie lieben. Es ist alles, was mir zu tun bleibt.

Hätte ich die Wahl, würde ich diesen Ort ebenfalls verlassen, um bei ihr zu sein. Aber mein verstorbener Gatte ist hier im Garten vergraben. Ich muss bleiben. Damit habe ich meinen Frieden gemacht. Das hier mag ein goldener Käfig sein, aber es ist das Leben, das ich gewählt habe.

Ich lese weiter.

Nick wird ebenfalls nicht erwähnt. Vielleicht ist er tief in seinem Inneren kein schlechter Kerl. Ich glaube, er hat nur ein paar fragwürdige Entscheidungen getroffen.

Auch Nick ist gegangen, samt der wenigen Habseligkeiten, die er hier hatte. Ich denke nicht, dass er zurückkehren wird. Ich glaube, dass es gut für ihn sein wird, hier fortzukommen. Auf seinen eigenen zwei Beinen zu stehen.

Mein anderer Stiefsohn bleibt im Haus, und wenn er auch nicht der angenehmste Nachbar ist, ist es besser, ihn dazubehalten, wo ich ein Auge auf ihn haben kann. Zudem ist er jetzt auch weniger eine Bedrohung. Ich glaube nicht, dass ich noch eine seiner kleinen Botschaften erhalten werde. Er scheint wie geschrumpft durch das alles – seine Trauer um einen Vater, der kaum je etwas anderes als grausam zu ihm war. Ich komme nicht umhin, Mitleid mit ihm zu empfinden.

Ich drehe den Brief um, lese weiter:

Und dies ist, worum ich Sie bitte: diese Mädchen. Die im Klub arbeiten. Die Mädchen, die im Alter Ihrer Tochter sind und von reichen, einflussreichen Männern gevögelt werden, damit Sie und Ihre Familie in dem schicken Haus leben können. Sie werden sich ihnen gegenüber anständig verhalten. Sie werden jeder Einzelnen einen netten Batzen Bargeld auszahlen.

Ich schüttle den Kopf. »Das ist absolut unmöglich…«

Ich schätze mal, Sie werden jetzt sagen, dass das Haus und alles andere auf den Namen Ihres Mannes läuft. Aber was ist mit den Bildern an den Wänden? Was ist mit den Diamanten in Ihren Ohren, dem Keller voller Wein? Ich bin zwar keine Expertin, aber selbst nach meinen bescheidenen Schätzungen hocken Sie auf einem ziemlichen Vermögen.

Ich gebe Ihnen zwei Wochen. Das wird auch den Mädchen die Möglichkeit geben, alles zu regeln. Aber dann muss Bens Artikel in Druck. Immerhin hat er einen Redakteur, der darauf wartet. Und dieser Ort muss verschwinden. La Petite Mort muss seinen eigenen kleinen Tod sterben. Die Polizei wird dann ebenfalls ermitteln müssen. Vielleicht nicht ganz so engagiert, wie sie es könnte, weil sie selbst darin verstrickt ist.

Ich bitte Sie darum, all das als Mutter, als Frau zu tun. Außerdem, irgendwas sagt mir, dass Sie es auch nicht schlimm fänden, diesem Ort für immer Lebewohl zu sagen. Habe ich recht?

Ich falte den Brief wieder zusammen. Schiebe ihn in das Kuvert zurück.

Und dann nicke ich.

Ich blicke auf mit dem Gefühl, beobachtet zu werden. Meine Augen zucken automatisch zu dem Häuschen hinten im Hof. Aber es ist niemand drin. Nachdem meine zwei Stiefsöhne fort waren, wollte ich zu ihr. Ich suchte das gesamte Gebäude von oben bis unten ab, dachte mir, dass sie mit ihren Verletzungen unmöglich weit kommen konnte. Ich schaute sogar in ihrer Loge nach. Aber keine Spur. Auch die Fotografien von ihren Wänden sowie mehrere der kleinsten, wenn auch wertvollsten Objekte aus dem Penthouse – der kleine Matisse beispielsweise – und sogar mein Schoßhündchen Benoit, sie alle sind mit der Concierge verschwunden.

Ein Artikel in der Pariser *Gazette*

Alles deutet darauf hin, dass Jacques Meunier, Besitzer des La Petite Mort, im Zuge der skandalösen Anschuldigungen um den exklusiven Pariser Nachtklub untergetaucht ist. Die Polizei strebt umfassende Ermittlungen an, obgleich das Berichten zufolge dadurch erschwert wird, dass keine Zeugen zur Verfügung stehen. Sämtliche Tänzerinnen, die bis vor Kurzem in dem Klub angestellt waren, sind offenbar verschwunden.

Das mag unter den ehemaligen Kunden und Nutznießern der illegalen Aktivitäten des Klubs für etwas Erleichterung sorgen. Jedoch wurde erst vor wenigen Tagen auf einer anonymisierten Webseite eine mutmaßliche Rechnungsliste aus den Unterlagen des La Petite Mort veröffentlicht, in der dutzende Größen der Oberschicht genannt werden.

Darüber hinaus gab Commissaire Blanchot, selbst hochrangiger Beamter der Pariser Polizei, seinen Rücktritt bekannt, nachdem explizite Aufnahmen die Runde machten, auf denen er in flagranti mit gleich mehreren Frauen in einem Kellerraum des Klubs zu sehen ist.

Wie bereits öffentlich wurde, hat sich der älteste Sohn der Meuniers, Antoine Meunier (die mutmaßlich rechte Hand seines Vaters), mit einem antiken Gewehr auf dem Familienanwesen erschossen, um einer Verhaftung zu entgehen.

EPILOG

JESS

Ich ziehe meinen Rollkoffer durch die Bahnhofshalle des Gare de L'Est, wobei das kaputte Rädchen alle paar Schritte hängen bleibt; ich muss das Ding echt mal reparieren lassen. Ich schaue zu der Anzeigetafel hoch, um meine Abfahrt zu checken.

Da ist er, der Nachtzug nach Mailand, bevor es nach Rom weitergeht. In den frühen Morgenstunden werden wir am Ufer des Genfer Sees vorbeifahren, und wenn der Himmel klar ist, kann man anscheinend die Alpen sehen. Klingt in meinen Ohren ziemlich toll. Ich fand, dass es an der Zeit für meine eigene kleine Europatour wäre. Ben bleibt hier, um sich einen Namen als Investigativreporter zu machen. Also bin, zum ersten Mal vielleicht, ich diejenige, die ihn verlässt. Und ich renne dabei nicht vor irgendwem oder irgendwas weg. Ich verreise nur, auf der Suche nach dem nächsten Abenteuer.

Ich habe sogar eine kleine Bude, die in Rom auf mich wartet. Ein Studio – was eigentlich nur ein schickes Wort für ein winziges Zimmer ist, in dem man alles vom Bett aus in Reichweite hat. Lustigerweise ist es ein renoviertes ehemaliges Dienstmädchenzimmer im Dachgeschoss eines Wohnhauses. Und wenn man die Augen zusammenkneift, hat man anscheinend sogar einen Blick auf den Petersdom.

Wahrscheinlich wird es nicht größer sein als das Kabuff der Concierge. Aber ich habe auch nicht viel, was ich reintun könnte – lediglich den Inhalt eines kaputten Koffers.

Wie auch immer, es ist ganz meins. Nein, nicht *meins*-meins. Ich habe es nicht gekauft – bin doch nicht verrückt. Selbst wenn ich das Geld hätte, wollte ich meinen Namen nicht auf einer Urkunde haben. Es würde mir nicht behagen, mich fest zu binden. Aber ich habe die Kaution hinterlegt und den ersten Monat im Voraus gezahlt. Ich habe mir nämlich einen Anteil von dem Geld abgezweigt, das die Mädchen im Klub bekommen haben – eine Art Finderlohn, wenn man so will. Immerhin bin ich ja keine Heilige.

Was die Mädchen angeht – die Frauen sollte ich wohl eher sagen –, so konnte ich natürlich nicht jeder die Hand halten, um sicherzustellen, dass alles gut werden würde. Aber es ist schön, dass sie alle das gewährt bekommen haben, was auch ich nun habe. Das wird ihnen Zeit verschaffen. Ein bisschen Luft, um zu verschnaufen. Vielleicht sogar die Möglichkeit, etwas anderes zu tun.

Zwanzig Minuten bis zur Abfahrt. Ich schaue mich um, wo ich noch einen kleinen Snack herbekomme. Und als ich das tue, erblicke ich eine Frau, die sich durch die Menge bewegt. Klein, mit einem vertrauten gebückten, schlurfenden Gang. Ein Seidenschal. Ein silbergraues Hündchen an der Leine. Sie reiht sich in die Schlange ein, die darauf wartet, an Bord des nächsten Zuges zu gehen. Ich schaue auf die Anzeige über dem Bahnsteig – nach Nizza, Südfrankreich also. Dann wende ich den Blick ab und schaue nicht wieder hin, bis der Zug vom Gleis abfährt. Denn wir haben alle ein Anrecht darauf, nicht wahr?

Die Aussicht auf ein neues Leben.

Danksagung

Ich habe es geliebt, dieses Buch zu schreiben. Zugleich war es das schwierigste meiner Bücher, teils, weil es die kompliziertestе Struktur und Grundidee hatte, an der ich mich bisher versucht habe ... und teils, weil es zuerst geschrieben wurde, als ich hochschwanger war, und dann mit einem neugeborenen Baby im Schlepptau. *Und* während der Pandemie, obwohl mir klar ist, wie froh ich sein kann, eine Arbeit zu haben, die ich problemlos zu Hause tun kann – anders als so viele andere Menschen, insbesondere all die unglaublichen systemrelevanten Beschäftigten.

Wie auch immer, ich bin so stolz auf dieses Buch und darauf, es in die Welt zu entlassen. Es ist zwar nicht sehr britisch, das zu sagen, aber ich bin es nun mal! Gleichzeitig scheint es mir ganz wichtig zu betonen, dass nichts davon ohne die Arbeit einiger sehr lieber, engagierter und talentierter Menschen möglich gewesen wäre. Auf dem Cover sollten eigentlich mehrere Namen stehen – dieses Buch war eine gewaltige Teamleistung!

Danke an die phänomenale Cath Summerhayes, für deinen unerschöpflichen Witz, deine Klugheit und deine weisen Ratschläge, und dafür, dass es solchen Spaß macht, mit dir zu arbeiten, mit dir Mittagessen zu gehen, mit dir Cocktails zu trinken ... und dafür, am anderen Ende der

Telefonleitung immer da zu sein. Ich schätze mich glücklich, dich zu haben, und bin so dankbar für alles, was du tust.

Danke an die unglaubliche Alexandra Machinist, für deine stets hervorragenden Ratschläge und dein unfassbares Verhandlungsgeschick. Und obgleich unsere geplanten Paris-Abenteuer den winterlichen Viren zum Opfer gefallen sind, weiß ich, dass wir uns schon bald ein Glas Champagner auf den *terrasses* genehmigen werden – ich kann es kaum erwarten, auf deine Brillanz anzustoßen!

Danke an Kim Young, dafür, die geduldigste und fürsorglichste Lektorin überhaupt zu sein, dafür, dich für dieses Buch eingesetzt zu haben, und das von seinen frühesten Anfängen und seinem (offen gesagt recht dürftigen) ersten Entwurf an. Du verstehst es einfach, das Beste aus mir rauszukitzeln – du inspirierst mich mit deinem Glauben an mich und meine Arbeit! Danke, dass du mir den ganzen Prozess über die Hand gehalten hast und immer bereit warst, dich hinters Telefon zu klemmen, um eine irre neue Plotidee zu besprechen!

Danke an Kate Nintzel, für deine meisterhaften redaktionellen Ratschläge – für deinen rasiermesserscharfen Blick und deine verlegerische Akrobatik insgesamt. Ich kann immer noch nicht fassen, was du in den USA mit *The Guest List* (dt. Titel: *Sommernacht*) erreicht hast, indem du mein kleines düsteres britisches Buch an über eine Million Leser gebracht hast! Ich bin so froh, dich als Mitstreiterin an meiner Seite zu haben.

Danke an die *einfach nur brillante* Charlotte Brabbin. Du bist eine derart begabte und engagierte Lektorin. Ich bin dir so dankbar für all die harte Arbeit und die Ratschläge, dein Feingespür und deine Kreativität und dafür, dass du stets für ein Brainstorming zu haben bist – ganz gleich, wie klein oder albern die Frage, ganz egal, zu welcher Tages- oder Nachtzeit!

Danke an Luke Speed, für deine Freundlichkeit und Klugheit… und für deine unendliche Geduld, mir die magische und rätselhafte Welt des Films zu erklären! Und danke, dass die Arbeit mit dir solchen Spaß macht. Du und Cath, ihr seid das Traumteam! Möge es mehr Mittagessen und Kinoverabredungen geben!

Danke an Katie McGowan, Callum Mollison und Grace Robinson, für eure unglaubliche Leistung, meinen Büchern so viele Verlagsheimaten rund um die Welt aufzutun. Die Vorstellung, wie sie in andere Sprachen übersetzt werden und weltweit so viele neue Leser finden, ist furchtbar aufregend. Ich bin voller Bewunderung für das, was ihr tut.

Danke an die fantastische HarperFiction-Familie: Kate Elton, Charlie Redmayne, Isabel Coburn, Abbie Salter, Hannah O'Brien, Sarah Shea, Jeanelle Brew, Amy Winchester, Claire Ward, Roger Cazalet, Alice Gomer, Sarah Munro, Charlotte Brown, Grace Dent und Ben Hurd. Ich bin so glücklich, von euch verlegt zu werden. Und ich hoffe sehr, dass wir bald dazu kommen, zusammen ein Gläschen zu heben!

Danke an das geniale Team bei William Morrow: Brian Murray, Liate Stehlik, Molly Gendell, Brittani Hilles, Kaitlin Harri, Sam Glatt, Jennifer Hart, Stephanie Vallejo, Pam Barricklow, Grace Han und Jeanne Reina. Ich danke euch so sehr für eure unermüdliche Arbeit, euren Einsatz und dafür, dass ihr mein Buch in den Staaten vertretet. Ich kann es kaum erwarten, euch in New York zu besuchen und gemeinsam zu feiern!

Danke an das wunderbare breitere Curtis-Brown-Spitzenteam: Johnny Geller, Jess Molloy und Anna Weguelin.

Danke an meine liebe Freundin Anna Barrett, dafür, *Abendrot* ganz früh gelesen und mit so fantastischen Anmerkungen versehen zu haben, als ich noch viel zu viel Angst hatte, es irgendwem sonst zu zeigen – dafür, mein Selbstvertrauen in das Buch mit deinen Ermunterungen und Vorschlägen so enorm befeuert zu haben. Falls ihr auf der Suche nach einer unabhängigen Redaktion eures Romans seid, kann ich Anna *wärmstens* empfehlen – man findet sie auf: www.the-writers-space.com

Zu guter Letzt, ein nicht weniger geringes Dankeschön ... an meine Familie

Danke an die Foley-, Colley- und Allen-Sippen, für eure gesamte Unterstützung.

Danke an meine wunderbaren Geschwister, Kate und Robbie (und abermals ein *Gott sei Dank*, dass sie kein bisschen sind wie die Geschwister in diesem Buch). Ich bin so stolz auf euch beide und so froh, euch zu haben.

Danke an meine Eltern für ihren Stolz auf mich und die endlose, beharrliche Unterstützung. Ich bedanke mich für eure Nachsicht, wenn ich nur kurz auftauchte, um ohne Vorwarnung den Kleinen bei euch abzuladen, um wieder hinter meinem Laptop zu verschwinden. Dafür, dass ihr so fürsorgliche und liebende Großeltern seid, die den Kleinen so hingebungsvoll fütterten, mit ihm spielten und auf ihn aufpassten, während ich in Überarbeitungen und Korrekturfahnen feststeckte. Danke dafür, dass ihr mich zum Erzählen ermutigt habt, seit ich ein kleines Mädchen war und auf dem Rücksitz im Auto Geschichten vom Farmer Pea zum Besten gab!

Danke an Al, dafür, das alles hier buchstäblich überhaupt erst möglich gemacht zu haben. Indem du das Baby hieltst, Dinge aufschobst, um mir zu helfen, Plotkrisen mit mir durchsprachst – und das um drei Uhr morgens und auf Spaziergängen und Autofahrten und beim auswärts Abendessen und bei den Urlauben, die wir uns genommen hatten, um mal von *dem Buch wegzukommen* … Danke für deine Klugheit, deine Unterstützung, deinen Glauben, deine Ermutigung. Dafür, mit dem Stift in der Hand, fast so viele Entwürfe dieses Buchs gelesen zu haben wie ich selbst, auch wenn wir von einem anstrengenden Tag mit Arbeit oder Babygeschrei … oder beidem hundemüde waren. Du meinst, zwanzig Prozent – ich sage, ich verdanke dir alles.